RIPOSTES

Francs Mensonges

Muriel L. Mazoelys

Tome 3

ISBN : 9798386209797

Dans ce dernier opus de la trilogie Francs Mensonges, j'ai un peu plus d'imagination qu'au tome précédent !

Je souhaite tout d'abord remercier deux personnes très particulières : mes plus grandes fans. Elles se reconnaîtront.
Que ce soit pour discuter durant des heures des aventures de Matthew, de Paul le beau gosse ou de l'énigmatique Mark… pour me concocter de bons petits plats pour « *que tu puisses écrire la suite parce que je l'attends* »… ou pour me soulager du repassage, elles ont toujours été là pour moi !
Un immense MERCI à elles ♥

J'aimerais également souligner l'importance et la bienveillance de certaines personnes rencontrées sur les réseaux sociaux au tout début de cette aventure et qui, message après message, sont devenues de véritables soutiens. Spéciale dédicace à @les_livres_d_anne et @nouchkette.lit.en.chaussettes (qui aime aussi la raclette) qui furent les deux premières à se lancer dans l'aventure avec Matthew et qui ne l'ont jamais abandonné !
Vous êtes géniales ♥

PRÉFACE

Vous prendrez bien une petite piqûre de rappel…

Après l'assassinat de sa famille lorsqu'il était enfant, Matteo Julian vit sous une fausse identité. Il devient Matthew, fils du colonel Brady. Aux yeux de tous, il coule des jours heureux, entouré de ses proches et de ses amis, tout en poursuivant ses études de médecine au CHU de Lille.

Mais les apparences se révèlent trompeuses. En effet, Matthew dissimule avec acharnement son passé et la capacité de régénération cellulaire exceptionnelle de son corps, dont il ne connaît ni l'origine ni le fonctionnement précis. Sans qu'il l'anticipe, une cascade d'événements, commanditée par un homme nommé Zeus, chamboule son existence et l'oblige à affronter ses démons.

Zeus envoie son espionne, la belle Giulia, pour le séduire et obtenir son profil ADN. L'opération réussit, mais Matthew s'attache à l'Italienne et culpabilise lorsqu'elle est sauvagement assassinée.

Pourtant, de fil en aiguille, l'enquête dévoile la personnalité multiple de Giulia, marionnette docile entre les mains cruelles de Zeus. Sœur cadette de l'insensible Carla, responsable de la mort de Lucio Andreotti, ex-fiancée de Moritz Von Lieberman auquel elle a extorqué des extraits naturels rares, patiente du docteur Schwitzer, spécialiste en gestion du stress génétique… qui est véritablement Giulia Olivetti et quel rôle joue-t-elle dans l'essai clinique *1 chance sur 2* dirigé par le docteur Holloway ? Parmi ces soupçons, une seule certitude : Zeus l'a éliminée sans l'ombre d'un remords pour un excès de tendresse envers sa cible.

Car Zeus se révèle prêt à tout pour s'emparer de Matthew. Par deux fois, il a tenté de l'enlever sans se soucier des dommages collatéraux. Cherche-t-il à exploiter ses capacités particulières ? Pourtant, personne ne sait comment son corps fonctionne… Pour y voir plus clair, le jeune médecin confie des échantillons de son sang à sa sœur aînée, experte en biochimie. En parallèle, il se rend avec Marina Svoboda en Russie pour interroger Vassili Medvelev, dernier survivant de l'équipe auteure des expériences décrites dans les carnets noirs.

Compilations des recherches menées trente ans auparavant par le grand-père de Matthew et son groupe, ces cahiers de laboratoire recèlent les secrets de fabrication d'agents nanoparticulaires qui pourraient être à l'origine de ses capacités. Ils pourraient également permettre à Zeus de développer des armes biotechnologiques encore plus meurtrières que celles qu'il utilise déjà et dont les victimes garnissent les morgues et hôpitaux lillois.

Lancé dans une course contre la montre, Matthew souhaite faire d'une pierre deux coups : devancer Zeus et déterminer si ses dons proviennent des manipulations génétiques réalisées par sa mère et son grand-père.

Cette visite, au cours de laquelle les liens entre Marina et Matthew se renforcent, se solde par une découverte macabre. D'après Vassili, Daniel Beauxchamps, l'oncle de Matthew déclaré mort vingt-cinq ans plus tôt, vit toujours et a commandité l'extermination de ses parents.

Devant l'imminence du danger, Matthew rentre en urgence en France. Alors que sa famille traverse une épidémie de rougeole, Marina choisit de rester en Russie, afin de protéger sa fuite. Choqué par cette révélation, meurtri par le rejet abrupt de Marina, Matthew se retrouve en vol vers Paris.

Nous sommes le mercredi 22 janvier.
À Lille, un père, tout colonel qu'il soit, angoisse pour l'avenir de son fils…
À Moscou, un fils déboussolé dévoile sa véritable identité à une parfaite inconnue…

Et dire que tout a commencé 16 ans plus tôt, par une nuit de la Saint-Sylvestre…

PROLOGUE

Nuit de la Saint-Sylvestre
16 ans plus tôt

J'ai dû mal à respirer. Cette sensation d'étouffement… Je panique.

Pourquoi suis-je si faible ? Je voudrais me redresser, mais mon corps pèse une tonne. Est-ce un rêve ? Si oui, c'est un véritable cauchemar.

Brusquement, un son strident emplit l'espace. Mes tympans vibrent sous ces assauts agressifs. Des cris dont j'identifie la provenance. L'alarme ! *Danger :* je dois bouger. L'adrénaline m'exhorte à l'action. J'inspire.

La bouffée d'air s'engouffre dans ma trachée et je me fige de douleur. Cette coulée brûlante attaque les parois de ma gorge. Je m'affole. Je halète et c'est encore pire. Chaque respiration amplifie ce supplice. *Que se passe-t-il ?*

L'alarme continue de me hurler de sortir. Je me redresse sur mon lit. J'ouvre les yeux et le regrette immédiatement. Une épaisse fumée noire m'entoure, enveloppant les meubles d'une aura mystérieuse, pareille à un brouillard de novembre. Suis-je victime de mon imagination trop fertile ? Ce ne serait pas la première fois qu'elle m'emporterait dans un tourbillon d'illusions. Dragons, chevaliers ou espions, Maman prétend que je suis doué pour inventer des histoires abracadabrantes.

Je commence à pouffer et m'étouffe. L'air est insoutenable et la sirène continue assourdissante. L'évidence s'impose : *un incendie.* Cette nappe cherche à me tuer. Je me tortille pour dégager les draps qui me retiennent prisonnier.

Ma respiration devient sifflante. L'œdème gonfle les cellules qui tapissent mon œsophage. Mon corps s'emballe. Déjà, mon cœur bat plus fort, conséquence directe de l'inhalation des fumées toxiques. *Vite, de l'air pur !* Je tousse. Le manque d'oxygène sévit. Mon cerveau d'ordinaire agile carbure en sous-régime, proche de l'asphyxie. J'essaie de raisonner, d'ordonner mes pensées. Malgré la douleur, j'aspire profondément, mobilisant les rares neurones qui acceptent de m'assister. Les neurotransmetteurs fusent enfin et délivrent leurs messages aux cellules musculaires. Action.

Je tombe du lit et rampe au sol. Je respire mieux. Je dois sortir.

Crachant tel un asthmatique privé de bronchodilatateurs, j'atteins la porte. Je pose la main sur la poignée chromée. Erreur. Ma peau adhère au métal incandescent. Je me recroqueville, retenant mes larmes et mes cris. Je ne peux pas me permettre de dépenser cet air si précieux en hurlements inutiles. La maison flambe. Isolé dans cette chambre suffocante, je suis bouleversé.

Où sont-ils ? Ont-ils réussi à sortir ? Pourquoi ne sont-ils pas venus me chercher ? Je tends l'oreille. Tente de faire abstraction de l'appel strident de l'alarme. Les flammes ronronnent, dévorant la structure de la villa. Comme une vieille dame, la charpente craque, menaçant de s'effondrer. Mais derrière ses halètements lugubres, je ne perçois rien. *Pourquoi personne ne crie ?*

Papa m'a expliqué mille fois comment agir. Sortir. Alerter. Porter secours. Mais il a sous-estimé la terreur qui grandit en moi, monstre hideux qui cherche à m'avaler. Du haut de mes huit ans, je me sens faible. Impuissant. Dans mon esprit, tout s'emmêle. *Garde ton sang-froid, Matt !* La voix de mon père résonne au fond de moi. *Sortir.*

Je m'empare du plaid et le roule autour de la poignée avant d'ouvrir le battant à toute volée. Devant moi, un rideau de flammes. Je recule, horrifié. *Comment l'incendie a-t-il pu gagner une telle ampleur ?* Malgré la fumée, je distingue les portes de l'étage. Fermées. *Que fait Papa ? A-t-il réussi à évacuer mes frères et ma sœur ? Où est Maman ?* Le doute me ronge. Dans ma gorge, l'air peine à se frayer un passage. Je suffoque.

Derrière moi, la fenêtre. Ma chambre se situe au premier. Je suis agile. Je peux sauter.

Devant moi, ces flammes hostiles. Leur chaleur irradie jusqu'à ma poitrine, langues brûlantes avides de me dévorer. Je dois les affronter. J'attrape le plaid et m'y enroule, dans une tentative désespérée pour protéger mon corps en souffrance. Je dois vérifier.

RIPOSTES

Pas à pas, j'avance dans la fournaise. La sueur perle dans mon dos. L'enfer dans toute sa puissance. Mes yeux irrités larmoient mais je suis déterminé. Évitant le brasier, je me glisse dans le couloir. D'un mouvement brusque, je m'engouffre dans sa chambre. La fumée est si dense que je n'y vois rien. Je m'approche du berceau. Mon cœur qui battait la chamade se brise.

Vide.

Ma petite sœur, sa turbulette, sa tétine et son doudou ont disparu. Envolés. Immédiatement, l'espoir pointe. Ils ont dû réussir à sortir. *Mais alors, pourquoi ne m'ont-ils pas réveillé ?* Je repousse cette question dérangeante pour les rejoindre.

J'entame un retrait prudent, longeant la cloison tel un fil d'Ariane, quand un craquement sinistre s'élève. Le sol tremble sous mes pieds et je me fige, alarmé. Un nuage de fumée âcre me prend d'assaut. Je protège mon visage derrière le plaid, recroquevillé contre le mur. Un pan du toit est tombé, brisant le linteau de la porte de la chambre de mes parents. Deux pas de plus et j'étais enseveli...

Un monticule de gravats bloque le passage, mais je me faufile. L'angoisse me ronge à la vue des flammes qui dévorent tout dans la pièce. Rideaux et couvertures se consument.

Ils sont sortis avec le bébé. Ils ont quitté cette pièce… Mon cerveau asphyxié aligne les propos rassurants tels des mantras et pourtant je persiste dans mon exploration, poussé par une force mystérieuse.

Jusqu'au choc.

Naviguant à travers l'épais brouillard noir qui envahit l'étage, mon regard accroche la forme à peine visible parmi les décombres. La chemise de nuit aux motifs fleuris est reconnaissable entre mille. Son cadeau de la fête des Mères. J'avance encore et retiens un cri. À ses côtés, une longue silhouette sombre, entourant le corps minuscule d'un nourrisson.

Je voudrais les rejoindre et les secouer. Les tirer à moi et les entraîner vers l'air pur. Mais les poutres de bois brûlantes m'en empêchent. Chaque souffle se mue en une parole incandescente. L'incendie a pris vie et me nargue : *sois témoin de leur disparition, Matteo. Sous peu, toi aussi tu m'appartiendras !*

Mes genoux tremblent et je ploie sous la douleur. Mes poumons refusent cet air vicié qui les agresse. Je suis perdu et je m'effondre. *Bientôt, tu mourras !* Autour de moi, les craquements du bois supplicié s'évanouissent. Je reste sidéré, incapable de bouger. Les bruits et les odeurs ont fui devant ma détresse. Elle m'englobe tout entier. M'isole de l'enfer qui m'entoure. *Maman ! Papa ! Noëlla !*

Si eux sont partis, je n'ai aucune raison de vivre. Je ferme les yeux et attends l'inévitable. J'espère qu'il sera rapide mais j'en doute. Chaque respiration se révèle un supplice pire que le précédent. Mourir ne s'avère pas si simple. Brutalement, les odeurs emplissent mon nez. Bois brûlé. Plastique fondu… Et une note lourde. Aromatique. Semblable à ce que Papa utilise pour nettoyer ses pinceaux… Térébenthine. Mon cœur s'emballe.

Une force implacable jaillit. Un instinct de survie souverain. Un élan primitif qui galvanise mes muscles, stimule mes nerfs et dicte mes mouvements. Une puissance autonome qui écrase tout sur son passage, tel un tsunami.

Les consignes autoritaires de mon père fusent dans mon esprit. *Fuis, Matteo. Sors de ce piège ! Personne ne doit s'emparer de toi !*

Je ne peux avancer. L'escalier est condamné. D'un pas titubant mais déterminé, je recule dans la nursery. La fumée est si dense que je progresse à tâtons, naviguant entre bois en combustion et flammes étouffées. Mon seul but : la fenêtre. Le verre en double vitrage d'époque ne m'impressionne pas. Le châssis est affaibli par l'incendie.

J'ai huit ans et mon instinct l'emporte sur les leçons de physique et de chimie dont ma mère me submerge. Je n'ai que quelques secondes pour agir. Un saut de plusieurs mètres pour atterrir dans l'herbe et ensuite… je verrai.

Je m'empare d'une couverture et m'y emmitoufle malgré la chaleur environnante. À deux mètres de la fenêtre, je m'accorde une courte pause, inspire et bloque ma respiration. La toux m'arrache un gémissement. Alors, fermant les yeux, je cours aussi vite que je le peux, refusant d'envisager la violence du choc. La vitre se brise dans un grand bruit, étouffé par mon hurlement de peur.

L'air frais s'engouffre dans la pièce saturée de particules ardentes. À l'instant où je chute, l'explosion de poussières me propulse en avant. Une brûlure intense enserre ma poitrine et je suffoque sous l'impact, alors que mon corps s'envole sous la puissance du souffle. Le temps se fige. J'ai l'impression fugace de planer, entouré d'un panache de fumée, tel un phénix majestueux.

Cette sensation ne dure qu'une fraction de seconde. Peut-être même l'ai-je fantasmée.

RIPOSTES

Lorsque je reprends connaissance, je suis étendu dans l'herbe humide, le visage enfoui à même le sol. L'odeur d'humus a remplacé celle du bois calciné et de l'essence. L'air pur pénètre dans mes poumons, salvateur. Sur ma poitrine, au-dessus du cœur, la peau lésée noircit. Les protéines dénaturées par la chaleur de l'explosion ont laissé place à une nécrose profonde. J'ose à peine respirer de peur d'étirer les tissus. Je suis en vie mais je peine à y croire.

Mon instinct reprend les commandes. *Fuis. Ne les laisse pas t'atteindre. Protège-toi.*

Au mépris de la douleur, je me redresse et avance vers l'escalier qui mène à la terrasse. L'accès vers le réseau de tuf qui serpente sous les falaises. Chaque pas se révèle une torture sans nom mais mon cerveau épuisé scande les mêmes paroles entêtantes.

Protège-toi. Fuis. Ne t'arrête pas.

Derrière moi, les flammes continuent d'engloutir la charpente de la villa. Ma maison.

Je n'entends plus les hurlements de l'alarme. Pas plus que ceux des sirènes des pompiers lorsqu'ils arrivent. Je progresse pas à pas dans les galeries, mes poumons en feu et ma poitrine déchiquetée. Sous les chairs à vif, mon cœur gît, vide de toute émotion.

Dans mon esprit, les paroles apaisantes de ma mère ont remplacé celles de mon père. Elle me raconte cette comptine qu'elle adore, dans laquelle un héros intrépide et une princesse fugueuse dissimulent un lourd secret.

J'avance tant que mes jambes acceptent de me porter.

Quand elles le refusent, je m'effondre. Je m'enroule dans la couverture. Elle a conservé l'odeur de ma sœur. L'obscurité m'engloutit.

J'ai froid.

J'ai peur.

Alors, les larmes ruissellent sur mes joues.

Qui pourrait me sauver alors que tous ceux qui m'aiment sont morts ?

1

Mercredi 22 janvier
02 H 30
Bureau du colonel Brady

Mardi, journée pourrie.

L'angoisse contre laquelle il bataillait depuis vingt-quatre heures menaçait de l'engloutir. Sous ses yeux, le rapport d'analyse des empreintes s'étalait, cruel. Daniel Beauxchamps, que tout le monde – y compris sa propre hiérarchie – avait enterré vingt-cinq ans plus tôt, renaissait de ses cendres, prêt à en découdre.

James Blake, ce soi-disant expert diligenté par le journal *Science* pour faire la lumière sur le plagiat dont Vassili Medvelev s'estimait victime, se révélait un usurpateur de la pire espèce.

Par chance, l'oncle maternel de Matthew ne l'avait pas identifié grimé en Nicolaï ! De toute évidence, il ne s'attendait pas à le rencontrer sur place alors qu'il ambitionnait d'interroger Vassili Medvelev. Jonathan Brady aurait donné cher pour savoir ce que ces deux-là s'étaient dit, mais le vieux Russe avait déserté le manoir avant même que la supercherie de James Blake ne soit éventée. Avait-il perçu le danger ? Reconnu son ancien collègue ? Mystère.

Le colonel passa une main lasse dans ses cheveux grisonnants. L'implication de Daniel Beauxchamps et la fuite de Vassili constituaient deux nouvelles pièces à additionner à la montagne d'informations qui s'accumulaient depuis plusieurs semaines. Le puzzle demeurait incomplet.

Il soupira, se raccrochant à ces quelques certitudes rassurantes : Matthew transitait à Moscou, veillé par les hommes de Petrov. Dans une dizaine d'heures, il prendrait l'avion pour Paris, loin du cinglé qui cherchait à lui nuire.

C'était une maigre consolation, mais il ne pouvait espérer mieux. Il étouffa un bâillement. Il était crevé. Depuis trois semaines, il dormait peu et mal, préoccupé par la sécurité de son fils adoptif. Les nuits blanches qu'il enchaînait sans difficulté à trente ans se corsaient avec l'âge.

Déliant sa haute silhouette, il se dirigea vers le canapé confortable au fond de la pièce et s'y allongea, éteignant la lumière pour ne laisser qu'une veilleuse. Il avait besoin de recharger ses batteries : dans la bataille qui s'annonçait, il excluait toute faiblesse physique.

Dès qu'il ferma les paupières, son subconscient l'entraîna seize ans en arrière, dans les collines de Pitigliano. Là où, un soir glacial de janvier, un serment inviolable avait été prononcé.

Seize ans plus tôt…

Une vague de froid parcourut son échine. Frileux, il resserra les pans de sa veste matelassée. La neige, fine et drue, rendait leurs recherches périlleuses, mais il refusait de s'avouer vaincu. Un simple regard à Antonio Puccini renforça sa conviction : l'agent de liaison n'abandonnerait pas sa quête.

Impassible, le vieil Italien progressait sur l'étroit sentier qui serpentait entre les collines de tuf, attentif au moindre détail qui les aiguillerait.

Depuis quatre jours, ils parcouraient la campagne aux alentours de Pitigliano, s'éloignant du centre historique de la ville pour s'aventurer dans des contrées sauvages. Antonio Puccini n'en démordait pas : Matteo n'était pas mort. Il n'avait pas été enlevé. Il se cachait comme son père le lui avait appris. À eux de se montrer plus rusés et de le pister.

Il ne le contredisait pas. Dans cette affaire, sentiments et contraintes professionnelles s'entremêlaient. Il avait enterré son meilleur ami, l'épouse de celui-ci et trois de ses enfants. Trouver le dernier garçon se révélait une nécessité absolue. Mort ou vif. Quelles que soient ses convictions, il mènerait l'enquête jusqu'à son terme. Tant que Puccini affirmait qu'ils devaient avancer, il s'exécuterait.

Le vieil Italien stoppa sa marche, consulta son plan et se pencha en grommelant. Jonathan le rejoignit et s'accroupit à ses côtés. Dubitatif, il contempla la trace rougeâtre qui marbrait la paroi de tuf, à peine visible à vingt centimètres du sol. Il humecta son doigt puis le frotta sur la pierre avant de le renifler et le lécher. Odeur âcre et notes métalliques. Du sang.

— Il existe une grotte à un kilomètre. Elle s'ouvre à flanc de coteau, à l'à-pic, mais il est souple comme un singe, commenta Puccini d'une voix dans laquelle vibrait autant l'espoir que l'incrédulité.

— Nous y allons.

Dix minutes plus tard, ils atteignirent la corniche. Jonathan identifia l'excavation, les yeux plissés. D'un accord tacite, les deux hommes descendirent pierre après pierre, incapables de croire que Matteo puisse avoir emprunté ce chemin, surtout blessé.

Et pourtant, ils continuèrent.

Parvenu à la grotte, Jonathan dégaina sa lampe torche et s'enfonça dans la cavité, suivi par Antonio. Les murs suintaient et un froid glacial le saisit à la gorge. Ils progressèrent pas à pas, attentifs au moindre détail. Tout à coup, il leva le poing, ordonnant le silence.

Une voix enfantine s'élevait, psalmodiant les mêmes paroles entêtantes. Il tendit l'oreille. *Il était une fois… une île perdue… au fin fond des mers… loin de toute civilisation….*

Alors qu'un large sourire étirait les lèvres d'Antonio, Jonathan reprit sa marche, incrédule.

Brutalement, le faisceau de sa torche accrocha la couverture en polaire rose bonbon. La silhouette se recroquevilla, un bras courbé devant son visage, avec un halètement de bête traquée. Il abaissa sa lampe, notant les boucles noires mêlées de sang et les doigts rougis qui tremblaient. Malgré son effroi évident, l'enfant n'envisageait même pas de fuir. Il murmura :

— Rentrez au village chercher la voiture, Antonio. Ainsi qu'une bâche. Je reste ici. Nous devons le ramener discrètement, personne ne doit découvrir sa survie.

Le vieil homme sortit et il s'approcha :

— Bonjour, Matteo. Tu n'imagines pas à quel point je suis soulagé de te trouver…

Il s'accroupit, expliquant d'une voix douce et rassurante :

— Je suis un ami de ton papa. Nathanaël. Je suis venu pour t'aider. Ne crains rien, je travaille avec lui.

Aussitôt, son esprit corrigea cette tournure de phrase. *Travaillait, John. Pas travaille. Nathanaël est mort.* Ce rappel de la cruelle vérité lui vrilla le cœur et il concentra son attention sur le garçon tremblant devant lui. Nathanaël avait sacrifié sa vie pour protéger son fils, à lui de reprendre le flambeau. Il sourit et sortit une gourde de son sac à dos. Le gamin devait être déshydraté.

— Tu as soif ? proposa-t-il en secouant la bouteille, provoquant le clapotement de l'eau.

Le bras brandi s'abaissa, dévoilant des prunelles vert émeraude scintillantes. Jonathan haleta : les larmes avaient tracé des sillons sur ses joues noircies et le désespoir obscurcissait l'éclat de ses iris. Il l'aida à boire, le détaillant sans un mot, touché des similitudes physiques qu'il percevait avec son meilleur ami. Il s'attarda sur sa poitrine découverte et frémit : la peau était affreusement brûlée, même si les séquelles semblaient minimes compte tenu de la violence de l'incendie. Il devait souffrir le martyre. Alors qu'on lui avait appris à cadenasser ses émotions, il craqua :

— Je vais m'occuper de toi maintenant, Matteo. Personne ne te fera plus de mal, je te le promets.

Il ne savait même pas si l'enfant comprenait le français, mais ce détail importait peu. Cette promesse les liait. Quoi qu'il arrive, il protégerait le fils de Nathanaël.

Sans lui accorder la moindre réponse, le gamin avait recommencé à débiter son monologue. *Une île magnifique… entourée de flots bleu turquoise…* Il était reparti dans un monde imaginaire où, impuissant, il ne pouvait pas le suivre.

Le colonel se redressa sur son divan. Avisant l'horloge au-dessus de son bureau, il grimaça. Cinq heures du matin. Il tendit la main et se saisit de son téléphone. De l'index, il le déverrouilla et soupira. Petrov l'informait qu'il regagnait Novgorod pour traquer James Blake. Parfait.

Il reposa l'appareil et se laissa choir contre le dossier du canapé, fermant les yeux à nouveau. Ses songes le hantaient, prégnants. Il ressentait encore l'odeur de suie qui imprégnait les boucles de Matteo lorsqu'il l'avait porté pour le sortir de la grotte. Les jours suivants équivalaient à un chemin de croix. Les souvenirs affluèrent et il se leva, perturbé. Seize ans s'étaient écoulés et il n'avait rien oublié.

Le visage bouleversé de Matteo était gravé dans son esprit, tout comme la cicatrice marquait sa peau, juste au-dessus du cœur. Physiquement, ses blessures s'avéraient minimes, en regard de la violence de l'incendie. Psychologiquement, les séquelles restaient impossibles à chiffrer. Selon les spécialistes, le traumatisme subi l'avait plongé dans un état de sidération duquel il ne sortirait que lorsqu'il surmonterait le choc. Il ne parlait pas, chantonnant les mêmes paroles tout en griffonnant. Ces dessins…

D'un pas déterminé, le colonel se leva et s'empara d'un lourd dossier duquel il tira des dizaines de feuilles jaunies par le temps. Il les étala sur la table et grimaça : sur chacune d'elles, au crayon, un unique paysage. Un croquis maladroit mais précis d'une île perdue dans les flots, agrémentée d'une tour ronde au sommet de laquelle brillait une cloche, surmontée d'une flèche ornée d'une colombe. Une vue qui semblait tout droit issue d'un conte de fées.

D'une main rageuse, il rempila les feuillets et les fourra dans leur cercueil de carton. Il avait enterré ces souvenirs depuis seize ans et refusait qu'ils viennent chambouler son présent.

À l'évocation de la situation explosive qu'il avait créée en Russie, une sueur froide désagréable glissa le long de sa colonne. Plus jamais ça.

Et pour éviter de mettre Matthew en danger, il avait établi un plan.

Un plan radical, mais nécessaire.

Matthew comprendrait : après tout, il s'agissait d'un homme raisonnable et prudent.

2

Mercredi 22 janvier
10 H 00
Aéroport de Moscou, Russie

— Matthew. Matthew Brady.

Les mots avaient fusé, par pur réflexe, et il se mordit la langue. Depuis une semaine il jouait la carte de la prudence à l'extrême et voilà qu'il balançait son véritable nom à une parfaite inconnue ! *Non, mais vraiment, quel con ! T'es suicidaire ou quoi ?* Il ancra ses pupilles sur le visage rougi de l'arrivante, tentant d'y déceler une quelconque trace de menace. Alors que les battements de son cœur s'accéléraient, il se força à la pondération. *Ne cède pas à la paranoïa, c'est une simple passagère !*

Les yeux couleur chocolat de Niki Costa pétillèrent et elle lui dédia un large sourire en s'étendant contre son fauteuil, étirant ses jambes :

— Ravie de vous rencontrer, Matthew. Si vous saviez à quel point je suis soulagée d'avoir attrapé ce vol ! D'après mon patron, il s'agit d'une question de vie ou de mort ! Enfin, pas la mienne, mais bon… ajouta-t-elle avec un rire désinvolte.

Il frémit et avala sa salive. *Le menaçait-elle ?* Elle s'exprimait en français avec une pointe d'accent qu'il n'identifia pas. Il la scruta alors qu'elle glissait sa besace sur ses genoux. Elle y fouilla d'une main fébrile, rabattant derrière son oreille les mèches de cheveux qui retombaient sur sa joue.

Que cherchait-elle ? Il se raidit, réalisant qu'il anticipait un mouvement agressif de sa part. Allait-elle dégainer une arme pour le menacer ? Un spray bourré de nanoparticules pour l'empoisonner ? Il était piégé côté hublot et l'air sembla se raréfier. Il retint sa respiration.

Il recula et la butée de la fenêtre s'enfonça dans ses côtes. Ce contact froid et dur le doucha. *Calme-toi, Matt ! Tu frôles le ridicule, elle ne va pas te zigouiller en plein vol !* Ses nerfs craquaient. Il inspira pour modérer la cadence de son cœur. Elle ne s'intéressait pas particulièrement à lui et il se raccrocha à cette impression rassurante.

Malgré tout, il poursuivit son inspection, critique. Son style tranchait avec ceux d'Alexeï, l'homme de main balafré, de Lars Volkof, le tueur international ou de James Blake, l'usurpateur. Toute en rondeurs féminines, sa silhouette ne rappelait en rien celles de Giulia et de Marina. Ses mèches lisses glissaient sur ses épaules sans aucun artifice, ses boucles d'oreille pendaient en tintant contre son cou et le tatouage discret au creux de son poignet arborait un motif fleuri, tel un mandala, qu'elle dissimulait sous une superposition de joncs colorés. Alors qu'elle relevait les yeux, elle capta son regard attentif et l'observa un court instant avant de pencher la nuque sur le côté en murmurant, dépitée :

— Vous n'avez pas un élastique à cheveux dans votre sac, n'est-ce pas ?

Un élastique à cheveux ? Devant sa mine perplexe, elle s'excusa :

— Désolée, je n'ai jamais appris à tourner ma langue dans ma bouche sept fois avant de parler. Ce que mes frères ne se privent pas de me reprocher, d'ailleurs…

Elle repoussa ses mèches rebelles et le dévisagea, attendant vraisemblablement une riposte à sa tentative d'humour. Peine perdue. Mal à l'aise, Matthew consentit, penaud :

— Je n'en possède aucun, effectivement.

Elle soupira et reposa sa tête sur le dossier du fauteuil, avec un pauvre rictus :

— Ça m'apprendra à boucler mes bagages à la va-vite. Je déteste les ultimatums. Pas vous ?

Que pouvait-il répliquer ? Il se contenta d'un grognement. Comprenant qu'il ne désirait pas entretenir la conversation, Niki se rembrunit. Tant pis pour elle. Pour une fois qu'elle était installée à côté d'un spécimen mâle en dessous de quarante ans, elle était tombée sur le modèle peu causant. Pas cool.

Notant que l'hôtesse débutait les consignes de sécurité, elle se cala au fond de son siège et ferma les paupières. Le voyage durait quatre heures.

Quatre heures pour se préparer avant de passer à l'action. Elle en aurait besoin pour statuer sur l'issue de ce vol.

3

Mercredi 22 janvier
11 H 00
Manoir des Ivanov – Novgorod

Dix-sept heures.

Il était parti depuis moins de dix-sept heures et elle avait compté les minutes comme une midinette en mal d'amour délaissée par son prince charmant le soir du bal. Pathétique. Croisant son regard dans le miroir de la salle à manger, elle grinça :

— Tu fais pitié ma pauvre fille !

Cette remarque sans concession ne valait rien ; personne ne la détromperait. Elle la soulagea un quart de seconde, avant qu'elle ne perçoive les pas lourds de Sergueï Ivanovitch qui approchaient. Recouvrant ses esprits, elle s'éloigna : elle refusait de côtoyer son irascible paternel. Dès qu'il avait été averti du départ de Nicolaï Oussopov, le Russe l'avait assassinée d'un œil noir, convaincu qu'elle avait provoqué la fuite de son fiancé. *Encore.*

Et cette fois, les torts résidaient dans son camp : elle avait clairement incité Matthew à l'abandonner.

Ravalant un soupir, elle s'engagea dans l'escalier qui menait à la chambre de sa nièce, Alessandra, ressassant la cascade d'événements qui avait déclenché ce clivage : elle, coincée en Russie et lui, en vol pour Paris… Elle l'avait cherché.

Vexée d'apprendre que le colonel n'envisageait pas de la rapatrier en France avec son fils – qui était-elle, sombre idiote, pour imaginer que le militaire la considère comme un membre de l'équipe ?! – elle avait surréagi, libérant ses mégatonnes de frustration.

Sous l'emprise de l'exaspération, Petrov en avait pris pour son grade. Elle avait assuré qu'elle ne délaisserait jamais sa famille malade. *Non, mais quelle opinion délirante il s'était forgée ?* Qu'elle avait rempli sa part du contrat et qu'elle excluait d'être ballottée comme un colis de Novgorod à Lille ! Fulminante, elle avait creusé sa tombe, inconsciente du danger.

Lorsque sa colère avait reflué, Petrov avait déjà abondé dans son sens. Il argua que sa présence au manoir rassurerait James Blake, qui ne se douterait pas que son mensonge avait été éventé. Que sa grandeur d'âme permettrait de garantir la sécurité de Matthew ! Qu'elle se révélait une sœur et une fille aimante qui, évidemment, veillerait au bien-être des siens en demeurant sur place !

La bouche sèche, elle était restée raide devant lui, alors que son cœur s'effritait.

Piégée.

Ensuite, elle avait dû informer Matthew de sa décision. Aussi tranchante que le scalpel du chirurgien, elle avait aligné ses arguments, scarifiant ses convictions sans pitié. Il avait encaissé coup après coup, incapable de concevoir qu'elle le rejette ainsi. Elle l'avait poussé dans ses retranchements, espérant par sa froideur extrême stimuler une riposte.

En vain. Bien élevé, il avait cadenassé sa rancœur et respecté ses choix. Elle en aurait pleuré…

Elle agissait sans pondération et lui en possédait bien trop ! Si seulement il s'était comporté comme un homme de Cro-Magnon… Sourd à ses protestations, il l'aurait soulevée et glissée sur son épaule avant de la porter à la voiture. Elle aurait martelé son dos avec ses poings en criant, mais il se serait obstiné, sûr de ses sentiments… Si seulement…

Il subsistait un faible espoir : ce baiser rebelle qu'il lui avait volé sur le perron du manoir avant que Petrov ne les fustige… Elle n'avait pas rêvé la lueur qui s'était allumée dans ses prunelles vertes.

Une bouffée de chaleur la traversa, suivie d'une vague de honte : quelle féministe se vautrerait dans cet élan de romantisme à deux balles, digne des pires romans de gare ? Une semaine en Russie ne pouvait l'avoir totalement lobotomisée, n'est-ce pas ? Elle devait se ressaisir.

— Marina ! T'es où ?

La voix geignarde d'Alessandra la ramena à ses préoccupations terre à terre. Si Matthew s'était envolé, le virus de la rougeole sévissait toujours. Avec une profonde inspiration, elle entra dans la chambre, un large sourire artificiel plaqué sur son visage. Veiller sur Zoya et ses enfants représentait un soulagement. Cette occupation lui avait permis de combler le vide, l'esprit concentré sur les besoins factuels et simples des malades. Manger. Boire. Chaud. Froid. Médicaments. Des ordres limpides et faciles à contenter. Sans surprise.

Alors qu'elle repoussait la porte derrière elle, un son caractéristique la fit sursauter. Le tintement clair de l'arrivée d'un message sur son portable. Il gisait, enfoui au fond de sa poche et elle se retint de le saisir. Alessandra s'enflamma :

— C'est ton téléphone ?

— Oui.

— Pourquoi tu réponds pas ?

— C'est un message.

— Pourquoi tu le lis pas ?

— Il n'y a pas d'urgence.

— Si tu t'en fichais, tu ne l'aurais pas emmené avec toi. Et tu l'aurais éteint.

Touché. Quelle petite peste !

La gamine avait raison, bien sûr. Elle avait guetté un signe de Matthew depuis son évacuation et hyperventila. Supposons que le SMS provienne de lui. Répondrait-il à ses attentes ? Ou au contraire viendrait-il sonner le glas de ses maigres espérances ? Sous le regard fiévreux d'Alessandra, elle sortit le téléphone et le retourna, face cachée, sur la couverture. Telle une grenade dégoupillée. La fillette s'étonna :

— Tu l'ouvres pas ?

— Je n'ose pas.

— Mais pourquoi ?

Marina tenta de lui expliquer qu'elle craignait son contenu. Plus elle s'empêtrait dans ses justifications, plus le front de sa nièce se plissait. Elle grimaça :

— Tu sembles folle ma tante. Je crois que ton amoureux te manque trop. Tu sais, tu l'as reçu, il va pas changer…

Marina la détesta un instant de son honnêteté, crue et malhabile. Elle lui envia cette vision candide, qui faciliterait sa vie d'adulte. Avant qu'elle ne la retienne, la convalescente s'empara du portable :

— Oh, un lien, je clique…

Avant qu'elle proteste, Alessandra avait appuyé sur l'hypertexte et une courte vidéo se téléchargea. Dépitée, elle commenta :

— C'est pas Nicolaï, juste un jeu tout pourri… Pouah, quelle mocheté ce personnage !

À quelques kilomètres de là, un SMS arriva sur un smartphone de dernière génération. « Logiciel espion installé. Prêt à l'usage. »

Le destinataire effaça ces nouvelles avec un rictus. Qui sait si elle lui servirait… Autant varier les plaisirs : il avait choisi de l'utiliser plutôt que de la tuer.

Agrippant l'appareil, Marina ferma l'onglet, le passa en mode silencieux et le fourra au creux de sa poche avant de s'asseoir à côté de sa nièce. Sa gorge était si serrée qu'elle ne risqua pas une parole, de peur de pleurer. Alessandra, se sentant affreusement coupable, lui prit la main et murmura :

— T'inquiète pas, ma tante, je parie qu'il pense à toi aussi.

4

Mercredi 22 janvier
11 H 00
Dans l'avion survolant l'Europe

La femme assise à ses côtés accaparait ses pensées. Elle lui jetait de fréquents coups d'œil qu'elle croyait discrets.

Ce qui se révélait extrêmement troublant. Mais moins flippant qu'une heure plus tôt. Il avait rabaissé ses angoisses : en tant qu'espionne professionnelle à la solde de Zeus, elle s'avérait vraiment nulle.

Après lui avoir demandé un élastique – quel mec aux cheveux ras se baladerait avec ce genre d'accessoire dans son sac ? – elle s'était murée dans un mutisme entrecoupé de soupirs, se contentant de le dévisager et de rougir quand il la prenait en flagrant délit. Depuis une heure, ils s'étaient engagés dans un étrange duel de regards et de mimiques silencieuses. Ce comportement irrationnel le perturbait et il attendait avec impatience que l'avion atterrisse à Paris pour s'éloigner d'elle. Il ne lui vint pas à l'esprit qu'elle simulait cette maladresse pour le duper. Encore moins pour le séduire.

Dans une tentative pour détourner son attention, il avait repris son fusain et s'évertuait à fixer sur le carton les détails de l'île dont il avait rêvé la nuit précédente. Sa mémoire eidétique tenait ses promesses, mais il peinait à concentrer ses efforts sur le dessin, trop préoccupé par les œillades de sa voisine. L'envie de cacher sa copie avec son bras, réaction puérile mais épidermique digne d'un collégien, le tarauda…

De son côté, Niki se força à contempler le dossier du fauteuil devant elle. Une fois de plus, il l'avait fusillée du regard. Elle ne lui en voulait pas, elle n'arrivait pas à détacher ses iris de la courbe de son visage. L'arête de son nez frôlait la perfection et elle avait craqué sur la cicatrice qui barrait son sourcil droit d'une fine marque blanche qui renforçait le caractère de ses traits. Il… *Mate le fauteuil, Niki, tu le fais flipper…* Elle détailla les coutures de l'accoudoir devant elle et grimaça. Chaque fibre semblait grossièrement assemblée aux autres et l'ensemble se révélait totalement inesthétique. Quelle torture pour ses sens exacerbés !

Elle tourna à nouveau les yeux vers lui, énumérant chaque muscle de sa main alors qu'il dessinait. Le tempo fluide et déterminé qu'il imposait à son crayon la fascinait. Elle le disséquait d'un œil avide et associait une musique à chacune des volutes noircies sur le papier. Dans son cœur, la symphonie N°40 en sol mineur de Mozart vibrait au rythme de ses tracés, puissante, angoissée et teintée de mélancolie. Parfait écho de ses ressentis.

Depuis une demi-heure, il donnait naissance à son œuvre, tel un chef d'orchestre. Elle avait apprécié le dynamisme nimbé de fragilité des flots frappant les falaises, la rugosité émouvante des parois rocheuses et l'aspect désertique, presque esseulé, de l'île qui émergeait mouvement après mouvement. Son croquis s'animait à travers le toucher gracile de ses doigts qui la subjuguait.

Lorsqu'il avait tracé les contours d'une tour ronde, accrochée aux flancs de calcaire, elle s'était figée, dans l'attente. Il avait ensuite poursuivi, délimitant l'enceinte de chaux blanchie d'un bâtiment au toit bombé. Elle avait retenu sa respiration, jusqu'à ce qu'il définisse la courbure d'une cloche, puis la flèche de métal s'élançant, intrépide, vers les cieux. Sa conviction se renforçait et elle restait hypnotisée par son esquisse.

Tout à coup, il fronça les sourcils, interrompant son geste, en proie à l'hésitation. Il posa son crayon et elle gémit : il n'allait pas laisser son dessin inachevé quand même ? Le rythme de son cœur accéléra. Alors qu'elle s'était promis de se taire, les mots fusèrent :

— C'est une colombe.

Il sursauta et elle trembla sous le feu de ses prunelles brunes. Rougissant, elle se justifia :

— La flèche, elle est ornée d'une colombe, juste au-dessus de la cloche.

Un silence pesant suivit ses paroles. Il la scrutait sans douceur. Elle avala sa salive avec difficulté, songeant qu'elle avait raté une occasion de la boucler. Elle serra ses poings entre ses genoux, se liquéfiant sous son jugement. Elle déglutit. Au moins, maintenant, elle pouvait le fixer sans craindre une remontrance… et compter les discrètes taches de son qui parsemaient son teint ambré.

Matthew oscillait entre colère – de quoi se mêlait-elle ? – frustration – de quoi parlait-elle ? – et angoisse – comment le savait-elle ? Ce maelström de sentiments divergents menaçait de lui faire perdre pied, quand il remarqua ses mains tordues et la délicate veine qui palpitait à la base de son cou. Autant de signes qu'elle crevait de peur. *De lui ou d'avoir mis en péril sa couverture ?* Inspirant, il lança, prêt à en découdre :

— Depuis notre départ, vous n'arrêtez pas de me dévisager. Qu'est-ce que vous me voulez ?

Il misait sur cette question abrupte pour la déstabiliser et fut ravi du résultat. Elle se tassa sur son siège, ses pommettes aussi rouges qu'une Pink Lady et grommela :

— Je souhaitais juste vous aider pour votre croquis…

Gros mensonge… Au voile d'orage qui nimba ses iris, elle devina qu'il l'avait démasquée. Il gronda, se penchant vers elle pour ne pas alerter les autres passagers :

— Vous me prenez pour un idiot ? C'est Zeus qui vous envoie ?

Elle se recroquevilla, crispant son sac besace contre sa poitrine, saisie d'un tremblement. Soudain, leur avion traversa une turbulence et elle glapit. Ses yeux chocolat s'embuèrent et elle murmura :

— Je ne comprends pas… Je vais changer de place…

Elle commença à se lever, mais un second trou d'air plus violent provoqua sa chute, alors que les consignes de sécurité s'allumaient. L'hôtesse approchait : ils devaient attacher leur ceinture. Matthew plissa les paupières et sourit froidement :

— Vous ne fuirez pas, Niki Costa. Alors, si vous désirez éviter que je me fâche, je vous propose d'avouer pourquoi vous me fixez depuis une heure.

Ses grands yeux bruns noyés d'effroi, Niki Costa se cala dans son fauteuil.

Elle ne parviendrait pas à lui mentir très longtemps…

5

Mercredi 22 janvier
11 H 00
Maison médicalisée – Lille

C'est quoi ce brin ?

Cette exclamation typiquement chti résumait parfaitement son état d'esprit. Depuis qu'il avait quitté le commissariat avec le colonel Brady, le capitaine Duhamel oscillait de surprise en consternation, acceptant mal d'avoir sous-évalué la portée tentaculaire de cette affaire.

Alors qu'il pensait maîtriser les événements, il devait reconnaître qu'il avait tout faux, ou presque. Ce qui l'horripilait.

La veille, le colonel l'avait conduit à la caserne, centre névralgique des opérations. L'accueil dans cet antre du secret avait renforcé son sentiment concernant à la fois l'urgence de la situation et la personnalité entière du militaire. Depuis, il se baladait les yeux et les oreilles grands ouverts. Ce qu'il découvrait assombrissait son humeur.

L'un après l'autre, il devinait les méandres des investigations et mesurait combien ses œillères l'aveuglaient.

La mort de Giulia Olivetti constituait la pointe visible d'un iceberg lugubre dont la profondeur s'étoffait mot après mot.

— Pour résumé, Giulia Olivetti n'était qu'une marionnette qui a œuvré au service d'un homme qualifié pompeusement de Zeus. Elle a tué Lucio Andreotti avant le Nouvel An, en utilisant une des formules nanoparticulaires identifiées par Peterson. Ensuite, elle a débarqué à Lille et s'en est prise à

Matthew. Qui sait combien d'autres personnes elle a manipulées et pourquoi… D'après Lars Volkof, son commanditaire l'a éliminée quand elle s'est révélée moins docile.

— Rien que ça… pas très tolérant ce Zeus… grommela Duhamel, avant d'ajouter avec un fin sourire provocateur : cela dit, ça me rassure de constater que je n'étais pas complètement à côté de la plaque…

— C'est-à-dire ?

— C'est-à-dire que votre fiston s'est fait harponner comme un bleu par la bimbo italienne… et ça je l'aurais parié !

— Félicitations pour cette clairvoyance, Capitaine Duhamel. Vous proposez de suspendre les recherches et de miser sur votre *don* pour stopper Zeus, peut-être ?

Cette riposte le fustigea et Duhamel le défia du regard. Le stratège n'appréciait pas le fait qu'on dénigre son rejeton, mais lui ne tremblerait pas devant ces prunelles glaciales. Il analysa :

— Si vous êtes venu me chercher, Colonel, faut accepter mon franc-parler…

— Exact, consentit le militaire. J'ai besoin de votre équipe sur le terrain. Les armes incriminées s'avèrent extrêmement difficiles à circonvenir.

— Vous parlez de ces nanoparticules ?

Son scepticisme suintait, mais il ravala une blague de mauvais goût. Lorsque Thibault Peterson lui avait montré les clichés de leurs coupables, véritables chevaux de Troie submicroscopiques, Alain Duhamel avait cru à un bobard. Comment ces bidules minuscules pouvaient causer d'aussi gros dégâts ?

Avec un sourire tendu, le pathologiste avait dressé un état des lieux édifiant de la menace, anéantissant en quelques propos bien sentis toute velléité de plaisanterie. Duhamel avait compris pourquoi le colonel s'était allié à eux : seule une action coordonnée et rapide éviterait le pire. Il reporta son attention sur le gradé qui expliquait :

— En effet. Elles restent stables et indétectables à l'œil nu. Peterson les a identifiées dans les prélèvements de Giulia Olivetti et dans ceux de Constance Dubois, une patiente prise en charge mardi dernier par Matthew. Victime comme Olivetti d'une surdose de cocaïne suffisamment atypique pour susciter quelques interrogations. Nous savons que la surface du téléphone portable de Giulia était contaminée, mais nous ignorons comment

Madame Dubois a été exposée. Il s'agit peut-être de notre patient zéro. Reste à définir comment elle a pu entrer en contact avec les nanoparticules. La famille rechigne à discuter avec nous. Quant à la jeune fille, elle survit à peine...

— Bref, une parfaite enquête de terrain pour notre réseau d'indics. Rien d'impossible. Ensuite ?

— Un travail de fourmi. Nous devons déterminer si la rumeur d'une nouvelle drogue s'est déjà répandue. Si des décès suspects ont été répertoriés. Effectuer le tour des hôpitaux et des morgues qui auraient accueilli des cadavres correspondants à nos profils. En résumé, secouer l'arbre pour voir ce qu'il en tombera. Vous possédez les connexions nécessaires.

— Ce sera fait. Et bien. Quoi d'autre ?

— Furmankowski. Mes hommes à Gstaad l'attendent. De là, ils iront enquêter sur un certain docteur Holloway. J'imagine que vous connaissez ce nom ?

— Évidemment, il s'agit du responsable de l'essai clinique *1 chance sur 2*. Bellini m'a briefé à son sujet. Pas grand-chose à se mettre sous la dent d'après nous.

— Mêmes conclusions de notre côté, mais ensemble, nos coéquipiers se montreront plus incisifs.

— OK. Je m'assure que Furmankowski les rejoigne.

Un silence pesant s'installa que Duhamel brisa sans délicatesse :

— Je vous jure, Colonel, quel sacré merdier... Mais ces perquisitions ne constituent que des rustines sur un pneu crevé. À quel moment on répare en profondeur ?

Le regard lourd qu'il reçut valait un long discours.

Jonathan Brady ne disposait d'aucune réponse.

6

Mercredi 22 janvier
11 H 00
En face de l'hôtel – Novgorod

Il n'avait pas résisté.

Assis au bistrot en face de l'hôtel, il observait, narquois, les répercussions de l'atterrissage moins que gracieux de Sofia Pouchkine sur le pavé. D'un œil critique, il se délectait de cette expérience sociale, dont il avait déjà choisi l'intitulé : chaos et résilience.

Autrement dit, dans son jargon scientifique : perturbation du système et retour à l'équilibre… Une véritable démonstration de thermodynamique.

Quelques secondes avant le suicide de la journaliste, les habitants du quartier œuvraient, telles des fourmis besogneuses. Ils marchaient dans la rue, leur objectif parfaitement défini, chacun porté par son énergie propre. Du choix du trajet au nombre de pas en passant par les éventuels arrêts, chaque itinéraire visait à économiser le moindre effort et combler le nécessaire. Un fond sonore monotone, à peine brisé par les ronronnements des moteurs. Des salutations matinales. Les tintements des tasses de café servies au bar. Un parfait modèle d'équilibre, où chaque pion bénéficiait de ce dont il avait besoin. Ni plus ni moins.

Tout à coup, l'élément perturbateur. Chutant du cinquième étage, une femme aux cheveux roux, convaincue d'être un oiseau. Les ailes en moins.

Trente secondes avaient suffi pour engendrer le chaos. Trajectoires brisées. Courses effrénées pour fuir la scène. Détours pour assouvir une curiosité morbide. Désorientés, les pions s'étaient éparpillés, réagissant à cette perturbation inattendue par une dépense d'énergie disproportionnée. Les cris avaient fusé, mêlés aux larmes et à l'hystérie. Chacun avait agi selon ses règles, dans un désordre complet, jusqu'à ce que les secours débarquent sur place, sirènes hurlantes.

Alors, les éléments s'étaient apaisés, les pions s'étaient réorganisés. Retour à un nouvel état d'équilibre. Les passants avaient repris leurs occupations, évoluant dans un système inédit sans même s'en rendre compte.

Combien de temps le souvenir d'une inconnue écrasée au sol allait-il les perturber ? Quelques semaines, au mieux… Lui, de son point d'observation, l'avait effacée de sa mémoire. Sofia Pouchkine, qui appréciait tant le devant de l'estrade, avait vécu sa dernière heure de gloire éphémère avant de sombrer dans l'oubli. Un bel exemple de résilience sociale.

Il ricana en exigeant l'addition. Ce petit café-spectacle avait constitué une délicieuse saynète, lui prouvant une fois encore combien l'Homme restait manipulable et prévisible. Maintenant, il devait quitter la Russie, d'autres expériences l'attendaient.

Ironique, il songea que son analogie avec la thermodynamique se révélait faussée. S'il considérait le second principe, la mort de Sofia s'apparentait à une transformation irréversible. De ce fait, l'entropie globale du système, c'est-à-dire son degré de désorganisation, avait nécessairement augmenté.

Pourtant, selon ses critères, cette disparition funeste simplifiait l'équation et facilitait la suite de son programme.

Peut-être n'était-ce, au fond, qu'une question de référentiel…

7

Mercredi 22 janvier
12 H 00 (heure russe)
Dans l'avion survolant l'Europe

Incapable de refréner un tremblement, Niki prit autant de temps que possible pour boucler sa ceinture. Oserait-elle lui avouer ce qui la poussait à le dévisager comme si elle n'avait jamais vu un homme auparavant ? Quelle perspective affreusement gênante !

Pour le moment, il la considérait comme une criminelle en puissance et l'accusait. De quoi, d'ailleurs ? Qui était ce Zeus, dont le nom sonnait comme une abomination ? Elle inspira et se tourna vers lui, ancrant ses prunelles dans les siennes. Il cherchait à l'intimider ? Qu'il essaie : ses six frères aînés l'avaient endurcie.

Comment riposter ?

Son estomac bondissait dans sa poitrine et les trous d'air que l'avion traversait ne pouvaient être tenus pour responsables. Dès qu'elle s'expliquerait, il la jugerait. Sa propre famille acceptait mal sa différence ; elle-même s'estimait ridicule parfois. Mais renier sa nature profonde équivalait à lutter contre le courant et ne l'amènerait qu'à la noyade.

Le silence s'établit et elle tourna la tête sur le côté, perplexe. Ses boucles d'oreille tintèrent. Décelait-elle un soupçon de fragilité derrière le rideau glacé de ses prunelles brunes ? Il l'attaquait et pourtant semblait craindre sa réponse, telle une victime. Elle souffla, au diapason de son humeur changeante :

— Exact, je vous observe depuis notre départ. Ne vous fâchez pas.

Cet aveu le sidéra. Il ouvrit la bouche, la referma. Devant lui, la brune ne détournait pas le regard. Les paumes à plat sur ses cuisses, elle le dévisageait. Sa colère reflua d'un coup, muée en incompréhension :

— Mais pourquoi ?

Elle le scruta, puis se jeta à l'eau.

— Trente-deux.

— Pardon ?

— Trente-deux. Il s'agit du nombre de taches de rousseur parsemant votre visage.

Il écarquilla les yeux, incapable de formuler un commentaire. Elle aspira et continua, en montrant le siège devant elle :

— Le motif du tissu est composé d'un carré tous les trois centimètres. L'hôtesse possède six boutons à son chemisier, dont un qui est partiellement fermé. Ça renvoie une impression de négligé, je trouve. Je compte douze pas, soit dix mètres pour se rendre aux toilettes. Vous clignez des paupières huit fois par minute, ce qui se situe en dessous de la moyenne. Étrange. Là, vous me fixez et vous aggravez la situation. Vous allez assécher votre cornée. Votre fréquence respiratoire est passée de quinze cycles par minute à dix-huit depuis que j'ai commencé à déballer mes observations… Dois-je poursuivre ?

Elle avait débité ces chiffres sans affect. Matthew leva une main pacificatrice et souffla :

— Qu'essayez-vous de prouver ?

— Je vous explique que j'analyse tout ce qui m'entoure. Je dissèque chaque élément. C'est pénible, mais je suis née ainsi.

— Dont mon visage ?

Elle rougit ; il ne la croyait pas… Perdue pour perdue, elle détailla :

— Je travaille dans le milieu des Arts, principalement la sculpture, le dessin et la peinture… j'organise des expositions, ce genre d'exhibition…

— Je ne vois pas le lien…

Elle grommela. *Il tenait vraiment à ce qu'elle l'exprime ?*

— Bien, j'avoue ! Votre ossature est… esthétique.

— Pardon ?

— Vous êtes beau, on a dû vous le dire, non ? Dès que je vous ai vu côté hublot, j'ai noté la symétrie de vos traits, mis à part la fine cicatrice dans votre sourcil droit, mais ça donne du caractère à l'ensemble. L'arête de votre nez, le creux de vos pommettes, même vos fossettes sont parfaits ! Bref, je vous ai étudié ! D’ailleurs, au passage, quand vous laissez pousser vos cheveux, ils bouclent, non ?

Il était tellement estomaqué qu’il peinait à rétorquer. Pire, il piquait un fard. Elle s'obstina :

— Après votre visage, j’ai fait une fixette sur vos doigts. Leur mouvement lorsque vous avez dessiné. J’y ai même posé une mélodie.

Elle intercepta son regard, mi-horrifié, mi-impressionné :

— Oui, je sais, je suis barrée. Allez, exprimez-vous, je me sens comme une idiote maintenant…

Il reprit son souffle, à peine conscient de sa confession. Un TOC. Trouble obsessionnel du comportement. Une pathologie plausible et inoffensive… si elle s'avérait réelle. Il ajouta :

— Quel morceau ?

— Symphonie N°40 en sol mineur de Mozart… elle commença à chantonner et il écarquilla les yeux. Quoi, vous auriez préféré du Imagine Dragons ?

Il pouffa et recentra la discussion :

— Donc, vous gérez une galerie d’art ?

— Oh là, non ! Vous côtoyez l'obscure assistante. Celle qui s'occupe de tous ces petits détails pratiques jugés insignifiants par les artistes…

— Avec votre esprit d’analyse aiguisé, vous devez exceller.

— Mon TOC possède du bon parfois, j’avoue. Vous voulez voir sur quoi je bosse ?

Elle plongea la main dans son sac et il se raidit. Elle suspendit son geste et grimaça :

— Pourquoi vous vous crispez ? Vous avez peur que je vous frappe avec mon agenda ou quoi ?

Sa plaisanterie tomba à plat. Son visage fermé l'impressionna et elle murmura :

— Vous croyez vraiment que je vous veux du mal ? Mais pourquoi ? On vient de se rencontrer ! Une étrangère vous a déjà battu ?

Elle interrompit son discours, captant la flamme qui s’était allumée dans ses prunelles. Touché. Il rétorqua, tout à fait sérieux :

— Frappé, non. Trahi, oui.

Il la scruta et asséna, épiant chacune de ses réactions :

— Cherchez-vous à me nuire ?

— Je suis toquée et vous paranoïaque. Elle darda son regard sur lui et prononça, détachant chaque syllabe : je n'ambitionne aucunement de vous faire du mal. Et je ne connais aucun Zeus… mis à part le voisin de ma grand-mère, à Santorin, mais il a genre un siècle. Et si ça peut vous rassurer, voilà le redoutable contenu de mon bagage !

D'un mouvement sec, elle déversa les entrailles de la besace sur ses genoux. Satisfaite de son geste d'éclat, elle pouffa et observa Matthew, penaud et embarrassé par ce déballage d'objets féminins. Il leva les bras en signe de reddition. Elle n'avait marqué aucune hésitation. Au contraire, sa spontanéité semblait incompatible avec un travail d'espionne. Il s'empara du rouge à lèvres et l'ouvrit avant de lui tendre avec un sourire :

— Touché, je reconnais que j'exagère…

Il l'aida à ranger son sac à main, en profitant pour se tranquilliser totalement. Finalement, il rebondit sur ses dernières paroles :

— Ainsi, vous habitez en Grèce ?

— Oui, Monsieur. Cent pour cent. Ce qui me permet d'être catégorique.

— À quel propos ?

— Votre croquis. Sur la flèche, il manque la colombe.

Il resta muet, puis sortit le dessin qu'il avait délaissé. Elle grimaça :

— Quelle torture pour les yeux, terminez-le s'il vous plaît !

Elle pointa du doigt le dôme arrondi, la cloche et clama :

— Il faut une colombe. Juste ici. Vous pouvez le compléter ?

Sa voix plaintive trahissait combien elle y accordait d'importance, mais lui errait, perdu dans ses pensées. Il s'étonna :

Vous savez où se situe cet édifice ?

— Et bien oui, j'y vis depuis presque trente ans…

Devant son air d'incompréhension, elle précisa :

— Cette architecture caractérise les monastères que l'on trouve dans les Cyclades. Santorin, Anafi, Amorgos, toutes ces îles sont bourrées de vieilles pierres… Mais vous les avez visitées, non, pour les dessiner de mémoire ?

Au voile qui obscurcit ses iris, elle comprit qu'il tombait des nues.

8

Mercredi 22 janvier
12 H 00
Suisse

Les mains crispées sur le volant, l'inspecteur Pierre Furmankowski pestait entre ses dents. La liste de ses griefs s'allongeait. Il n'aimait pas le froid. Il n'appréciait pas la neige. Il avait horreur du chocolat. Il abhorrait le flegme suisse. Il exécrait les filles à papa. Il haïssait les banquiers d'affaires et leurs secrétaires particuliers. Il détestait ce séducteur de Paul Desprez. Il…

Son téléphone interrompit sa diatribe enflammée. Un coup d'œil à l'écran et il se rembrunit. Le Chef. Que lui voulait-il *encore* ? Par pur esprit de protestation, il laissa les sonneries s'éterniser… Une… Deux… Trois… Étrange, le Bouledogue n'abandonnait pas… Quatre… Cinq… Patience inédite. Poussé par la curiosité, il décrocha. Duhamel aboya :

— Furmankowski, t'étais aux chiottes ou quoi ?

— Bonjour à vous, Chef, grommela l'inspecteur. Qu'est-ce qui me vaut le plaisir ? Un contre-ordre, peut-être ?

— Pas du tout. Où on fait son lit, on se couche.

La voix du capitaine grinçait, tranchante.

— Tu vas arrêter de lambiner et retrouver le lieutenant Olivier et le docteur Desprez au plus vite.

— Vous savez tout le bien que je pense de cette mise à disposition, Chef.

— Et je m'en contrefous. Avec ou sans bonne humeur, tu t'exécutes et tu taffes.

L'inspecteur lui retourna un silence réprobateur. Duhamel, considérant son message limpide et sa patience épuisée, clôtura la discussion :

— J'exige une confirmation de ton arrivée à Gstaad ce soir.

Sur ces paroles, il coupa la communication avant de balancer son portable sur le bureau. Furmankowski se révélait un excellent élément, travailleur et acharné. Mais bordel, son côté franc-tireur était une vraie plaie !

Songeant que, de toute façon, il était mal placé pour enseigner la bienséance à qui que ce soit, il décida de concentrer son énergie sur leur enquête.

Avec un roulement d'épaules destiné à détendre ses muscles, il ramassa son portable et déclencha l'appel vers Bellini. Au moins, elle était polie.

Dans le bureau jouxtant le sien, le colonel attrapa son propre téléphone. Quelques secondes plus tard, son lieutenant le salua. Il ne s'embarrassa pas de longs discours :

— Furmankowski risque de vous faire passer un sale quart d'heure. Prépare-toi.

À plusieurs centaines de kilomètres, Mark Olivier raccrocha, mis en alerte. Paul, avachi dans un canapé, se redressa, avide de nouvelles.

— Alors, on sort de notre hibernation ?

— Tout doux, Paul. Les pions progressent comme nous l'espérions. Le colonel a convaincu le capitaine Duhamel de collaborer. L'inspecteur Pierre Furmankowski, rattaché au commissariat central de Lille, nous rejoint.

— Et il faut s'en réjouir ?

Cette exclamation sensée alerta Mark, qui réfléchit quelques secondes avant de concéder :

— L'ordre vient d'en haut. À nous de transformer cette obligation en opportunité. Tiens, lis son dossier, ça te donnera une idée du personnage. Il arrive dans quelques heures.

Paul attrapa le portefolio et feuilleta son contenu. La photo d'un homme grand et large d'épaules, au visage coupé à la serpe et les cheveux coupés ras, tel un skinhead, lui sauta aux yeux. Le moins qu'on puisse dire, ce que l'inspecteur ne brillait pas par sa jovialité. Il poursuivit sa lecture rapide alors que Mark sirotait un café.

Brigade des stups. Puis criminelle. Furmankowski avait côtoyé la lie de la société depuis plus de quinze ans. Ses états de service semblaient impeccables, pourtant son avancement de carrière stagnait. D'un point de vue personnel, l'homme se révélait célibataire, sans enfant. Il referma le document avec un point d'inquiétude. Ce quidam ne lui inspirait aucune confiance :

— Un impact sur le plan ?

— Marginal. Il se présente et on le sonde. Hors de question qu'on navigue en terrain miné. Une fois la situation clarifiée, on déroule notre programme. Des suggestions ?

— Non, ça me paraît correct.

Un silence s'installa, que le chirurgien finit par briser, conscient de la naïveté de sa requête :

— Des nouvelles de Russie ?

Réalisant qu'il n'avait toujours pas dévoilé à Paul la véritable identité de James Blake et les risques que Matthew avait courus, il esquiva. Sa priorité consistait à dompter l'inspecteur qui débarquait.

Dès que le Bouledogue raccrocha, son indignation flamba. D'un poing rageur, il écrasa le klaxon à s'en exploser les tympans. Plutôt que de balancer ses ordres en vrac, le Bouledogue aurait pu lui expliquer pourquoi il avait renoncé à leur indépendance et enterré une semaine d'investigations sur la simple injonction d'un colonel Moustache dont ils ignoraient tout.

Après tout, il avait débusqué Paul Desprez en Suisse. Il méritait de découvrir pourquoi on l'empêchait de poursuivre son enquête. Pourquoi lui refusait-on le droit d'interroger le petit-fils Von Lieberman ? Et le docteur Holloway ? Bref, on lui mettait des bâtons dans les roues. Et il n'acceptait pas ce « on ».

Qui était ce gars et quel rôle jouait-il pour les Moustaches ? Il ressassait les données sans parvenir à établir de lien logique entre un chirurgien plasticien et les services secrets français. Encore moins par le biais de Giulia Olivetti. Seule certitude : le chirurgien entretenait une amitié notoire avec leur principal suspect, Matthew Brady…

La situation devait être éclaircie et il escomptait des réponses limpides. Et tant pis si le capitaine hurlait. Il ne deviendrait pas le toutou docile des Moustaches. Il ne s'agissait pas de sa première rébellion : il encaisserait les remontrances de son chef sans broncher.

Finalement, il reprit sa liste là où il l'avait laissée avant l'interruption désagréable du Chef : par-dessus tout, il détestait qu'on le prenne pour un con.

9

Mercredi 22 janvier
14 H 30 (heure locale)
Bibliothèque Universitaire – Moscou

Vassili Medvelev gravit les marches de l'escalier qui menait à la bibliothèque universitaire, sa casquette vissée sur son crâne dégarni. Il avançait le visage baissé, évitant autant que possible les caméras dont le campus était parsemé. Depuis sa fugue, il se dissimulait avec constance. Grâce à son gendre qui détestait les banques – tous des voleurs – il avait ponctionné suffisamment de liquidités dans le coffre du manoir pour vivre durant plusieurs semaines hors du système. Personne ne se méfiait d'un vieil homme à l'air fragile et aucun ne le chercherait en plein cœur de l'université de Moscou.

De retour sur les bancs de la faculté où il avait tant appris, il revivait. Si les infrastructures avaient changé, les habitudes estudiantines avaient peu évolué et il n'avait rencontré aucune difficulté à combler ses besoins. À savoir un badge pour accéder aux bases de données scientifiques.

Il avait sélectionné le bar le plus fréquenté du quartier, s'était accoudé au comptoir et avait débité ses souvenirs en offrant des boissons à tous ceux qui l'écoutaient. En quinze minutes, un parterre de jeunes hilares se pressait autour de lui. Il avait enchaîné les anecdotes fumeuses pour identifier le roi des fanfarons de la bande et l'avait mis au défi : laisser un vieux croulant usurper son identité durant quelques jours. Vassili avait navigué entre les propos larmoyants – il rêvait tant d'une nouvelle jeunesse –, la provocation –

quoi, ce grand gaillard craignait une punition ? – et l'appât du gain – combien valait son courage ? pour le faire fléchir. Moyennant quelques billets, l'étudiant frondeur, imbibé et pas franchement assidu, lui avait prêté le fameux sésame qui lui permettait de pénétrer le Saint des Saints de la bibliographie.

Il disposait donc de quarante-huit heures pour trouver une piste.

Arrivé devant les portiques de sécurité, il badgea négligemment. Le portillon s'effaça dans un chuintement lisse. Il se hâta de progresser dans le hall majestueux pour disparaître dans la foule anonyme.

Sans perdre une seconde, il s'engouffra dans les allées et s'installa devant un des ordinateurs dédiés. Il essuya ses doigts moites et pianota les identifiants de sa couverture avant de lancer le moteur de recherche. Parfait. Maintenant, ses mots-clés.

Consciencieux, il ouvrit le petit carnet bleu sur lequel il avait noté les termes qu'il traquerait. Il commença : « *Régénération cellulaire. Cas clinique.* »

Au cœur de la nuit, lors de sa discussion avec Matthew, une intuition l'avait traversé.

Une intuition qu'il avait cachée au garçon, mais pour laquelle il avait tout quitté.

Une intuition qu'il devait confirmer au plus vite.

Pour cela, nul besoin d'un laboratoire ou d'échantillons.

Il lui fallait simplement, avec la patience et le doigté d'un archéologue, remonter le cours du temps… avant qu'il ne soit trop tard.

10

Mercredi 22 janvier
12 H 30
Aéroport Charles de Gaulle – Paris

Leur avion atterrit à Paris, aéroport Charles de Gaulle, à midi trente, heure locale. Dès que le signal s'éteignit, Niki détacha sa ceinture et se leva pour récupérer son bagage. Elle n'avait qu'une hâte : reprendre le cours de sa vie.

Après une dernière œillade appuyée pour son voisin, elle se glissa dans la travée. Il continua à fixer le hublot, muré dans ses pensées, insensible à ses joues rouges et ses yeux brillants. Comme depuis une demi-heure. Retenant un soupir, elle murmura :

— Au revoir, Matthew.

Il lui retourna un pâle sourire. Ses longs cheveux bruns avaient disparu au détour de la passerelle quand il étira ses jambes. Ce voyage avait apporté son lot de surprises. Bonnes ou mauvaises, il devait vérifier certaines informations avant de conclure…

La bouche sèche, il se dirigea vers la sortie. Première étape : allumer son portable et confirmer l'identité de Niki Costa. *Vigilance constante.*

L'occasion s'envola. Dès qu'il posa le pied sur le sol parisien, il fut accosté par un militaire en uniforme rutilant qui l'interpella d'un « Monsieur Oussopov » discret, mais insistant, le privant de toute possibilité d'évasion.

Dérouté, il rejoignit l'homme, qui se présenta comme un subalterne de son père, carte d'identification à l'appui, et le conduisit à travers les contrôles.

Jamais il n'avait franchi les douanes avec une telle célérité. Ce qui ne manqua pas de l'inquiéter. Il protesta :

— Pourquoi se presser ? Ma valise n'arrivera pas avant quinze minutes.

— Vos affaires vous seront livrées demain. Nul besoin de s'exposer.

S'exposer ? À quoi jouait son paternel ? Pourquoi cette escorte ? Que lui cachait-il qui nécessite une sécurité renforcée ?

Mortifié d'être traité comme un enfant, il s'arrêta. Son mouvement d'humeur déplut au militaire, qui attrapa son coude :

— Le colonel exige que vous me suiviez sans rechigner, Monsieur Oussopov.

— Lâchez-moi.

Les poings serrés, il était prêt à se battre pour conserver sa liberté et l'autre le comprit. Tout comme les douze personnes suffisamment proches de lui pour saisir ses paroles. Le sergent fronça les sourcils et se pencha vers lui, autoritaire :

— Mes ordres sont très clairs et je ne plaisante jamais. Obéissez.

Matthew se redressa, nullement impressionné. Créer un esclandre en public ne le rebutait pas. Il rétorqua :

— En tant que civil je ne reçois aucune directive de votre part.

Les iris du sergent s'assombrirent et Matthew en profita pour asséner :

— Je vais chercher ma valise.

— Vous ne bougez pas, Monsieur Oussopov.

La voix qui s'était élevée ne tolérait aucune riposte. Matthew se retourna et examina, incrédule, le capitaine qui se dressait devant lui, escorté d'un lieutenant. Trois contre un. Le gradé lui tendit son téléphone portable :

— Lisez.

Le visage fermé, il parcourut le document. Un ordre de mission signé du colonel, stipulant son rapatriement sous bonne garde. Pourquoi n'avait-il pas appelé ? Il repoussa l'appareil.

— Suis-je contraint de vous arrêter en public ou allez-vous me faciliter la tâche ?

Actant son approbation silencieuse, le capitaine commença à marcher. Matthew lui emboîta le pas, entouré par les deux autres militaires. Ses traits plombés reflétaient son incompréhension. *Que se passait-il ?*

Sur le trottoir, Niki Costa attendait son chauffeur Uber, détaillant chaque véhicule qui approchait du dépose-minute avec attention. Une familiale, dont descendirent trois enfants, une poussette et une mère en panique ; une vieille Volvo poussive, qui récupéra un jeune chevelu au sac orné de quatorze fleurs multicolores ; un SUV, dans lequel s'engouffra un cadre dynamique pressé. Et soudain, une énorme voiture noire aux vitres teintées, dont personne ne sortit.

Elle observa le bolide, notant les chromes étincelants, avant de parier sur son futur occupant… une grosse huile, peut-être un diplomate… ou une star du cinéma, cherchant l'anonymat… Avec de la chance, elle la connaîtrait et obtiendrait un autographe.

Elle se rapprochait quand elle se figea. À quelques mètres, un soldat au faciès lugubre avançait à un rythme déterminé vers l'automobile. Derrière lui, deux autres hommes en uniforme en entouraient un troisième. Qui méritait une telle escorte ?

Le capitaine s'écarta et elle resta pétrifiée. Pourquoi forçaient-ils Matthew à les suivre ? Elle l'avait suffisamment étudié dans l'avion pour noter sa crispation. L'enlevait-on ? Le menaçaient-ils ? Nécessitait-il son aide ?

Rejouant leur conversation, elle hésita. Elle n'en savait pas assez pour établir s'il était en danger ou non. Voire s'il était dangereux lui-même.

À cet instant, il leva les yeux et son regard vert émeraude la transperça. Une fois encore, il dégageait une aura puissante, fureur entremêlée d'incompréhension. Cet éclair scella sa décision. Investie d'une mission, elle passa à l'action.

Plongeant la main dans son sac besace, elle sourit. Ça ferait l'affaire. Prit son stylo et griffonna quelques mots. Puis elle se mit à marcher, mimant l'urgence et bousculant les voyageurs qui patientaient. Elle visait Matthew. À quelques mètres de lui, elle tourna la tête, comme si elle ne l'avait pas vu. Le choc se révéla violent, mais elle s'en félicita, car il la rattrapa d'une poigne solide. Elle glissa alors ses bras autour de sa taille sans éveiller les soupçons.

Elle lui coupa la parole avant qu'il ouvre la bouche :

— Oh, excusez-moi Monsieur, je suis navrée, je ne regardais pas du tout devant moi… vraiment, je suis consternée…

Il la dévisagea, perturbé par cette effervescence et se crispa en sentant ses doigts qui se faufilaient dans la poche de son pantalon. Elle balbutia en se détachant de lui :

— Je suis tellement pressée que je ne vous ai pas vu… désolée…

Et elle s'éclipsa avant que les militaires ne s'interposent.

Il la scruta alors qu'elle s'éloignait d'un pas souple, jusqu'à ce que le capitaine ordonne :

— Assez perdu de temps. Dans la voiture.

Sans un mot, il s'assit. Et sourit en percevant la résistance au fond de sa poche revolver. Qu'est-ce qu'elle y avait fourré ?

En face de lui, le gradé le fixait, impassible. Dès qu'ils furent tous installés, le véhicule démarra. Ils sortirent de la capitale. Matthew ne distinguait qu'une portion limitée de la route, à travers les vitres teintées. Après trente minutes de conduite dans un mutisme complet, il craqua :

— Puis-je connaître les consignes me concernant ?

Celui à sa droite expliqua :

— Nous avons reçu l'ordre de vous escorter jusqu'à un point relais.

— Bien. Qu'espérez-vous de moi ?

— Rien d'autre que votre collaboration.

— Puis-je téléphoner ?

— Non. Je vous conseille de patienter, nous arrivons dans une heure.

— Où ?

— Au point relais.

Comprenant qu'il n'obtiendrait aucun détail, Matthew se renfrogna. Il rumina les remarques désagréables dont il accablerait le colonel dans cinquante-neuf minutes.

Évidemment, son père l'attendrait à la prochaine étape et lui expliquerait la suite des événements

Naïf : pas un instant il n'imagina qu'il serait mis à l'écart.

11

Mercredi 22 janvier
14 H 00
Galerie d'art Athéna – Paris

— Ernesto, le N°12 penche. Camille, tu me déplaces le bronze de Rona. Pourquoi personne ne sait lire un plan attentivement ?

Elle était descendue du Uber depuis quinze minutes – à peine le temps de se rafraîchir – qu'elle était déjà passée à l'action. Un coup d'œil à l'ordonnancement de la galerie l'avait éclairée sur l'empressement de Michel : rien n'était finalisé pour la soirée. Enfin, rien selon ses critères exigeants.

Des pas pressés derrière elle, accompagnés d'une voix plaintive, lui apprirent que le propriétaire approchait :

— Seigneur, Niki, te voilà ! Qu'est-ce que tu as foutu ? J'ai cru que tu m'avais abandonné aux mains de ces incompétents ! C'est quand même pas si compliqué de monter dans un avion, non ?

Elle serra les dents et se contenta d'un sourire neutre. Prendre un vol ne relevait en effet pas d'un défi insurmontable. Sauf quand on vous prévient deux heures avant le départ, que vous habitez loin de l'aéroport, que vos vêtements se trouvent au pressing, qu'on refuse de se montrer raisonnable et qu'on vous colle un ultimatum. Elle étouffa ses remarques : il l'aurait accusée d'être une incapable. Michel la rétribuait pour parfaire les détails de ses événements, mais se révélait un patron exécrable. Il se définissait comme un bienfaiteur des Arts, mais Niki le classait volontiers dans la catégorie des emmerdeurs de première aux goûts et à l'humour douteux. Malheureusement, il entretenait une longue amitié avec ses frères. Alors qu'elle le qualifiait de chaînon manquant entre l'Homo Sapiens et le bulot, par respect, elle cadenassait ses pensées.

Dans un suintement de polyester – qui s'habillait avec ces fibres synthétiques d'un autre âge ? – il se glissa à ses côtés et, lissant sa fine moustache à la Salvatore Dali, scanda :

— Le gala se déroule demain soir et ces empotés s'avèrent incapables de bosser correctement. Tu as récupéré le dossier ?

— Oui. Et je l'ai étudié en profondeur, ajouta-t-elle en décelant sa mimique dubitative.

Menteuse. Les quatre heures de transit avaient été dépensées à des activités plus intéressantes. Comme disséquer le visage de Matthew. Et ses mains. Puis discuter avec lui. Pas à potasser des paperasses bourrées d'inepties. Heureusement, les trente minutes de taxi lui avaient servi à survoler l'essentiel. Et sauver les apparences.

Il lui jeta une œillade soupçonneuse, détaillant ses pommettes qui viraient au rouge tomate. Avant qu'il puisse la taxer de négligence, l'ombre d'une silhouette se dessina au sol et il s'exclama :

— Ah, le voilà !

Troublée par cet accueil jovial, Niki se retourna et resta muette face à l'homme qui avançait vers eux. Vêtu d'un pull de cachemire à col roulé et d'un pantalon chinos noir, de bottes en cuir cousues main et d'un blazer à fins carreaux orange, il se mouvait d'un pas conquérant. En six secondes – soit la durée de sa migration – elle avait dénombré les motifs de sa veste, noté les lunettes à monture large et évalué la largeur de ses hanches – quelle horreur, elles paraissaient plus étroites que les siennes ! Lorsqu'il s'arrêta à cinquante centimètres et lui tendit une main ferme, elle la prit par pur réflexe, inspirant profondément.

Ultra Male. Les effluves de la fragrance remise aux goûts du jour par Jean-Paul Gaultier chatouillèrent ses narines et elle les compara aux relents de musc véhiculés par Michel. Question sex appeal, la balance penchait nettement. Mais cela ne lui permit pas d'identifier l'inconnu. Et dans son monde, elle avait besoin de certitudes. Serrant ses doigts, elle murmura, vaguement perturbée par cette apparition qui menaçait l'équilibre de son microcosme habituel.

— Niki Costa. Chargée de l'organisation.

— Noah André.

Il n'ajouta rien et elle se sentit perdue. Aurait-elle dû connaître son nom ? Impossible de deviner ses pensées derrière ses verres fumés. Trente longues secondes s'écoulèrent, durant lesquelles elle navigua dans un océan de doutes. Insensible à son émoi, Michel reprit, mielleux :

— Allons dans mon bureau, Noah, nous y parlerons plus à l'aise.

Puis il se tourna vers Niki, son visage dénué de toute amabilité :

— Tu rêves ou quoi ? Tu crois que je te paye à glandouiller ?

Elle le fixa, impuissante à trouver une répartie à la hauteur de l'indignation qui pointait. Sans lui laisser le temps de répliquer, il s'éloigna, entraînant dans son sillage un Noah André silencieux. Mortifiée, elle perçut ses paroles acerbes :

— Faut veiller au grain avec ces bonnes femmes… Celle-ci est une vieille fille que j'embauche pour plaire à ses frères. Complètement dérangée, mais…

La suite de cette déclaration se noya dans un éclat de rire et elle blêmit. Camille et Ernesto débarquèrent à pas comptés, rassurés du repli de leur irascible supérieur. Ernesto dégaina une boîte de chocolats, alors que Camille glissait un bras sous son coude pour la faire avancer :

— Viens boire un café.

Ernesto renchérit :

— N'écoute pas ce que déblatère ce con, sans toi, il serait perdu…

Poussée par ses amis, Niki sortit de sa torpeur et balbutia :

— C'est qui, ce Noah André ?

— La gravure de mode qui ne décroche jamais un mot ? glapit Ernesto avec un gloussement. Celui-là, ma chérie, il rôde depuis quinze jours dans les parages. Il s'agit du gars à qui il faut lécher les bottes.

— Pardon ?

— Allons, Darling, ce canon débourse pour tout ça…

D'un doigt, il désigna l'ensemble de l'exposition en devenir. Elle blêmit et reformula :

— Tu dis que l'homme à qui Michel a déclaré que j'étais tarée est notre mécène ? Celui que j'espérais impressionner par mes qualités de gestion ?

— Eh oui… Désolé ma grande : Noah André représente Pégasus Inc.

Captant son regard assassin, il tendit son offrande, charitable :

— Prends deux chocolats, chérie, aujourd'hui, tout est permis !

12

Mercredi 22 janvier
15 H 30
Maison Médicalisée – Bureau du colonel

— Bon, on se le traque cet agent mystérieux ? Je suis prête !

Louisa leva les yeux vers Julie, qui boutonnait sa nouvelle blouse blanche avec application, un large sourire étalé sur son visage radieux. Elle pivota vers le colonel, appuyé contre le bureau et gémit :

— Papa !...

Sa voix plaintive renvoya Jonathan douze ans en arrière, lorsque la benjamine taquinait inlassablement sa trop sérieuse aînée. Il secoua la tête. La scientifique se renfrogna et sa cadette lui décocha un regard victorieux, que son père anéantit d'un ordre :

— Stop.

Son injonction ne tolérait aucune riposte et Julie, souple comme le roseau, se tut en s'asseyant en face de l'écran. Le colonel prit place à ses côtés.

— Merci de nous réexpliquer les prochains essais que vous allez mener, Louisa.

Ce « *vous* » inclusif la crispa, mais elle ne répliqua pas. Lançant sa présentation, elle détailla, sélectionnant ses mots avec soin.

— Comme vous le savez, j'ai récupéré différents échantillons de sang de Matthew après mon agression la semaine dernière.

Elle s'octroya une courte pause, défiant sa turbulente sœur de l'interrompre, mais en fut pour ses frais. Un calepin installé sur ses cuisses,

Julie reflétait l'image même de la concentration. Elle poursuivit, affichant une photographie des pages manuscrites du carnet N°10 obtenu grâce à Marina Svoboda.

— Notre postulat actuel repose sur la contamination de Matthew par un agent capable de provoquer chez lui une accélération des cascades biologiques liées à l'inflammation et à la stimulation du système immunitaire. Ce qui conduit à une régénération tissulaire exceptionnelle.

— Je parie que ça explique pourquoi il n'a jamais développé d'acné, le veinard… grommela Julie.

Louisa lui retourna un coup d'œil stupéfait. Remarque pertinente ! Elle avait sûrement raison puisque l'acné disposait d'une composante inflammatoire. Elle trancha :

— On s'égare. Bref, nous supposons que l'une des formules décrites dans N°10 – elle désigna le diaporama – et sur laquelle la mère et le grand-père biologiques de Matthew ont travaillé provoque ses capacités. Je…

— Elle a manipulé enceinte ou quoi ? coupa Julie.

Louisa lui retourna une œillade assassine qui l'indifféra totalement. Pourquoi son père avait-il exigé que sa sœur participe à ses expériences ? Elle la ferait tourner en bourrique… si elle parvenait à ne pas l'étrangler dans les trois minutes. Elle inspira, essayant de la considérer comme un étudiant lambda – et d'ignorer la peste qui lui piquait ses affaires depuis sa naissance :

— Leur labo ayant été démantelé en 1991 et Matthew né en 1994, même toi tu peux calculer que ça dépasse neuf mois… gronda-t-elle, agressive.

— Dans le cas d'un requin-lézard, le timing collerait, renchérit-elle, hargneuse, surtout que rien ne prouve qu'elle ait stoppé ses manips… Tu postules, je m'offre une liberté équivalente !

Quand Julie s'engageait dans une joute verbale, elle ne cédait jamais une once de terrain. Louisa sollicita le soutien du colonel. Quand admettrait-il que maintenir sa cadette dans l'opération s'avérait une erreur monumentale ? Il modéra :

— Ergoter sur nos lacunes est inutile. On avance.

— J'ai décortiqué les résultats de Vassili et listé les différents vecteurs possibles. Malheureusement, comme vous le voyez, ils ont multiplié les approches...

Sous leurs yeux s'étalaient, ordonnés par ordre d'apparition, les agents conçus par les chercheurs. Julie frémit : virus désactivés, liposomes de première et deuxième génération, conjugués anticorps-médicaments, nanoparticules furtives de tailles et de formes variables… Tous ces termes obscurs la ramenaient aux heures les plus sombres de ses cours de SVT… Elle se redressa, refusant de paraître effrayée. Louisa commenta :

— Ces formules sont injectées en intraveineuse. Elles deviennent circulantes mais aucune donnée sur leur durée de vie ou leur métabolisme n'existe…

— D'après toi, un de ces… trucs… se balade dans le sang du frangin ?

La voix de Julie oscillait entre dégoût et fascination. Elle vivait une dystopie en temps réel. Sur le papier, elle l'enthousiasmait. En réalité… elle hésitait à se prononcer.

— Pour y agir avec une telle puissance, ces *trucs* opèrent en armée, corrigea Louisa.

— Donc on les traque sans difficulté ?

— Ils mesurent moins de cent nanomètres, gronda Louisa. Mille fois plus fin qu'un cheveu, ajouta-t-elle en captant la moue dubitative sur le visage de sa sœur.

— Et alors, Thibault a détecté l'adénovirus, non ?

— Il a eu un coup de chance !

— Ou il est doué, tout simplement !

— Qu'est-ce que tu sous-entends !?

— Je souligne juste que tu n'as pas réussi à en trouver…

— Les FILLES.

Leur père interrompit leur dispute et un silence tendu s'installa. Il tacla :

— Elle énonce un fait, Louisa. Nul besoin de te vexer.

— J'admets que je ne suis pas parvenue à identifier le vecteur inconnu sur les lamelles que j'ai réalisées, malgré les colorations préconisées par Thibault. Mais cela ne me surprend pas, quand on y réfléchit…

— Vraiment ? Tu disais qu'ils pullulaient ?

— Dans les prélèvements effectués sur les cadavres, on constate leur furtivité. Thibault n'en a détecté que quelques-uns alors que la victime a été infectée avec une dose énorme. Ces vecteurs se faufilent partout. Je pense que ceux de Matthew ne circulent pas librement. Ils doivent être stockés dans un réservoir et libérés au besoin.

— Tu veux dire quand il est blessé ?

— Oui.

— Donc tes échantillons ne servent à rien puisque tu les as prélevés quand Matthew pétait la forme ? interrogea Julie.

— En fait, je vais… *nous allons*, corrigea-t-elle en captant le regard de son père, essayer de piéger le substrat avec un leurre.

Elle s'empara d'un marqueur et schématisa :

— L'adénovirus de la conjonctivite est composé d'une capsule sur laquelle se trouvent des spicules[1] qui lui permettent de reconnaître les cellules cibles.

— Des espèces de griffes ?

— Oui. La tête du virus – dont la structure exacte est connue, merci, professeur Medvelev – se lie à un récepteur présent sur la paroi de la cellule à infecter.

— Le bon vieux principe de la clé et de la serrure, en somme… sourit Julie.

— Tout à fait. Et nous détecterons cette clé en lui proposant une serrure façonnée sur mesure avec laquelle elle ne pourra s'empêcher d'interagir. Grâce au carnet, nous maîtrisons la composition du spicule. J'ai donc sélectionné le récepteur capable de s'y lier. Et je l'ai couplé avec une protéine fluorescente.

— Si je te suis, quand ce vecteur avec ses petites griffes pointues rencontrera ton leurre, il se mettra à scintiller comme un sapin de Noël ?

— Ton raccourci est trivial, mais correct. Si des adénovirus sentinelles existent dans les échantillons de Matthew, nous les identifierons grâce à la différence de fluorescence consécutive à l'interaction entre le récepteur et la tête.

Louisa se tut et attendit le verdict. Le colonel opina du menton :

— Et cette démarche s'applique aux autres nanoparticules ?

— Moyennant un choix judicieux des pièges, oui, pour la plupart.

— Parfait, vous avez mon feu vert.

Louisa approuva avec un sourire calme, alors que Julie applaudissait en scandant :

— En gros on organise un speed dating entre clés et serrures en espérant que ça matche… Finalement, il est pas si chiant, ton job, frangine !

Louisa lui jeta un regard dégoûté avant de se tourner vers son père, cherchant un soutien. En vain.

---

[1] Protéine en forme d'aiguille entourant certains virus comme les coronavirus

Il ne s'excuserait pas de les forcer à coopérer. Julie, cloîtrée à la Fauconnerie, équivalait à un volcan dont personne ne pouvait présumer avec exactitude l'éruption. Il fallait l'occuper. Et les rassembler en un seul endroit faciliterait la surveillance d'Alaric, leur garde du corps.

Pour avancer, il devait consentir à des sacrifices.

La colère de ses filles lui paraissait un faible prix à payer pour leur sécurité.

13

Mercredi 22 janvier
15 H 30
Enfermé dans un véhicule blindé – Direction inconnue

Matthew ne décolérait pas. Lorsqu'ils avaient atteint le fameux point relais, ses escortes l'avaient confié, tel un colis précieux et dénué de discernement, à une nouvelle équipe. Acide, il les avait remerciées de leur *charmant* accompagnement. Un regard blasé accueillit son éclat et il déplora cette exclamation immature. Après tout, cet homme exécutait ses ordres et ne méritait pas cette attaque. Une seule personne répondrait de ses décisions radicales.

Matthew ne s'était pas rebellé, par respect et reconnaissance pour le colonel, mais sa patience s'étiolait. Transféré dans un second véhicule, il avait constaté l'absence de son père. Deux militaires l'accompagnaient. Le premier pilotait la berline avec habilité et s'était présenté en deux mots. Lieutenant Augusti. L'autre était monté sur la banquette arrière, guère plus loquace. Sergent Benali. Passées ces présentations frugales, le silence s'était installé.

Excédé, il avait dégainé son téléphone portable pour joindre son bourreau. Aucun réseau. Le sergent Benali secoua la tête avec un sourire contraint :

— Éteignez-le. Mes instructions sont claires : à la prochaine incartade, je vous le confisque.

Sa voix s'exprimait sans agressivité, mais Matthew tiqua :

— Vraiment ? Et d'où proviennent-elles, ces consignes, sergent ?

— Du colonel.

— Où me conduisez-vous ? Votre supérieur nous honorera-t-il de sa présence ?

Il regrettait l'arrogance qui suintait de ses paroles, mais rageait. À vingt-quatre ans, ce traitement digne d'une mère poule le mortifiait. À sa grande surprise, le sergent pouffa :

— Nous roulons vers un petit village de la côte bretonne nommé Guidel. Le colonel ne nous y retrouvera pas.

— Vous plaisantez ? suffoqua Matthew, estomaqué.

— J'ai l'air de blaguer ? Non, nous rejoignons une planque en bord de mer. Vu la saison, pas de touriste, la plage nous appartiendra.

— Délicieuse perspective... Et on fait quoi, tous les trois ? Du tricot ?

— Augusti et moi-même avons l'honneur de vous tenir compagnie et d'assurer votre sécurité. Je suis partant pour parfaire ma maille retournée.

Matthew ne goûta pas la plaisanterie et poursuivit :

— Pour quelle durée ?

— Autant de temps qu'il le faudra.

— Et si je ne souhaite pas croupir dans cette planque ?

— Et pourquoi donc voudriez-vous partir ? rétorqua le militaire, tranquille. Cet endroit et moi-même possédons un charme fou.

Glacial, Matthew gronda :

— Supposons que je sois attendu ailleurs ? Suis-je prisonnier ?

Le sergent le dévisagea d'un air peiné, mais riposta en toute honnêteté :

— Nous avons reçu l'ordre de vous garder sous surveillance étroite. Vous devriez l'accepter.

Matthew se renfrogna et s'enfonça dans la banquette avec un soupir. Typique du colonel. Imposer sa décision en supposant qu'il partagerait sa vision.

Matthew se força à la modération. Jamais son père ne lui avait nui. Mais pourquoi ne pas lui exposer les raisons qui guidaient son choix ? Il accepterait sa captivité s'il en comprenait les fondements !

Son regard flottant vers l'extérieur, il plongea dans un mutisme songeur. Il n'y avait rien à dire, mais tant à questionner. Les arbres défilaient sur le bas-côté, silhouettes abandonnées aux rigueurs de l'hiver. Un tapis de neige recouvrait la campagne. Ce qui l'amena à penser à Marina.

Comment allait-elle ? Avait-elle répondu à son message ou l'évitait-elle ? Son cœur se serra à cette hypothèse.

Enfermé dans ses réflexions. Enfermé dans une planque.

Privé d'information. Privé de libre arbitre.

Il étouffa et ferma les yeux dans une tentative d'évasion.

14

Mercredi 22 janvier
19 H 30
Un vol privé survolant l'Europe

Le vieux Vassili ne manquait pas de ressources. Le courrier déposé à son intention à l'accueil de l'hôtel l'avait désarçonné avant de provoquer son hilarité. Le grigou avait déjoué son piège. Bien sûr, rien ne laissait supposer qu'il avait percé son secret et identifié la supercherie, mais il s'était évaporé, emportant ses secrets.

Il clamait haut et fort qu'il ne possédait pas le carnet. Importuner sa famille se révélait inutile. Elle avait été informée de son insistance et ne tolérerait plus son intrusion sur le domaine.

Sur ce point, Darian partageait l'opinion du scientifique. Il avait suffisamment gaspillé son temps en Russie.

Le destin l'appelait à d'autres occupations. Les nouvelles de Suisse et celles de son conseil d'administration le préoccupaient. Apparemment, le capitaine qui commanditait l'enquête sur la mort de Giulia Olivetti se montrait plus coriace que prévu et fouinait dans des dossiers auxquels il n'aurait pas dû avoir accès. Le docteur Switzer paniquait sous la pression des interrogatoires de la police. S'il n'intervenait pas pour juguler le flux, l'hémorragie serait fatale. Il avait donc programmé en toute discrétion un vol privé au départ d'un petit aéroport russe. Repassant en boucle les informations dont il disposait, il finit par se rassurer. Il conservait une carte maîtresse dans sa manche.

Revenant à ses plans initiaux, il songea que Paul Desprez représentait un appât des plus appétissants. Sortant son smartphone, il pianota quelques mots. Des ordres clairs, impossibles à ignorer. En tant que débitrice, elle ne se rebellerait pas.

Reposant l'appareil, il ôta ses lunettes et frotta ses yeux. Il se sentait las. Las de tous ces obstacles qui se dressaient sur sa route. Las de chercher, en vain, la solution à ses problèmes. Chaque fois qu'il pensait la tenir au creux de ses mains, elle se volatilisait, ce qui le rendait fou. Le temps s'épuisait.

Tournant le regard vers le hublot, il saisit son reflet, vieilli et ridé dans la vitre. L'éclat de ses iris vert d'eau s'estompait dans la nuit environnante. Oui. Il devait concrétiser sa quête. L'histoire avait assez duré.

Son neveu restait sa cible prioritaire.

Celle qui comblerait ses besoins.

Celle qu'il avait, près de trente ans plus tôt, définie comme son ultime but.

Quel qu'en soit le prix.

Au même moment
Endroit inconnu

Un smartphone de dernière génération. Une main manucurée aux ongles longs et peints avec soin. Affichant le message de Darian. Sans un frémissement, elle prit connaissance de ses ordres. Parfait. Paul Desprez constituait une proie alléchante. Ses relations avec les jolies femmes se révélaient si prévisibles qu'elle le manipulerait sans effort.

Le fondement de cet ordre cruel l'indifférait. Elle avait depuis longtemps compris que les plus féroces triomphaient. Seuls les faibles et les naïfs prisaient la gentillesse et la délicatesse. Elle n'appartenait à aucune de ces catégories.

Elle tirait une profonde satisfaction de sa personnalité impitoyable. Elle n'avait besoin de personne pour vibrer, forte et conquérante.

Darian et elle se complétaient, chacun valorisant l'autre pour parvenir à ses fins. Elle ne confirmerait pas son accord : il savait qu'elle obéirait.

Jetant un œil à son miroir, elle s'offrit un sourire carnassier. Ses pendants d'oreilles tintèrent alors qu'elle déroulait sa liste de contacts.

Paul. Desprez. À nous deux, monsieur le chirurgien.

15

Mercredi 22 janvier
19 H 30
Hôtel de Gstaad – Suisse

Le premier contact entre les trois hommes était à l'image de la soirée dans les Alpes. Glacial.

Lorsque Pierre Furmankowski s'était présenté à l'accueil de l'hôtel vers vingt heures, Mark et Paul dînaient dans un recoin discret de la salle de réception.

Aux yeux de Mark, l'endroit se révélait idéal pour une première rencontre : pas question en effet de gâcher la digestion des autochtones par un lynchage en règle…

Mais cette stratégie s'avérait inutile : loin de tempêter, le nouveau venu se murait dans un silence digne d'un enterrement. Après avoir traversé la pièce au pas de charge, il avait écarté une chaise, s'était installé sans même un salut et avait rembarré le serveur d'un mot cinglant. Depuis, il les épiait d'un œil noir, considérant que chaque bouchée dégustée relevait d'un crime de lèse-majesté.

Ce qui amusait Mark. Impassible, le lieutenant prenait un malin plaisir – silencieux évidemment – à terminer son assiette jusqu'à la dernière miette. L'autre devait mariner un peu pour que son plan fonctionne.

Vaillamment, Paul, qui avait potassé son dossier, osa une approche amicale :

— Le voyage s'est bien passé ?

Un regard lapidaire le transperça. Il persévéra :

— Il s'agit votre premier séjour dans les Alpes ?

Nouveau coup d'œil assassin.

— Vous aimez skier ? Vous skiez ? J'adore skier… En revanche je ne fais pas de snowboard… Trop peur de me flinguer un genou… Et vous, vous allez sûrement à la salle… Soulever de la fonte, n'est-ce pas ?

Mark nota les efforts déployés par Paul. *Tu gaspilles ton énergie, mon vieux…* Furmankowski, insensible à ce monologue, croisait les bras dans une attitude belliqueuse.

Le lieutenant avait anticipé cette humeur massacrante. Il imaginait sans mal les instructions fournies par le capitaine Duhamel. Connaissant le personnage, la transmission des informations et consignes avait été exécutée au lance-pierre. Voire inexistante.

Finalement, Paul se renfrogna. Coulant une œillade au militaire, assis à sa droite, il décida de concentrer son attention sur l'excellent cru qu'on lui avait servi. En homme du monde, il avait essayé de dompter la bête. Mais ses ambitions de montreur d'ours s'arrêtaient là. Il leva son verre pour contempler la robe du vin puis huma ses effluves délicats. Le tout en scrutant la montagne de muscles taciturne.

Trois mecs et une mission.

Mark aurait adoré poursuivre ce jeu du roi du silence, mais leur enquête pressait. Il reposa sa fourchette d'un geste sec. Le claquement du métal contre la porcelaine sonna comme un glas.

Il se dressa en ordonnant :

— Un entretien. Maintenant.

Il ne s'adressait qu'à Furmankowski. Ses prunelles bleues brûlaient d'un feu intense. Un court instant, l'inspecteur fut tenté de refuser cet ordre. Juste pour voir comment ce gus réagirait. Mais sa curiosité l'emporta et il repoussa sa chaise dans un bruissement désagréable.

Sans perdre une seconde, Mark l'entraîna à sa suite. Paul serra les dents. Abandonné, il les observa quitter le rez-de-chaussée pour le sous-sol. *Merci de me laisser l'addition, les gars…* Il but une gorgée. Le vin qui lui avait paru prometteur en bouche quelques minutes plus tôt alors qu'il narguait l'arrivant se révéla insipide. Il délaissa son verre, désabusé.

Mark l'avait libéré de ses obligations. *Je m'occupe de notre collègue récalcitrant, profites-en pour te détendre…* Malgré sa curiosité, il avait accepté cet argument bidon du bout des lèvres. Jamais il n'avouerait sa blessure. Il n'était plus un gamin dans la cour de récré, contraint de partager son meilleur ami avec le petit nouveau. Dans son monde constitué de carcans et de non-dits liés à une éducation sans affect, on souffrait en silence. Ou on en parlait à son psy.

Il se rejeta en arrière, contemplant les vestiges de ce grand cru, plein d'espoirs et finalement décevant. Belle allégorie de sa virée en Suisse.

Ce rejet le mortifiait d'autant plus qu'il ne lui offrait pour perspective qu'une longue soirée de solitude… Ce Paul pantouflard et esseulé se révélait une version de lui-même qu'il détestait. Il voulait retrouver le Paul jovial et populaire d'antan.

Saisissant son portable, il navigua sur la toile, en quête d'un club. Une fiesta mémorable lui permettrait d'enterrer ces relents amers et culpabilisants de trahison.

Soudain, l'appareil s'anima. À la vue du numéro inconnu qui s'évertuait à le joindre, Paul hésita. *Vigilance constante !* La voix du colonel vibra dans son esprit, autoritaire. Ce qui l'amena à songer au lieutenant. Puis à sa rancœur.

Rageur, il décrocha.

Erreur monumentale dont il ne prendrait conscience que trop tard.

Une vingtaine de mètres plus loin, Furmankowski détaillait d'un œil peu amène le jeune lieutenant des Moustaches qui l'avait sommé de le suivre. De taille moyenne, blond aux yeux clairs, le visage imberbe et lisse comme un bébé, ce dernier n'affichait rien de mystérieux ou d'impressionnant. Au contraire, Mark Olivier semblait trop doux et délicat en regard de sa fonction. L'inspecteur le vit en pourparlers avec le gardien. Sur une poignée de main, l'employé ouvrit l'accès à une salle, lui remit les clés et s'éloigna. Celui-ci entra sans se retourner. Intrigué, l'inspecteur le rejoignit.

Dès qu'il franchit la porte, le militaire, qui était resté en embuscade, la verrouilla d'un geste habile. Furmankowski haussa les sourcils, ses traits durcis. *À quoi jouait-il ?*

Il scruta les alentours. Un gymnase. Des vélos, des machines, un ring. Pourquoi l'avait-il emmené ici et dans quel but ? Le visage fermé, ayant perdu toute trace de douceur et de bonhomie, Mark lui lança une paire de gants de boxe :

— Nous ne sortirons que lorsque tu auras vidé ton sac.

Il se plaça au centre du ring et frappa ses gants. Furmankowski lui lança un regard sarcastique :

— J'ai d'autres chats à fouetter que de filer une correction à un gamin.

— Un gamin vraiment ? On progresse. Mon âge représente ton unique souci ? Ou tu as peur de boxer, *Papi* ?

Son sang ne fit qu'un tour. Mark le poussa dans ses retranchements :

— Je déteste cette mission. On m'a d'abord collé un playboy chirurgien imbu de sa personne. Et maintenant je dois me coltiner un flic acariâtre qui se la joue perso. Sans mentir, je préférerais me passer de vous. Mais on n'a pas le choix, vu que nos deux chefs collaborent. Alors on va mettre les points sur les i. Tu gagnes, tu prends le leadership. Je l'emporte, tu me suis. Tu as peur de te faire un tour de rein, *Papi* ?

Il agita les deux poings, railleur. Furmankowski le toisa, l'air un peu éberlué. Le lieutenant avait-il lu son dossier ? Auquel cas il devait savoir que la boxe constituait son sport de prédilection. Quel plan avait-il concocté ? Il aurait été ridicule de sa part de lui céder l'avantage. À moins qu'il ait mal évalué son niveau et se pavane. Dans ce cas, quelle jouissance de lui foutre une raclée… La possibilité de lui rabattre son caquet annihila toute volonté.

Enfilant ses gants, il se glissa sur le tapis. Les yeux fixés l'un sur l'autre, les deux rivaux commencèrent à sautiller. Qui frapperait le premier ?

Ce combat marquerait l'essence même de leur future collaboration.

Devant un tel enjeu, aucun ne céderait une once de terrain…

16

Mercredi 22 janvier
20 H 00
Une maison perdue face à la mer – Guidel

Le ressac de l'océan contre les falaises n'apaisait pas la colère sourde qui menaçait de l'engloutir tout entier. Comment le colonel osait-il le traiter ainsi ? *Intolérable. Odieux. Impensable...* Il ne trouvait même pas les mots pour qualifier son comportement.

De toutes les fibres de son être, il vibrait de cette injustice. Depuis seize années, il respectait à la lettre chacune des règles édictées par son père adoptif. Ne crée pas de vague. Sois discret. Sois sage. Sois...

Sois tout sauf ton propre décisionnaire, Matthew !

Il avait toujours obéi, tellement reconnaissant de la protection que le militaire lui apportait. Sans compter la chaleur du foyer dans lequel il s'était épanoui.

Mais là, il saturait.

À peine arrivé à Guidel, il avait sorti son téléphone pour appeler le fautif et se plaindre. Erreur. D'une clé de bras, le lieutenant Augusti avait bloqué son mouvement et le sergent Benali s'était emparé de l'appareil coupable. Le tout en lui décochant un regard noir. Comme s'il accusait les torts dans cette affaire !

Il pestait sur la terrasse face aux éléments, dressant la liste de ses griefs. Elle s'allongeait de minute en minute sans qu'il parvienne à recouvrer son calme.

Et il ne disposait même pas d'un sac de frappes pour passer ses nerfs !

Dix pas derrière lui, le lieutenant l'observait, attentif au moindre de ses gestes. Anticipait-il un plongeon ?

Il se retourna et toisa son geôlier, assénant :

— Je vais me doucher, vous m'accompagnez ?

L'autre ne répliqua pas et le suivit en silence. Matthew se dirigea vers la salle de bains, mortifié de ce maternage. Merde, il n'était ni un enfant ni un témoin sous protection ! Et certainement pas un suspect !

— Quinze minutes. Draps de bain et changes dans le placard.

— Vous n'entrez pas ?

L'intéressé lui renvoya un rictus ironique en s'effaçant. Matthew comprit pourquoi en pénétrant dans la pièce. Aucune fenêtre. À moins de se faufiler par l'évacuation de la douche, il n'existait aucune issue…

Un court instant, il s'interrogea, perplexe.

La planque servait de toute évidence régulièrement. *Était-elle dotée de caméras ? Possible. Mais pas dans la salle de bains quand même ? Ça relèverait du voyeurisme, non ?*

Méfiant, il alluma l'eau chaude et la fit couler jusqu'à ce que les miroirs se couvrent de buée. Adieu image nette…

Sur cette victoire, il glissa la main dans la poche arrière de son pantalon et en extirpa l'offrande de Niki.

Une carte de visite.

Ses coordonnées y étaient inscrites, accompagnées de quelques mots.

« Il meurt lentement celui qui ne se laisse jamais aider (Pablo Neruda)
Appelle-moi. »

Il resta figé, s'imprégnant de cette citation débordant d'humanité. Depuis plus de trois semaines, rien dans sa vie ne semblait dicté par la gentillesse ou la simplicité. Un bref instant, il estima que le destin lui offrait Niki Costa pour tenter de rééquilibrer les atrocités qui s'étaient déroulées depuis Noël. Entracte fleur bleue brisé par la voix de son père, ricanant : *tu tombes encore dans le panneau, Matthew !*

Il avala sa salive, dissimulant le carton dans sa poche. Niki et son TOC représentaient-ils un danger ? Devait-il fournir son nom au lieutenant pour un complément d'enquête ?

Il délira. Et si ses aveux se révélaient des mensonges destinés à l'amadouer ? Giulia avait joué la carte de l'attirance sexuelle – avec un succès flagrant –, Niki, avec ses révélations attendrissantes, avait-elle abattu celle de la compassion ? Les doutes l'assaillaient et il rageait, enfermé dans ce sauna, sans connexion pour vérifier si, a minima, Niki Costa existait.

Ôtant finalement ses vêtements, il se glissa sous l'eau brûlante. Le jet puissant lui arracha un gémissement. Fermant les yeux, il se souvint des contours ronds et gracieux du visage de sa voisine. De ses réactions instinctives, voire primitives, à ses accusations. De ses remarques sur son physique. Il s'empara d'un linge, se sécha et épongea le verre d'une main fébrile. Il scruta ses traits et finit par sourire. Trente-deux. Il possédait réellement trente-deux taches de rousseur disséminées sur ses joues.

Son souffle se régula. Il brûlait d'envie de se fier à son intuition et la considérer de bonne foi. Il ne voulait pas sombrer dans la paranoïa et définir son existence à travers un filtre de méfiance. Il s'opposait avec obstination à cette sempiternelle recommandation de la part du colonel.

Il décida de se taire et de garder Niki, tel un atout dans sa manche. Après tout, son père le négligeait et personne ne l'avait questionné.

En songeant à la rage dans laquelle son initiative plongerait le militaire si elle s'avérait néfaste à leur mission, Matthew se prit à adresser une prière à qui de droit, pour que la confiance en l'humanité qu'il avait réussi à conserver malgré les épreuves ne le conduise pas dans des tourments pires que ceux qu'il avait déjà traversés.

Le petit diable taquin sur son épaule ricana par opposition : aujourd'hui, il se fichait comme d'une guigne de la fureur du gradé…

Au même moment
Bureau du colonel – Lille

Les nouvelles de la planque bretonne venaient de tomber.

Monsieur se trouvait en sécurité.

Mais Monsieur râlait copieusement.

Soit.

Cette réaction immature le laissait de marbre. Il se remettrait d'être privé de son jouet.

En tant que père, son rôle consistait à le tenir éloigné du danger, quel qu'en soit le prix.

En tant que colonel, il devait réorganiser ses troupes pour traquer Daniel Beauxchamps, *alias* James Blake.

En conséquence, il refusait d'autoriser Matthew à communiquer et déambuler en toute liberté sur le territoire français.

Avec ou sans son consentement, le jeune homme resterait caché le temps nécessaire à son équipe pour assainir la situation.

17

Jeudi 23 janvier
08 H 00
Hôtel de Gstaad – Salle du petit-déjeuner

Paul remuait machinalement son café. Mille questions se télescopaient dans son esprit, sans qu'il parvienne à les trier. La proposition reçue la veille méritait réflexion. Info ou intox, il se révélait incapable de trancher.

Mais justifiait-elle qu'il en parle à Mark ? Hier encore, il se serait confié, baigné dans une atmosphère loyale. Ce matin, il hésitait. Leur enquête en serait-elle impactée ? Oui. Peut-être. Ou pas. Impossible de statuer.

Avalant une lampée brûlante, il temporisa. Le lieutenant lui avait paru fiable, mais il ne comprenait pas pourquoi, après avoir tout partagé avec lui et prôné les vertus d'une absolue sincérité, il s'était éloigné avec Pierre Furmankowski. Il acceptait mal d'être traité comme la cinquième roue du carrosse. Celle sur laquelle on ne compte pas pour avancer. Qu'on ne sollicite que lorsque les premières capitulent. Être relégué au second plan perturbait ses habitudes.

Quand l'inspecteur Furmankowski débarqua dans la salle et tira une chaise face à lui, il ne put retenir un mouvement de surprise. *C'est quoi cette tronche ?* L'arrivée de Mark décupla sa stupeur. Paul manqua s'étouffer : l'un comme l'autre arboraient un magnifique coquard, quasiment symétrique sur le visage. *Non, mais sans déconner, ils se sont foutus sur la gueule ?* Cette attitude puérile semblait vraisemblable.

Insensible à son exclamation, Mark attrapa un fauteuil libre et s'installa sur un salut anodin. L'inspecteur Furmankowski lui dédia un petit signe de tête. Paul les scruta, perplexe : pourquoi le fixaient-ils ? Il reposa sa tasse, ne sourcillant pas sous leur examen attentif. Finalement, Furmankowski lui tendit la main avec un sourire tranquille :

— Si nous repartions sur des bases saines ?

Un silence s'établit, puis Paul serra ses doigts avec une certaine raideur. Le repenti opina du menton et s'empara du beurre avant de poursuivre :

— Je me suis montré grossier hier soir, mais j'ai révisé ma position. J'espère que nous pourrons travailler ensemble ?

Paul réfléchissait. De toute évidence, ces deux-là avaient effacé leurs différends. Était-ce une bonne nouvelle pour lui ? Retrouverait-il enfin sa confortable vie d'avant ? Il préféra la sincérité :

— Je dirais que cela dépend principalement du rôle que vous souhaitez m'attribuer. La dernière fois que vous m'avez interrogé, vous avez qualifié mon meilleur ami d'assassin. Quant à moi, je dissimulais des preuves…

— Mon opinion a évolué.

Sa voix goguenarde irrita Paul, qui grinça :

— Il vaudrait mieux…

— Avant que la conversation ne prenne un tour déplaisant, Mark intervint :

— L'inspecteur et moi envisageons de sonder le docteur Holloway sans délai. Tu viens avec nous ?

— Parce que tu me laisses le choix ?

Cette réplique fusa sans qu'il la prémédite. Furmankowski plongea le nez dans sa tasse, cachant un rictus moqueur. Mark le scruta, étonné de cette grogne. Il s'était habitué à l'enthousiasme du chirurgien. Désarçonné, il rétorqua :

— Je ne te suis pas. Tu as insisté pour participer aux investigations plutôt que de rester cloîtré dans une planque. Cela dit, si tu veux que j'appelle le colonel pour organiser ton rapatriement... Tant pis pour Holloway, même si ta formation médicale serait grandement appréciée…

Il leva la main avant même que le lieutenant finisse son discours. Il s'excusa :

— Désolé, mécontentement matinal. Un croissant et on oublie. Évidemment, j'en suis. Je n'ai qu'une parole.

Furmankowski étouffa un ricanement. *On aura tout entendu.* Mark apaisa :

— Parfait. Voici le topo.

Il embraya sur la stratégie qu'ils avaient élaborée, Furmankowski et lui, une bonne partie de la nuit. Juste après leur combat de coqs. Il ne capta pas l'éclair de contrariété qui traversa le regard de Paul à l'évocation de *leur* plan, synonyme de son exclusion dans l'organisation, mais Furmankowski le nota. Il percevait la personnalité complexe du sieur Desprez et son besoin d'attention. Sa conviction se renforça, radicale : le playboy était ingérable. Il leur faudrait veiller à ne pas le froisser sous peine de réactions imprévisibles, dictées par l'ego.

S'il n'avait tenu qu'à lui, il aurait incité cet olibrius à regagner *fissa* une de ses résidences secondaires pour buller pendant que les professionnels bossaient. Il excellait en farniente, les tabloïds en témoignaient. Mais Mark avait sèchement refusé : le chirurgien faisait partir intégrante de leur trio et son expertise médicale constituerait un atout lors de leur rencontre avec le docteur Holloway.

Caressant sa pommette tuméfiée, il grimaça. Il avait dû s'incliner devant l'argument et accepter l'ingérence.

Cela dit, tout vient à point à qui sait attendre. Les occasions de se débarrasser du fils Desprez n'allaient certainement pas manquer.

18

Jeudi 23 janvier
10 H 00
Manoir des Ivanov – Novgorod

Marina relut son message pour la dixième fois.

« Un seul mot de toi. Je reviens ou je m'efface ».

Elle balança le portable en étirant sa nuque, furieuse. Quelle injustice ! Pourquoi lui confiait-il l'avenir de leur relation ? *Un seul mot de toi.* Comme si elle possédait la science infuse.

Elle ne savait même pas si elle lui répondrait. Faire le point avec elle-même et ses sentiments relèverait du miracle.

Lui à ses côtés, tout paraissait limpide. Mais ce qu'elle avait ressenti, protégée par sa présence, survivrait-il à l'épreuve du temps et de l'abandon ? Son corps s'embrasant au contact du sien constituait-il une réalité ou un doux mirage né de la peur du rejet ?

Elle craignait de constater qu'elle l'avait utilisé égoïstement pour réintégrer sa place dans le clan Ivanov. Sans la présence de Nicolaï Oussopov aucun des membres de sa famille ne lui aurait ouvert les bras. Peut-être auraient-ils daigné la recevoir, mais la rencontre aurait tourné court. Ils l'auraient accablée de reproches. Son ressentiment aurait explosé et aurait enterré tout espoir de réconciliation.

Nicolaï avait eu un effet cicatrisant sur chacun d'entre eux. Il lui avait donné la force d'endurer les piques de son père et de relativiser. D'affronter

Volodya et Tatiana et de réaliser qu'elle n'aurait jamais pu se contenter de l'existence qu'ils affectionnaient tous. Monter à cheval, organiser des thés, tirer au ball-trap… autant d'activités étriquées qui trahissaient le train-train quotidien de leur vie. Maintenant qu'elle avait goûté à la liberté et aux grands espaces, elle savait qu'elle ne pourrait se contenter de si peu.

Elle le remerciait d'avoir défié l'autorité de son père et de son frère et de leur avoir prouvé qu'elle ne méritait pas leur désaveu. Seule la confiance qu'il lui portait, en tant que femme, entière et responsable, avait convaincu les machistes de sa qualité. Sans lui à ses côtés pour la mettre en lumière, elle n'aurait jamais brillé aux yeux de son père et de Dmitri. Elle le remerciait, mais ce constat la rendait amère.

Appréciait-elle Matthew ou la facilité qu'il instillait dans sa vie ? Elle avait noté la lueur de convoitise dans les yeux des femmes au thé organisé par Tatiana. Elles la jalousaient. Matthew changeait sa vision des choses. Son charme et son aisance la valorisaient.

Mais ce genre de relation ne lui convenait pas. Elle ne souhaitait pas se servir de lui pour la protéger et rehausser son éclat, telle une armure.

Agir ainsi se révélerait malhonnête pour lui comme pour elle. Et maintenant qu'elle l'avait poussé à fuir, elle s'interrogeait sur ses motivations. Heure après heure, elle réussit à se convaincre qu'elle l'avait utilisé puis jeté comme un vulgaire torchon. Elle se dégoûtait.

Il n'avait rien gagné à ce simulacre de fiançailles. Il avait affronté les jalousies, les conversations glaciales, les défis idiots dictés par la rancœur. Il avait amoindri les élans rageurs de sa jalousie et géré son caractère de cochon.

Il avait encaissé, réparé, apaisé. Dans quel but ? Par sens du devoir ? Ou parce qu'elle représentait un baume cicatrisant son orgueil de mâle blessé par la trahison de Giulia Olivetti ?

Oui, il faisait l'autruche, tout simplement. Il refusait de se morfondre et avait saisi la perche qu'elle lui avait tendue. Dans cette épopée, chacun avait tiré profit de l'autre : elle pour réintégrer dignement sa famille, lui pour réparer son ego brisé.

Elle ne parvenait pas à démêler ses sentiments et à lui attribuer une case : coéquipier ou plus si affinités ?

Matthew lui manquait cruellement. Elle hésitait à y voir un signe : toute personne confinée avec un Sergueï Ivanov hypocondriaque durant une épidémie chercherait par tous les moyens une échappatoire. Cependant, elle avait protégé sa fuite... en le forçant à l'abandonner.

Marina se laissa tomber dans un fauteuil au coin du feu, le regard dans le vide.

Elle se sentait vidée et fiévreuse.

Elle sortit son téléphone de sa poche et lut une fois encore les quelques mots écrits par Matthew. Il lui avait ouvert une parcelle de son cœur. Elle rédigea quelques phrases, qu'elle effaça. Voilà qu'elle souffrait du syndrome du texto blanc… un comble pour une journaliste !

Finalement, elle se décida. Après tout, ils avaient conclu un pacte qu'elle refusait de briser. Si cela signifiait perdre Matthew, elle assumerait.

Il méritait la vérité.

Tout comme elle méritait de se libérer de ses doutes.

Les lettres coulèrent alors, fluides, entre ses doigts.

Telle une catharsis.

19

Jeudi 23 janvier
10 H 00
Plage de Guidel

Ses mollets lui criaient d'arrêter, mais il s'obstinait à courir sur le sable détrempé, sadique.

La respiration du lieutenant Augusti se faisait de plus en plus laborieuse. Son sourire s'épanouit.

Sa satisfaction s'avérait mesquine, mais il s'en fichait royalement. Il ne dorloterait pas ses geôliers. À eux de se plaindre à leur supérieur et le forcer à l'action.

Il sillonnait le bord de mer depuis une heure, à une vitesse soutenue. L'air glacial de janvier agressait ses poumons, mais il s'acharnait. Il rechignait à remonter dans la maison sur la falaise, espace vide de sens où chaque minute s'étirait sans fin.

Sans ordinateur ni téléphone, il en était réduit à feuilleter les quelques ouvrages disséminés sur les étagères de la bibliothèque. Leur ancien propriétaire se distinguait par un goût prononcé pour les grands classiques.

Et il refusait de se lancer dans la série des Rougon-Macquart : il appréciait les œuvres de Zola, mais entamer le premier des vingt romans équivalait à imaginer rester sur place suffisamment pour les lire tous. Ce qu'il rejetait en bloc.

Derrière lui, la voix d'Augusti ordonna, entrecoupée :

— Demi-tour !

Un court instant, Matthew fut tenté d'accélérer et de le semer. Il renonça : bien en évidence dans le holster qu'il portait à la ceinture se trouvait un pistolet. Son gardien avait été clair : à la moindre tentative d'évasion, il tirerait.

Des fléchettes tranquillisantes certes, mais tout de même.

Il ne servirait pas de cible.

À contrecœur, il s'exécuta, mais sprinta, obligeant le lieutenant à soutenir la cadence. Celui-ci pesta entre ses dents. *Quel petit con !* Fier de lui, Matthew poursuivit sa course. Avec un peu de chance, il s'effondrerait sur son lit et sombrerait dans un sommeil réparateur.

Parvenu aux escaliers escarpés qui menaient à la corniche, il railla :

— Le dernier en haut paye son coup ?

Sans attendre de réponse – de toute façon le lieutenant ne possédait plus la capacité pulmonaire pour le fustiger – il grimpa marche après marche d'une traite.

Lorsqu'il débarqua sur la terrasse, le sergent Benali l'accueillit :

— Ce n'est pas très sympa de fâcher Augusti, Docteur Brady… Il est du genre rancunier et je vais douiller…

Matthew commença ses étirements, le visage fermé :

— Laissez-moi partir et je deviendrai le cadet de vos soucis.

Le lieutenant, qui émergea derrière lui, éclata de rire en secouant la tête :

— Tu peux déambuler jusqu'à l'étang du Ter, je te pisterai. Benali, tu me le tiens à l'œil.

Sur ces mots, le militaire dégoulinant de sueur s'éloigna et son adjoint conclut, se tournant vers Matthew, renfrogné :

— Il a plus peur du colonel que de vous, Doc.

Avec un rictus moqueur, il ajouta :

— Votre valise est arrivée. Ça effacera au moins une ligne de votre cahier de doléances…

20

Jeudi 23 janvier
10 H 00
Hôtel Sheraton – Novgorod

Il arrivait trop tard.

Petrov inspira profondément. Dès qu'il avait fourré Matthew dans l'avion à destination de Paris, il s'était précipité à Novgorod pour appréhender James Blake à son hôtel. Considérant que moins de deux jours s'étaient écoulés depuis son départ, il avait espéré que l'usurpateur soit présent. Erreur.

L'œil noir, il observa le cordeau de sécurité qui entourait la placette devant l'établissement. Le cadavre de Sofia Pouchkine avait été évacué, mais le sang sur le pavé se passait de commentaires.

Les témoignages concordaient.

Sofia s'était avancée, seule, sur le balcon vers huit heures du matin.

Elle l'avait enjambé sans même marquer un temps d'arrêt ou la moindre peur.

Elle avait marché vers le vide.

Vers le sol, cinq étages plus bas.

Fin de l'histoire.

Pauvre Sofia.

Cette pensée spontanée figea ses traits en un sourire triste. Jamais la plantureuse Rousse n'aurait accepté qu'il la qualifie ainsi. Elle lui aurait volontiers arraché les yeux de ses griffes rougies pour le guérir de sa pitié.

Inconsciente Sofia sonnait mieux. Il lui avait pourtant spécifié de ne pas jouer avec le feu. De toute évidence, elle s'était brûlée les ailes.

Il secoua la tête et s'engouffra dans le hall. Il devait savoir comment se déroulait l'enquête de police et s'ils avaient établi le lien avec Daniel Beauxchamps, *alias* James Blake.

Il s'accouda à la réception, sélectionnant le plus blafard des agents d'accueil. Celui qui coulait des regards apeurés vers la scène de crime et transpirait abondamment. Se fiant à son instinct, il salua et asséna :

— Vous la connaissiez, n'est-ce pas ?

Le visage de l'employé se décomposa. Ses joues pâlirent et deux taches écarlates fleurirent sur ses pommettes. Associées à ses boucles blondes, le contraste choquait. Il balbutia :

— Oui... non… je veux dire qu'il s'agissait d'une cliente.

— Vous mentez.

Petrov l'évalua d'un œil critique. À peine vingt-cinq ans, un corps gracile et une timidité qui suintait par chaque pore de sa peau. La définition d'un bon goûter pour Sofia. En face de lui, le réceptionniste passa une main dans ses cheveux en secouant la tête :

— Je… Elle…

Petrov pencha son mètre quatre-vingt-dix sur le comptoir en tirant son badge de sa poche. Les trois lettres qui y apparaissaient pétrifièrent l'employé. Il ordonna :

— Expliquez-moi tout.

Une perle de sueur se forma sur la tempe du freluquet. Il poussa son avantage :

— Souhaitez-vous que nous appelions votre manager pour statuer sur vos rapports avec la victime ?

Le réceptionniste essuya son front, fébrile, et murmura :

— Sofia s'est renseignée sur l'homme qui logeait dans la suite 555. James Blake. Mais c'est tout ce que je connais de ses activités ici.

Petrov le dévisagea. *Merde, elle avait couché avec ce gus…*

— Ce James Blake, il est parti quand ?

— Hier matin vers sept heures. Bien avant que…

Les mots s'étranglèrent dans sa bouche, mais Petrov ne s'en émut pas.

— Les flics vous ont-ils interrogé ?

— Je ne leur ai rien révélé ! La police scientifique a fouillé la chambre pendant plusieurs heures avant de poser les scellés.

Plusieurs heures… À la perspective de ce qu'ils avaient peut-être manipulé, Petrov le scruta, le souffle court :

— Aucun événement particulier durant cette fouille ?

— Euh…

— Pas d'appel en urgence, d'ambulance, de malaise ? précisa l'enquêteur, le visage fermé.

Devant lui, le réceptionniste se tortilla, en soufflant :

— Non. Ils sont repartis comme prévu… enfin, je crois.

— Vous croyez ? gronda le géant russe, les sourcils froncés. Si un des gars avait été évacué en civière, vous l'auriez vu, oui ou non ?

— Évidemment, j'étais présent en continu ! se défendit l'autre.

L'œillade accusatrice de Petrov fit flamber sa rage et il gronda, écarlate :

— Je n'ai pas quitté mon poste ! En tant qu'employé sérieux, je respecte les règles de l'Hôtellerie et les volontés de mes clients.

Dès qu'il eut prononcé ces paroles, il souhaita les ravaler. Le Russe taciturne souffla :

— De quelles volontés parlez-vous ?

Le réceptionniste se liquéfia. D'une main tremblante, il attrapa un carton pas plus gros qu'une briquette de soupe sous le comptoir et le tendit à regret à son féroce interlocuteur :

— Mister Blake a exigé qu'on le remette à un certain Nicolaï Oussopov lors de sa visite.

— Posez-le sur le marbre et donnez-moi deux paires de ciseaux, quatre gants pour faire le ménage et un masque.

Avisant le regard stupéfait du freluquet, il aboya :

— Tout de suite !

Qu'est-ce que Daniel Beauxchamps désirait transmettre à Nicolaï avant de s'éclipser ? Ça n'avait aucun sens…

Il se pencha et tendit l'oreille. Aucun bruit. Le blondinet revint avec les ustensiles demandés. Petrov s'en empara, plaça le masque, enfila les gants l'un sur l'autre. Saisissant les paires de ciseaux, il les utilisa pour déplacer le colis et le soupeser. Moins de cent grammes. Il planta la pointe de la première dans le carton pour le maintenir et découpa le scotch qui fermait l'emballage avec la seconde. En face de lui, le réceptionniste ne respirait plus. Il souleva les battants avec doigté, vérifiant l'absence de connectiques qui puissent évoquer une bombe. Rien.

Il jeta un coup d'œil au blondinet qui sursauta. *La confiance règne…*

Bloquant son souffle, il ouvrit les deux rabats, dévoilant l'intérieur de la boîte.

Ni bruit. Ni fumée.

Juste une minuscule fiole vide et un papier.

Écrit en lettres majuscules et énergiques, un message :

« PREMIÈRE RIPOSTE »

« Colis réceptionné. Mec balèze appelé Petrov. »

D'un doigt, Daniel Beauxchamps effaça le message, puis appuya sur le bouton affiché sur la page. En quelques secondes, grâce à ses empreintes, le paiement fut validé.

Il veillait toujours à récompenser les loyaux qui le servaient.

Et à punir impitoyablement ceux qui le décevaient.

Sans aucune preuve, de l'un comme de l'autre, évidemment.

Son téléphone sonna et il étouffa une grimace. En ce qui concernait celui-ci, il n'avait pas statué sur son devenir. Représentant fidèle ou boulet en puissance… Sa dernière action créait des remous disproportionnés, qui usaient sa patience.

Refusant l'appel, il le laissa basculer sur la messagerie. Écouter la voix nasillarde du Suisse se révélait au-dessus de ses forces.

Ce Petrov avait récupéré la fiole et son petit mot. Parfait.

Il n'aurait pu espérer mieux. Le colonel Brady mesurerait ainsi sa détermination et la puissance de sa rage. Si tout se déroulait selon ses plans, ce cadeau les distrairait un moment…

Cette diversion lui octroierait le temps nécessaire pour perfectionner sa seconde riposte.

Un méchant sourire étira ses lèvres.

Le jeu commence, colonel. Vous avez lancé les hostilités, je vous suis sur ce terrain…

Son portable retentit à nouveau ; enfin quelqu'un d'utile !

Il décrocha sans saluer. Son interlocuteur s'exprima d'une voix blasée :

— Vous aviez raison. La reconnaissance faciale a localisé Nicolaï Oussopov à l'aéroport Charles de Gaulle hier après-midi. Retour en partance de Moscou.

Il plissa les paupières. Ce ne pouvait être aussi simple… Son correspondant poursuivit :

— Il a été évacué *manu militari.*[2] Nous essayons de tracer le véhicule, mais s'il a quitté Paris pour les routes de campagne, nous perdrons la couverture caméra…

— Donc, vous avez échoué ?

L'accusé ne sembla pas ému par cette agressivité et répliqua, suave :

— Je ne dirais pas tout à fait ça… Vous croyez aux coïncidences ?

---

[2] Cette expression signifie par emploi de la force publique ou armée

21

Jeudi 23 janvier
10 H 30
Bureau du colonel Brady

Ce ne pouvait être une coïncidence.

— Jonathan, *moi staryy drug*[3], vous êtes toujours en ligne ?

La voix de Petrov vibrait d'inquiétude. Dès qu'il avait quitté l'hôtel, emportant avec mille précautions le petit colis légué par Daniel Beauxchamps à Nicolaï Oussopov, il avait appelé le colonel pour lui délivrer les dernières informations.

Sans ménagement.

Le silence qui s'éternisait n'augurait rien de bon. Le souffle un peu court, il répéta sa question jusqu'à obtenir un retour désabusé :

— Il l'a démasqué... comment ?

Petrov s'autorisa une profonde inspiration. Il supposa :

— Par Sofia. S'il l'avait deviné, Matthew n'aurait pas atteint la France.

— Pouvait-elle savoir ?

— L'indiscrétion lui collait à la peau… En interceptant certaines de nos conversations, elle aura tiré ses conclusions.

Le colonel soupira :

[3] Mon vieil ami

— Hypothèse plausible. Elle a payé le prix fort pour sa curiosité. J'en suis navré.

Petrov ne renchérit pas. Au contraire, il attendit que son vieil ami rassemble ses pensées. Le militaire reprit d'une intonation grave :

— Ce petit mot prouve qu'il est joueur. Et vaniteux. Ce qui tournera à notre avantage : il commettra une erreur.

— Je partage votre opinion.

— La chambre ?

— Vide. Rien. Pas de verre brisé, pas de corde, aucune violence apparente.

— Il n'en a visiblement pas besoin. Des traces sur le corps ?

— Rien. J'ai accédé au rapport du légiste. Aucune contusion, pas de stigmates de ligature. Aucune piqûre… Il a noté une légère abrasion du cuir chevelu. Enfin, autant qu'il ait statué sur la boîte crânienne après reconstruction.

Le colonel grogna. Evidemment, une chute de cinq étages équivalait à frapper le sol à une vitesse de plus de soixante kilomètres par heure. Le tout sans casque ni airbag…

— Il l'aurait malmenée ?

— Mouais, je sais, c'est maigre…

— Des prélèvements ?

— Non, le légiste a conclu à un suicide. Pas de preuves de violence, aucune arme, personne sur place au moment du saut… Le corps va être renvoyé à la famille pour les funérailles.

Un silence s'installa que le colonel rompit à contrecœur :

— Vous anticipez la prochaine étape, mon vieil ami ?

Petrov déclara sobrement :

— Ce ne sera pas mon premier détournement de cadavre, *moi staryy drug*. Je vous l'emballe et direction Lille ? Colis à vos frais, bien sûr.

— Non. Trop lent. Je vous envoie le pathologiste. Prévoyez un labo. Comme ça, vous *rendrez* ensuite la dépouille.

— Ni vu ni connu, ça me convient.

Le colonel avisa l'horloge sur le mur crème en face de lui. Thibault devait être en tête à tête avec ses machines. Il fit quelques calculs et :

— Il arrivera à Moscou demain par le vol de seize heures.

— Parfait. Je le réceptionne, il récupère les échantillons et je le refourgue dans un avion. Vite fait, bien fait. Je le reconnais comment votre gars ?

— Il s'agit d'un type roux avec une tignasse qui a besoin d'un bon coup de peigne, des lunettes à la Harry Potter et l'air d'un gosse devant un magasin de bonbons dès qu'il entrevoit une énigme à résoudre.

— Vous vendez du rêve, *moi staryy drug* ! railla Petrov.

— En tant que pathologiste, il ne possède pas son équivalent pour détecter les formules nanoparticulaires.

Petrov ne releva pas. Ses hypothèses recoupaient celles du colonel. Il fallait vérifier.

Parce que si Sofia était décédée des suites d'une de ces nouvelles drogues biotechnologiques, une seule solution s'imposerait : Daniel Beauxchamps travaillait pour Zeus.

Voire pire : sous ces deux patronymes se dissimulait la même personne.

Et ce que cette vérité impliquerait restait à déterminer…

Il conclut :

— Je vous le bichonne, votre expert ! Sûr qu'il appréciera le voyage !

22

Jeudi 23 janvier
15 H 30
Galerie d'art Athéna – Paris

— Bonjour, Niki Costa.

Stupéfaite, elle lâcha le bloc-notes qui s'écrasa au sol dans un bruit sourd. Qu'est-ce qu'il lui voulait ?

L'effervescence régnait autour d'eux et il restait là, tranquillement dressé, si parfaitement toiletté qu'elle regretta le négligé un peu bohème de sa coiffure. Il faut dire qu'elle avait passé la nuit sur le pied de guerre alors que lui… Lui avait dû faire la fête avec des mannequins siliconés aux silhouettes irréprochables !

Il se pencha en même temps qu'elle et leurs doigts s'entremêlèrent sur le bloc-notes. Il freina son geste et elle tira le calepin à elle, sa respiration haletante. *Bas les pattes !* Elle détestait qu'on envahisse son espace vital. Pourquoi demeurait-il aussi proche ?

Elle se redressa et souffla finalement :

— Monsieur André.

— Appelez-moi donc Noah.

— Si vous y tenez…

Son caractère solaire semblait totalement éclipsé par la gravure de mode qui la dévisageait. Depuis qu'elle avait appris son identité, elle pestait contre le sort qui l'avait confié à Michel et ses jugements dénués de subtilité. Deux boîtes de chocolats engloutis, elle ne décolérait pas. Il avait quand même osé rire lorsque son patron l'avait traitée de cinglée.

Il désigna la salle autour d'eux et apprécia :

— Belle organisation. Je craignais hier soir que nous puissions parvenir à un rendu… acceptable…

— Pourquoi ? Vous doutez des compétences d'une femme tarée ?

Dès qu'elle prononça ces paroles, elle se fustigea. *Encore trop vite !* Sans se démonter, elle le fixa. Confirmerait-il ? Contre toute attente, un sourire éclatant illumina son visage et il lui susurra à l'oreille :

— Ce n'est pas parce que Michel vous dénigre que tous expriment la même opinion de vous, Niki Costa.

Avant qu'elle s'imprègne du message, il s'écarta en ordonnant :

— Je vous ai envoyé un mail. Vous devriez le consulter. Après tout, le gala commence dans quatre heures…

Dès qu'il s'éloigna de quelques pas, elle dégaina son portable. Un courriel estampillé « URGENT » lui sauta aux yeux et elle l'ouvrit, le cœur battant.

L'exclamation fusa :

— Il se fout de moi ou quoi ?

Du regard, elle le chercha, mais il avait disparu. Le salopard, avoir l'audace de la confronter pour ensuite faire son coup bas en virtuel !

Ernesto et Camille, alertés par la tension qu'elle irradiait, s'approchèrent. Dès qu'elle les aperçut, les vannes cédèrent et elle déversa sa rancœur :

— Où se trouve le numéro du traiteur ?

— Dans ton carnet. J'hésite à te demander pourquoi ?

— Ce type vient de m'avertir que l'ouverture de la soirée serait confiée à Ana Firoga.

— Oh, elle a confirmé ? Quel soulagement ! s'enthousiasma Camille, insensible aux coups de coude que lui glissait Ernesto.

— Oui, quelle nouvelle formidable, minauda Niki. Sauf que son contrat stipule qu'elle refuse tout buffet véhiculant, je cite, la domination de l'Homme sur l'Animal.

— Hein ?

— Réveille-toi, Camille, gronda Ernesto. Madame Firoga se revendique en tant qu'ovo-lactovégétarienne.[4]

— Ce qui signifie que nous disposons de quatre heures pour éradiquer toute viande de la carte, grogna Niki. Où est planqué ce foutu numéro ? Ernesto, l'engagement de prestation ; Camille, ferme la bouche. Non, garde-la ouverte, parti comme c'est on va devoir se bouffer tous les petits fours…

Elle songea que Noah André avait de la chance d'avoir disparu, parce que sinon, elle l'aurait volontiers transformé en boulettes…

Redressant les épaules, elle se motiva.

Allez, Niki, tu y arriveras.

Tu es une femme forte et indépendante.

Tu seras remerciée pour ce travail.

Une de ces assertions dissonait…

---

[4] Les ovo-lacto-végétariens sont des personnes qui ne consomment ni viande, ni produits de la mer (poissons, coquillages...), mais acceptent les œufs et les produits laitiers (lait, fromage, yaourt...).

23

Jeudi 23 janvier
18 H 30 (heure locale)
Bibliothèque Universitaire – Moscou

Vassili ôta ses lunettes et frotta ses yeux. L'utilisation prolongée de l'écran le fatiguait, mais il refusait l'échec.

Il avait dépensé la moitié du temps octroyé par l'étudiant à qui il avait « acheté » la carte. Sans aucun résultat jusque-là.

Ajustant sa position sur la chaise, il se força à la concentration et tenta d'occulter les grondements de son estomac. Dans quelques heures, la bibliothèque fermerait ses portes pour la nuit, il rentrerait à son hôtel miteux et mangerait un morceau.

Un grognement plus puissant que les autres résonna dans la vaste pièce emplie de livres, alors qu'une sensation de faiblesse l'envahit. Gêné, il vit tous les regards glisser sur lui, accusateurs ou moqueurs.

La jeune femme à ses côtés, arrivée en même temps que lui, fouilla dans son sac et en sortit une barre de céréales qu'elle lui tendit avec un murmure :

— Prenez Monsieur, vous devez manger un morceau sinon vous allez flancher. Vous êtes tout pâle.

Il accepta l'aliment avec reconnaissance et déchira l'emballage, s'attirant une deuxième salve d'œillades clairement agressives. Il cacha le papier doré dans sa poche, délogeant la carte d'étudiant qu'il y avait enfoncée.

Il avala une bouchée. Quel délice ! Il déchiffra l'étiquette et pouffa : une confiserie américaine. Avec un clin d'œil à sa voisine, qui le détaillait, il murmura :

— Ma petite-fille raffolerait de ce gâteau ! Merci.

— De rien. J'ai noté que vous taffiez depuis l'ouverture. Il faut vous ménager, la bibliothèque ne risque pas de s'écrouler...

— Mais moi pas, lâcha Vassili avec un pauvre sourire.

Un court instant, elle pâlit, pensant qu'il lui annonçait qu'il était condamné, jusqu'à ce qu'elle remarque le badge qui dépassait de son manteau. Les yeux écarquillés, elle le dévisagea.

Fautif, il fourra la carte incriminante au fond de sa poche, son teint virant au rouge brique. Après quelques minutes, elle constata, désignant le cahier bleu aux pages raturées devant lui :

— Vos recherches ne semblent pas très fructueuses, et pourtant, vous savez utiliser le logiciel, monsieur Oleg Vrinskii, 23 ans…

Il fut tenté d'abandonner son carnet et de s'enfuir. Ce qui aurait été ridicule, au vu de sa vitesse à la course à pied. Au lieu de cela, il se cala dans son fauteuil et riposta :

— Mon apparence ne coïncide guère avec mon âge, quelle tristesse…

— Ça explique pourquoi vous axez vos études sur la régénération tissulaire ? railla-t-elle.

Il éluda. Ce n'était pas interdit. Elle n'avait pas l'air décidée à lui nuire et il la laissa contempler ses notes. Elle analysa :

— Faites gaffe à vos combinaisons de termes, vous allez vous retrouver avec une alerte sécurité.

— Pardon ?

— Vous vous trouvez sur un campus. Certains des mots-clés que vous utilisez frôlent carrément l'eugénisme. Vous ne seriez pas avancé si votre compte était bloqué, non ?

— Ce risque existe ?

Un poids lourd comme le monde s'abattit sur ses épaules. Vassili se sentit dépassé. Ces termes prêtaient naturellement à confusion. Il ne recherchait pas des enfants de chœur, mais des personnes visant à promouvoir des Hommes puissants. Voire des Surhommes.

À ses côtés, la jeune femme le scrutait, notant sa pâleur et ses joues creuses. Compatissante, elle murmura :

— On dirait que ces données vous tiennent à cœur. Pourquoi ne pas solliciter de l'aide ?

— De l'aide ? Mais par qui ? Par vous ?

Elle pouffa et s'attira des regards incisifs qu'elle écarta d'un geste peu gracieux de la main. Une réaction instinctive à la Marina qui amusa Vassili tout en accentuant son inutilité.

— Mais non, j'en suis incapable. En revanche je connais des pros en informatique qui pourront surfer sur toutes les bases de référencement. Surtout celles qui sont prohibées.

Elle avait prononcé ces mots d'un ton mystérieux et il souffla :

— Le Dark Web ?

— Il s'agit de vos paroles, camarade Vrinskii, pas des miennes, sourit-elle. Si vous en avez les moyens, je vous présente la personne idéale.

Vassili déglutit. Il consulta l'écran devant lui, sur lequel le pointeur de la souris le narguait. Trente-six heures à pianoter des mots-clés sans aucun retour pertinent. De toute évidence, les informations recherchées, si elles existaient, se cachaient du commun des mortels…

Que risquait-il, hormis se faire dépouiller ? Les geeks ne sont pas des tueurs – enfin, en dehors du monde virtuel – n'est-ce pas ?

Bloquant sa respiration, il hocha la tête et elle sourit en se levant :

— Suivez-moi, Oleg Vrinskii, si vous l'osez.

Sans un mot, elle s'éloigna, lui laissant la possibilité d'abandonner.

Saisissant son manteau, il déconnecta la session et trottina derrière elle, songeant qu'elle ne lui avait même pas donné son nom.

24

Jeudi 23 janvier
21 H 30
Galerie d'art Athéna – Paris

Enfin, elle pouvait respirer. Les invités foulaient l'épais tapis pourpre rebrodé d'or qui assourdissait l'écho de leurs pas. Ils déambulaient d'une œuvre à l'autre en suivant le parcours poétique qu'elle avait imaginé.

Aux expressions extatiques qu'elle percevait sur leurs visages, Niki en déduisait que la soirée était une réussite. Et une victoire !

In extremis, ils avaient réussi à éviter tout esclandre avec Ana Firoga, respecter leur contrat et écarter tout impair. Elle se sentait fière d'elle-même et de son équipe.

Mal à l'aise dans sa combinaison noire, juchée sur des talons vertigineux, elle observait la foule, emmagasinant comme à l'ordinaire une multitude de détails qui seraient passés inaperçus au commun des mortels.

Tout à coup, Michel, littéralement resplendissant dans son costume pailleté, s'aventura au cœur de la galerie et un silence respectueux s'installa pour l'écouter. Il lissa ses moustaches avec un large sourire avant d'ouvrir la bouche. Niki le fixait, avide. SON moment arrivait. Celui où il la remercierait pour son investissement sans faille.

Un mouvement à la droite de Michel l'attira et elle se figea. Noah André. Une bouffée de colère la traversa, alors qu'il levait sa coupe de champagne, lui dédiant un bref salut assorti d'un clin d'œil. Elle fut tentée de lui tirer la langue, mais reporta son attention sur l'orateur principal.

Celui-ci commença par quelques banalités et une ou deux plaisanteries auxquelles elle rit nerveusement. Et soudain :

— Je tenais à saluer la personne sans laquelle cette inauguration aurait été impossible. Celle qui, par sa passion, son esprit vif et aiguisé, sa minutie, a su magnifier ces œuvres…

Niki rougit. *Non vraiment, quel poète ce Michel, finalement…*

— Celle qui, je dois l'avouer, m'impressionne chaque jour un peu plus…

Elle vira à l'écarlate alors qu'Ernesto et Camille sautillaient d'enthousiasme, les deux pouces levés. Le regard de Michel courut dans l'assistance. *Il me cherche ! Je suis là !*

Elle allait s'avancer quand la voix de son patron enchaîna :

— Ah, le voici ! Chers invités, je vous présente monsieur Noah André, représentant de notre mécène, Pégasus Inc. Notre faiseur de miracles.

Un tonnerre d'applaudissements emplit la galerie, alors que Noah André se pavanait, son verre dressé, mimant l'humilité. Michel le rejoignit et les conversations reprirent leurs cours. Le discours était fini.

Adieu la reconnaissance.

Adieu l'estime de soi.

Sans un mot, Niki sortit de la salle. Elle avait besoin d'air.

Ovationné, Noah André accompagna sa fuite d'un œil froid.

Tu es trop sensible, petite cruche.

Je vais te dévorer d'une seule bouchée...

25

Jeudi 23 janvier
23 H 30
Maison sur la falaise – Guidel

Il s'ennuyait tellement dans cette planque déconnectée de tout qu'il s'était couché à vingt et une heures. Ce qui ne lui était pas arrivé depuis des lustres. Ressassant ses griefs envers le colonel, il avait fini par sombrer dans un sommeil agité.

Une plage de sable, bordant une mer d'azur. Le soleil échauffait sa nuque et ses cheveux ondulaient sous une brise légère. Il ne ressentait aucune inquiétude. Cet endroit était familier.

Ses pas le portèrent vers la corniche. Progressant, il longea la falaise. Sa solitude ne l'effrayait pas. Il connaissait sa destination.

Il découvrit un sentier serpentant entre les rochers. Il enjamba la courte barrière qui le protégeait et commença sa descente. Au loin, l'astre brillant nimbait l'horizon de reflets dorés. Il leva les yeux. Au-dessus de lui, à flanc de coteau, se dressait un belvédère de pierres blanches. Une tour ronde au toit bombé se devinait derrière le mur d'enceinte. À son sommet, une flèche en forme de croix grecque fixée sur un cœur d'acier perçait le ciel. Et sur ce cœur, une colombe tenant un rameau d'olivier.

Il observa les flots bleu turquoise en contrebas et plissa les paupières. Un second îlot, semblable à un champignon, se profilait, visible uniquement depuis ce point de vue dégagé. Plongé dans ses pensées, il avança. Son pied se posa sur un galet en équilibre…

La chute du lit fut suffisamment violente pour le tirer de sa torpeur. Le battant s'ouvrit à la volée et le sergent Benali, l'arme au poing, alluma le plafonnier en ordonnant :

— Pas un geste !

Derrière lui, la silhouette du lieutenant Augusti se dessina et il abaissa son pistolet, moquant :

— Fausse alerte, Benali. Monsieur a fait un cauchemar.

Sur ces paroles lapidaires, il s'éloigna. Benali rejoignit Matthew, qui gisait sur le tapis, un peu remué par sa mésaventure. Il s'inquiéta en lui tendant la main :

— Vous allez bien, Doc ?

Il le hissa à lui et Matthew s'assit sur le couvre-lit en marmonnant :

— Ouais, ça va, merci de vous en soucier…

— Je vous l'ai dit, le lieutenant, il a la rancune tenace. Des kilomètres dans le sable à cracher ses poumons, ça irrite…

— Et une séquestration sans fondement, ce n'est pas frustrant, peut-être ? provoqua Matthew.

Le sergent secoua la tête, navré et sortit en préconisant :

— Même si vous les refusez, ces raisons existent. Vous devriez accepter la situation, y'a pas mieux à espérer.

La porte claqua sur cette affirmation et Matthew frappa son oreiller, désabusé. Rejetant les couvertures, il s'approcha du bureau. Au moins lui avaient-ils rendu sa valise, et avec elle, les souvenirs légués par Vassili.

S'emparant d'un crayon de bois, il ferma les yeux et se laissa dériver dans les méandres de son rêve, noircissant sur le vélin les contours de cette île-champignon et du rameau d'olivier.

Autant de détails grâce auxquels il escomptait identifier ce site mystérieux.

Mais pour cela, il devait échapper à ses nourrices galonnées.

26

Vendredi 24 janvier
10 H 00
Maison médicalisée – Lille

Le colonel pénétra dans son bureau avec un soupir de soulagement. La logistique des prélèvements en Russie s'organisait. Thibault Peterson trépignait d'impatience, surexcité par sa mission. Tant d'enthousiasme l'exaspérait, mais il refusait de sanctionner cet excès de motivation.

En revanche, les investigations lilloises le préoccupaient.

Depuis que le capitaine Duhamel avait pris en main l'enquête de terrain, ses indics ratissaient les rues de Lille et les nouvelles affluaient. La rumeur d'une nouvelle drogue se répandait. Une équipe avait été constituée afin de démêler l'écheveau des ragots et commérages.

Quant à la victime que Matthew avait soignée, leur hypothétique patient zéro, ils rencontraient bien des difficultés à remonter une piste crédible.

Constance Duez, étudiante de vingt et un ans, était inscrite en licence à la faculté libre de médecine et de maïeutique. Un profil studieux et bien éloigné des standards attendus des junkies. Elle ambitionnait de devenir sage-femme et avait passé la soirée de son admission aux urgences avec des condisciples.

Ils avaient tous fréquenté le même bar, proche de l'université, puis elle était rentrée chez ses parents, rue Nationale, vers vingt-trois heures. En soixante minutes, elle sombrait.

La brigade de Duhamel avait interrogé l'ensemble de ses camarades, les habitués du bar, et retracé le trajet de la jeune fille. Rien. Rien ne leur permettait de comprendre comment elle était entrée en contact avec les nanoparticules.

Cependant, le Bouledogue ne lâchait pas l'affaire. Il était persuadé de résoudre l'énigme. Aucune ne lui résistait. Il flairait les pistes tel un limier et les remontait sans relâche. Le colonel lui laissait toute latitude pour éclaircir ce premier cas. Voilà pourquoi il l'avait intégré et il ne regrettait pas son adhésion.

Mais il avait besoin de résultats.

Alors qu'il fermait la porte de son bureau, l'esprit préoccupé, l'objet de ses pensées se précipita à sa rencontre, haletant. Il bouillonnait, en proie à une excitation éloignée de l'attitude paisible de son vis-à-vis.

— Nous le tenons !

Au regard que lui lança le militaire, il poursuivit, exaspéré par ce défaut d'enthousiasme :

— Le chaînon manquant, Colonel ! La source de nanoparticules qui a contaminé Constance Duez. Je savais que je le dénicherais !

Jonathan s'effaça et l'invita à entrer. Même s'ils menaient une enquête commune, la notion de confidentialité semblait dépasser le capitaine, dont la voix tonitruante diffusait dans tout le quartier.

Dès que la porte fut refermée, Duhamel rugit :

— On a dépisté un autre cas, mais qui a été conduit aux urgences de Saint Vincent de Paul, la même nuit que Duez.

— Une nouvelle victime ?

— Comme je vous le dis. Un pauvre gus, découvert vers deux heures du matin, raide au pied de son immeuble.

— Mort ?

— Autant que possible. Le rapport d'autopsie vient de nous parvenir.

— Et ?

— Rien. Aucune anomalie.

Jonathan observa le capitaine sans sourciller. Duhamel gronda.

— Ne me regardez pas comme ça, c'est normal cette lacune, non, c'est bien ce qu'on attend ?

— Oui.

— Mon équipe a creusé. Le type travaille dans les assurances, trente-trois ans, pas d'antécédents médicaux, pas de casier, complètement lisse. À un détail. Il se sert au distributeur vers vingt-deux heures trente. Rue Nationale.

— Et ?

— Mon inspecteur a trouvé cette coïncidence troublante. Il a consulté les caméras de surveillance de la banque. Et là bingo ! Constance Duez, notre étudiante, a elle aussi voulu retirer de l'argent ce soir-là, mais elle avait oublié sa carte. On la voit en train de râler vers vingt-deux heures quarante-cinq.

— J'imagine que l'histoire ne s'arrête pas là ?

— Oh que non, monsieur des Moustaches. Mes gars sont allés faire des prélèvements et Peterson est formel. Résidu de nanoparticules sur la console du DAB.[5] Le quidam l'a touché à vingt-deux heures trente. Il s'est chargé en nanoparticules. Elle lui a succédé et a pris sa dose à son tour, un peu plus légèrement, vu qu'il était déjà passé et qu'elle a oublié sa carte. Mort pour lui. Légume pour elle.

— Les caméras ?

— Vérifiées. Pas d'autres retraits avant mercredi matin. Ensuite, on assiste à un défilé. On essaie d'identifier et de tracer tous les usagers.

— Et avant ?

— Idem, on cherche des suspects potentiels. Dès qu'on aura un créneau de contamination, on pourra resserrer l'enquête. Mais on progresse.

— Un DAB…

La voix de Jonathan reflétait ses pensées et Duhamel commenta, au diapason de son humeur :

— Ouais, je partage votre opinion. Frappe au hasard. Du pur terrorisme.

Le colonel hocha la tête. Sa vision de la situation différait sensiblement. Pour lui ces contaminations intentionnelles servaient de coup d'essai. Un moyen grandeur nature de tester le potentiel de la formule, son pouvoir pathogène et sa stabilité. Une étape avant la mise en œuvre d'une expérimentation à plus grande échelle.

Il devait enrayer cette montée en puissance. Alors, il commenta :

— Bon travail, Capitaine. Félicitez vos hommes. Mais on ne se relâche pas. Nous devons découvrir qui a infecté cet appareil et comment il s'y est pris. Ensuite, on le traque et on le neutralise. Compris ?

— Cinq sur cinq, Colonel. Mes gars aiguisent leurs crocs. Et vous me connaissez, un bouledogue ne lâche pas le mollet qu'il a ferré avant d'avoir mangé son content.

---

[5] DAB = distributeur automatique de billets

27

Vendredi 24 janvier
14 H 00
Hôtel de Gstaad – Suisse

Installé dans le salon de leur suite, le trio improbable coordonnait ses futures actions, quand le téléphone cellulaire de Mark vibra. Identifiant son interlocuteur, il s'empara de l'appareil et intima le silence aux deux autres :

— Bonjour, mon colonel.

Paul le dévisageait avec attention. Mark rendait compte à son supérieur quotidiennement, mais si ce dernier entrait en contact direct hors des créneaux prédéfinis, cela augurait une information d'importance.

Le lieutenant s'éloigna vers le balcon. Il l'observa, marchant de long en large. Un pli apparut sur son front. Furmankowski se balança sur les deux pieds arrière de sa chaise, pessimiste :

— Ça pue, toute cette histoire…

Il resta silencieux, refusant d'entrer dans son jeu. L'inspecteur poursuivit, acerbe :

— Ça valait le coup de prôner la coopération s'il s'isole dès que son chef l'appelle.

Encore une critique ! Paul serra les dents et rétorqua, acide :

— Il nous mettra au courant de l'essentiel à son retour.

— *L'essentiel ?* Tu joues les gentils toutous dociles. Tout ignorer de leurs décisions ne te gêne pas ?

L'analyse agressive et sans subtilité de Furmankowski engendra une moue de dédain sur les traits de Paul. Par pure provocation, il répliqua :

— Non. Mon cerveau est calibré pour gérer certaines indications et le sien d'autres. Chacun son métier. Il ne me viendrait pas à l'idée de lui détailler une procédure chirurgicale. Si j'opère, je prends la main et on s'en remet à mon expertise. Cette affaire, c'est son bloc. Je me fie à lui pour m'informer selon les besoins de l'enquête. Un coéquipier de qualité agit ainsi, il me semble ?

Et paf, dans tes dents ! Alors que l'inspecteur se redressait, outré, Mark entra dans la chambre, rempochant son téléphone. Déterminé, il s'exclama :

— Bien. Beaucoup de nouvelles. Certaines plus joyeuses que d'autres.

— Commence par les bonnes.

Paul tentait de détendre l'atmosphère. Furmankowski restait figé dans une attitude rigide, hésitant à lui foutre son poing sur la figure. Mark, percevant la tension, lui sourit et lança :

— Celle-là va te plaire : Matthew a été évacué en toute sécurité.

Paul claqua ses mains sur ses cuisses, radieux :

— Ça mérite un verre ! Ils ont obtenu ce qu'ils cherchaient ?

— Plus ou moins.

— Et maintenant ? Ils nous rejoignent ?

Le visage de Mark se rembrunit lorsqu'il avoua :

— Non. Matthew est maintenu en résidence surveillée.

— Et Marina ?

— Elle prolonge son séjour en Russie.

— Pardon ?

La voix de Paul trahissait son ébahissement. Avait-il mal compris ? Le colonel avait précipité le rapatriement de son fils lorsqu'il était apparu que l'inspecteur était un faussaire. James Blake constituait donc une menace. Pourquoi Marina ne faisait-elle pas partie du convoi ?

Mark haussa les épaules, se contentant d'expliquer qu'il l'ignorait et que la décision émanait d'elle. Paul fronça les sourcils. Qu'avait-elle encore imaginé ? Comment Matthew avait-il pu la laisser seule là-bas, connaissant le danger ? Il se promit d'en discuter avec lui. Certaines données lui manquaient. Il embraya sur une précision qui l'avait choqué.

— Le colonel le garde en résidence surveillée ? Mais pourquoi ?

Mark inspira et balança :

— Parce que nous avons découvert que James Blake se nomme en réalité Daniel Beauxchamps.

Paul se décomposa et Furmankowski railla :

— Papounet chouchoute son rejeton trop sensible... Je vais pleurer...

Le lieutenant le fusilla du regard :

— Le colonel estime que le tenir isolé le protège.

Paul sortit de sa torpeur et murmura :

— Pour combien de temps ?

— Aucune idée. Probablement jusqu'à ce qu'on ait éliminé toute menace.

C'est-à-dire une durée indéterminée… Il secoua la tête, catégorique :

— Il n'acceptera jamais.

— Le colonel le convaincra.

— Je lui souhaite bien du courage...

— Bref, ça ne relève pas de notre autorité. Le docteur Holloway nous recevra dans son laboratoire à Lausanne lundi. Il pense que nous représentons un consortium d'entreprises pharmaceutiques désireuses d'investir dans sa technologie. La cellule support nous a faxé les détails de notre couverture. Il nous reste donc soixante-douze heures pour peaufiner nos alias et nous rendre à Lausanne.

Mark sortit trois liasses de documents reliés, qu'il leur tendit :

— Paul, sans surprise, tu es notre médecin expert.

— Magnifique.

— Furmankowski campera notre comptable. Quant à moi, je jouerai le chargé de com'. Je vous propose de potasser vos bios. On se revoit dans trois heures. Des questions ?

Devant leur absence de remarques, il s'empara de son dossier et s'installa dans le canapé. Il l'ouvrit, et fit semblant de se plonger dans une lecture attentive alors que son esprit ressassait les critiques de Paul.

Le chirurgien connaissait bien Matthew. S'il prétendait que son ami n'accepterait pas la captivité, il avait vraisemblablement raison.

D'autant plus qu'il avait caché aux deux autres certains détails perturbants, tels que la mort prématurée de Sofia Pouchkine et la contamination du DAB. Autant d'éléments qui complexifiaient leurs investigations.

La protection de Matthew allait s'éterniser… et sa frustration perdurer…

28

Vendredi 24 janvier
17 H 00
Quartier étudiant – Moscou

Mais dans quel pétrin s'était-il fourré ?

Aucune fenêtre. Aucune luminosité en dehors de la clarté bleutée des écrans. Il était tombé dans une véritable ruche, bourdonnant des cliquetis secs des touches enfoncées sur des claviers. Un repaire de pirates des temps modernes. Qui puait le bouc, mélange de transpiration et de résidus de nourriture graisseux.

Avachi dans un canapé défoncé, laissé à l'abandon, Vassili froissait entre ses doigts moites sa chapka, lissant la fourrure d'un mouvement réflexe pour rationaliser ses peurs. Il n'osait pas se lever alors qu'il mourait d'envie de se soulager – quel homme de son âge pouvait se retenir aussi longtemps ? – mais craignait de déranger ceux dont il venait de constater l'existence.

Autour de lui s'étalait une rangée de serveurs informatiques, refroidis par des ventilateurs puissants qui ébouriffaient les cheveux sur son crâne luisant. Les murs étaient recouverts de cartes du monde, d'affiches de propagande et de slogans progressistes et politisés.

Elle l'avait conduit dans un nid d'hacktivistes.[6]

---

[6] Le hacktivisme (mot-valise, contraction de hacker et activisme) est une forme de militantisme utilisant des compétences du piratage informatique dans le but de favoriser des changements politiques ou sociétaux.

Des virtuoses de la toile qui aspirent au changement social, tentent d'exposer les abus ou de faire avancer une cause. Il n'en demandait pas tant, mais elle avait balayé ses scrupules d'un sourire :

— *Chameleon* pourra vous aider. Il n'a pas son pareil pour débusquer l'accès à tous les serveurs et documents censurés.

Et *Chameleon* portait bien son nom. Une silhouette androgyne, souple comme une liane, enveloppée dans des vêtements moulants qui reflétaient le flux de lumière incident. Un visage dissimulé sous un masque. Une cagoule et des gants pour parfaire l'ensemble. Même sous la torture, Vassili aurait été incapable de jurer de son sexe. Encore moins de son identité.

Conduit jusqu'à leur repaire les yeux bandés, désorienté et affreusement mal à l'aise, il avait présenté sa requête. D'une voix artificielle, l'autre lui avait posé quelques questions, avant de consentir à monnayer ses services.

Depuis, Vassili poireautait dans ce fauteuil. Les coussins avaient imprimé la marque de son derrière tant il bougeait peu. Heureusement, on le nourrissait régulièrement. Hamburgers et frites, par protestation capitaliste, visiblement. Il picorait, ressassant les raisons qui l'avaient poussé à frayer avec le côté obscur de la Force…

Alors qu'il somnolait, en proie à l'ennui le plus total, la voix de son guide interrompit sa sieste :

— Debout, Oleg Vrinskii. *Chameleon* veut vous voir. Maintenant, ajouta-t-elle alors qu'il frottait ses yeux et tentait de s'extirper, sans succès, du sofa défoncé.

Elle lui tendit une main secourable et il réussit à se redresser. Il la suivit jusqu'au poste occupé par *Chameleon*. Sans même se retourner, celui-ci désigna un écran sur lequel une silhouette à la mine sévère s'étalait :

— Connaissez-vous cet individu ?

Devant son air ahuri, le timbre robotisé poursuivit :

— Orion Diamantopoulos. Ce nom vous parle ?

La gorge sèche, Vassili hocha la tête, fixant le visage en noir et blanc sur le moniteur, terriblement austère.

Qu'est-ce que le beau-père de Mathis Beauxchamps venait faire dans cette histoire ?

29

Vendredi 24 janvier
23 H 00
Laboratoire de Louisa Brady – Lille

— C'est pas ce soir qu'on trinquera…

Louisa se hérissa. La voix de Julie, qui ne faisait que souligner l'évidence, lui tapait sur le système. Elle ferma les yeux et sortit la plaque du lecteur de fluorescence, l'observant d'un œil critique. Pas d'agrégats, pas de buée. Les conditions d'analyse paraissaient idéales. Le problème technique semblait donc à écarter.

Et pourtant, son leurre ne fonctionnait pas comme elle l'avait espéré.

Elle avait pris le plus grand soin pour créer cette canne à pêche biologique ultrasophistiquée en un temps record – le tout en se coltinant Julie – et, malgré un hameçon des plus alléchants, rien ne mordait.

Le dépit de Julie n'égalait pas le sien... Elle gronda :

— Ça va Jul', n'en rajoute pas…

Sa cadette mesura son degré de mécontentement et eut la finesse de se taire, s'accoudant à la paillasse immaculée en silence. Louisa contempla la plaque d'un œil désabusé. Elle avait déjà rencontré des échecs dans sa carrière mais celui-ci figurait parmi les pires. Elle se sentait inutile. Les enjeux se révélaient peut-être trop élevés pour elle, habituée à œuvrer dans l'anonymat en se nourrissant de science fondamentale ? Être acculée à découvrir la vérité brisait son élan créatif…

Elle avait besoin d'air.

Dès qu'elle se déplaça, elle détecta la présence du sergent Alaric qui, telle une ombre, la suivit. Elle entra dans son bureau et ouvrit la fenêtre, laissant s'engouffrer les effluves glacés de la nuit. S'accoudant au rebord, elle posa sa tête sur ses paumes et ferma les paupières.

Il lui octroya cinq minutes avant de murmurer :

— Six mille.

Elle se retourna, stupéfaite. Il parlait !

— Il s'agit du nombre de filaments différents que Thomas Edison a expérimentés avant de parvenir à créer une lumière durable grâce à du coton carbonisé. Par chance il ne s'est pas découragé sinon nous brûlerions toujours du gaz pour nous éclairer…

Elle le toisa quelques secondes avant de commenter :

— Vous me surprenez, sergent Alaric…

Il consentit un sourire en coin et conclut en s'éloignant :

— Prenez une de ces sucreries cachées dans le tiroir de votre bureau pour recharger vos batteries. Je gère votre sœur.

Louisa rougit, une fossette marquant sa joue. Cette analyse pragmatique lui remontait le moral.

En recherche, obtenir des résultats équivalait à subir des montagnes russes en alternant des périodes de creux et des vagues de frissons.

Au diable les doutes : elle possédait bien d'autres flèches à son arc avant de se déclarer vaincue.

Et tout un stock de bonbons !

30

Samedi 25 janvier
08 H 00
Aéroport de Moscou

La mission que lui avait confiée le colonel semblait pourtant simple.
Monter dans l'avion : facile.
Atterrir à Moscou et transiter vers Novgorod : enfantin.
Retrouver un certain Petrov à l'arrivée : élémentaire.
Rejoindre le laboratoire et le corps de la victime : trivial.
Réaliser les prélèvements nécessaires : aisé.
Se rendre en voiture à Moscou pour éviter l'avion : banal.
Les ramener à Lille : évident.
Ou pas.

Thibault Peterson avançait, le cœur dans les chaussettes. Il n'avait pas anticipé la dernière étape : les douanes. Et par n'importe lesquelles. Celles des Russes, capables de vous envoyer à une vitesse hallucinante dans un goulag glacial pour une durée indéterminée oscillant entre un jour et toujours.

Lorsqu'il était arrivé, plein d'enthousiasme à Novgorod, Petrov l'avait conduit en pleine campagne. Avare de ses mots, le géant russe l'avait introduit dans une pièce bâchée, au milieu de laquelle gisait la dépouille livide de Sofia Pouchkine, couchée sur une table en acier rudimentaire. Sur un tabouret reposait une série d'instruments brillants dont la vue avait de quoi créer des cauchemars. Au-dessus du cadavre une bouche d'aspiration, branchée sur un moteur à essence, tournait à plein régime pour évacuer les odeurs putrides. Les relents du carburant mêlés aux effluves des chairs en décomposition lui confirmèrent qu'il avait eu raison d'éviter les pâtisseries à l'aéroport.

Une bouffée de sueur froide teintée d'excitation avait suffoqué Thibault. On était loin de l'atmosphère aseptisée d'une morgue officielle ou même de son labo adoré. Les murs tendus de plastique renvoyaient les bruits comme autant d'échos morbides, créant une atmosphère assourdissante.

Il avait enfilé une blouse de protection et un masque filtrant avant de commencer son travail minutieux. À la vue des contenants destinés à récupérer les échantillons, il s'était figé, stupéfait. Petrov avait tranché, laconique :

— Vous ne croyez quand même pas que la douane vous laissera déambuler avec cinquante écouvillons de fluides humains non autorisés ?

La justesse de sa remarque avait pétrifié Thibault. Avalant sa salive avec une certaine difficulté, il scruta ce que le géant russe avait déballé.

Des dizaines de flacons inférieurs à cinquante millilitres, de taille et forme différentes, portant des logos de compagnie aérienne, d'hôtels ou de chaînes de cosmétiques. Des piluliers pour lentilles de contact. Des stylos à réservoir. Des tubes de dentifrice miniatures. Des pots de vernis à ongles vides… Il resta muet alors que Petrov expliquait :

— Vous avez le choix des contenants. Soyez futé et variez les plaisirs, du moment que vous mettez le bon stabilisant et que vous scellez le tout. Je me charge du camouflage, de l'étiquetage et de la transcription. Vous n'allez pas faire un malaise quand même ?

Thibault avait hoché la tête, sidéré par l'audace du vieux Russe, avant d'être pris d'un fou rire. *Personne ne le croirait jamais !*

Il avait alors commencé son exigeant travail de collecte des spécimens biologiques. Il sélectionnait le contenant en fonction de l'échantillon, le conditionnait et le confiait à Petrov qui le codait avec soin avant de le glisser, bien ordonné, dans une mallette renforcée. Rien n'avait été laissé au hasard.

Huit heures plus tard, Thibault patientait dans la queue pour valider les contrôles à Moscou, roulant sa précieuse cargaison à la main. Il n'en menait pas large.

Arrivé au détecteur, il plaça le sac plastique contenant les liquides dans le réceptacle et le vit progresser sur le tapis, le souffle court. Il déposa sa valise, ouverte, à la suite du bac et traversa le portillon, retenant sa respiration.

L'agent de sécurité le toisa et exigea son passeport, qu'il lui tendit avec un rictus idiot. Ses joues chauffaient, écarlates, et Petrov, qui l'observait depuis la queue une trentaine de mètres plus loin, grinça des dents.

L'employé saisit le sachet et le soupesa, détaillant les étiquettes. Gel douche, bain de bouche, lotion pour le corps… Il le reposa et fourra son nez dans le bagage. Il désigna un carton d'une vingtaine de centimètres sur trente et aboya :

— De quoi s'agit-il ?

Thibault piqua un fard en soufflant du bout des lèvres :

— Mon nécessaire à maquillage…

L'air ahuri, le cerbère déverrouilla la boîte et révéla son contenu. Une cinquantaine de petits pots aux couleurs chatoyantes brillèrent aussitôt dans leur écrin. Le pathologiste baissa les yeux. Le vigile s'empara d'un pot et lut l'étiquette : « Rouge Passion ».

Son regard moqueur coula sur Thibault, qui redressa les épaules, tendu. *Pourvu qu'il ne l'ouvre pas… Comment j'agis s'il l'ouvre… Je cours… ou je pleure…*

— Rouge passion… Jolie teinte, railla l'agent en reposant l'échantillon. Quel dommage de ne pas la porter, monsieur Peterson.

La sueur perlant sur son front, l'intéressé se contenta d'une grimace mimant la contrition. Sa gorge se desséchait seconde après seconde. Il n'aurait pu prononcer un mot. Il referma la valise à mains et s'éloigna d'un pas chaloupé.

Dès qu'il le put, il se rendit aux toilettes et fourra son visage sous un filet d'eau froide. *Quelle angoisse… Vernis Rouge Passion, quelle blague… Essaie donc de te peindre les ongles avec de la cervelle, tu m'en diras des nouvelles…*

Affichant un sourire nerveux, Thibault Peterson attendit l'embarquement, la respiration haletante. Chacun des accessoires de sa mallette renfermait un petit morceau découpé avec soin de Sofia Pouchkine, dans l'attente d'une analyse plus poussée.

Il brûlait d'arriver au laboratoire. Pour une fois ses machines ne lui manquaient pas.

Il rêvait d'exprimer au colonel tout le bien qu'il pensait de cette *simple* mission !

31

Samedi 25 janvier
16 H 00
Manoir des Ivanov – Novgorod

— Marina ! Mais où est-ce qu'elle se cache ?

Sergueï Ivanov, un mouchoir imbibé d'eau-de-vie sur les narines – il était persuadé que cela éloignait les microbes – déambulait au rez-de-chaussée du manoir, criant son mécontentement à pleins poumons depuis dix minutes.

— Elle est partie se promener, Deda.

Il pivota et eut un mouvement de recul instinctif. Ses doigts se crispèrent sur son masque alcoolisé et il s'en imprégna, contemplant Alessandra, couverte de boutons, dressée à quelques mètres de lui.

— Va-t'en, Alessandra ! Garde tes germes loin de moi !

— Tu m'as réveillée en hurlant, Deda, et comme personne ne te répondait, j'ai voulu rendre service…

Le visage de la fillette se décomposait. Comment pouvait-il la rabrouer alors qu'elle était sortie de son lit moelleux pour l'aider ?

— Mouais, oui, consentit son grand-père en écartant ses plaintes d'une main, va donc te recoucher…

Alessandra le contempla en penchant la tête. Il gesticulait, aussi rouge que lorsqu'il avait reçu l'invitation des voisins pour sa tante Marina. Pour plaisanter, elle toussa dans son coude et pouffa de son sursaut de panique. Elle s'éloigna avant qu'il ne dégaine la bouteille de vodka pour la désinfecter. À défaut du balai pour la chasser !

Depuis l'émergence de la maladie une semaine plus tôt, le comportement du vieil homme restait irrationnel. Convaincu que l'alcool tuait les micro-organismes – ce qui se vérifiait à un certain degré – il abusait de sa meilleure amie Vodka. La rougeole serait peut-être évitée, quant à la cirrhose…

Enfin, ça la dépassait… Regagnant la chaleur de ses couvertures, elle espéra que sa tante Marina ne le croiserait pas.

Cinquante mètres plus loin, l'intéressée déambulait en direction du laboratoire de Vassili, perdue dans ses pensées.

Bravant la contamination, son père la harcelait de questions concernant Nicolaï et la date de son retour à Novgorod. Elle esquivait en souriant, mais peinait de plus en plus à le convaincre. Ce matin, elle s'était retenue de l'envoyer paître en avouant que Nicolaï n'existait pas. Juste pour lui clouer le bec une seconde.

Lorsqu'elle approcha du bâtiment, ses pensées s'envolèrent vers Vassili. Le vieil homme n'avait pas donné de nouvelles depuis cinq jours.

Pas plus que Matthew, qui n'avait pas répondu à son message, alors qu'elle y avait déversé ses états d'âme. Qu'il ne daigne pas lui signifier son désintérêt la mortifiait. Elle oscillait entre la colère et le dépit.

Le constat s'imposait : ils fuyaient tous le manoir. Elle devrait envisager cette solution avant que la situation ne s'envenime.

Alors qu'elle remontait le sentier d'un pas lent, un frisson la parcourut et elle porta sa main à son front.

Alors Marina, tu as mal au crâne ?

Les dents serrées, Volodya Assimov, armé de jumelles, observait d'un œil noir la silhouette gracile de sa voisine qui errait dans le parc. Il n'arrivait pas à digérer son attaque. Depuis cet après-midi où elle l'avait accusé d'avoir filmé puis diffusé leurs ébats à son insu tel un pervers, il ruminait et constatait les dégâts.

Josef refusait carrément ses appels. Quant aux autres, même s'ils décrochaient, ils prétextaient mille occupations urgentes pour éviter de le voir. Cette injustice lui vrillait l'estomac. Il n'avait rien fait. Hormis séduire une cruche consentante de quinze ans, évidemment.

Ce qui revenait à une simple question : *qui les avait piégés ?* Enfermé dans son bureau, il scrutait chacune de ses apparitions, la maudissant copieusement. Elle avait semé dans son esprit une petite graine qui s'était muée en un besoin irrépressible de savoir, qui le consumait jour après jour.

— Volodya, mais à quoi tu joues ?

Tatiana, resplendissante, se dressa derrière lui sans qu'il bouge. Un simple coup d'œil par la vitre confirma ses soupçons et elle gronda :

— Nous avions décidé que tu passerais à autre chose.

Il se retourna d'un bloc, agressif :

— Erreur, tu l'as décrété seule.

Elle se rembrunit et contre-attaqua :

— Qu'espères-tu gagner à espionner cette peste ?

— Je te l'ai déjà dit, je dois identifier la personne qui a tourné cette vidéo… Et ensuite, je m'en occuperai.

La voix de Volodya vibrait, si tranchante qu'elle frémit. Cette inflexibilité la terrifiait. D'ordinaire, dans leur couple, elle incarnait la démesure et la dureté et il constituait l'élément équilibrant. Aujourd'hui, sa colère bouillonnait et menaçait d'exploser. Elle devait le garder sous contrôle au risque de tout perdre. Si Volodya découvrait son rôle de maître-chanteur, il la répudierait. Elle tenta de le distraire de cette quête dangereuse :

— Je sais parfaitement ton innocence, Volodya, et je ne te reproche pas d'avoir couché avec Marina avant notre mariage. Que te faut-il de plus ?

Elle lui coula une œillade suggestive auquel il riposta, cinglant :

— Ton égoïsme me sidère, Tatiana ! Pour une fois, tu pourrais m'aider et accepter de ne pas être le centre du monde !

Elle accusa le choc en serrant les dents. Elle avait misé et les cartes se retournaient contre elle. Il fallait battre le jeu. Le regard froid, elle grinça :

— Tu te trompes de cible, Volodya, en me considérant comme ton ennemie.

Il la scruta un long moment, avant de se détourner en clamant :

— Tu as raison. Je m'y prends mal : attaquer Marina ne servira à rien, elle se fout de moi et de ce que je pense d'elle. Frappons là où ça blesse.

— Pardon ?

— Son Nicolaï. Il possède certainement un ou deux cadavres dans le placard, comme tout mâle qui se respecte. Elle se pavanera moins quand je la confronterai à la véritable nature de son soi-disant mec parfait.

Tatiana ouvrit la bouche, prête à le dissuader. Puis la referma : s'il déterrait du lourd sur Nicolaï Oussopov, elle disposerait d'arguments pour le museler à son tour.

Elle s'approcha de Volodya et saisit sa main. Il la dévisagea, surpris, alors qu'elle murmurait :

— Par quoi commençons-nous ?

— Que penses-tu d'un petit tour sur l'armorial, histoire de vérifier son existence ?

Le sourire carnassier de son épouse fit écho à sa proposition. Enfin, il retrouvait en elle le soutien qu'il attendait.

32

Dimanche 26 janvier
16 H 00
Bureau du colonel Brady – Lille

— Mince Papa, je ne comprends pas pourquoi tu me l'as collée dans les pattes ! Elle pose tellement de questions que j'ai l'impression de me déplacer dans un essaim ! Ça bourdonne de partout, c'est insupportable ! Comment veux-tu que je réussisse à me concentrer ! Déjà que les manips ne fonctionnent pas, elle en rajoute une couche avec ses commentaires débiles !

Le colonel plaida :

— Alaric prétend que tu t'en sors admirablement.

Louisa perdit le fil de la dispute, perturbée d'apprendre que le sergent déblatérait derrière son dos. Le gradé en profita pour analyser :

— Canalise-la et tu pourrais être surprise. Ta jeune sœur déborde d'enthousiasme, mais elle possède un esprit vif qui détecte là où ça coince.

— Tu m'étonnes, toujours le mot gentil pour me moucher… Dix-neuf ans et aucun respect pour mon travail…

— Elle adore manipuler au laboratoire avec toi.

— Ouais, dis plutôt que tu dois l'occuper pour ne pas qu'elle alerte maman sur la situation.

— C'est vrai, mais ça ne retire rien à mon analyse. Julie pourrait te surprendre.

Louisa soupira, vaincue. Même si son père ne cédait pas, elle viderait son sac. Elle continua :

— Quand rentre Matthew ?

Le colonel fronça les sourcils. Son amusement s'était évanoui et il répliqua d'une voix ferme :

— Lorsque je l'aurai décidé.

— Ce qui ne veut rien dire. Il a atterri à Paris il y a quatre jours. Tu te rends compte que tu mobilises tout le monde sur cette affaire, mais que tu maintiens le principal intéressé dans l'ignorance ?

— J'agis pour le protéger.

— Je le conçois, Papa, mais comment pourrait-il le comprendre, puisque tu ne le lui expliques pas ?

— Il le sait.

— Tu en es certain ou tu cherches à t'en persuader ? Sans compter que l'empêcher de discuter avec sa famille est cruel.

Un regard incisif la fusilla : elle dépassait les bornes.

— J'œuvre pour votre bien à tous, en particulier celui de Matthew. Depuis que nous l'avons recueilli, sa sécurité constitue ma priorité.

Il se redressa, terriblement impressionnant. Elle aurait pu fléchir – elle l'aurait fait un mois plus tôt – mais les événements l'avaient durcie. Elle se leva à son tour, et s'éloigna vers la porte. Une main sur la poignée, elle murmura :

— C'est vrai, mais ça ne retire rien à mon analyse.

Sur ces mots, elle l'abandonna.

Ces dernières paroles flottèrent, amères et accusatrices, et atteignirent son père tel un uppercut.

Elle avait fait mouche.

Il était encore choqué quand le capitaine Duhamel débarqua, hurlant des ordres à ses lieutenants par téléphone. Les choses s'accéléraient sur le terrain ; hôpitaux et morgues de Lille avaient renforcé leurs consignes de vigilance et les nouvelles tombaient, mauvaises.

Ils avaient identifié trois victimes supplémentaires du distributeur de la rue Nationale. Toutes trois avaient retiré de l'argent en début de matinée, avant de se trouver mal moins d'une heure plus tard. Aucune urgence vitale, puisque les doses diminuaient graduellement, mais ils restaient en soins intensifs.

Jonathan prêta l'oreille. Il suivit le rugissement tonitruant d'Alain Duhamel qui griffonnait sur un post-it. Après cinq minutes, le capitaine reposa son téléphone d'un mouvement brusque. Décelant la présence du colonel, il lança, sans s'embarrasser d'une formule de politesse :

— Yassine Allami, cinquante-cinq ans, plombier. Consultation de ses comptes et retrait à vingt et une heures quarante. Décès à vingt-trois heures à Saint Philibert.

— Des prélèvements ?

— Costello s'en occupe.

— Les vidéos ?

— Analysées. D'après Bellini, il s'agit de l'homme précédant notre première victime. Nous tentons de tracer l'utilisateur de vingt et une heures vingt-cinq. Elle travaille sur l'image. Une quarantaine d'années, grand et musclé. Maigre pêche, grogna Duhamel.

— Poursuivez. Nous devons identifier le point pivot. Et le traquer.

— Vous prêchez un convaincu. Des nouvelles de Furmankowski ?

— Le trio prépare sa visite à Holloway. Ils quitteront Gstaad lundi matin pour Lausanne.

— Et la Vieille ?

— Madame Von Lieberman a fourni les documents sans rechigner. Mes équipes de scientifiques les épluchent. Et le docteur Peterson calibre ses machines.

Avisant son portable qui vibrait, le capitaine Duhamel se détourna sans ménagement et aboya un salut ; le colonel déserta son bureau. Il en savait assez. La situation n'allait pas en s'arrangeant, mais les pièces du puzzle s'organisaient. Il demeurait confiant.

Ils arriveraient à élucider l'énigme, mais le chemin à parcourir restait long et semé d'embûches.

Pour avancer, des sacrifices s'avéraient inévitables.

Et la colère de Matthew, de Louisa et même de Peterson lui paraissait un faible prix à payer pour leur sécurité.

33

Dimanche 26 janvier
16 H 00
Hôtel de Gstaad

— Parfait. Je pense que nous sommes prêts.

— Ouais, en supposant que notre médecin expert ne se plante pas, railla Furmankowski.

— Je ne suis de toute évidence pas aussi bon menteur que toi, riposta Paul, vexé.

— C'est tout un métier, en effet. Auquel tu n'es pas formé... je ne vais pas t'apprendre qu'on ne mélange pas les torchons et les serviettes, Monseigneur Desprez...

— Stop, trancha Mark. Je vous rappelle qu'il s'agit avant tout d'un travail d'équipe, pas d'une joute.

— Qui repose sur la capacité de Paul à jouer la comédie... ce dont je doute...

— Pas moi.

La voix de Mark ne tolérait pas de réplique et l'inspecteur se mura dans le silence, le front buté. Mark retint un profond soupir. Ces deux-là se comportaient comme chien et chat, l'un provoquant chez l'autre mépris et sarcasme. Assurer la médiation entre ces deux adultes immatures l'épuisait. Il se leva et ferma son dossier d'un geste sec :

— Prenez votre soirée. Reposez-vous. Nous décollerons demain à l'aube.

Sur un grognement, Furmankowski délia ses longues jambes, fourra les documents dans leur pochette cartonnée et sortit de la chambre sans un mot. Le calme fut troublé par le claquement de langue exaspéré de Paul, qui grommela :

— Je ne sais pas comment tu le supportes…

Mark ne renchérit pas ; le comportement belliqueux de Paul contrastait avec sa bonhomie des premiers jours. Cet aspect de sa personnalité le contrariait.

Malgré tout, son rôle consistait à obtenir des éléments d'enquête fructueux lors de leur visite à Holloway. Arrondir les angles entre les membres disparates de son équipe se révélait une nécessité. Il tempéra, sincère :

— Je mesure les enjeux et musèle mon ego.

Ce commentaire lapidaire refroidit Paul, qui se renfrogna. Mark brisa son mutisme, pacificateur :

— Nous avons bien bossé depuis deux jours. Tu es paré, quoi qu'en dise notre râleur en chef. Je compte sur toi… et ton charme légendaire…

Il accompagna cette remarque d'un clin d'œil suggestif qui dérida Paul, qui renchérit :

— Des nouvelles de Matthew ? J'ai essayé de le joindre, mais je suis tombé direct sur sa messagerie.

Mark se rembrunit et Paul tiqua.

— Qu'est-ce que tu me caches ?

Le lieutenant pesa le pour et le contre. Paul avait besoin de trouver du sens à leur enquête. Il confessa :

— Le colonel lui a confisqué son portable.

— Pour ne pas lui avouer que son oncle a survécu ? Il exagère un peu, non ?

Mark secoua la tête. L'analyse des résidus de la fiole léguée par James Blake au réceptionniste de l'hôtel de Novgorod était tombée : formules nanoparticulaires identiques à celles utilisées pour tuer Giulia Olivetti. Il n'avait fallu qu'une courte expérience à Thibault Peterson pour s'en assurer. Quant à son contenu, comme d'habitude, encore un échantillon inconnu au potentiel à déterminer…

Cette fiole, remise intentionnellement à Matthew, constituait une revendication évidente. Un message limpide. *Je veux que tu saches qui je suis et ce dont je suis capable…* Mark clarifia :

— Pire : pour ne pas lui révéler que son oncle et Zeus collaborent.

Paul ouvrit la bouche, puis la referma. Il se contenta de secouer la tête, dépité.

Comme si priver Matthew de son téléphone pouvait atténuer la menace que Zeus – ou son oncle – représentait…

34

Dimanche 26 janvier
18 H 00
Studio de Niki Costa

— Niki, ouvre, tu es ridicule !

Les coups sur le battant s'intensifièrent et elle enfonça ses boules Quiès dans ses oreilles, atténuant les menaces en un bruit de fond. *Ridicule ! Comment osaient-ils ?* Ernesto et Camille pouvaient pleurnicher autant qu'ils le voulaient sur son palier, elle refusait d'affronter la vie après LA soirée.

Non seulement il l'avait humiliée devant tous les invités présents, mais l'avait accusée d'égocentrisme lorsqu'elle s'était plainte le lendemain. Son jugement l'avait glacée jusqu'à la moelle :

— Pour qui tu te prends, Niki ? Tu as simplement exécuté le travail pour lequel je te paye, et encore, pas aussi bien que je l'espérais…

Elle avait tenté d'argumenter, de plaider, pour finir par s'enfuir et éclater en sanglots. État dans lequel elle se complaisait depuis quarante-huit heures.

Les attaques sur la porte redoublèrent et elle ôta une boule Quiès pour protester :

— Laissez-moi tranquille, j'ai pas mal de trucs à digérer !

— Vous devriez m'en parler, qu'en pensez-vous, Niki ?

Elle se figea, incrédule. Il lui fallut deux minutes pleines pour rassembler ses esprits et céder.

Dès qu'elle apparut, une voix amusée plaisanta :

— Je me rends, ne tirez pas sur le messager, il est innocent !

Sous ses yeux ébahis se dressait Noah André, tiré à quatre épingles, et distillant un doux parfum de poire et lavande noire sur fond de vanille. Le Mâle dans toute sa splendeur agaçante de perfection.

Elle rejeta sa touffe de cheveux sur ses épaules sans dissimuler son visage gonflé et le fixa sans gentillesse :

— Qu'est-ce que vous foutez ici, vous ?

Son *vous* vibrait, moins engageant qu'un rendez-vous chez le dentiste, mais il ne se démonta pas. Au contraire, il renchérit :

— Je viens enterrer la hache de guerre, plaida-t-il en dégainant une bouteille ambrée.

Elle le scruta un instant, avant de s'effacer pour leur permettre d'entrer, grognant :

— Un mot sur ma décoration et vous dégagez tous les trois.

Il hocha la tête et avança.

Comme si l'aménagement de cet endroit exigu l'intéressait... Il pénétra dans l'appartement et retint un rictus. Tout était organisé au millimètre. Sans commentaire. Elle lui désigna le fauteuil et il s'empressa de s'y adosser, déposant son offrande alcoolisée sur la table basse. Ernesto, qui connaissait les lieux, dénicha quatre verres dans la cuisine.

Sans tenir compte des mouchoirs éparpillés autour de lui ou des flyers mutilés, Noah André fit sauter le bouchon et leur servit du champagne. Levant sa coupe, il termina avec un sourire radieux :

— À vous, Niki, pour cette magnifique exposition que vous avez orchestrée malgré la présence envahissante de Michel…

Ernesto et Camille abondèrent dans son sens et elle se sentit rougir. Puis pleurer. Elle trinqua avec eux et avala une longue gorgée.

Noah André les accompagna, ses yeux pétillants.

Bois, Niki. Le petit cocktail que je nous ai préparé va te détendre. Dans quelques heures tu déballeras tes secrets les plus intimes.

35

Lundi 27 janvier
10 H 00
Cimetière de Pitigliano – Toscane

Le capitaine Rizzo fixait la plaque de marbre noir d'un œil sombre.

Carlita Puccini, née Salvatore.

La vieille dame était décédée huit jours plus tôt à la maison médicalisée de Grosseto, quelques kilomètres en aval dans les terres. Informé le mercredi suivant, il avait mené son enquête et, poussé par la paranoïa, avait ordonné des prélèvements qu'il avait envoyés à Lille pour analyses.

Le résultat venait de tomber, perturbant. Aucun adénovirus. Pas de cocaïne. Mais une vasoconstriction violente des vaisseaux cérébraux, associée à des effets notoires au niveau des systèmes cardiovasculaire, respiratoire et gastro-intestinal. Les dosages avaient trahi des taux d'acides gras libres élevés et la présence de caféine, mais aucun poison connu n'avait été détecté. Étrange.

Peterson ne parvenait ni à relier ce décès aux autres cas ni à l'exclure du schéma global. Il poursuivait ses études au laboratoire et lui sur le terrain.

Il veillait donc, debout dans le cimetière alors que l'enterrement était terminé depuis deux heures.

Quelle fille louperait le dernier hommage à sa mère après l'avoir veillée chaque dimanche avec constance, dans un dévouement sans faille ? Ça ne collait pas. Son instinct lui hurlait qu'Antonia Andreotti se cachait.

Mais pourquoi ?

D'après ses informations, Carlita Puccini avait déjeuné en salle vers midi trente. Retour en chambre à treize heures trente aidée par une aide-soignante. À quinze heures quinze, Antonia Andreotti avait débarqué, agitée, avant de se mettre à hurler en découvrant sa mère inconsciente. Les soignants puis les pompiers avaient tenté de sauver la vieille dame sans succès, avant de secourir Antonia, sous le choc, et de la raccompagner à son domicile. Les faits dévoilaient un schéma assez banal d'un décès en maison de retraite.

Pourtant, plusieurs détails le chiffonnaient.

Pourquoi Antonia Andreotti avait-elle quinze minutes de retard ce jour-là, elle qui, aux dires des infirmières, possédait la régularité d'un coucou suisse depuis quinze ans ?

Pourquoi était-elle préoccupée lors de son arrivée ?

Il avait tenté de la joindre dès le jeudi, sans succès. Il avait laissé des messages pour l'informer de la procédure en cours, sans qu'elle daigne lui répondre. Finalement, il s'était rendu à son domicile.

Verdict : elle n'y vivait pas depuis plusieurs jours.

Une investigation sur son téléphone portable et ses comptes bancaires avaient confirmé ses soupçons : elle s'était volatilisée. Portable éteint. Comptes siphonnés dès le lundi matin.

Ce qui défiait toute logique. Il imaginait mal cette femme, un peu soupe au lait et fraîchement veuve, assassiner sa mère. Aucune des constatations du légiste ne corroborait cette hypothèse. Pas de trace de strangulation. Pas de coups. À peine un léger hématome sur le poignet, qui ne pouvait s'avérer fatal.

Un élément lui échappait.

Alors qu'il tournait les talons, son téléphone vibra.

— Rizzo.

— Bonjour, Capitaine. J'ai repris le dossier médical de Madame Puccini. Un détail me chagrine.

— Lequel ?

— La faiblesse de son taux de triglycérides.

— Elle n'a pas de cholestérol et ça vous inquiète ?

— Clairement ! Sa dernière prise de sang affiche un taux total de 3 grammes par litre, malgré son traitement, avec près de 1,5 de triglycérides.

— Et ?

— J'ai refait les dosages hier et son taux de triglycérides est descendu à 0,5.

— Je ne vois pas ce qui vous choque...

— Soyez raisonnable, Capitaine, même avec un régime, on ne perd pas du gras comme ça en quinze jours !

Rizzo grimaça. Son estomac rebondi en témoignait. Peterson s'enflamma :

— Ses analyses prouvent que les triglycérides ont été dégradés en acides gras. Ceux-là, on les retrouve en abondance.

— Et ?

— Et la caféine induit la lipolyse. On l'utilise pour cette propriété dans les crèmes amincissantes.

— Madame Puccini aurait employé des crèmes amincissantes ? Je suis largué…

— Non, elle était maigre comme un clou. J'ai vérifié : ses muscles ont déstocké les triglycérides. Elle a littéralement fondu.

— Fondu ? En quoi ça nous aide ?

— Ces symptômes indiquent qu'elle a ingéré une forte quantité de caféine en un court laps de temps. Ce qui a provoqué la lipolyse massive, mais pas que. En tant que médiateur du système nerveux central, vous imaginez la suite… Son organisme est passé en surrégime et a lâché.

— Elle a bu trop de café ?

Peterson éclata de rire :

— Hypothèse séduisante mais physiologiquement improbable. La dose létale de la caféine s'élève à 192 milligrammes par kilo de poids corporel. Madame Puccini pesait 50 kilos. Donc elle aurait dû consommer près de 10 grammes. Soit l'équivalent de 240 expressos. Le tout en moins de vingt-quatre heures. Le personnel l'aurait remarqué, non ?

Rizzo marqua un temps d'arrêt, s'imprégnant des quantités. Il consentit :

— Effectivement. Donc on lui aurait administré intentionnellement un excès ?

— Vous devancez mon analyse, mais les chiffres ne collent pas. La molécule se dégrade entre trois ou quatre heures dans l'organisme. Si je modélise la charge nécessaire pour la tuer, les données pharmacocinétiques[7]

---

[7] Les données pharmacocinétiques trahissent la vitesse de disparition d'un produit après son administration.

et ce qu'il me reste dans ses prélèvements, ça coince. Il n'y a pas assez de caféine.

— Donc elle n'est pas responsable de son décès ?

Le capitaine commençait à s'impatienter. *Il allait accoucher d'une réponse claire, oui ou non ?* Thibault triompha :

— Sauf si, en biochimiste exceptionnel, le coupable a utilisé un potentialisant !

— Un quoi ? Exprimez-vous en français, Peterson !

— Un potentialisant. Un composé qui augmente artificiellement les effets de la caféine. Une espèce de Hulk miniature. On prend une dose quasi normale qui se transforme en conséquences démesurées.

— Ça existe ce genre de bidule ?

Thibault Peterson éclata de rire :

— Ce que vous êtes naïf ! En tous cas, ça met du piment dans mes essais, Capitaine. Cette enquête mérite la palme des bizarreries !

Un silence tendu fit écho à son exclamation morbide. L'inspecteur grinça :

— Donc, si je vous suis, elle boit un café, additionné d'un potentialisant et on assiste à l'escalade… jusqu'à la mort.

— Vous avez tout compris.

— Donc, il s'agit d'un crime.

— J'en suis convaincu.

— Il va me falloir des preuves plus solides que vos impressions, Peterson.

— J'y travaille. Mais à votre place, je dénicherais celui avec qui la veuve Puccini a dégusté son dernier expresso.

36

Lundi 27 janvier
10 H 00
Lausanne – Suisse

Enfermé dans l'habitacle du SUV, Mark avait profité du trajet jusqu'à Lausanne pour leur faire répéter, jusqu'à la nausée, les différents aspects de leurs couvertures. Les occuper muselait leur pugilat puéril.

Paul, installé à l'arrière, répondait brièvement aux questions de Mark. Il avait oublié à quel point le stress pouvait se révéler paralysant. Leur entretien avec le docteur Holloway revêtait une grande importance pour leurs investigations, ce qui le rendait nerveux.

Mark et Furmankowski semblaient tout à fait détendus, ce qui accentuait son malaise. Lorsqu'il croisa l'œillade moqueuse de l'inspecteur, il serra les dents, songeant qu'il aurait aimé le voir avec un scalpel au bloc. Il perdrait de sa superbe.

Cela dit, il ne craignait pas les questions médicales. Il avait potassé avec application la pathologie de Huntington. La dernière fois qu'il avait révisé autant, il fréquentait les bancs de la fac. Et avec le recul, le concours de médecine lui paraissait d'une facilité déconcertante par rapport à leur quête actuelle.

Se remémorer ses études l'amena à penser à Matthew. Paul jugeait incohérentes les récentes décisions du colonel, mais préférait taire son opinion. Au moindre esclandre, il supputait qu'il serait exclu de l'équation de façon radicale. Alors il naviguait en sous-marin. S'il voulait garder un œil sur la situation et emmagasiner un maximum d'informations, il convenait de conserver la bouche close et l'esprit vif. La retenue et la diplomatie ne constituaient pas ses qualités principales, mais il les cultivait avec patience, estimant que l'enjeu en valait la chandelle.

Le regard perdu dans le vague, il vit défiler les sorties de l'autoroute. Les rives du lac Léman apparurent, nappées dans la rosée du matin. Le soleil rasant la surface de l'eau lui rappela que le jour venait à peine de se lever, ce lundi 27 janvier. Réaliser qu'ils avaient fêté Noël un mois plus tôt le choqua.

Le rôle du docteur Holloway et sa rencontre avec Giulia Olivetti devaient être élucidés. Paul avait fureté sur les réseaux scientifiques avec acharnement, sans parvenir à identifier une connexion.

D'après les données officielles, le praticien coordonnait un essai clinique de phase 2 sur la maladie de Huntington.[8] Le protocole visait à prouver l'efficacité d'une formule capable de mettre en silence le gène muté responsable de la fabrication de la protéine toxique Huntingtin. Malgré des résultats prometteurs, la phase 3 ne recrutait pas… ce qui soulevait quelques interrogations.

Neuf heures sonnaient quand le trio se présenta à l'accueil de la faculté, suivant Mark qui se repérait avec la facilité d'un pigeon voyageur dans ce nouvel environnement. Le hall grouillait d'étudiants aux joues rosies, emmitouflés dans des parkas moelleuses. Ils patientèrent avant d'être annoncés.

Anna Brücker, trente-deux ans et assistante du titulaire, les rejoignit. Alors qu'elle les menait de bâtiment en bâtiment, badgeant régulièrement sur son passage, Paul nota que Mark et Furmankowski scrutaient les alentours, analysant le niveau de sécurité et la configuration des étages. En parfaits professionnels, ils repéraient les lieux. Paul utilisa donc son superpouvoir naturel : les relations sociales. Il engagea la discussion, cherchant à déterminer le rôle d'Anna Brücker et ses liens avec le docteur Holloway.

Sans méfiance, elle lui confia qu'elle travaillait dans le groupe *Neurodégénération et génétique* depuis quatre ans, soit dès la fin de son cursus aux États-Unis, dans une équipe renommée. Elle avait complété sa thèse sur le

---

[8] La maladie de Huntington est une maladie héréditaire et rare, qui se traduit par une dégénérescence neurologique provoquant d'importants troubles moteurs, cognitifs et psychiatriques, et évoluant jusqu'à la perte d'autonomie puis la mort.

syndrome de Huntington en Allemagne, dans un centre spécialisé. Depuis, elle participait au développement des candidats-médicaments.

Habile, Paul relança la conversation. Elle confessa son admiration pour son chef et la révolution des approches expérimentées. Il montra un intérêt de bon aloi qui lui permit d'obtenir un sourire charmé de la jeune chargée de recherches. Il glissa quelques allusions à leurs réussites et aux essais cliniques en cours, qu'elle éluda, arguant que son supérieur souhaiterait certainement leur présenter lui-même leurs travaux. Elle ajouta qu'elle était convaincue qu'ils seraient impressionnés.

Anna les introduisit dans une vaste salle de réunion et les pria de s'asseoir. Un projecteur était allumé, diffusant des photographies que Paul disséqua. Des médecins en blouse blanche, des étudiants à leur paillasse, des figurants joviaux… Anna était sortie informer son directeur de leur arrivée et préparer des cafés pour leurs invités. Il constata que même surdiplômée, on la cantonnait aux tâches soi-disant féminines… Triste monde… Mark et Furmankowski échangeaient quelques remarques. Aucun ne lui accordait la moindre attention. Cinquième roue du carrosse…

Perdu dans ses pensées, Paul mit quelques secondes avant de comprendre ce qui défilait sous ses yeux. Tout à coup, il eut un déclic. Était-ce une simple illusion ? Il attendit, tendu. Après quelques minutes, le diaporama reprit.

Soudain, elle réapparut. Impossible de s'y tromper. Équipée d'une blouse blanche cintrée, elle riait, bras dessus bras dessous avec un inconnu en jogging. En proie à une vive excitation, il se tournait vers Mark quand la porte s'ouvrit sur un homme court sur pattes et bedonnant, qui avançait, un sourire étirant son visage imberbe.

Refrénant son impatience, il se força à la concentration : le docteur Holloway venait d'arriver.

37

Lundi 27 janvier
10 H 00
Lausanne – Suisse

Le docteur Holloway accusait largement ses cinquante-quatre ans. Son crâne dégarni brillait. Quelques cheveux d'un châtain tirant sur le roux couraient sur son cou.

Les trois hommes se levèrent à l'entrée du scientifique et ils échangèrent des poignées de mains enthousiastes. Le chercheur semblait ravi de les rencontrer et souriait avec constance. Quelques minutes plus tard, Anna Brücker les rejoignit, portant un plateau chargé de tasses fumantes. Elle était accompagnée par un individu brun, sec et affublé de lunettes à larges montures, qui se désigna en tant que Zaccharias Laforce, juriste au sein de la faculté.

Les présentations effectuées, chacun s'installa autour de la table de réunion, les invités d'un côté et les membres de l'université de l'autre. Paul se fit la réflexion que ce partage trahissait la dynamique de leur rencontre. Deux parties opposées destinées à travailler de concert. Zaccharias Laforce engagea la discussion :

— Vous avez sollicité un entretien urgent. Pourriez-vous nous éclairer sur ce qui motive cette demande ?

Mark, en tant que chargé de communication, commença d'une voix posée et modulée. Paul l'écouta attentivement, constatant la métamorphose qui s'était opérée dans les manières du lieutenant. Pour la première fois, il mesura la capacité du militaire à se fondre dans son personnage et leurrer ses interlocuteurs.

S'il n'avait pas su que Mark mentait, jamais il n'aurait douté de sa fonction au sein du consortium d'entrepreneurs qu'ils représentaient. Il aurait même été tenté d'y investir, tant il se révéla convaincant. Il cita juste ce qu'il fallait de noms et de chiffres pour impressionner le docteur et apaiser les craintes du juriste. Quand il eut bouclé son plaidoyer, le scientifique prit la parole, épanoui :

— Vous nous voyez flattés d'avoir retenu votre attention. J'imagine que vous souhaitez des détails sur nos projets de recherche ?

— En effet.

— Vous comprendrez cependant que nous ne dévoilerons aucune information confidentielle, tant que nous n'avons pas signé d'accord de non-divulgation ?

La voix de Zaccharias Laforce s'avérait une mise en garde formelle à son supérieur, qui gronda :

— Je contrôlerai mes dires, mais rien ne m'empêche de parler de nos résultats brevetés, n'est-ce pas ?

L'avocat approuva, mais resta sous tension. Mark rebondit, ses yeux plongeant dans ceux du chercheur :

— Nous refusons tout conflit. Au contraire, notre intérêt consiste à protéger vos découvertes afin de les faire fructifier. N'hésitez pas à nous signaler tout sujet délicat.

Holloway hocha la tête avec reconnaissance. Paul remarqua qu'Anna Brücker se taisait, concentrée. Holloway se tourna vers lui et s'enquit :

— En tant que référent scientifique, avez-vous des questions, docteur Dumoulin ?

Paul avala sa salive et se racla la gorge avec angoisse. Action. Il commença par quelques thèmes d'ordre général, reprenant les données qu'il avait collectées sur les travaux de l'équipe. Il cita quelques publications parmi leurs plus glorieuses, qualifiant cette production de commentaires élogieux. Il mena la conversation pour les mettre à l'aise. Ce qui provoqua l'effet escompté, au moins partiellement. Zaccharias Laforce se détendit alors que le regard d'Anna Brücker restait dans l'expectative. Il orienta le dialogue sur le développement des médicaments.

Le chercheur se révélait une vraie pipelette. Furmankowski comprenait pourquoi le juriste craignait qu'il n'en dise trop. Une fois lancé sur sa passion, il déblatérait, intarissable. Il ne se rendait pas compte de la foule de détails critiques qu'il livrait en quelques phrases. Finalement, après trente minutes d'échanges, Paul décela une ouverture et commenta :

— Vous dites que vous avez participé à des essais cliniques de phase 2 ? Je suis très impressionné ! Lesquels ?

Les traits du scientifique se voilèrent, trahissant son trouble ; il sembla hésiter sur la conduite à tenir, puis se lança :

— Il s'agissait d'un protocole d'efficacité pour une nouvelle approche thérapeutique dans la maladie de Huntington.

— Vraiment ? Est-ce le programme *1 chance sur 2* ?

— Vous en avez entendu parler ?

Il mima la confusion et adressa un coup d'œil contrit en direction de Mark et Furmankowski, avant de souffler :

— Nous sortons un peu du contexte professionnel, mais oui, j'ai suivi cette expérimentation avec grand intérêt. Elle a débuté il y a quatre ans ?

— En effet. Nous avons testé une approche thérapeutique très prometteuse.

— L'essai se poursuit-il ?

— Hélas non, nous avons dû le stopper.

La voix du scientifique tremblotait et son menton pointait vers la table. Il avait perdu tout son entrain. Paul accentua son malaise :

— Manque d'efficacité ?

Zaccharias Laforce s'imposa, peinant à museler son exaspération :

— Votre consortium souhaite-t-il développer des produits pour la chorée de Huntington ?

Avec une œillade assassine à Paul, Furmankowski intervint, niant avec vigueur :

— En aucun cas. Mon collègue s'égare. D'un point de vue financier, nous visons une clientèle plus large. Nous sommes intéressés par vos travaux sur les pathologies liées au vieillissement. Nous avons noté une recrudescence des découvertes dans ce domaine et le potentiel de retour sur investissement dans ce type d'applications augmente fortement.

Paul se lança en arrière de sa chaise, mimant le dépit. Son regard accrocha celui d'Anna Brücker, qui lui renvoya une moue compatissante. Il s'engageait dans un jeu délicat, mais les recherches des services du territoire avaient tranché : elle était le maillon faible. Celle qui devait s'épancher.

La conversation se poursuivit, jusqu'à ce que les hommes s'accordent sur une visite des laboratoires. Paul se leva lentement, se laissant distancer. Dès qu'ils eurent passé la porte, il s'adressa à Anna Brücker, qui débarrassait la table des reliquats de leur café et demanda où se trouvaient les toilettes.

D'abord surprise, elle proposa de l'accompagner. Il ne pouvait déambuler seul dans le bâtiment. Il s'excusa :

— J'espère que je ne vous empêche pas de participer à la présentation ?

— Seigneur non, ne vous repentez pas, je connais les labos par cœur. Et le docteur Holloway va discourir durant des heures. Je plains vos collègues !

Paul pouffa et rétorqua :

— Je vais donc remercier ma vessie de m'éviter ce long périple.

— Vous n'imaginez pas à quel point elle vous épargne ! Je vous accompagnerai pour un tour restreint, si cela vous convient ?

— J'adorerais.

Elle rougit. Paul la suivit, redoublant de prévenance. Il naviguait dans son élément : séduire et charmer. Anna l'abandonna quelques minutes aux sanitaires, durant lesquelles il en profita pour se laver les mains. Lorsqu'il ressortit, il lança, tel un boxeur rentrant sur le ring :

— Voilà, nous pouvons les rejoindre. La discussion risque d'être plus stratégique que scientifique, mais bon…

— La science n'anime plus vraiment le débat dès que l'argent s'en mêle...

— Quelle frustration, d'autant que vos résultats se révèlent passionnants dans des domaines très compétitifs. Mais moins lucratifs.

Anna Brücker le dévisagea un instant et murmura :

— Ne m'en veuillez pas, mais j'estime écœurant d'investir autant dans les troubles liés au vieillissement alors que d'autres pathologies, notamment celles génétiques, peinent à trouver des subsides.

— Vous prêchez un convaincu. Mais mes collègues n'adhèrent pas à cette opinion. Vous avez constaté leur réaction lorsque j'ai osé parler de la maladie de Huntington.

— Lamentable. Quand je pense à l'impact de cette pathologie sur les malades et leurs proches… J'en suis toute retournée.

Paul glissa son regard bleu limpide dans celui de la jeune chercheure, hochant la tête :

— Comme vous le dites… Mais peut-être avez-vous la réponse à une question qui m'obsède ? L'essai « *1 chance sur 2* », que s'est-il passé ? J'y ai tellement cru…

— Quelqu'un de votre famille ? murmura-t-elle avec délicatesse.

— Une amie proche. Et vous ?

Après un silence éloquent, Anna avoua :

— Ma tante.

Il secoua la tête avec compassion, proposant finalement :

— Si nous prenions un autre café ? Nous les rejoindrons à la fin de la visite. Ils ne remarqueront même pas mon absence.

Elle hésita, puis céda. Après tout, qui avait-il de mal à discuter entre personnes qui se comprenaient ? D'aucuns y trouveraient à redire, mais elle s'en fichait.

Était-ce parce qu'elle désirait s'épancher et partager son trouble ? Parce que Paul Dumoulin avait les yeux les plus bleus qu'elle ait vus ? Ou parce qu'elle était passionnée par son travail ? Anna Brücker ne se posa pas la question. Elle le conduisit à son bureau et mit la machine à café en route, alors qu'il l'interrogeait.

De leur côté, Mark et Furmankowski monopolisaient l'attention du docteur Holloway et du juriste. Ils profitaient de la propension du chercheur au bavardage afin de libérer un maximum de temps à Paul pour parvenir à ses fins. Ils avaient noté que le médecin ne les avait pas rejoints, ce qui leur donnait bon espoir quant à la réussite de leur plan.

En revanche, ils n'avaient pas anticipé à quel point le scientifique se révélerait soporifique et luttaient pour paraître intéressés. Mark adressa ses prières muettes à Paul : quand le chirurgien les délivrerait-il de ce monologue entêtant ?

38

Lundi 27 janvier
12 H 00
Plage de Guidel – Finistère

Cinq jours. Depuis cinq jours, Matthew contemplait les vagues se briser avec constance sur les hauteurs de Guidel. Ce mouvement perpétuel, routinier et prévisible, ne l'apaisait pas. Chaque déferlante qui se jetait sur la rive lui rappelait cruellement les falaises normandes, où tout avait commencé, près d'un mois plus tôt.

Un mois… Le temps était passé à une vitesse folle. Il aurait dû effectuer son stage aux urgences. Au lieu de quoi, on le maintenait enfermé dans cette maison isolée, en compagnie de deux sbires moyennement sympathiques, avec lesquels il ne souhaitait pas fournir un effort de conversation. Il n'exprimait qu'une requête, rabattue de façon constante lorsqu'il croisait l'un des deux : récupérer son téléphone.

Lundi tirait à sa fin et, depuis le mercredi soir précédent, ses occupations étaient limitées à de la lecture, des balades sous haute surveillance dans le jardin, du footing dans le sable et quelques programmes télévisés pour téléspectateurs lobotomisés. Il hibernait en ressassant son mécontentement.

Ses nourrices galonnées avaient cessé de tenter d'arrondir les angles. Ils avaient posé leurs conditions et entendaient qu'il y obéisse sans sourciller. Peu leur importait qu'il fulmine, leurs consignes primaient.

Matthew, qui était une fois de plus retourné dans sa chambre, s'était emmitouflé dans une couverture et feuilletait pour la centième fois les documents laissés par Vassili à son intention. Chaque fois qu'il relisait la carte postale, sa conviction s'ancrait. Le message que sa mère avait envoyé visait Mathis, mais elle passait par son meilleur ami Vassili, afin de ne pas éveiller les soupçons de son frère jumeau.

« *Cher Vassili, nous profitons de notre escapade en amoureux. L'île est d'une beauté sauvage, inspirante et recèle de nombreuses grottes totalement inexplorées par les touristes. Tout se trouve tel que je le rêvais. Nous reviendrons bientôt, mais tu peux rassurer papa. Nat a parfaitement accompli sa mission et je n'aurais pu imaginer un endroit mieux adapté pour sa demande. Baisers. K.* »

À force de subir chaque nuit le même rêve, Matthew s'était persuadé que sa mère indiquait où elle avait dissimulé le carnet N°11. Pour quelle autre raison aurait-elle évoqué l'existence de grottes inexplorées ? Et utiliser le mot « *mission* » ? Et l'expression « *un endroit mieux adapté pour sa demande* » ? Elle ne matérialisait pas sa demande en mariage. Non. Il se souvenait des confidences de son père et ça ne collait pas. Katerina s'enorgueillissait d'en être à l'initiative. Il n'y avait donc pas eu, sur cette île, de fiançailles orchestrées par Nathanaël. En revanche, ils avaient pu accomplir une mission, à la requête de Mathis Beauxchamps.

Il en était intimement persuadé, mais son hypothèse nécessitait une mise à l'épreuve. Et pour cela, il devait enquêter sur place. Ce qui se révélait délicat avec un paternel coopératif devenait périlleux sans son concours.

Il avait beau se répéter, tel un mantra, que le colonel ne l'avait jamais trahi, il peinait à l'exempter de tout tort et sa rancune croissait. Ses mots comme ses silences constituaient autant d'alertes que le jeune homme savait interpréter. Ce silence prolongé témoignait d'une situation extrême dont le militaire refusait qu'il soit informé.

Mais le gradé avait omis un détail : il n'était plus un enfant et estimait mériter d'être traité en tant que tel. Il le lui hurlerait si on lui en laissait la possibilité. Mais même se plaindre représentait un luxe qui ne lui était pas donné. Il était moins considéré qu'un suspect par la justice.

Pas d'avocat pour défendre son point de vue. Pas de tribunal pour statuer sur son sort….

Bref, il avait décidé d'agir. Il possédait littéralement un atout inestimable en poche : Niki Costa.

Armée des dessins qu'il avait complétés jour après jour, elle pourrait peut-être identifier le site dont il rêvait chaque nuit. Elle lui avait proposé son aide et il s'accrochait à cet espoir. Expectative ridicule puisqu'elle n'était tenue par aucun engagement. Pourtant, elle lui offrait sa seule bouffée d'oxygène...

Son plan brillait par sa simplicité : il allait endormir la méfiance de ses geôliers, les duper, récupérer son portable et organiser sa fuite.

39

Lundi 27 janvier
12 H 00
Manoir des Ivanov – Novgorod

Les flocons tombaient avec constance depuis quarante-huit heures, nappant la campagne d'un manteau soyeux. Le front posé sur la vitre de la salle à manger, Marina les regardait voleter au gré du vent, enroulée dans une couverture en laine.

Malgré le chauffage apporté par la cheminée grassement alimentée, elle était transie et frissonnait. Aucun doute : la rougeole l'avait contaminée. Fièvre, douleur et fatigue la terrassaient.

Pour les avoir expérimentés sur ses neveux et sa sœur, elle avait identifié les premiers symptômes. Plus d'une semaine après l'infection, les enfants avaient repris leurs activités. Zoya se remettait lentement, mais une nette amélioration était déjà visible.

Ne restait qu'elle, prostrée dans son fauteuil. Inutile. Irina entra dans le salon, la défiant du regard :

— Marina, te voilà enfin. Père te cherche.

— Dis-lui que je ne me sens pas en état de lui parler.

— Tu le lui expliqueras toi-même. Et appelle le docteur si tu vas si mal, râla Irina.

— À quoi bon, je sais de quoi je souffre.

— Et se plaindre t'aide-t-il ? Permets-moi d'en douter. Tu ferais mieux de te coucher, plutôt que d'attendre qu'il revienne, asséna son aînée.

— Je n'attends pas qu'il revienne ! protesta Marina avant qu'une quinte de toux la secoue.

— Si tu le dis, concéda Irina.

Sur un haussement d'épaules inamical, Irina sortit de la pièce, laissant la place à son géniteur. Avisant la présence de sa fille benjamine, il l'interpella d'un cri tonitruant. Elle grimaça. Son mal de tête lui vrillait les tempes. Inutile d'y ajouter la voix rugueuse de son paternel :

— Marina ! As-tu des nouvelles ? aboya Sergueï.

— Non, Père, soupira-t-elle.

— Je ne comprends pas. Comment justifies-tu ce mutisme ?

— Je ne le sais pas plus aujourd'hui qu'hier, Père.

— Ne sois pas insolente, Marina !

Inspirant, elle compta jusqu'à dix, maîtrisant les larmes qui montaient. Elle se tourna vers lui et balbutia :

— Je ne me sens pas très bien. Je vais me reposer.

Observant son visage fiévreux, il recula :

— Toi aussi ?

— A priori, un seul virus circule dans cette maison, grinça-t-elle. Veuillez m'excuser.

Sans un mot, Sergueï Ivanov s'effaça pour la laisser passer, un bras posé sur son nez. Elle monta lentement dans sa chambre et s'étendit sur son lit, grelottant. Tirant les couvertures sur ses épaules, elle se pelotonna dans la couette et enfonça sa tête dans les oreillers, essayant de juguler sa peine.

Six jours. Matthew avait quitté le manoir depuis six jours. Les larmes qu'elle n'avait pas pu retenir à son départ menaçaient de ruisseler à nouveau. Les messages qu'elle lui avait envoyés étaient restés sans réponse, la plongeant dans un abîme de perplexité.

Ses sentiments avaient progressivement évolué. Incapable d'interpréter son silence, elle avait échafaudé différents scénarios. Des plus alarmistes – Matthew avait été tué par leur ennemi – au plus cruel – il s'était servi d'elle. Aucun n'avait été prouvé et elle mourait à petit feu en se torturant. Elle désespérait d'un simple signe, mais ses efforts de contact avaient échoué.

Coupée du monde, elle avait sombré dans les affres du passé. Sergueï l'avait harcelée de questions sur son bien-aimé. Elle avait tenté de le satisfaire, mais sa patience s'épuisait.

Les excuses qu'elle avait fournies pour expliquer l'absence de nouvelles de Nicolaï faiblissaient. Son père la scrutait d'un œil critique, se demandant comment elle avait perdu son fiancé – encore une fois !

Ses remarques cinglaient, de plus en plus incisives. Elle le fuyait avec obstination, préférant s'occuper des malades. Eux au moins lui témoignaient de la reconnaissance et un amour inconditionnel, baumes guérisseurs pour son cœur meurtri.

Qui provoquait cependant un revers de médaille assez cruel. Prise d'une quinte de toux profonde, elle songea que sa situation ne s'arrangerait pas et qu'elle devait arrêter d'imaginer que Matthew viendrait la sauver. Une main légère se posa sur son front et elle ouvrit les yeux. Alessandra lui sourit avec gentillesse, murmurant :

— Tu as de la fièvre ma tante, je te prépare un médicament.

— Merci, ma chérie.

— De rien, ma tante.

La fillette sortit en courant, fière de se rendre utile. Marina avait veillé sur sa famille et elle depuis une semaine, elle jugeait la réciproque normale. Elle était assez grande et elle l'avait promis à Nicolaï. On ne mentait pas à un prince charmant.

40

Lundi 27 janvier
12 H 00
Lausanne – Suisse

Paul était surexcité. Selon ses propres critères, il avait surpassé les attentes de Mark. Haut la main. La jolie Anna se révélait charmante. Le premier contact effectué, elle s'était confiée aveuglément. Il en ressentait presque de la gêne car elle s'était épanchée sans méfiance. Il avait obtenu une vue d'ensemble des données de l'essai clinique, ainsi que les véritables causes de sa fin abrupte.

Qui différaient totalement d'un manque d'efficacité ! Il avait hâte de présenter son compte rendu à Mark, mais devait patienter. Leur visite s'éternisait. Anna l'avait raccompagné à la salle de réunion et l'avait laissé un instant, interpellée par un collègue pour une urgence.

Paul en profita pour effectuer le tour de la pièce, se dégourdissant les jambes. Son cerveau bouillonnait. Jamais il n'aurait imaginé qu'il en apprendrait autant. Mais il lui restait encore un mystère à percer !

Ils savaient que Giulia avait rencontré le docteur Holloway lors d'un congrès près de quatre ans auparavant. Alysha MacKenzie en avait témoigné. Ils connaissaient la date précise. L'essai clinique avait débuté un an avant leur rencontre. Les résultats s'accumulaient. Son déplacement avait été financé par une bourse de la société OlympusBiotech. Mais ils n'avaient pas anticipé les ramifications complexes dissimulées en arrière-plan.

D'une main ferme, Paul relança le diaporama d'accueil de l'équipe. Alors, sous ses yeux, défilèrent les mêmes images. Chercheurs en blouse, molécules, cultures, patients… Un melting-pot riche en couleurs et en propagande, clamant « *recherche de pointe* », « *protocoles uniques en Europe* », « *espoir* » …

Anna Brücker revint alors qu'il était plongé dans sa contemplation. Elle sourit de sa concentration extrême :

— Vous aimez ? Un peu racoleur, vous ne trouvez pas ?

Paul s'enquit :

— Vous utilisez des images d'archive ou des acteurs ?

— Il s'agit de nos propres clichés.

À l'instant où Paul se demandait comment aborder la question, elle apparut. Il pointa du doigt :

— Donc, ici, nous voyons un chercheur et… un malade ?

Anna plissa les yeux un instant et acquiesça :

— Pas tout à fait. Le jeune homme en jogging se nomme Kevin. Sa maman souffre du syndrome de Huntington. Selon mes souvenirs, la demoiselle occupait un poste de stagiaire dans l'équipe. Giulia. Elle s'appelait Giulia.

— Quelle excellente mémoire !

— Je n'ai aucun mérite. Je venais d'arriver lorsqu'on m'a confié le montage de ce diaporama. J'ai donc dû rencontrer toutes les personnes et obtenir leur accord pour l'utilisation des photos. Ces deux-là vivaient en symbiose.

— Que sont-ils devenus ?

— Kevin est resté en contact avec nous jusqu'à la fin puisque sa mère participait au protocole. Giulia a validé son stage puis est retournée à ses études. Enfin, j'imagine...

— Elle a passé six mois sur l'essai clinique ?

— Non, je m'exprime mal. Aucun apprenant n'assure ce suivi, compte tenu des enjeux. Giulia était affectée à l'équipe recherche et développement.

À cet instant, la porte de la salle de réunion s'ouvrit, dévoilant le docteur Holloway, accompagné de Mark et Furmankowski. Zaccharias Laforce fermait la marche. Paul adressa un sourire à ses supposés collègues, les interpellant sur la qualité de leur visite. Mark saisit la perche pour s'exclamer :

— Une entrevue extrêmement instructive ! Le docteur Holloway nous a parfaitement renseignés. Nous avons collecté suffisamment de données pour dresser un bilan élogieux au conseil d'administration, qu'en pensez-vous, Pierre ?

Furmankowski assura d'une voix glaciale qu'ils bénéficiaient en effet de plus d'informations que nécessaire. Paul perçut son irritation et retint une réflexion ironique. L'inspecteur n'aurait pas apprécié.

Saisissant le regard explicite de Paul, Anna Brücker s'empressa de clôturer leur rencontre, précisant qu'ils restaient tous naturellement à leur disposition. S'en suivit un échange de cartes de visite, puis le trio salua le juriste et le chercheur avant de s'éloigner. Sans un mot, ils regagnèrent l'accueil de la faculté où Anna les abandonna sur un sourire.

Dès que la double porte se referma, Paul distingua le soupir prononcé de Furmankowski. Il railla :

— On n'aime pas les visites dans la police ? À moins que ce soient les sciences qui te rebutent ?

La réplique fusa :

— Je déteste perdre mon temps. J'espère que tes talents de joli cœur ont payé ?

Mark s'interposa, les modérant :

— Messieurs, ce n'est pas le bon moment.

Furmankowski enfonça ses poings dans les poches de sa parka molletonnée, les sourcils froncés par le mécontentement. Se faire rabrouer par un Moustache ne lui plaisait pas. Devoir composer avec monsieur Paul, chirurgien beau parleur et chouchou de ces demoiselles non plus. Au fond de lui, il pesta copieusement contre son capitaine.

De son côté, Paul jubilait. Furmankowski ne l'appréciait pas. Sans rancune. Il ne l'aimait pas non plus. Il s'avérait tout de même jouissif de le titiller un peu. Surtout que sur ce coup-là, il profitait d'une main gagnante…

Dès qu'ils atteignirent la voiture, Mark s'installa au volant et démarra le moteur, poussant le chauffage au maximum. La température extérieure frôlait le négatif. Saisissant son portable, il vérifia ses messages, laissant Paul et Furmankowski sangler leur ceinture en silence.

Ces deux-là se comportaient comme de vrais gamins. Les sourcils froncés, il consulta les rapports du colonel et de ses collègues. Le nombre de victimes augmentait, ce qui renforça sa conviction. Ils devaient agir. Une bonne nouvelle cependant : la vieille Théodora Von Lieberman avait fourni les dossiers complets des composés que son petit-fils avait cédés à OlympusBiotech sous l'influence de Giulia. Les scientifiques, Peterson aux commandes, les étudiaient pour identifier une correspondance avec les agents qu'ils avaient mis en évidence dans les prélèvements. S'ils en établissaient une, ils posséderaient enfin un point d'appui tangible pour exiger légalement des comptes à Darian Agouridas.

Mark enclencha la marche arrière et sortit du parking. Dès qu'il fut engagé sur le boulevard, il sollicita Paul. Le médecin se redressa, cachant difficilement son excitation. Avec un regard pour Furmankowski, vautré sur le siège arrière, il ironisa :

— Mon cher lieutenant, vous serez ravi d'apprendre que mon charme légendaire a agi.

Coupant la parole à Furmankowski qui allait riposter, Mark sourit :

— Ne nous fais pas languir, nous avons suffisamment souffert.

— En résumé, l'essai de phase 2 n'a pas été arrêté pour cause d'inefficacité. Au contraire, les résultats après trente-six mois se sont révélés particulièrement impressionnants. D'après Anna Brücker, au point de provoquer une certaine euphorie chez le docteur Holloway. De l'avis général, il s'en est vanté un peu trop et une demande de brevet concurrente a été déposée, peu de temps avant la leur. Ils ont dû consentir à développer leur thérapie avec ce nouvel inventeur, qui n'est autre que… roulements de tambour… OlympusBiotech.

— En quoi ça nous avance… grogna Furmankowski, alors que Paul avait laissé un silence s'installer.

Mark intervint, saisissant son regard amusé.

— Accouche, Paul...

Le médecin prit plaisir à poursuivre :

— À vos ordres, mon lieutenant. Je sais que le docteur Holloway se conduit comme un vrai moulin à paroles, mais de là à dévoiler l'ensemble de son protocole et des composés, ça me semblait exagéré. Anna Brücker reconnaît elle-même que son chef n'aurait jamais mis en péril ses propres découvertes. Non, elle est persuadée qu'une taupe a sévi.

— Une taupe ? Et tu penses à Giulia ? D'après nos informations, elle n'a pas été affectée au programme de l'essai clinique, mais au laboratoire de recherches, sur des sujets décorrélés.

— Exact. Anna me l'a confirmé. Cependant... Avez-vous remarqué le diaporama de propagande diffusé dans la salle de réunion ?

Devant l'absence de commentaires, Paul poursuivit, railleur :

— Si vous l'aviez contemplé avec autant d'attention que moi, vous auriez détecté un passage inspirant, dans lequel on distingue Giulia en blouse, bras dessus bras dessous avec un gars nommé Kevin. Or, ce mec est le fils d'une patiente intégrée à l'essai clinique. Giulia était si proche de lui que récupérer les pilules de la mère de Kevin s'avérait un jeu d'enfant. Ensuite, les chimistes et biologistes n'avaient qu'à faire leur job et élucider la structure. Ce n'est pas si compliqué lorsqu'on est bien équipé. D'autant plus que Giulia a pu discuter en off avec le docteur Holloway sur certains aspects et collecter son comptant de données… Bref, je pense qu'interroger ce Kevin nous apportera quelques éclaircissements.

Paul, satisfait de ses explications, se détendit et reposa sa tête contre l'appui-tête. Mark et Furmankowski réfléchissaient, ce qui lui confirma qu'il avait fourni des informations dignes d'importance à ces messieurs. L'absence de raillerie de la part de Furmankowski constituait un signe révélateur. Sa théorie se tenait. La propension de Giulia à manipuler les hommes était suffisamment établie pour qu'elle la légitime.

La voiture s'engagea sur la route de montagne, quand Mark se tourna vers Paul :

— Je suppose que tu ne connais pas le nom de famille de ce Kevin ?

Le sourire épanoui de Paul lui apprit qu'il lui réservait une autre surprise.

41

Lundi 27 janvier
19 H 00
Guidel – Finistère

Conformément à ses récentes habitudes, Matthew quitta sa chambre vers dix-neuf heures, douché et habillé. La nuit était tombée, lourde et profonde. Il enfila son blouson et sortit sur la terrasse, saluant amicalement le sergent qui s'était agité à sa vue, suspicieux. Le militaire le laisserait avancer, du moins sur quelques mètres.

Les étoiles étincelaient sur le voile bleu. La lune occupait son dernier quartier, éclairant la mer. Le ressac des vagues, près de cent mètres plus loin, se répercutait à l'infini, mélopée immuable et apaisante. Matthew respira l'air frais et saisissant de ce 27 janvier. Les poings dans les poches, il réfléchissait. Les pensées se télescopaient dans son esprit, l'une rebondissant sur l'autre tel un galet sur la surface de l'eau.

Agir. Patienter.

Râler. Se calmer.

Il ne savait quoi faire. Ni en qui placer sa confiance.

Alors qu'il cogitait, un bruissement sur sa droite l'alerta. L'impression furtive d'une présence. Il retint son souffle. Anticipant une attaque, il arqua ses muscles.

La voix douce le déstabilisa et il se retourna d'un bond. Emmitouflée dans une parka rouge, elle lui dédia un sourire rayonnant, auquel il répondit spontanément, s'élançant à sa rencontre. Elle plongea dans ses bras en s'exclamant :

— Matthew ! Je suis soulagée de te voir !

Il affirma son étreinte, la contemplant avec incrédulité. Pourquoi se trouvait-elle ici ? Elle aurait dû œuvrer à des centaines de kilomètres de là. Son plâtre lui rappela qu'elle sortait à peine de convalescence et il s'écarta. Elle l'entraîna vers le sentier menant à la plage, soufflant :

— J'ai promis que tu n'essaierais pas de t'enfuir, tu ne vas pas me faire mentir ?

Il ne nia pas et elle acta cet accord tacite. D'un pas lent, ils descendirent les marches jusqu'au rivage. Le sable ondulait sous leurs pieds, mouvant comme les pensées de Matthew, qui capta l'éclair inquiet dans les prunelles lavande :

— Pourquoi es-tu venue Louisa ?

Sa sœur lui renvoya une moue candide, un rien frondeuse, qui s'effaça rapidement. La gravité de ses traits stressa le jeune homme, qui la força à s'asseoir sur un rocher, à l'abri du vent. Le visage tourné vers son cadet, Louisa expliqua :

— J'ai tanné papa. Il a fini par céder.

Devant son absence de réaction, elle poursuivit, insistant pour qu'il la regarde :

— Il comprend que tu es furieux et ça le mine. Mais il ne jouit d'aucune solution plus… rassurante….

Elle avait sélectionné ses mots avec soin et remarqua son rictus ironique. Elle prolongea :

— Tu sous-estimes l'effervescence que l'enquête provoque. Chaque jour nous découvrons d'autres victimes, de nouveaux crimes. Thibault passe son temps à courir d'une analyse à la suivante et confirme immanquablement le pire scénario. Tu n'imagines pas combien cette escalade de l'horreur nous pétrifie !

— En effet, je n'en ai aucune conscience parce que notre père cloisonne les informations. J'ignorais même que Thibault bossait sur l'affaire !

— Papa l'a recruté en tant qu'expert dès que tu t'es envolé pour la Russie. Lui seul détecte les formules dans les prélèvements sanguins.

— Si tu es venue me raconter que Thibault Peterson excelle dans son travail, tu ne m'apprends rien.

— Ne tente pas l'ironie avec moi, ça ne marchera pas, je suis la reine à ce jeu-là, Matthew. Je veux discuter science avec toi.

Il se raidit. Disposait-elle de réponses à ses questions ? Muet, il lui jeta un regard alarmé. Elle sourit bravement :

— Julie et moi avons mené différentes expériences sur ton sang.

— Julie ?

— Ouais, ne m'entreprends pas sur le sujet, j'enrage… Bref, nous avons obtenu quelques éléments. Mais ils ne suffisent pas. Ce sont plutôt des observations, mais nous creusons. Et j'aimerais ton avis sur la suite.

Il ne relança pas la conversation, la laissant présenter leurs découvertes. Une à une, elle évoqua les expériences qu'elles avaient menées, allant d'échec en échec, jusqu'à :

— En moins d'une semaine, j'ai créé et testé une dizaine de leurres, mais aucun n'a interagi avec quoi que ce soit. J'ai l'impression de pêcher la truite avec une épuisette à crevettes…

Louisa soupira, les larmes aux yeux, et il la prit dans ses bras, ému :

— Ne t'inflige pas une pression aussi forte. Tu essaies. Si ça marche, j'apprécierai, mais si ça foire, je ne t'en voudrai pas.

— Mais je déteste échouer !

Il pouffa et elle rit avec lui. *Évidemment.* Il murmura :

— La prochaine étape consiste en quoi ?

— Aucune idée. Mon cerveau est desséché et mes neurones grillés. Je vais continuer les expériences pour coller au carnet N°10, mais je deviens de plus en plus dubitative concernant nos chances de réussite.

Il garda le silence. Elle ajouta :

— Je t'ai apporté nos cahiers de laboratoire pour que tu y jettes un œil. Qui sait... une illumination te traversera peut-être...

— Merci.

Sa voix trahissait son désenchantement. Il appréciait le geste, mais doutait de son innocence. Le colonel lui offrait une occupation, dans l'espoir qu'il abandonne toute velléité de fuite ou de rébellion. Avec un soupir, il s'enquit :

— Il prévoit de m'enfermer ici à vie ?

— La situation s'aggrave et il crève de peur.

— Je refuse de rester prisonnier indéfiniment !

Un sourire triste étira ses lèvres :

— Il met tout en œuvre pour progresser. Mais c'est comme essayer d'attraper de la fumée avec les doigts. Zeus semble insaisissable. Quant à Darian Agouridas… La construction de son empire ressemble à un millefeuille de sociétés-écrans, de délocalisations off-shore et d'entités juridiquement combinées. Il est doué pour camoufler ses activités. Tant que Thibault n'obtient pas une correspondance stricte avec l'un des produits des Von Lieberman, il demeure pratiquement intouchable.

— Le colonel a reçu une identification sur les empreintes que je lui ai transmises ?

Louisa ne parvint pas à cacher son effarement. Elle détourna les yeux un instant, balbutiant sans conviction :

— J'ignore de quoi tu parles.

Matthew la fixa avec incrédulité, avant de souffler, blessé :

— Tu mens toujours aussi mal, grande sœur. J'en conclus donc que mon oncle a survécu et qu'il se trouvait en Russie. En face de moi et en toute liberté.

Elle frémit et attrapa l'épaule de son frère, le forçant à la regarder droit dans les yeux :

— Je m'excuse. Papa ne voulait pas que tu le découvres.

Il se leva d'un bond, laissant éclater sa colère :

— De quoi es-tu désolée ? Du fait que mon oncle se révèle un assassin ? De croire que je suis idiot au point de l'affronter pour me venger ? Ou de participer aux manœuvres du colonel pour me tenir en bride ?

— Je…

La voix de Louisa se brisa. Elle ne disposait d'aucune réponse claire à lui apporter et de toute évidence, il n'en souhaitait pas. Il exprimait simplement la colère qui bouillait en lui depuis plusieurs jours. L'incompréhension, la frustration, la peine… tous ses sentiments se mêlaient en un maelström incontrôlable qui se déchaîna :

— Tu te rends compte que j'ai fui la Russie comme un voleur, en abandonnant sur place Marina ? Je l'ai délaissée avec pour toute compagnie des malades, un paternel odieux et un assassin psychopathe ? Je ne reçois aucune nouvelle depuis cinq jours et j'angoisse.

— Je pense que… entama Louisa avant d'être brutalement interrompue.

— Le colonel s'en fiche pas mal. Elle lui a servi de clé pour atteindre Vassili Medvelev. Son rôle tenu, il n'en avait rien à foutre qu'elle rentre en

France. J'ai profité de mon inactivité pour réfléchir. La rapatrier n'a jamais fait partie de ses plans. Comme si j'étais plus précieux qu'elle. Quelle crétinerie ! Pour ce que je vaux.

Louisa s'approcha, tentant de le toucher, mais il s'éloigna, le regard noir. Les mains plongées dans les profondeurs de son anorak, il serrait les poings. Son cœur battait la chamade dans sa poitrine et il respirait de façon anarchique. *Calme-toi, Matt, une crise de panique ne résoudra rien.*

Pliant les genoux, il s'accroupit sur le sable froid, les yeux fermés. Parler de Marina avait ravivé son angoisse. Être privé de sa présence la lui avait rendue d'autant plus précieuse. Inspirant lentement, il sentit les larmes monter et les retint avec peine.

Louisa, quelques mètres derrière lui, hésitait. La silhouette voûtée de son frère différait tant de la stature forte et rassurante qu'il affichait d'ordinaire qu'elle ne savait comment l'aborder sans déclencher une nouvelle salve de reproches. Cet être qu'elle aimait souffrait. Elle n'arrivait pas à se mettre à sa place et ne le prétendait pas. La complexité de la situation qu'il devait gérer dépassait tout ce à quoi elle avait été confrontée. Elle ne trouvait pas les mots pour lui exprimer sa compassion et son soutien. *Comment l'aider ?*

Les minutes s'écoulèrent, au rythme de la marée. Tout à coup, il sentit les doigts de sa sœur glisser à l'intérieur de la poche de son anorak. Il releva le visage, effaré. Elle sourit, murmurant :

— Ma date d'anniversaire.

Il refusa d'emblée. Elle encourrait des ennuis monstrueux si le colonel le découvrait. Elle secoua la tête avec obstination. Elle aussi se montrait inflexible. Héritage paternel.

— Si papa m'interroge, je dirai que tu me l'as dérobé sans que je m'en aperçoive. Correct ?

Sans un mot, il serra sa sœur contre sa poitrine avec émotion. Elle lui retourna l'accolade, son plâtre lové contre lui. Elle effleura sa joue hâlée et caressa ses cheveux qui recommençaient à onduler.

— Tu es libre de gérer ta vie Matthew. Mais reste très prudent, je t'aime vraiment beaucoup.

Il déposa un baiser sur sa pommette :

— Merci, Louisa.

Alors, elle s'éloigna sur la plage, longeant les rochers. Avec une certaine incrédulité, Matt frôla le portable glissé au fond de sa poche. Il ne pouvait l'utiliser, puisque ses geôliers les observaient depuis la terrasse. Non. Il attendrait d'être isolé pour valoriser ce trésor qu'elle lui avait offert.

Une bouffée d'oxygène.

Se secouant, il courut derrière elle et l'entoura de son bras. Leurs pas coordonnés, ils regagnèrent la maison sur la falaise. Cette prison dont une fenêtre s'ouvrait miraculeusement.

42

Mardi 28 janvier
10 H 00
Studio de Niki Costa

Les rayons du soleil frappèrent son visage et elle se retourna, glissant un bras rageur sur ses yeux. Qui avait gardé les rideaux ouverts ? *Pitié, j'ai mal au crâne, laissez-moi dormir en paix !*

Elle pivota et tâtonna pour attraper sa couette et s'y vautrer, mais se figea. Pourquoi somnolait-elle sur le divan du salon ?

Elle tenta de rassembler les pièces du puzzle. Un marteau-piqueur réalisait des travaux de voirie dans sa caboche et elle peinait à en extraire les informations principales.

Saisissant son portable sur la table basse, elle le déverrouilla et blêmit. Mardi 28 janvier. Où était passé lundi ?

Pétrifiée, elle se redressa et promena une main fébrile sur sa poitrine. Elle expira, soulagée. Ses vêtements semblaient indemnes.

Reposant la tête sur le coussin, elle ferma les paupières, organisant ses souvenirs.

Jeudi, l'humiliation infligée par Michel. Atroce.

Vendredi à dimanche, le mur des Lamentations. Deux cents mouchoirs sacrifiés.

Jusqu'au dimanche soir. D'un coup d'œil, elle remarqua les coupes abandonnées dans l'évier, le cadavre de la bouteille de champagne et ceux de celles qui avaient suivi… Elle stoppa le décompte à trois...

Un grognement la fit sursauter et elle serra les pans du duvet en cherchant son origine. Tout à coup, une silhouette sortit de la salle de bains. Ernesto ?

Il s'agissait bien de son assistant, version zombie. Les joues mangées par une barbe de deux jours, les yeux injectés de sang, il tâta d'une main hésitante ses pommettes et bredouilla en croisant son regard :

— Salut, Niki… Qu'est-ce que je fous là ?

Elle restait incapable de lui fournir une explication quand une voix brouillée s'éleva derrière le canapé, à même le sol :

— Wouah… une cuite comme ça, j'en ai pas connue depuis la fac… Il pieute où, Noah ?

Noah ? Comme dans Noah André ? Le quatrième verre était le sien. Pourquoi n'arrivait-elle pas à se souvenir de la soirée de dimanche ? Laissant son regard parcourir l'appartement, Niki identifia l'incongruité. Sur le meuble à l'entrée, une feuille pliée en quatre.

Dans un râle, elle extirpa son corps mou de la couverture, posa le pied à terre et se leva. Pas de mal de mer. Bien. Elle progressa jusqu'à la porte et s'empara de l'intrus avant de le déchiffrer.

Merci pour cette soirée mémorable ; j'espère que vos amis et vous n'aurez pas trop de séquelles. Hauts les cœurs, on se voit à la galerie quand vous tiendrez sur vos jambes !

xxx Noah.

Non, mais c'est quoi ce xxx ? Depuis quand Noah André, ce traître, venait chez elle et lui léguait des petits mots ? Ernesto glissa un œil par-dessus son épaule et pouffa :

— Mazette, Niki, triple x, il y va fort, le gars !

— Ta gueule, Ernesto… Qu'est-ce que vous avez foutu à l'emmener chez moi ?

— On n'a rien fait du tout… rien du tout… protesta Camille en secouant son visage hilare. Il a débarqué quand on tambourinait sur ta porte et que tu ne voulais pas nous voir… D'ailleurs, je reste hyper vexée que tu lui aies ouvert et pas à nous !

L'assistante blonde posa sa joue sur le sol, épuisée par ses récriminations. Ernesto s'affala sur le sofa, la tête entre les mains :

— Merde, Niki, on en a bu combien de bouteilles ?

Elle haussa les épaules, incapable d'évaluer leur consommation. Elle ne mesurait que la profondeur d'incohérence de son esprit... Ernesto railla :

— Tu devrais plutôt t'inquiéter de ce que tu as pu déblatérer en picolant…

— Hein ?

— Mais nan, te bile pas… rassura Camille depuis le plancher… tu nous as raconté que des trucs trop mignons… du genre comment tu as joué les héroïnes à filer ton numéro à un quasi-inconnu… qui se faisait enlever… ou menacer… enfin, je sais plus trop…

Niki manqua s'étouffer et répéta :

— J'ai dit QUOI ?

Ernesto confirma sobrement :

— Ouais, t'as balancé sur ton voisin de vol… On en a soupé de la symétrie de ses traits, de ses taches de rousseur, de la mélodie de ses doigts… ou un truc équivalent … et le billet doux que tu lui as fourré dans le string… c'est un stripteaseur ce Matthew ou quoi ? Tu me le présenterais ?

Mortifiée, Niki s'enfonça dans les coussins et se réfugia sous la couette.

Quel cauchemar !

43

Mardi 28 janvier
16 H 00
Guidel – Finistère

Louisa avait passé la nuit à Guidel puis, après un petit-déjeuner rapide, avait été reconduite à la gare par le sergent Benali. La bouffée d'air frais qu'elle avait représentée s'évanouit avec elle et Matthew se retrouva une fois de plus seul avec ses pensées.

Elle lui avait cependant laissé deux cadeaux hors de prix, dans des registres opposés.

Le premier demeurait caché au fond de sa poche, éteint, attendant le moment propice pour être utilisé.

Le second s'étalait devant lui, passionnant. Les comptes rendus des expériences menées par ses sœurs étaient d'une clarté absolue, retranscrits avec soin par Louisa. Les protocoles s'alignaient, les objectifs méticuleusement identifiés. Ainsi que leurs non-résultats.

Matthew ne pouvait remettre en cause leurs conclusions, mais restait sur sa faim. Toutes méritaient d'être approfondies. Il doutait que l'approche de leurre fonctionne, tout simplement parce qu'elles travaillaient sur des culots de sang. Elle lui avait demandé ce qu'il ferait à sa place. Son analyse se révélait claire : il expérimenterait en direct. Mais son aînée refuserait de le décortiquer tel un souriceau de laboratoire. Et pourtant, comment mieux comprendre ses réactions biologiques qu'en les étudiant en extemporané[9] ?

Dans son esprit, il conçut les premières étapes à franchir, fantasmant sur les informations qu'il pourrait recueillir. Refermant le cahier, il s'étira. Le manque d'activités physiques commençait à lui peser. Mais chasser avec Dmitri avait plus sollicité ses muscles que cette captivité. Il ragea. Son imagination le ramenait à Marina. La moindre pensée déviait vers elle.

Il se leva. Aussitôt, le lieutenant réajusta sa position. Impossible de s'isoler et de téléphoner. Si le militaire l'entendait parler en russe, c'en était fini de son précieux mobile. Il ne savait même pas quoi lui dire. À chaque fois qu'il envisageait la conversation, les mots ne venaient pas ou sonnaient faux.

Matthew se rendit à la salle de bains, arborant son air le plus innocent. Il fit couler l'eau chaude sous la douche et sortit le portable de sa poche. La 4G restait une utopie dans ce coin perdu et, de toute façon, naviguer sur internet s'avérait trop risqué. Il démarra le téléphone et désactiva l'échange de données, le wifi et la localisation de l'appareil. Il refusait que quiconque accédant au réseau GPS puisse le tracer. Pour réussir ses plans, il n'avait besoin que de l'envoi de SMS, transitant par le réseau cellulaire. Parfaitement efficace sans permettre de géolocaliser la source au mètre près.

Ouvrant la messagerie instantanée de sa sœur, il constata qu'elle conversait régulièrement avec Paul, ce qui l'amusa. Il oscilla entre curiosité et respect de sa vie privée. Déjà quelques mots avaient brûlé ses prunelles, tentateurs. Il les repoussa, refusant d'être taxé de voyeur. Il pianota une courte note à son meilleur ami, prenant soin de ne pas la signer. Il espérait que ce dernier saisirait l'allusion.

Paul dégustait un café, lorsque le vibreur de son téléphone l'avertit de l'arrivée d'un texto. Avec une dextérité née de l'usage, il déverrouilla l'appareil en portant la tasse à ses lèvres. Louisa. Son cœur s'emballa. Acceptait-elle enfin ses excuses ? Impatient, il appuya sur l'icône et s'étouffa en déchiffrant son contenu. Mark, à sa droite, lui tapa entre les omoplates, s'inquiétant :

— Tout va bien ?

Paul se redressa, s'empressant de dissimuler son écran :

— Oui, oui, des nouvelles inattendues... de Louisa.

— Rien de grave ?

---

[9] Qualifie une préparation qui doit être réalisée juste avant d'être utilisée ou d'une analyse réalisée en direct

— Je vais vérifier à l'instant. Excuse-moi.

Paul se leva de table et s'éclipsa sur la terrasse, passant son blouson. Il relut puis pianota :

Hello, Doc FolAmour.
Toujours au pays du chocolat ? 16:15

16:16 Jolicommeuncoeur ?

Lui-même ! 16:16

16:16 T'as récupéré ton portable ?

On va dire ça.
J'ai peu de temps 16:16

16:17 OK. De quoi tu as besoin ?

L'essentiel était dit. Entre eux, c'était à la vie à la mort. Encore que cette formulation ne prenne son véritable sens que récemment.

Discuter avec Paul avait ravivé son désir inné de liberté. Son plan était fixé. Il devait en affiner les détails pratiques avec l'aide du chirurgien. Ce dernier ne lui ferait pas faux bond, Matthew en était persuadé. Il fallait lui laisser un peu de temps. Satisfait, il éteignit le portable et le cacha.

44

Mardi 28 janvier
16 H 00
Sur le retour de Guidel à Lille

Les yeux fixés sur le paysage qui défilait, elle était perdue dans ses pensées. Bien qu'elle lui ait affirmé le contraire avec aplomb, rendre visite à son frère résultait d'une initiative du colonel.

Louisa regrettait sa contribution, mais son père avait exigé qu'elle fournisse à Matthew de quoi s'occuper l'esprit pendant quelques jours. Voire quelques semaines.

Lorsqu'il avait débarqué au laboratoire et expulsé Julie d'un simple regard, elle avait anticipé le pire.

Connaissant le contexte de leurs investigations, Louisa avait imaginé diverses catastrophes humaines. Elle ne s'était pas trompée. Le colonel lui avait présenté les avancées de l'enquête. Des contaminations par le DAB de la rue Nationale à la renaissance de Daniel Beauxchamps, *alias* James Blake, en passant par son rôle dans la mort de Sofia Pouchkine et ses liens probables avec Zeus, il s'était ouvert à elle en toute honnêteté. Juste avant de plaider son besoin de maintenir Matthew dans l'ignorance et de le protéger, quitte à le mécontenter.

En désespoir de cause, il sollicitait son aide, car les deux gardiens du jeune homme avaient détecté son impatience croissante. Le colonel craignait qu'il ne finisse par exploser et s'expose au danger.

Louisa avait mis un long moment à intégrer l'ensemble des informations. Elle avait tenté de défendre la cause de son cadet, arguant qu'il méritait la vérité. Le militaire s'était montré inflexible. Il n'autoriserait aucune erreur. Leur ennemi invisible frapperait dès qu'il décèlerait une occasion, aussi infime soit-elle. Il n'en démordrait pas.

Elle n'avait pas insisté. Elle le pratiquait suffisamment pour savoir qu'il ne servait à rien de plaider. Comme aurait-elle pu deviner qu'il accusait mal le choc ? Il dissimulait si bien ses sentiments qu'elle ne discerna rien en dehors de son intransigeance.

Ils avaient opté pour un plan, qu'elle avait exécuté avec diligence. Jusqu'à ce qu'elle perçoive la détresse palpable de son frère. L'armure des deux personnes les plus solides qu'elle côtoyait se fissurait, ce qui l'angoissait. Elle avait alors baissé sa garde et laissé parler son cœur. Elle espérait qu'elle ne s'en repentirait pas amèrement.

Offrir son portable à Matthew lui avait semblé une solution idéale pour briser son isolement. D'autant plus qu'elle avait pour ordre de rapatrier le sien avec elle.

Alors que le train filait à travers la campagne, elle sortit le mobile de sa poche. Elle voulut l'activer et elle s'aperçut qu'elle ignorait son code. Elle pianota naïvement sa date de naissance, sans succès. Elle l'éteignit sur un soupir et le glissa dans son sac. Nul doute que le colonel disposait des ressources suffisantes pour le craquer.

Un peu mal à l'aise, elle s'interrogea. Que cherchait-il dans l'appareil ? Souhaitait-il uniquement éloigner la tentation ou caressait-il d'autres objectifs moins avouables ?

Louisa déplora cette pensée, mais elle mesurait maintenant la complexité du travail de son père. Elle était horrifiée par tout ce qu'elle apprenait jour après jour. Le colonel y était confronté quotidiennement. Comment croire qu'il parvienne à conserver son humanité dans ces conditions ?

45

Mercredi 29 janvier
09 H 00
La Fauconnerie

Jonathan Brady desserra le col de sa chemise d'une main lasse. Lui qui d'ordinaire débordait d'énergie sentit le poids des années broyer ses épaules. La situation se révélait d'une complexité dépassant l'entendement. Trente ans d'arriérés de vengeance à solder.

Après soixante-douze heures sur la brèche, conciliant les rapports de son équipe, de celle du capitaine Duhamel, des collègues normands, russes et italiens, il avait finalement regagné la Fauconnerie pour se changer et dormir.

Repos éphémère. Dès qu'il fermait les yeux, des songes douloureux le torturaient, réminiscences vieilles de seize ans.

Matthew, âgé de huit ans, dissimulé au fond d'une grotte, hagard. La maison déchirée, noircie, carcasse vide de sens, en haut du promontoire. Les cadavres brûlés, anéantis, de toute la famille.

Le visage de Nathanaël, figé pour l'éternité. Sa détresse et sa fureur. L'explosion de sa rage et la futilité des recherches qu'il avait ensuite menées pour identifier et traquer le ou les coupables. En vain.

Toutes ces nuits sans sommeil, ces pistes avortées, ces échecs amers lui revenaient en mémoire.

Avait-il négligé un détail ? Aurait-il dû mettre en doute le rapport d'un légiste breton ? Aurait-il pu imaginer que Daniel Beauxchamps ait survécu ?

Et qu'il se transforme en tueur en série ? Était-il, lui, Jonathan, responsable de la situation actuelle ?

Plongeant son regard dans la psyché de sa chambre, il y croisa l'éclat bleu lavande caractéristique qui lui rappela l'œillade stupéfaite de Louisa lorsqu'il avait insisté pour qu'elle l'aide à isoler Matthew. "Stupéfaite" constituait un terme plutôt bienveillant pour décrire son attitude. S'il faisait preuve d'honnêteté, "horrifiée" serait un mot plus proche de la réalité. Horrifiée et accusatrice.

Comment pourrait-elle appréhender les méandres de ses décisions ? Elle connaissait si peu du passé de son frère et de sa quête continue du secret. Mais elle lui accordait sa confiance et avait cédé à sa requête.

Méritait-il cette foi aveugle ? La colère de son fils à son égard, régulièrement rapportée par ses subalternes, minait son aplomb. Qu'il doute de lui et de ses motivations le déstabilisait.

Généralement, Matthew et lui abordaient les problèmes sous le même angle, leurs caractères se complétant harmonieusement. Leur dissonance actuelle instillait le scepticisme dans son esprit. Or, il ne s'autorisait aucune faiblesse ni hésitation. La situation se révélait trop périlleuse pour qu'il témoigne d'une quelconque mollesse.

Le bruit de la porte qui s'ouvrait le tira de ses réflexions. Se retournant, il aperçut Lise qui approchait, le front plissé. Depuis toujours, bien qu'elle ignore les arcanes de son travail, elle représentait un soutien indéfectible. Le surprenant pensif au coin du lit, elle vint s'asseoir à ses côtés et prit sa main en silence. Il caressa les doigts fins et toucha l'alliance qui ornait son annulaire depuis près de quarante années. Elle souffla :

— Lequel de nos enfants te crée ces soucis ?

Comme toujours, elle avait parfaitement percé le secret de ses non-dits et de sa frustration. Il eut un sourire sans joie et déclara :

— Matthew.

Elle réfléchit avant de répondre, caressant sa paume avec tendresse.

— C'est un bon garçon, tout s'arrangera.

— Je n'en suis pas aussi sûr que toi. Il est particulièrement remonté.

— Vous vous ressemblez tant, tous les deux… Je n'ai qu'un conseil : mets les choses en perspective. Imagine-toi à sa place. Accepterais-tu ce que tu lui imposes ?

Devant le silence de son mari, elle déposa un baiser sur son front et quitta la pièce. Comme toujours, elle avait raison. Cette finesse l'exaspérait.

Il tenta de s'immiscer dans la peau de son fils adoptif. Remonta le cours des événements depuis la nuit de Noël. L'enchaînement rapide et cruel des premiers jours de janvier. Giulia. L'accident de moto. L'opération. La quarantaine forcée. La fusillade. L'attaque sur Louisa. La rencontre avec Marina. Le voyage en Russie. Son extradition. Son confinement. Le cœur au bord des lèvres, il capitula. Il n'aurait pas accepté le tiers de ce que le jeune homme avait encaissé.

Il soupira en massant ses tempes grisonnantes.

Que lui reprochait Matthew ? De l'isoler et de le maintenir dans l'ignorance des avancées de l'enquête ? Soit. Sur ces points, il avait parfaitement raison, mais lui disposait d'arguments solides pour le contrer. Il refusait de lui expliquer que son oncle avait survécu et que – a minima – il œuvrait avec Zeus. Jonathan se rappelait avec acuité son incrédulité et sa souffrance lorsqu'il avait appris par Vassili l'implication présumée de Daniel Beauxchamps dans l'incendie. Hors de question pour lui de confirmer cette hypothèse et de retourner le couteau dans la plaie. Sa réaction serait imprévisible.

Point délicat, Louisa lui avait rapporté que son frère s'inquiétait terriblement pour Marina, seule en Russie. Pour le coup, Jonathan estimait que sa responsabilité était engagée. S'il l'avait exigé, elle serait revenue en France. Mais il ne l'avait pas jugé nécessaire. À ses yeux, elle n'avait servi qu'à approcher Vassili Medvelev et les carnets. Cela dit, sa fille soutenait que Matthew se montrerait plus docile s'il savait Marina en sécurité.

Elle avait évoqué les sentiments de son cadet pour la jeune Russe, concept que Jonathan jugeait infondé. Ils ne se connaissaient pas. Louisa ignorait qu'il leur avait imposé cette comédie. Cependant, il lui suffisait d'un appel pour s'assurer que la journaliste russe se porte bien.

Soulagé, il entrevit une issue : Petrov irait fouiner chez les Ivanov. Il ferait ainsi d'une pierre deux coups. Il lui prouverait qu'il s'inquiétait d'elle et arrêterait de passer pour un sans-cœur.

De plus, Matthew tranquillisé, il l'inciterait facilement à la patience. Retrouvant un regain d'énergie, il saisit son portable pour exécuter cette brillante idée.

46

Mercredi 29 janvier
11 H 30
Bureau de Darian Agouridas

— Alors ?

Comme toujours, il allait droit au but. Son interlocuteur le renseigna d'une voix hésitante :

— Elle lui a envoyé un long message le 22, mais il n'y a pas répondu depuis.

— Avez-vous vérifié qu'il s'agit réellement de son numéro ?

— Étant donné leur discussion, aucun doute. Ça dégouline de mièvrerie. Sans compter toutes les tentatives pour obtenir de ses nouvelles. *Tout va bien ?... Ne m'ignore pas… Je suis morte d'inquiétude… Tu monopolises mes pensées… Je rêve de toi toutes les nuits...* Elle le harcèle sans résultat.

Il serra les dents. La demoiselle se pâmait pour Matthew. Qui n'avait pas daigné donner signe de vie en six jours. Il se foutait de ses sentiments… ou il ne disposait pas de son portable…

— Donc on ne sait pas où il se trouve…

En l'absence de réponse satisfaisante, le technicien opta pour un silence prudent. Darian se leva, son téléphone à la main, et s'approcha de son balcon.

— D'autres infos ?

— Oui. Le plan de vol confirme que Niki Costa a voyagé aux côtés de Nicolaï Oussopov lors du trajet de Moscou à Paris mercredi 22. D'après l'hôtesse, ils ont discuté durant une grande partie de la traversée même si elle a admis qu'il semblait fâché à l'atterrissage et qu'ils ne sont pas descendus ensemble.

— Elle a identifié la teneur de leur conversation ?

— Non, mais la fille lui a carrément retourné le contenu de son sac sur les genoux… Pas très amicale comme attitude.

Darian retint un sourire ; en voilà peut-être une qui n'était pas tombée sous le charme de Matthew.

— Nous avons infecté son mobile, s'ils communiquent, nous pourrons les tracer.

— Parfait. Surveillez tous les échanges de Marina Ivanova et Niki Costa. Vous me prévenez dès que vous le localisez. Il me le faut.

Il raccrocha brutalement.

Cette absence de contact ne prouvait qu'une chose : son neveu se cachait. Ou plus vraisemblablement, on le planquait.

Mais ça ne durerait pas.

Sa toile attendait, tissée.

Quand il joindrait à nouveau ses amies, il le cueillerait.

47

Mercredi 29 janvier
14 H 30
Manoir des Ivanov – Novgorod

Toujours en dormance à Moscou, Petrov avait bien reçu les instructions et entendait les exécuter au plus vite. Il devait cependant lutter contre les éléments, qui s'étaient déchaînés, rendant le déplacement au manoir des plus hasardeux.

Quand enfin il réussit à atteindre le domaine, il craignit que personne ne lui ouvre tant les domestiques mirent de temps à l'accueillir. En accord avec sa couverture, il se présenta comme l'émissaire de Nicolaï Oussopov, venu s'enquérir de la famille et rassurer Marina sur le retour de son fiancé en France.

Sergueï Ivanov l'accueillit, seul, dans le salon. Le vieil homme, fidèle à son caractère, attaqua Petrov sur le manque de nouvelles de Nicolaï et l'inquiétude que toute la famille en avait conçue.

Le géant russe, prenant sur lui, consentit un profond effort de diplomatie et formula des excuses en bonne et due forme, expliquant le tourbillon de décisions qui avaient attendu le retour de l'aristocrate et la folie des derniers jours.

Pourtant, il avait dépêché son émissaire en personne pour s'enquérir d'eux. Et de Marina. Ce qui prouvait son attachement. Sergueï Ivanov daigna alors le rassurer sur l'état des enfants et de sa fille Zoya.

En revanche, dès qu'il évoqua Marina, il refusa d'entrer dans les détails. Il grommela qu'elle souffrait à son tour de la rougeole, mais que toute la famille s'en occupait et qu'elle se porterait rapidement mieux. Pas de quoi se passer la rate au court-bouillon ou alarmer son fiancé.

Avisant Alessandra et Zoya, qui pénétraient dans la galerie, Petrov remarqua la gêne de la jeune mère. Alessandra ragea :

— Ce n'est pas ce que le docteur a dit Deda ! Tante Marina est très malade.

Le patriarche se leva d'un bond, outragé par ses paroles. Il coupa :

— Zoya, fais taire ta fille. Elle n'y connaît rien.

Alors que Zoya tâchait de l'évacuer, Alessandra se débattit telle une furie et hurla :

— Je sais parfaitement ce que le médecin a dit. Il a parlé d'hôpital.

À ces mots, Petrov se raidit. Considérant Sergueï Ivanov et sa petite-fille qui le fixait droit dans les yeux d'un air buté, il interrogea Zoya :

— J'aimerais voir Marina Ivanova. Mon maître me tuera si je ne juge pas moi-même de son état.

— Je m'y oppose formellement ! Sergueï Ivanov s'était dressé de toute sa courte hauteur, inflexible. Vous êtes invité chez moi, je ne vous permets pas de donner des ordres sous mon toit ! Pour qui vous prenez-vous ?

Petrov se redressa à son tour, imposant sa puissance. Il dépassait le vieux grincheux d'une tête. Lorsqu'il parla, sa voix gutturale vibrait, aussi tranchante qu'un sabre :

— Je ne partirai pas avant d'avoir vu Marina. Je dispose de mes propres injonctions à respecter.

— Vous ne pouvez pas rester ici indéfiniment !

La voix colérique de Sergueï provoqua un rictus glacial chez Petrov. Le géant russe s'installa dans un fauteuil et étendit ses longues jambes, rétorquant :

— En êtes-vous certain ?

Sergueï manqua de s'étouffer, tant l'amertume lui serrait la gorge. Il demeurait le maître dans ces lieux. Oui, il allait le foutre dehors ! Et tout de suite. Il s'en chargerait à main nue s'il le fallait !

D'un pas furibond, il s'éloigna, le dos raide. Dmitri, alerté par les domestiques, pénétra dans le salon au moment où son père extirpait son fusil de chasse de l'armoire et fouillait dans le stock de munitions, sous le regard plus amusé qu'impressionné de Petrov. Aussitôt, il s'interposa :

— Père, vous avez perdu la raison ?

Sergueï lança une œillade rageuse en direction de son fils, puis de l'arme entre ses mains. Finalement, l'évidence s'imposa et il la balança sur la table, claquant la porte :

— Que je sois maudit si je ne reste pas maître chez moi !

À la suite de l'éclat de son père, Dmitri se rapprocha, présentant des excuses mesurées à l'attitude surprotectrice de son aïeul. Petrov minimisa l'affront :

— Je ne souhaite que m'assurer que Marina Ivanova se porte bien.

Dmitri soupira, l'invitant à le suivre :

— Malheureusement, je ne peux vous tranquilliser. Le docteur, ce matin, s'est montré assez inquiet.

Il conduisit Petrov à la chambre de la malade et ouvrit délicatement la porte. Irina veillait sa jeune sœur, tentant de soulager sa fièvre par des compresses froides. Petrov fut saisi par sa pâleur et son inertie. Elle tourna à peine le visage quand il la salua. Alors qu'elle tremblait, secouée par une quinte de toux rauque, Irina expliqua :

— Le médecin craint que sa rougeole ne se complique d'une pneumonie. C'est, paraît-il, assez courant chez les adultes non immunisés. Il a préconisé de l'hospitaliser si la situation ne s'améliorait pas. Mais…

Elle ne termina pas sa phrase. Le géant russe compléta sans mal. Alors que sa toux se calmait, Marina tourna ses iris bleu-vert vers lui et murmura :

— Comment va-t-il ?

Petrov enserra sa main avec une douceur insoupçonnable et déclara pour l'apaiser :

— Rassurez-vous, il se porte à merveille. Ne vous inquiétez pas pour lui.

— Tant mieux.

Sur un sourire, elle reposa la tête sur l'oreiller et ferma les paupières. Ces quelques mots l'avaient épuisée. Dmitri désigna la porte et les deux hommes s'éloignèrent, consternés. Il raccompagna l'émissaire, lui promettant qu'ils s'occupaient de Marina avec toute l'attention requise.

Le militaire acquiesça, pas tranquillisé pour autant. Sa mission consistait à collecter les données ; il n'était pas autorisé à agir. Il salua rapidement son hôte, annonçant qu'il reviendrait prendre des nouvelles. Dès qu'il le put, il sortit.

Pour fuir l'ambiance pesante du manoir.

Et contacter le médecin des Ivanov en urgence.

Il devait posséder tous les éléments avant de rendre compte au colonel.

Alors qu'il quittait le domaine, il perçut un mouvement dans le bâtiment limitrophe. Derrière la vitre du premier étage, deux silhouettes l'observaient, sans même dissimuler leur curiosité.

Il les scruta, notant leurs figures froides. Pas très amicaux, les voisins…

— Cet homme est venu chercher Nicolaï Oussopov la semaine dernière, n'est-ce pas ?

— Oui, difficile de l'oublier, assura Tatiana en suivant des yeux son départ. Il a le physique d'un tueur à gages.

Saisissant un stylo et un post-it, Volodya griffonna quelques chiffres et lettres, avant de le tendre à son épouse :

— Ta copine Poliana travaille toujours aux services des immatriculations ?

Elle opina avec un ricanement :

— Bonne idée, je vais la contacter.

Échangeant un regard satisfait, le couple s'écarta de la fenêtre, plus soudé que jamais.

L'adage se vérifiait : rien ne valait un ennemi commun.

48

Mercredi 29 janvier
17 H 30
Maison médicalisée – Laboratoire d'analyses

Le carrousel pivota dans un cliquetis mécanique. L'échantillon se plaça idéalement en dessous de l'aiguille de l'injecteur. D'une plongée rapide, la pointe métallique acérée transperça la membrane étanche et pénétra dans le liquide incolore.

D'une aspiration, la pompe préleva dix microlitres – l'équivalent d'une goutte – et les propulsa dans les tubulures plastifiées.

Dans cette goutte, l'un des précieux extraits naturels négociés auprès de la vieille Théodora Von Lieberman. Un de ceux concédés par Moritz à OlympusBiotech en échange des faveurs de Giulia Olivetti.

Dans cette goutte se concentraient les espoirs des enquêteurs menés par le colonel Brady. Allaient-ils enfin confirmer une correspondance avec le dérivé d'alcaloïde contenu dans l'adénovirus désactivé qui avait entraîné la mort de Lucio Andreotti ? Faire sauter ce verrou leur permettrait de progresser dans leurs investigations…

Les extraits étaient arrivés par colis recommandé de Suisse quatre jours plus tôt. Plus de quatre cents vials ambrés codés qui n'attendaient que d'être analysés.

Dès son retour de Moscou, Thibault avait enfilé sa blouse et commencé ses préparations. Tout était opérationnel en un temps record. Depuis samedi, les machines pompaient en continu, avalant litre après litre de solvant, enregistrant sans relâche les résultats dénués d'intérêt. Aucun des spécimens étudiés jusque-là – soit près de cent cinquante passés en quarante-huit heures – ne possédait la moindre correspondance avec le composé chimique détecté dans les prélèvements de Lucio Andreotti.

Chou blanc.

Mais il ne désespérait pas : après tout, il n'en fallait qu'un !

Reposant son visage sur ses bras croisés, Thibault ferma les yeux un instant. Il somnolait seul dans le laboratoire, bercé par le chuchotement des pompes. Il avait complété le stock de solvants une heure plus tôt, à ce débit-là, il éviterait la panne sèche durant la nuit.

Sans plus se préoccuper des analyses, il pendit sa blouse à la patère et sortit, passant une main dans ses cheveux indisciplinés. Il avait hâte d'honorer son rendez-vous nocturne. Avant celui-ci, un brin de toilette s'imposait, pour faire bonne impression. Les prochains échantillons attendraient son retour.

Dans l'appareil de chromatographie, les dix microlitres du spécimen N°152, écorce de cyprès, furent transportés vers la colonne séparative. Cette colonne constituait un piège. Une sirène attirante qui, par affinité physique et chimique, emprisonnait les produits, les capturant dans ses filets et freinant leur parcours.

Pareil à un canoé dévalant une rivière truffée de rochers saillants, N°152 progressa le long de l'étroit conduit, rencontrant sur son passage les minuscules griffes qui tentaient de le harponner. Séduit, il vint s'y coller, y resta un moment, puis s'éloigna finalement. Son déplacement, comme sur l'autoroute, fut décelé et un magnifique pic se dessina sur l'écran, telle une montagne abrupte.

Aussitôt, le flux dévia vers un second module, où N°152 fut vaporisé. Réduit à l'état d'ions, il vola dans les tubulures. Lorsque la gravité l'emporta, il tomba et un détecteur identifia sa présence. Son périple continua.

Dans l'étape ultime de l'expérimentation, N°152 fut bombardé d'énergie et explosa en fragments de plus petites tailles, qui s'éparpillèrent à leur tour. Sur l'écran, les signaux apparurent, chacun trahissant la composition des débris obtenus.

Bientôt, l'analyse fut complétée. Chacun des fragments constituait autant de pièces, qui, une fois assemblées, formaient le passeport du produit. La composition élémentaire unique de N°152 s'afficha sur les comptes rendus, en attente d'interprétation.

Désintégrés, les déchets de N°152 atterrirent dans la poubelle.

Déjà, la machine injectait N°153.

Elle continuerait ainsi toute la nuit, jusqu'au retour de Thibault.

Alors, le pathologiste livrerait son verdict.

49

Mercredi 29 janvier
22 H 30
Laboratoire de Louisa Brady

Le sergent Alaric menait la danse et Thibault suivait, ses yeux furetant dans chaque recoin. Il peinait à croire qu'il pénétrait cette enclave secrète. Était-il normal de trépigner d'impatience alors que la situation actuelle regorgeait d'angoisse ? Dissimulé par les deux mètres de muscles, il trottinait, incapable de juguler son excitation.

Elle l'animait tant qu'il percuta le militaire lorsque celui-ci stoppa à l'angle d'un couloir. Il eut l'impression de frapper une porte de chêne et étouffa une exclamation. Un regard incisif le fusilla. *Silence !*

Secouant sa tignasse dorée, Thibault Peterson se colla contre le mur, retenant sa respiration. Il ne s'était jamais autant amusé de toute sa vie. Après la balade palpitante en Russie, il récidivait en plein Lille. Il gloussa, ce qui lui valut une œillade assassine.

Le sergent Alaric n'ouvrit pas la bouche, mais la tension qui maintenait ses mâchoires fermées s'accentua. Après Julie, voilà qu'il devait se coltiner le fantasque pathologiste à la chevelure en pétard. Peut-être efficace pour détecter les nanoparticules, mais côté discrétion… Passant une main lasse dans ses quelques millimètres de tonsure blonde, Alaric reprit sa marche.

Il aurait pu progresser dans les couloirs déserts du bâtiment les yeux fermés. Ils les parcouraient chaque nuit, avec la constance d'un métronome. Mais accompagner le pathologiste constituait une première expérience.

Repérant le laboratoire, il scruta les alentours avant d'autoriser la traversée. Il sortit un badge et bipa. Dès que la lumière verte apparut, il poussa le panneau et s'engouffra dans la pièce, suivi par un Thibault trottinant comme un chiot. Il se retourna et l'énergumène se figea.

— Ne bougez pas. Je la préviens que nous sommes arrivés.

Thibault hocha la tête, ses yeux pétillants déjà. Sans un sourire, le sergent Alaric s'éloigna. *Tu risques d'avoir une sacrée surprise, mon gars, si tu crois qu'elle t'accueille les bras ouverts…* Il anticipait la suite avec impatience.

Il n'eut même pas besoin de l'interpeller, elle avait ôté ses gants et se glissa vers lui avec un soupir. Le coup d'œil qu'ils échangèrent témoignait de la relation qui s'était peu à peu établie entre eux et Louisa s'avança dans la pièce.

Son père prétendait que Thibault Peterson l'aiderait ; à elle d'en décider.

Dès qu'il entendit le bruit étouffé de ses pas, il leva son visage. Lorsque son regard accrocha les prunelles bleu lavande de la jeune femme, un frisson le traversa et il approcha, la main tendue en clamant :

— Docteur Brady ! Je suis ravi de vous rencontrer ! Je n'aurais jamais pensé avoir cet honneur et me voilà dans votre labo, franchement, je suis gâté sur ce coup-là !

Sa paume ballottée au gré de l'enthousiasme du pathologiste, Louisa capta le petit sourire en coin d'Alaric et s'en offusqua. Quel délire ! Elle grinça en récupérant ses doigts avec fermeté :

— Le colonel estime que vous pouvez m'assister.

— Je l'espère.

— Je n'en suis pas convaincue.

La voix de Louisa était aussi tranchante que le microtome qu'elle utilisait pour réaliser ses coupes histopathologiques. Thibault la dévisagea, nota son plâtre et ses traits butés. De toute évidence elle rechignait à partager ses jouets. Quel dommage parce que lui adorait en découvrir de nouveaux. Il sourit largement :

— J'accepte le défi, docteur Brady.

Elle leva un sourcil, perplexe.

Il pencha sa tête sur le côté, ajusta ses lunettes et lui dédia un clin d'œil moqueur :

— Testez-moi, je n'attends que ça.

50

Jeudi 30 janvier
14 H 00
Hôtel de Gstaad – Suisse

Mark avait constaté la distraction soudaine de Paul et restait attentif. Le chirurgien avait représenté un atout lors de leur dernière virée à Lausanne. Sans son aide, Furmankowski et lui seraient repartis bredouilles, l'essentiel des informations pertinentes ayant été délivré par la naïve Anna Brücker.

Mais, alors qu'il avait cherché à connaître le détail de leurs décisions après leur compte rendu au colonel, Paul se révélait maintenant étourdi. Transparent, il ne prenait plus part aux discussions endiablées des deux professionnels et acquiesçait d'un hochement de tête automatique à la moindre de leur proposition.

Il semblait préoccupé. Mark n'osait le harceler. Il le braquerait s'il se montrait indiscret. Cependant il appréhendait le voile qui barrait le front d'ordinaire souriant du chirurgien. Anna Brücker avait été interrogée quarante-huit heures plus tôt et Mark venait de confirmer l'identité du dénommé Kevin.

Les affaires reprenaient et ils devaient établir leur angle d'attaque. Paul, assis sur le canapé, naviguait de page en page sur son portable. Dès que Mark s'approcha, il rengaina l'appareil avec célérité. Le militaire aperçut le drapeau grec sur l'écran.

À quoi jouait le chirurgien ? Il s'isolait fréquemment et recevait de nombreux messages auxquels il répondait avec diligence. Planifiait-il ses prochaines vacances ? Un instant, le lieutenant envisagea de lui dérober son mobile ; il s'en voulut de son réflexe purement professionnel. Paul n'était pas un suspect. Il l'assistait de son plein gré, s'exposant à des risques majeurs dans le seul but d'aider son meilleur ami.

D'ailleurs, le jeune médecin s'était déjà rapproché d'eux et participa à l'élaboration du plan. Il consulta le dossier de Kevin Jacquemin, puis celui de sa mère Edvina, atteinte de la maladie de Huntington. Ils établirent leur liste de questions pour cerner la teneur de la relation du Suisse avec Giulia Olivetti en n'éveillant pas ses soupçons. Comme d'ordinaire, Furmankowski et lui se chamaillèrent, ce qui rassura Mark.

Perdus dans leurs préparatifs, ils mirent plusieurs heures à s'accorder sur leurs rôles et couvertures respectifs. Mark sentit que Paul ne souhaitait pas s'impliquer, mais évita d'en parler devant Furmankowski, qui ne se gênait pas pour provoquer le chirurgien dès que l'occasion se présentait.

Il estimait que la personnalité avenante de Paul représenterait un atout dans leur plan mêlant l'humain et la médecine. Deux secteurs dans lesquels il excellait. Il en profita pour le taquiner, mais sa remarque ne suscita pas la réaction blasée habituelle. Dès que Furmankowski les quitta, Mark s'enquit :

— Tu vas bien, Paul ?

Ses yeux clairs et francs cherchèrent ceux du chirurgien, mais celui-ci évita tout contact direct, se contentant d'une réponse évasive en passant son blouson :

— Oui. Je pense que nous avons élaboré un plan efficace.

— Je ne te parle pas de ça, et tu le sais très bien.

Paul sentit qu'il ne pourrait éternellement esquiver le militaire et avoua, en toute honnêteté :

— Je m'inquiète pour Matthew.

— Tu as eu des nouvelles ? s'étonna Mark.

— Louisa m'en a donné.

Sa voix trembla et il se maudit d'avoir failli trahir son ami. Il ajouta :

— Elle lui a rendu visite il y a deux jours.

— Et ?

— Il supporte mal l'isolement, comme je l'avais prédit. Avoir abandonné Marina n'aide pas.

Constatant que le militaire ne répliquait pas, il le devança et clôtura la conversation, nouant son écharpe :

— Ne m'en veux pas, mais je ne souhaite pas en discuter pour l'instant. Je suis attendu et je déteste être en retard.

— Un rendez-vous ? Saisissant son sourire, il ajouta, taquin : blonde ou brune ?

— Rousse.

— OK, à demain matin. Départ à neuf heures pétantes.

— Bien, chef.

— Ne te fatigue pas trop cette nuit, garde un peu d'énergie pour la mission !

Esquivant la plaisanterie, Paul quitta la chambre. Il n'allait pas se lancer dans ce genre de discussion avec le lieutenant. De toute façon, il refusait que ce dernier découvre sa rencontre avec elle. Elle relevait du domaine privé. Voire intime.

Elle avait insisté pour le retrouver en Suisse, avançant des arguments convaincants. Elle savait se montrer persuasive.

En attendant, il devait rassurer Matthew. Toutes les informations qu'il avait collectées sur Niki Costa concordaient. À moins d'être une maîtresse de la dissimulation et un as de la programmation web, Niki Costa exerçait réellement en tant que chargée d'organisation d'événements artistiques et culturels. L'expo à laquelle elle avait participé avait été inaugurée quelques jours plus tôt en plein Paris.

Il lui envoya ces nouvelles, assorties d'un commentaire railleur. Il avait apprécié la photographie de la jeune Grecque au sourire solaire et aux rondeurs aguichantes. Sacré Matthew !

Dans un excès de prudence, vraisemblablement dicté par l'attitude intrusive de Mark, Paul effaça ses dernières conversations ainsi que son historique. Il ne désirait pas que le militaire s'aperçoive qu'il lui mentait. Il accumulait les dissimulations, mais ne s'en inquiéta pas outre mesure.

Chacun possédait ses petits secrets, songea-t-il, alors que son portable vibrait.

Elle arrivait.

Tel un enfant, il se surprit à sourire bêtement.

Elle aussi s'avérait charmante.

Pas du tout solaire, mais elle compensait par d'autres qualités…

51

Jeudi 30 janvier
18 H 00
Guidel – Finistère

Matthew respira plus librement. Il avait une fois de plus quitté ses geôliers pour consulter le portable de sa sœur. Ça devenait ridicule et il devait veiller à ne pas éveiller leur méfiance en multipliant les isolements intempestifs. Prétendre un souci de prostate à son âge ne semblait guère convaincant…

Les nouvelles envoyées par Paul le soulagèrent. Niki Costa ne lui avait pas menti. La recontacterait-il ? Il était rentré en France depuis une semaine. Peut-être l'avait-elle oublié. Cela dit, que risquait-il à lui poser une simple question ? Statuant dans l'urgence, il rédigea un message direct et sincère à la jeune Grecque. Quelques mots dénués de pression.

Alors qu'ils s'envolaient sur le réseau, Matt songea qu'il aurait déjà de la chance si elle lui répondait. Mais, enfermé au fin fond de la Bretagne, il estimait que le jeu en valait la chandelle.

Il aurait exposé ses doutes au colonel s'il l'avait pu, mais ce dernier brillait par son absence. Dans ces conditions, il restait seul aux commandes de son destin et défiait quiconque de lui reprocher ses actions.

Captant l'écho des pas d'Augusti qui s'approchait, Matthew éteignit le portable. Louisa avait omis de lui fournir le chargeur et il économisait la batterie. Il l'enroula dans son mouchoir et l'empocha avant de tirer la chasse. Sans un mot au militaire, il gagna la salle de bains, où, ostensiblement, il se lava les mains. Le gradé lui jeta un regard soupçonneux, renifla mais étouffa tout commentaire.

Matthew soupira. Combien de temps encore tiendrait-il dans ces conditions ? Il attendait que Paul lui suggère un planning.

Pour qu'il avance enfin.

Dans la cellule de surveillance dédiée, le technicien se redressa sur son fauteuil.

Bingo !

Du concret.

Sous ses yeux, le texto que Niki Costa venait de recevoir :

Hello, Niki, j'espère que l'exposition est un succès. Si ta proposition est toujours valide, je serai ravi d'en profiter. Matthew.

Le doute n'était pas permis. Leur cible se mettait en mouvement.

Fébrile, il entra le numéro dans sa base de données. Et croisa les doigts.

Son sourire s'épanouit : Louisa Brady. Le mec utilisait le mobile de sa sœur. *Pas de bol, mon gars, t'as misé sur le mauvais cheval.*

Dès qu'OlympusBiotech avait financé les recherches de la scientifique, il avait placé un tracker sur sa ligne. Cet excès de paranoïa s'avérait payant : le technicien déclencha le traçage du signal. Bientôt, il saurait d'où émettait l'appareil de Louisa.

Avachie au fond de son canapé, Niki découvrit avec une certaine gêne le message de Matthew. Depuis leur gueule de bois mémorable, Ernesto, Camille et même Noah André la taquinaient sur les révélations qu'elle avait faites à son sujet. Ce qui l'amenait à penser à lui en continu.

Autant le jour elle parvenait à en rire, autant la nuit représentait un défi ingérable.

Son assistante soutenait qu'elle *craquait total* pour ce parfait inconnu, alors que Noah André était plus modéré et évoquait sa *grandeur d'âme à vouloir aider son prochain.* Ernesto se taisait, mais lui dédiait de fréquents clins d'œil qui la transformaient en tomate.

En gros, les trois lui tapaient sur le système.

Elle reconnaissait qu'ils ne cherchaient qu'à la distraire après le fiasco du discours de Michel, mais ils s'y prenaient mal. Elle ne désirait pas une amourette ou un trop-plein d'humour douteux.

Elle s'enfonça dans les coussins, serrant son plaid entre ses bras. Elle crevait de se sentir utile et appréciée à sa juste valeur.

Ce n'était pas tant demander à la vie, non ?

Songeant que provoquer la chance constituait une approche plus efficace qu'attendre qu'elle se manifeste, elle s'interrogea : le fait d'aider Matthew comblerait-il ce manque de sens dans son existence ?

52

Jeudi 30 janvier
18 H 00
Manoir des Ivanov – Novgorod

Suite à sa première visite, Petrov attendait que le médecin des Ivanov quitte le manoir pour l'interroger. Il bravait le froid en marchant de long en large à la limite du domaine, évitant les foudres de Sergueï. Qui sait si le Russe sanguin n'avait pas déjà chargé son fusil en anticipant une future venue ?

Les mains enfoncées dans ses poches, il jetait de fréquents regards à l'imposante bâtisse de la propriété voisine. Derrière les rideaux de l'étage, il distinguait deux silhouettes qui l'observaient avec obstination.

Et une franche maladresse : ils avaient éteint la lumière dans cette pièce sans même penser que, de l'extérieur, la clarté des lampadaires sur le perron trahirait leur présence fantomatique. Un amateurisme navrant.

Cet effort pour cacher leur intérêt inquiétait Petrov. Des curieux maladifs n'auraient même pas essayé de camoufler leur voyeurisme. Ces deux-là jouaient au plus malin avec lui. Restait à définir dans quel but et si celui-ci risquait de créer des remous ingérables.

Un court instant, il fut tenté de sonner à leur porte pour les confronter à leur indiscrétion et évaluer la menace. Cette perspective fit émerger un fin sourire sur ses lèvres. Cependant, il repoussa cette distraction : le praticien descendait les escaliers du perron, sa sacoche en cuir claquant en rythme sur sa cuisse.

Il parcourut la piste givrée d'un pas lent, sa tête penchée pour éviter les rafales qui sévissaient et sortit du domaine. Il était temps de le cueillir.

Le docteur Michaëlis sursauta quand la silhouette de Petrov se dressa à sa droite en dégainant son badge :

— Je souhaiterais vous parler. Allons dans ma voiture.

Le visage du praticien se décomposa et Petrov ne lui laissa aucune alternative, glissant une main autoritaire sous son coude, l'entraînant vers la berline d'un mouvement fluide :

— Juste quelques minutes pour votre expertise… vous voulez mesurer ma persévérance ?

Le vieil homme jetait des regards alarmés aux alentours, cherchant une échappatoire. Finalement, un peu malmené par le géant russe, il entra dans l'habitacle, les doigts serrés sur sa sacoche. Que lui voulait-il ?

Avec un sourire forcé, qui ne rassura pas du tout le thérapeute, Petrov interrogea, incisif :

— Comment se porte Marina Ivanova ?

— Marina Ivanova ?

L'homme coassa cette exclamation, stupéfait. Il répéta :

— Vous souhaitez connaître l'état de santé de Marina ? Mais pourquoi ?

— Cela ne vous regarde en rien. En revanche, je vous conseille de me renseigner. Rapidement et précisément.

Sa voix gutturale résonna dans l'habitacle et le médecin resserra ses doigts autour de la poignée de son attaché-case. Il avait lu la carte d'identification et n'avait aucun intérêt à atermoyer. Tremblotant, il murmura :

— Elle développe une pneumonie en sus de l'infection par la rougeole. Il s'agit d'une complication assez courante chez les adultes non immunisés.

— Est-elle en danger ?

— En danger ?

Le thérapeute se trémoussa sur son siège, mal à l'aise. Il rechignait à débattre de la famille Ivanov et de sa méfiance vis-à-vis de la médecine moderne. Le silence s'installa. Petrov relança, glacial :

— Dois-je souligner mon impatience ?

Son regard transperça le praticien, qui reconnut :

— Je voudrais l'hospitaliser, mais Sergueï Ivanov s'y oppose.

Le grognement immédiat de Petrov le pétrifia et il plaida :

— J'ai insisté, mais si vous connaissez cette bourrique de Sergueï, vous savez que je n'y peux rien. Il rejette tout traitement, arguant que quelques grogs bien tassés résoudront son problème.

— Votre pronostic si elle reste au manoir ?

— Je vais lui apporter des soins, évidemment, mais...si ça s'aggrave, je ne suis pas équipé pour agir...

— Combien ? coupa Petrov.

— Elle est jeune, en bonne santé...

— Combien ? gronda-t-il, impérieux.

— Je dirais 70% de chance de guérison... Peut-être un peu plus... Je ne sais pas...

Sans commentaire, Petrov sortit de la voiture et ouvrit la portière au médecin, qui se précipita à l'extérieur, soulagé. Dès que le praticien retrouva son souffle, il ajouta :

— Vous ne m'avez pas vu, naturellement. Est-ce compris ?

— Naturellement.

Sans plus attendre, il démarra et la berline s'éloigna dans la nuit. Cinq minutes plus tard, Petrov rendait son rapport. Il ne fallut au colonel que trente secondes pour trancher :

— Je vous envoie un convoi sanitaire ; vous me la rapatriez.

Petrov approuva. À nous deux, Sergueï Ivanov. Essaie donc un peu de m'empêcher d'agir à ma guise !

Volodya Assimov dévisagea son épouse, les sourcils froncés. Ils avaient assisté à toute la scène, craignant que Petrov n'enlève le vieux médecin. Pourtant, ils restaient incapables de statuer. Il se tourna vers Tatiana et grogna, perplexe :

— Mais pourquoi ce mec s'en prend au docteur Michaëlis ? Ton amie a bien dit qu'il était diplomate ?

53

Vendredi 31 janvier
07 H 00
Bureau de Darian Agouridas – Lille

Darian reposa son téléphone, en proie à une colère froide.

Tout ça pour ça.

Non seulement cet abruti de technicien n'avait pas osé l'appeler de nuit mais il avait investi des dizaines de milliers d'euros dans ce foutu logiciel de géolocalisation GPS, pour découvrir que ce bidule ne traçait pas un portable coupé du système 4G.

Quel délire !

Heureusement, l'analyste s'était rabattu sur le décodage du réseau cellulaire et avait réussi à déterminer la dernière position de bornage du mobile de Louisa. Avant que son signal disparaisse à nouveau, empêchant toute triangulation.

Son neveu jouait encore au plus fin, allumant son appareil avec parcimonie, en bloquant la connexion satellite et la géolocalisation. Il avait appris avec les meilleurs.

Ceux-là avaient d'ailleurs choisi le pire territoire en termes de couverture : le fond de la Bretagne, en zone périurbaine, pour laquelle les antennes relais se comptaient sur les doigts d'une main. Bien joué : Matthew se trouvait noyé dans la masse d'un maillage au kilomètre carré.

Comme si cette traque allait le décourager ! Il organiserait un raid sur ce patelin et, même s'il lui fallait fouiller chaque maison et soulever chaque galet, il dénicherait son neveu là où il se terrait.

D'un geste brusque, il saisit le portable pour composer le numéro, mais ses articulations refusèrent de lui obéir. Incapable de maintenir le téléphone dans sa paume, il le laissa tomber sur le bureau. La mâchoire serrée, il observa sa main droite qui se contractait de façon aléatoire. Il la confina entre ses genoux et se força à respirer lentement, tentant de juguler la crise qui menaçait de l'engloutir.

Ce n'était vraiment pas le moment !

De sa main gauche, il fouilla dans le tiroir et en extirpa un petit flacon, rempli de comprimés blancs et ronds. Il le décapsula et en avala deux, coup sur coup, en les accompagnant d'une longue gorgée d'eau.

Il aurait préféré que cette fébrilité résulte de l'appel du technicien, mais il n'était pas dupe.

Elle progressait.

Cette dégénérescence qui le rongeait gagnait du terrain jour après jour, pernicieuse. Elle parvenait même, par son amertume, à gâcher le goût d'une excellente annonce…

Il trépignait de s'emparer de son portable pour passer ses ordres, mais comprit que ses doigts ne lui obéiraient pas. Pas avant que les médicaments n'exercent leur effet. Pire, les crampes s'étendirent progressivement à sa mâchoire et il serra les dents pour éviter de mordre sa langue.

Posé à côté de lui, l'appareil le narguait, alors qu'il cadenassait ses poings entre ses cuisses, jugulant les sursauts qui secouaient sporadiquement ses muscles. Saleté de myoclonie[10] débilitante !

Privé de geste et de parole, il riva son regard sur l'affichage numérique de l'horloge. Il compta les minutes, enragé. Chaque seconde sans intervenir offrait à Matthew la possibilité de lui fausser compagnie…

Près d'une heure après le début de la crise, les contractions diminuèrent en fréquence et en amplitude et il put enfin saisir son téléphone.

Aussitôt, il hurla :

---

[10] Une myoclonie est une contraction musculaire brève et brusque, qui peut varier en gravité et en distribution.

— Tu me montes une équipe. Il a borné aux alentours de Guidel. Onze mille habitants crèchent dans ce foutu bled. Même si tu dois me les secouer les uns après les autres, je le veux dans mon bureau demain !

Contemplant sa main traîtresse, son humeur s'assombrit. Cette crise constituait un avertissement.

Il devait agir au plus vite.

Il jeta un coup d'œil à l'horloge.

Huit heures du matin.

Il octroyait deux heures à son homme pour former son équipe.

Une heure de plus pour préparer leurs armes.

Puis sept heures pour rouler jusqu'à Guidel.

Passe une belle journée à la plage, Matthew, en fin d'après-midi, tu recevras une petite visite amicale.

54

Vendredi 31 janvier
09 H 00
Hôtel de Gstaad – Suisse

Mark consulta sa montre. Il était neuf heures et, en écho au visage fermé de Furmankowski, il ragea. Qu'est-ce que foutait Paul ?

Sachant que le chirurgien avait un rendez-vous galant la veille, il s'en voulut de ne pas l'avoir incité à décommander. Le playboy avait vraisemblablement profité de sa nuit et n'arrivait pas à se lever.

Bien qu'humain, ce comportement l'irritait. Surtout quand il composait avec un inspecteur prompt à la critique.

Une fois de plus, il essaya de joindre Paul, mais tomba directement sur sa messagerie. Délaissant Furmankowski qui alignait juron sur juron avec un sourire provocant, il se dirigea vers l'accueil et exigea d'être mis en relation avec la chambre de Monsieur Desprez. Le chasseur obtempéra sans sourciller. Les sonneries s'enchaînèrent et il commençait à s'impatienter lorsqu'on l'interpella.

Le chirurgien descendait les escaliers, nonchalant. Le lieutenant ravala une remarque amère et le salua comme s'il acceptait ce comportement. Il eut beau le dévisager, il ne décela ni gêne ni remords. Bien. La mission avant tout.

D'un pas rapide, il l'entraîna vers la voiture et l'invita à monter à l'arrière. Le médecin s'exécuta avec diligence. Il ne tenait pas à susciter de questions. Ce dernier semblait déjà assez soupçonneux. Sans compter Furmankowski, qui le railla sur sa ponctualité dès qu'il s'installa dans l'habitacle, supposant que sa nuit de tombeur avait été bien agitée.

Les yeux baissés, il retint un sourire triomphant. *Marrez-vous tant que vous pouvez…* Jamais ils ne devineraient ses occupations réelles. Fort heureusement d'ailleurs : ils ne les auraient pas appréciées.

Son plan se déroulait à merveille. Profitant du trajet, Paul en communiqua les ultimes détails à Matthew. Assorti d'un message de prudence. Même s'il approuvait sa démarche, il s'en inquiétait. Son meilleur ami se précipitait vers l'inconnu.

Comment aurait-il agi à sa place ? Il n'était pas convaincu de posséder la force de caractère nécessaire aux sacrifices et folies qu'allait entreprendre Matthew. Il l'enviait tout en mesurant le confort de sa vie sans surprise.

Son dernier SMS lui serra le cœur. Il le lut plusieurs fois, puis, d'un doigt ferme, effaça la conversation pour brouiller les pistes. Naturellement, les données resteraient stockées sur le serveur, mais ils devraient les y débusquer. Cela pouvait les ralentir un peu. Ensuite, il s'enfonça dans les coussins, maussade.

Mark, qui conduisait, lui jetait de fréquents coups d'œil. Sa mine de déterré, associée à son comportement lunatique des deux derniers jours, le préoccupait. Le médecin lui cachait une information importante, mais il ne cernait pas laquelle. Chercher à percer son secret en présence de Furmankowski se révélerait contre-productif. Autant se concentrer sur leur mission.

D'une voix ferme, il lança la conversation sur leur future rencontre avec Kevin Jacquemin. Il mobilisait ses troupes, soulignant les atouts de chacun. Tentant d'instiller à Paul un regain d'implication.

Au regard blasé qu'il reçut, il sentit que ce dernier appréciait ses efforts, mais les jugeait vides de sens.

Mark réalisa qu'il était en train de perdre Paul.

Ce qu'il ignorait, c'était au profit de quoi.

Ou de qui.

55

Vendredi 31 janvier
10 H 00
Quelque part à Gstaad – Suisse

Elle sortait satisfaite de leur rencontre.

Paul restait le galant homme dont elle appréciait la compagnie. Il affichait une crédulité rafraîchissante.

Pas assez riche à son goût pour qu'elle lui sacrifie sa liberté et sa jeunesse, mais un dessert tout à fait délectable pour un encas occasionnel.

Ce qu'il avait parfaitement accepté autrefois.

Mais pas la veille.

Il avait prétendu des obligations personnelles le contraignant à un départ précipité. Ce que ce rusé séducteur avait regretté avec diplomatie.

Il lui avait expliqué qu'il s'absentait un jour ou deux sans garantir de délai, mais elle avait insisté pour qu'il la contacte dès son retour. Son obstination l'avait empli d'importance et il s'était redressé, flatté, tel un paon lissant ses plumes pour parader.

Elle n'avait pas relevé l'ironie de la situation : comme si elle pouvait se permettre de décevoir Darian…

Manipulatrice, elle lui avait fait comprendre, sans l'ombre d'un doute, qu'elle patienterait pour ses beaux yeux, ce qui avait eu l'effet escompté. Il vivrait dans l'attente fébrile de leurs retrouvailles. Dès qu'il reviendrait, elle apparaîtrait, comme elle l'avait promis, douce et attirante. Et il tomberait naïvement dans le panneau.

Elle en souriait par anticipation.

Telle l'araignée, elle savourerait sa proie avant de la livrer. Après tout, son commanditaire n'avait fixé aucune limite. Elle s'octroierait donc ce petit plaisir charnel.

D'autant plus qu'elle doutait que Paul soit toujours aussi appétissant après avoir profité des bons soins de Darian…

Enfin, en attendant que le chirurgien regagne la station, elle dévalerait les pistes en compagnie de virils moniteurs peu farouches.

Et remplirait cette autre mission qu'il lui avait confiée.

56

Vendredi 31 janvier
14 H 00
Planque des Hacktivistes – Moscou

Chameleon avait creusé la toile durant six jours.

Six jours durant lesquels Vassili avait oscillé de frayeur en stupeur, peinant à assimiler la déferlante d'informations dont l'hacktiviste l'avait submergé.

Six jours durant lesquels il avait peu dormi, avait répondu aux interrogations brutes du pirate informatique, et s'était nourri exclusivement de hamburgers et de frites. Le tout noyé d'une montagne de mayonnaise à exploser son taux de cholestérol. Il s'était promis de ne plus jamais poser les lèvres sur un pain bun et la simple vue d'un sachet de sauce lui filait des nausées.

Jamais il n'avait imaginé à quel point le moindre renseignement, aussi banal soit-il, restait stocké, chapitré et consultable par n'importe qui sur internet. Une véritable mine d'or, accessible à tous ceux suffisamment habiles pour déjouer les pare-feux.

Lorsque *Chameleon* lui avait remis un document de huit cents pages, Vassili avait manqué s'étrangler. *Tout ça sur un vieux Grec mort depuis quarante-cinq ans ?* Il avait feuilleté les premiers feuillets et pesté : en quoi la généalogie d'Orion Diamantopoulos constituait-elle une donnée pertinente ? *Il a prévu d'écrire ses mémoires ou quoi ?*

Le regard condescendant de *Chameleon*, assorti de sa remarque lapidaire, le hantait depuis :

— Un arbre a sacrifié sa vie pour ce dossier, Oleg Vriinski. Par respect, vous en consulterez chaque paragraphe.

Voyant la bouche bée du vieil homme, il secoua la tête, blasé :

— Relisez donc l'art de la guerre, Oleg Vriinski. Ceux qui triomphent exploitent la plus insignifiante parcelle d'information. Ceux qui tirent des conclusions hâtives combattent. Et perdent.

Il jeta une œillade à la jeune femme debout à côté de Vassili et se retourna :

— J'ai rempli ma part du contrat. Il paye, il s'en va et il oublie.

Sur ses paroles, Vassili avait été entraîné hors de la pièce, puis fourré dans un véhicule, les yeux bandés, encore estomaqué. Il serrait le dossier, lourd comme une brique, contre sa poitrine. Arrivés à son hôtel miteux, sa compagne le raccompagna et murmura, avec un sourire tranquille :

— Si *Chameleon* affirme que ces données vous aideront, elles le feront, à un moment où un autre. Bon courage, Oleg Vriinski. La cause vous remercie ! ajouta-t-elle en secouant la liasse de billets qu'il lui avait remise avant de s'éloigner.

Silencieux, il glissa le pavé dans sa sacoche et passa la lanière autour de son cou pour la sécuriser. Il pénétra dans sa chambre et s'assit sur la couverture fade et élimée avec un soupir. Rien n'avait bougé en une semaine. Les cafards l'avaient attendu. Il respira profondément.

Plus d'odeur de hamburgers et de frites.

Mais un parfum doucereux mêlant javel et moisissures.

Il aurait eu besoin d'une douche.

À la place, sans se déshabiller, il se coucha.

Il devait se reposer avant d'étudier le lourd dossier.

Il s'estimait trop vieux pour ces conneries.

57

Vendredi 31 janvier
14 H 00
En Suisse

Le trajet jusqu'au domicile de Kevin Jacquemin se déroula dans un calme relatif. Furmankowski et Mark, installés à l'avant, discutaient de l'enquête et de leur stratégie pour interroger leur suspect, alors que Paul, vautré sur le siège arrière, somnolait.

Ou plutôt feignait le sommeil pour éviter de participer à ce simulacre.

Il avait bouclé l'ensemble du dispositif le matin même, ce qui expliquait son retard. Maintenant, la balle n'était plus dans son camp et il ne devait que préserver les apparences.

Retenant un soupir, il reporta son attention sur la nuque rasée de Furmankowski. Celui-là ne lui manquerait pas... Même si le fourbe prétendait le contraire, il ne lui accordait aucun crédit.

D'ailleurs, Paul lui donnait raison. Il s'était lancé dans cette enquête par dépit, refusant d'être évincé du cœur de l'action.

Les premiers jours avaient apporté leur dose d'adrénaline et il avait pris goût à l'intrigue avec Mark, qui l'avait accueilli avec bienveillance.

Depuis l'apparition de l'inspecteur Anti-fun, leur trio avait perdu la saveur du duo initial et il n'y trouvait plus son compte.

Heureusement, sa contribution touchait à sa fin.

Alors que le SUV ralentissait devant la pimpante maisonnette en bois, Furmankowski se retourna :

— Alors, le tombeur, prêt à entrer en action ? Voyons si tes charmes opèrent aussi bien sur les messieurs que sur les donzelles…

Qui utilisait encore ce terme dégradant ? Paul étouffa une remarque cinglante et se contenta de descendre du véhicule en lissant son pantalon. *Quel connard.*

Mark sortit à son tour et lui glissa un regard complice et pacificateur, avant de s'approcher du porche et de sonner.

Quinze minutes plus tard, ils étaient tous installés autour de la table basse, sur laquelle Kevin Jacquemin avait étalé le dossier médical de sa mère, que Paul feuilletait en silence.

Leur hôte s'enquit :

— Je n'ai pas compris l'objet de votre visite…

— Mes collègues et moi-même souhaitons discuter avec vous de la façon dont s'est déroulé l'essai clinique dans lequel votre mère a été intégrée.

— Le programme *1 chance sur 2* ?

— Exactement. Pouvez-vous nous en dire plus ?

— Le médecin de maman a proposé son profil pour entrer dans l'étude et elle a été sélectionnée. Après différents examens, elle a reçu un traitement, pour lequel elle a été régulièrement suivie. Il a duré deux ans, jusqu'à ce que le protocole soit stoppé.

— Durant ces deux années, entreteniez-vous des contacts avec le docteur Holloway ou ses équipes ?

— Maman se rendait une fois par semaine au laboratoire pour des tests et différents prélèvements. Nous y croisions occasionnellement le docteur, mais ce n'était pas notre interlocuteur privilégié.

— Vous étiez suivis par d'autres membres de l'équipe de recherche ?

— Pas du tout. Pour des raisons d'éthique, les scientifiques ne sont pas directement impliqués dans l'exploitation des données cliniques. Cela évite les conflits d'intérêts.

— Donc, vous prétendez que vous n'avez pas côtoyé le personnel du laboratoire durant toute cette période ? gronda Furmankowski d'une voix incisive.

Aussitôt, Kevin Jacquemin se crispa et Mark allait tempérer quand Paul intervint :

— Est-ce que votre mère et vous-même participiez à un groupe de soutien ? D'expérience, partager son fardeau avec d'autres se révèle profondément bénéfique.

Kevin Jacquemin s'accrocha au regard limpide de Paul et évita le visage glacial de Furmankowski. Il approuva :

— Maman ne mesurait pas la situation, heureusement pour elle, elle ne l'aurait pas supportée.

— Mais vous, si. J'espère que vous avez trouvé de l'aide ?

Ses traits s'éclairèrent :

— J'ai rencontré une jeune femme de mon âge qui avait vécu une épreuve similaire. Elle m'a épaulé durant cette période.

— Je l'imagine sans mal…

— Et sinon, comment ça s'est terminé ?

— Pardon ?

Sa voix trahissait son désarroi et Furmankowski répéta, bourru :

— Le traitement, il a servi à quelque chose ou non ?

Mark lui décocha un coup de coude pour lui signifier son insensibilité, alors que leur hôte balbutiait, les joues brutalement pâlies :

— Ma mère est décédée peu de temps après la fin de l'essai.

— Donc, ça a foiré, conclut l'inspecteur.

La respiration de Kevin Jacquemin s'accéléra et ses mains commencèrent à trembler. Mark prit la parole :

— Je suis navré pour cette perte. Malgré tout, puisque nous ignorons si votre mère a reçu le placebo ou le princeps[11], nous ne pouvons pas statuer quant à son efficacité, ajouta-t-il avec une œillade assassine à Furmankowski, qui grogna en se rejetant en arrière.

Paul, qui observait le jeune homme, nota l'éclair fugace qui traversa ses prunelles. Kevin ouvrit la bouche, puis la referma. Il se leva :

— J'ai besoin d'un café.

Avant qu'ils aient pu esquisser un semblant de commentaire, il avait déjà fui la pièce. Paul lui octroya trente secondes puis se mit en mouvement, poussé par le coup d'œil confiant de Mark. *À toi de jouer.*

Il s'aventura dans la cuisine, frappant légèrement sur la porte. Kevin passa une main rapide devant ses yeux en s'exclamant :

---

[11] Le princeps est le composé actif, c'est-à-dire le candidat-médicament

— Vous avez besoin de quelque chose ?

Paul lui sourit et resta à plusieurs mètres, murmurant :

— Comment avez-vous procédé ?

— Pardon ?

— Votre réaction, à l'instant ; vous saviez que votre mère appartenait au panel principe actif, n'est-ce pas ?

Une étincelle affolée traversa les iris de Kevin. Paul assura, pacificateur :

— Je ne vous juge pas. Loin de là : j'ai fait la même chose pour ma sœur. En tant que médecin, l'incertitude me tuait. Alors j'ai détourné un échantillon et je l'ai envoyé au labo de l'hôpital sous un prétexte bidon. Juste pour vérifier qu'elle ne recevait pas le placebo.

Kevin le scruta, notant son visage serein et ses yeux dénués de toute sentence. De toute façon, l'essai avait été abandonné, sa révélation n'aurait aucun impact. Il chuchota :

— J'ai confié un des comprimés à une très bonne amie qui disposait des techniques d'analyse nécessaires.

— Et ?

— Et Giulia a confirmé que maman était bien soignée dans le groupe princeps. Elle a vérifié chaque dose pour moi.

Paul retint son souffle. Le lien entre Giulia et la fuite était établi. Kevin Jacquemin continua, amer :

— En tous cas, le candidat-médicament développé par Holloway se révèle un échec, il n'a eu aucun effet bénéfique.

Paul hocha la tête, compatissant, alors que son cerveau formulait une hypothèse plus radicale : *pas étonnant que ta mère soit morte si Giulia s'emparait du principe actif au profit d'OlympusBiotech et le remplaçait par du sucre…*

58

Vendredi 31 janvier
16 H 00
Manoir des Ivanov – Novgorod

— Ce n'est pas négociable !

La voix de Sergueï Ivanov vibrait, cinglante, alors qu'il se dressait sur ses ergots, fulminant dans le hall du manoir. Sur le palier, Petrov, accompagné du médecin habilité par le colonel et du docteur Michaëlis qui n'en menait pas large, essayait de raisonner l'irascible patriarche. Heureusement armé de sa seule colère ! Se retenant de lui envoyer son poing dans la figure, le géant russe répéta :

— Nous rapatrions Marina Ivanova en France, dans un hôpital où elle sera parfaitement soignée. Nous exécutons les directives de Nicolaï. Le docteur Martin a été spécialement diligenté par Monsieur Oussopov pour veiller sur sa fiancée.

— Ma fille ne partira pas d'ici !

— Sergueï, soyez raisonnable, elle a besoin d'aide.

Le vieux docteur Michaëlis s'efforçait d'apaiser le Russe, mais ne parvint qu'à renforcer sa rage.

— Vous n'osez pas valider ce transfert, tout de même !

— Comme je vous l'ai expliqué hier, l'état de Marina n'évolue pas favorablement et me préoccupe. Ces messieurs s'assureront qu'elle reçoive des soins adaptés.

— Mais pourquoi en France ?

La voix de Sergueï exprimait son désarroi. En patriote, reconnaître que la qualité de la prise en charge laissait à désirer dans son pays bien-aimé, surtout à la campagne, relevait d'une pure trahison. Zoya, qui s'était jusque-là tenue en retrait des hommes, s'approcha et posa une main apaisante sur l'avant-bras de son père, murmurant :

— Elle ne part pas sans espoir de retour. Permettez-lui de bénéficier du meilleur que son fiancé puisse lui offrir.

La respiration de Serguei Ivanov demeurait raccourcie et ses sourcils froncés lorsqu'il hocha la tête, s'effaçant pour autoriser l'accès à son domicile. Sans perdre une seconde, Petrov adressa un signe aux ambulanciers garés à l'extérieur. Un convoi sanitaire les attendait au petit aéroport de Tbimiss, prêt à décoller dès que leur précieuse marchandise aurait embarqué. Le lieutenant Martin, thérapeute, évalua l'état de leur jeune patiente et lui administra un cocktail d'antibiotiques à large spectre. Un bilan complet serait réalisé à Lille pour adapter le traitement, mais il fallait l'évacuer.

Emmitouflée dans des couvertures chauffantes, monitorée, Marina fut installée dans l'ambulance, qui démarra sous la neige épaisse. Alessandra observa le départ de sa tante avec une profonde tristesse, néanmoins amoindrie par la pensée qu'elle rejoigne son prince charmant.

Marina ne remarqua pas les visages penchés sur elle et ne comprit pas un traître mot de la conversation qui s'engagea. Le praticien avait ajouté un léger sédatif à son cocktail. Elle aurait été étonnée d'apprendre que son rapatriement était organisé par le colonel. Dès que l'avion décolla, Petrov soupira, soulagé de se débarrasser de son colis.

Maintenant que son précieux chargement naviguait dans le ciel, il pouvait en toute conscience poursuivre son enquête.

Il allait de ce pas établir une discussion franche et amicale avec les Assimov.

Une heure plus tard, il dégustait un thé sous le regard fiévreux de Volodya et Tatiana Assimov. Et il se marrait. Ces deux-là cochaient toutes les cases de son manuel des fouteurs de merde, dans la catégorie grande gueule. Reposant sa tasse avec délicatesse, il attaqua, désignant les hauts plafonds du salon :

— Je vois que vous appréciez l'espace et le confort. Il s'offrit une pause. Que pensez-vous des cellules de nos prisons ?

Volodya étouffa une exclamation apeurée, et Tatiana riposta :

— En quoi cela nous concerne-t-il ?

Petrov se pencha, accrocha les pupilles froides de la blonde :

— Nos geôles sont remplies d'indiscrets et de fouineurs. Pas aussi séduisants que vous. Votre succès est garanti.

Volodya s'offusqua :

— Vous nous menacez ? De quel droit ?

— Une menace n'implique pas nécessairement de sanctions. Nous avons dépassé ce stade. Considérez-moi plutôt comme celui qui distribue les châtiments.

Il ouvrit un pan de son manteau, mettant en évidence l'arme qu'il portait à sa ceinture. Volodya avala sa salive avec difficulté. Tatiana sembla se ratatiner mais puisa en elle un reste de lucidité :

— Nous sommes innocents.

Le regard noir de Petrov la fusilla. Il lui suffit de quatre mots, prononcés d'une tonalité d'outre-tombe assortie d'un rictus moqueur, pour provoquer une sueur froide qui dégoulina entre les omoplates de Volodya :

— En êtes-vous certains ?

Le géant se leva et s'approcha de la baie vitrée. Il commenta :

— Magnifique vue sur le domaine voisin. À leur place, je ne désirerais pas être exposés aux vautours…

Un silence morbide suivit sa déclaration. Le couple tentait de conserver sa dignité. Il se retourna et se dressa devant eux, ratatinés sur leurs fauteuils :

— Quoi que vous imaginiez, multipliez-le par dix. Je ne fais pas dans la demi-mesure.

Il recula de quelques pas, posa sa main sur la clenche et murmura :

— Je reste dans le secteur. Si vous tenez à votre petit confort, passez à autre chose.

Il sortit. Seules les respirations haletantes des Assimov rythmaient encore l'atmosphère plombée.

Petrov remonta le col de son manteau et s'éloigna, mort de rire. *Quel couple de cœurs de poulet, dans lequel la dame officiait en tant que coq !* Il eut une pensée nostalgique pour le colonel. *Merci, Jonathan, pour ce cocasse intermède ! Dommage que tu n'aies pu y participer !*

59

Vendredi 31 janvier
18 H 00
Guidel

Le leader, étirant son corps version Rambo, résuma, utilisant un plan pour appuyer ses paroles :

— La cellule technique nous a confirmé la localisation de l'antenne. La zone à quadriller fait trois kilomètres carrés. On se répartit en quatre escouades. Groupe 1, vous attaquez par le nord, route de Gestel à Guidel, en porte à porte. Le 2, vous remontez depuis le Fort bloqué par la D152. Groupe 3, approche par l'ouest, *via* la D162. Groupe 4, vous naviguez dans le village en interrogeant les habitants. Vous éliminez chaque cachette potentielle. On reste en contact permanent et on n'éveille pas les soupçons.

Les huit mercenaires acquiescèrent et s'activèrent, alors que leur meneur s'installait dans son véhicule blindé, prêt à collecter les informations. Leurs armes dissimulées, ils s'élancèrent vers leur cible.

Le chef de troupe inspira l'air iodé qui s'élevait jusque dans les terres. L'océan ne se trouvait qu'à quelques kilomètres, il le sentait.

Tout comme sa proie.

18 H 30

Matthew relut une dernière fois les consignes de Paul. Leur plan se révélait à la fois insensé et d'une simplicité inouïe. Le chirurgien avait tout orchestré d'une main de maître, ne laissant aucun détail au hasard. Ses relations et amis, cachés à travers l'Europe, créaient un réseau de soutien exceptionnel. Il avait débloqué des fonds avec une facilité déconcertante. Tous les jalons s'alignaient, en place. Il n'attendait que le signal.

Avant d'éteindre le téléphone de sa sœur de façon définitive, il navigua sur le fil de conversation qu'il utilisait pour communiquer avec Niki Costa et sentit son cœur fondre. Défiant toute prévision, elle avait accepté de l'aider. Il s'adossa au carrelage de la salle de bains, inspirant profondément. Les pièces s'imbriquaient harmonieusement. Il en aurait pleuré, ses nerfs à fleur de peau.

Merci mille fois, Niki. Je reviens vers toi dès que possible.

Maudissant la lenteur du réseau, Matthew lui retourna ces quelques lignes. Puis, d'une main un peu tremblante, il nota son numéro sur un post-it qu'il empocha.

Alors, l'une après l'autre, il effaça les discussions des jours précédents. Les experts du colonel récupéreraient les données ; il gagnait juste du temps.

Ensuite, il sortit ses affaires et réunit l'essentiel sur le bureau. Il abandonnerait tout sauf son argent. Le cahier de Louisa constituait une bombe à retardement, qu'il ne prendrait pas le risque de déplacer. Le passeport de Nicolaï Oussopov ne lui servirait à rien. De même que ses costumes. Son arme ne validerait jamais les contrôles à l'aéroport. Autant la laisser en sécurité.

Si tout se déroulait selon leurs vœux, une nouvelle identité s'annonçait. Il lui suffisait de patienter.

18 H 45

— Rien à signaler au Nord non plus. Aucun inconnu répertorié. Nous poursuivons vers le centre-ville.

Le meneur coupa la conversation. Quarante-cinq minutes de traque sans aucune touche. Les autochtones ne se montraient pas très causants. Ce qui ne l'étonnait guère : le soleil s'était couché, majestueux, et le crépuscule s'installait. Les gens se cloîtraient devant la télévision. Tant pis, ils continueraient leur démarchage pour les interroger toute la nuit s'il le fallait. Son boss ne patienterait pas. Il ordonna :

— On se bouge, je le veux.

Trois cents mètres plus loin, Edgar, livreur de la gargote locale, chargea les plateaux avec précaution avant de démarrer. Son planning de commandes était bouclé, les clients se languissaient de ses petits plats.

19 H 00

La sonnette retentit. Matthew sourit en relevant la tête. Edgar et sa ponctualité. Le sergent, qui se trouvait avec lui dans le salon, réagit aussitôt. Il revint avec trois plateaux et deux sachets débordant de victuailles.

Routiniers, ses geôliers avaient commandé leur repas au bistrot du village. Menu du jour.

Attablés devant leurs assiettes encore chaudes, ils mangèrent en échangeant quelques mots, puis Matthew se rejeta en arrière, une main sur son estomac. Lorsque le militaire apporta le dessert - mousse au chocolat -, il feignit la satiété et refusa d'y toucher, prétendant qu'il se rendrait malade s'il se forçait.

Ce qui serait réellement le cas, mais il ne les préviendrait pas.

Il les contempla en train de déguster leur gourmandise, cadenassant un sourire. Le lieutenant, glouton, s'enfila le surplus de délice chocolaté sans sourciller. *Bon appétit.*

En échangeant quelques banalités, ils débarrassèrent, puis Matthew rejoignit sa chambre, comme à son habitude. Mais il ne se déshabilla pas et s'allongea sur son lit, patient.

Encore trente minutes.

Il entendit quelques bruits. Le son de l'eau qui coulait dans la douche. Les pas d'un des deux militaires qui effectuait sa ronde. Puis le silence s'établit, pesant.

19 H 30

Le chef de groupe avait stationné son véhicule sur la place centrale de la petite ville. Les rues s'étalaient, désertes. Seules les lumières de la salle d'un restaurant brillaient, dévoilant quelques clients en pleine dégustation. Son estomac grouilla. Les sandwichs insipides avalés à la va-vite sur le trajet étaient digérés depuis longtemps. Il fut tenté de s'y rendre. Étouffant un grognement, il ajusta sa position.

Le silence crépusculaire fut tout à coup brisé par le moteur d'une camionnette floquée à l'enseigne du bistrot. Un homme d'une trentaine d'années s'en extirpa et se précipita vers l'intérieur. Le livreur ?

Saisi d'une intuition, il se rua derrière lui.

Six minutes plus tard, il bondissait dans sa voiture, et hurlait :

— Front de mer. 32, rue de la Jetée.

Il démarra dans un crissement de pneus. Dans l'arrière-salle de la brasserie, Edgar tremblait, incapable de rationaliser l'agression qu'il venait de subir. *Qui était ce cinglé débarqué de nulle part ?*

19 H 45

À l'heure dite, tel un félin, Matthew se leva, s'étirant avec délice. Il enfila son blouson et rassembla ses maigres possessions dans son sac à dos. Il ouvrit délicatement la porte de sa chambre, se faufilant dans le couloir.

Il ne perçut aucun mouvement trahissant qu'il aurait éveillé la curiosité de son geôlier. Pas à pas, il gagna le salon. Et sourit. Le lieutenant dormait pesamment, la tête repliée sur son bras, assis sur le canapé. Par acquit de conscience, Matthew vérifia son pouls, s'assurant que le somnifère qu'il avait ingéré ne se révèle pas trop puissant – surtout à double dose. Il en profita pour le délester de son téléphone portable.

Ensuite, il gagna la chambre du sergent. Celui-ci était couché, assoupi. Encore une fois, Matthew confirma qu'il roupillait paisiblement et préleva le mobile. Il fouilla les tiroirs du bureau des militaires, dénichant son pistolet et ses munitions. Avec un soupir, il les abandonna. Il s'empara de la carte, des clés de leur berline de service et d'une lampe de poche qu'il avait repérées.

Histoire de corser la prise en chasse.

Un détour par la cuisine lui permit de fourrer quelques encas et une bouteille d'eau dans sa besace. Il était paré. Alors, d'un pas ferme, il retourna au salon, priva le lieutenant de son trousseau et déverrouilla l'entrée. Il sortit et la cadenassa à nouveau.

Il se glissa vers les poubelles et y jeta ses larcins, en vrac, dans différents conteneurs. Ils perdraient un temps précieux à les récupérer. Sans remords, il s'éloigna à grands pas dans l'obscurité.

Sa montre indiquait 19 H 52 et le compte à rebours avait commencé. À n'en pas douter, son père passerait le pays en alerte maximale dès qu'il prendrait conscience de sa fuite. Il devait les distancer. Extirpant la carte de sa poche, il s'orienta dans la nuit, longeant les falaises de Guidel, à l'abri des regards. Ses footings matinaux lui avaient au moins appris à quels endroits la marée effacerait ses traces.

19 H 55

La demeure, perchée au-dessus des falaises, était plongée dans l'obscurité. Sur la terrasse, les hommes attendaient le signal, leurs armes chargées. Sa caméra thermique branchée, il ordonna l'assaut.

En moins de trois minutes, le sas d'entrée et la fenêtre du séjour furent explosés et ils pénétrèrent dans la maison.

Aucune résistance.

Stupéfait, il contempla le lieutenant, qui restait immobile, insensible à l'intrusion. Il le malmena, n'obtenant qu'un grognement diffus.

Dans quel bordel avaient-ils mis les pieds ?

— Chef, l'autre est cuit aussi. Il a à peine battu des paupières quand je l'ai secoué !

— Trouvez-le !

Quinze minutes plus tard, il rageait. Leur cible ne se dissimulait pas dans la maison. Le livreur avait été formel : le gars qui l'avait accueilli était parfaitement éveillé à dix-neuf heures mais sa description ne correspondait pas à celle de Matthew Brady.

Ce qui ne lui offrait que deux options. Soit sa proie avait pris la poudre d'escampette. Soit elle avait été enlevée sous son nez. Le tout en moins d'une heure.

Dans les deux cas, son patron allait le lyncher.

Rejetant cette conclusion qui le conduirait au pilori, il regagna la terrasse et déclencha son appel. Pour la première fois depuis son baptême du feu, son cœur palpitant à tout rompre le ramena à sa condition de simple mortel.

19 H 55

Les pieds nus et gelés, Matthew longea le bord de mer, ses pas effacés par la marée. D'après ses calculs, il devait parcourir deux kilomètres jusqu'au point de rencontre. Une petite trotte.

Un éclair zébra le ciel et des coups assourdis, semblables à des tirs d'amorces, brisèrent l'écho routinier du ressac. Il se figea, tournant les yeux vers les falaises. *Que se passait-il ?*

Il resta immobile quelques secondes, avant que la lumière n'envahisse la pièce principale de la planque, éclairant des silhouettes armées. Il accéléra et se mit à courir.

20 H 05

Le vent claquant dans son dos le poussait vers l'avant. Ses poumons brûlaient sous l'afflux d'air glacial, mais il poursuivit sur sa lancée, animé par l'urgence.

Bientôt, il atteignit le parking. Elle l'attendait, noire et anonyme. Entourée de ses consœurs motorisées qui la dissimulaient habilement. Reprenant son souffle, Matthew s'approcha, identifia le numéro de plaque et se pencha, glissant sa paume derrière le pneu arrière droit. Ses doigts dénichèrent le jeu de clés et il tira, décollant le scotch qui les maintenait à la carrosserie. Il déverrouilla la portière et s'engouffra dans l'habitacle, toutes lumières éteintes.

Dès qu'il s'engouffra dans le véhicule, il se tassa sur son siège. Devant lui, trois véhicules noirs blindés circulaient au ralenti, éclairant les silhouettes métalliques de leurs puissantes lampes. Il retint son souffle. Une sueur froide s'immisça entre ses omoplates. Des mercenaires. Comment l'avaient-ils retrouvé ?

Un instant, il fut tenté de quitter la voiture et de ramper au sol, mais se mordit la langue. Dans ce coin paumé, pas un arbre pour se cacher. Il était entouré de sable et de rochers disparates, le tout assorti de quelques herbes hautes à peine capables de dissimuler un crabe. Les luxuriantes forêts touffues de Russie lui manquèrent. Là-bas, il aurait eu une chance…

Bouger ou faire le mort ?

Deux hommes descendirent, alors que les autres tout-terrains s'éparpillaient. Ils allaient inspecter le parking. Une seule solution. Agile, il verrouilla les portières, profitant du vrombissement des turbines pour masquer le claquement caractéristique. Ensuite, il bascula vers l'arrière et abaissa un des sièges. Il se faufila à l'intérieur du coffre, tira le sac à lui et ferma le dossier. Confiné dans l'obscurité, il se força à souffler pour calmer ses palpitations. Il ne craignait pas les espaces clos, mais les odeurs lourdes de produit ménager et du pneumatique froid déclenchèrent une profonde nausée. Le cœur au bord des lèvres, il écoutait les bruits extérieurs, priant pour que les mercenaires s'éloignent.

Un son métallique lugubre. Une poignée qu'on arrache. Il se fige, bloquant sa respiration.

Un... Deux... Trois... Quatre...

Deux cent vingt-quatre secondes plus tard, le ronflement d'un engin qui démarre interrompt son décompte.

Il exalte son souffle. Sont-ils partis ? Il s'offre deux minutes supplémentaires avant de faire pivoter le siège. Un regard et il soupire. La nuit est redevenue noire.

Il s'installe au volant et essuie d'une main tremblante la sueur sur son front. Il a chaud. Il a froid. Il doit se ressaisir.

Alors, il enclenche le moteur, pousse le chauffage et programme le GPS. La route est longue.

Le jeu de piste peut commencer.

60

Vendredi 31 janvier
22 H 00
De retour à Gstaad – Suisse

Le trajet du retour avait pris un temps fou, freiné par les chutes de neige. Enfermés dans cet espace réduit, ils avaient ressassé les informations collectées auprès de Kevin Jacquemin. Les faits parlaient d'eux-mêmes : Giulia avait accédé au principe actif de l'essai clinique, qu'elle avait vraisemblablement recueilli pour OlympusBiotech.

Comme le clamait sa grand-mère, l'acariâtre Matriarche Desprez, *la boucle était bouclée.*

Tout comme sa valise à l'hôtel.

Les yeux rivés à l'horloge, Paul espérait que son plan avait fonctionné et que son ami se trouvait en sécurité. Lui devait veiller à la sienne, car, il fallait bien l'avouer, subir un interrogatoire n'entrait pas dans ses perspectives.

Quand ils atteignirent leur hôtel, les trois hommes se séparèrent et regagnèrent leur chambre, épuisés. Paul octroya trente minutes à Mark pour dresser son rapport puis frappa à sa porte, le cœur battant mais l'esprit clair.

Mark identifia d'emblée ses motivations. Il écouta ses arguments, alignés méthodiquement. Son discours était rodé.

Paul souhaitait reprendre son bonhomme de chemin. N'avait-il pas suffisamment apporté sa contribution ? Matthew se portait comme un charme. Personne ne l'avait attaqué depuis des jours. Les choses se tassaient.

Dans ces conditions, il voulait retourner à l'hôpital et renouer avec le cours de sa vie. D'ailleurs, Furmankowski ne se privait pas pour souligner son inutilité. Il avait rempli sa part du contrat. Il exigeait sa liberté.

Il exposa son point de vue, Mark ne lui opposant qu'une résistance de principe. Pourtant, il crevait de lui ouvrir les yeux. D'anéantir son assurance en lui balançant les faits bruts au visage. Il se sentit coupable.

Depuis qu'ils avaient débuté leur périple en Suisse, Paul et lui avaient été si éloignés du cœur des investigations que le médecin estimait que la menace originelle s'étiolait. Il sous-estimait le carnage, puisque lui-même distillait les informations. Le chirurgien ignorait la mort de Sofia Pouchkine, les victimes en série du DAB ou la provocation de Daniel Beauxchamps.

Ainsi protégé, Paul, quand les balles ne sifflaient pas à ses oreilles et que son meilleur ami ne gisait pas sur une table d'opération s'interrogeait sur la nécessité de s'investir dans l'enquête.

Mark savait reconnaître une situation perdue et ne s'acharna pas à argumenter. D'une main ferme, il le remercia pour son aide et le libéra.

Il pouvait partir mais ne devait pas oublier que la menace planait toujours.

Paul hocha la tête et assura qu'il prendrait soin de lui.

Ce dont Mark douta immédiatement, mais qu'il se garda d'exprimer.

Ils se quittèrent sur une poignée de main énergique.

Mark referma la porte, songeur.

Il l'avait trop protégé.

61

Vendredi 31 janvier
22 H 00
En direction du Sud de la France

Matt roula durant une heure avant d'atteindre sa destination. Il était soulagé d'avoir évité les mercenaires. S'éloignant de la route principale, il s'engagea dans un bois touffu. Pas une habitation. Parfait.

Les feux en plein phare, il retira les bouteilles d'eau du coffre, la teinture, le rasoir et le miroir. Il était temps de modifier ses traits. Il tailla son bouc, ne conservant qu'une étroite bande de poils, altérant l'aspect de son menton. Ensuite, il appliqua la coloration sur ses cheveux. La laissant agir, comme recommandé, il établit un bilan de ses possessions, se changeant de pied en cape. Hors de question qu'un de ses vêtements puisse le trahir.

Quand son chronomètre bipa, il rinça abondamment à l'eau, frissonnant sous l'air glacial de la nuit. Armé d'une serviette de toilette, il sécha sommairement ses courtes boucles blond cendré. Il sourit en avisant son reflet dans le rétroviseur. Encore quelques détails et tout serait parfait.

D'une main ferme, il ôta les lentilles de contact qu'il avait gardées jusque-là, sortit les lunettes à monture épaisse que Paul lui avait dégottées et les ajusta sur son nez. Il ajouta finalement un grain de beauté factice sur son front. Ce détail, a priori insignifiant, attirait les regards et détournait l'attention. S'observant sous tous les angles, il songea que personne ne le reconnaîtrait ainsi grimé. Il réunit ses anciens vêtements dans un grand sac poubelle et les fourra dans le coffre. Restait une dernière étape pour mener à bien son évasion.

Direction Nantes. Pas de neige. Pas de pluie. Juste l'opacité profonde de la nuit et l'immensité du ciel étoilé. L'autoroute lui appartenait.

Une heure du matin sonnait lorsqu'il s'engouffra dans le centre-ville de la Cité des Ducs. Il gara la voiture à côté de la gare, enfonça un bonnet épais sur ses mèches humides et se couvrit avant de déambuler jusqu'aux remparts du Château médiéval des Ducs de Bretagne. Il se souvint avec plaisir de sa visite précédente, en compagnie de Paul. Ce dernier jouissait de nombreuses connaissances dans la ville, ce qui expliquait pourquoi lui s'y trouvait.

Il ne savait pas comment – ni pourquoi – son ami fréquentait les milieux du crime organisé, et préférait fermer les yeux.

Il compta les arches. 4ème Ouest. Après un regard suspicieux aux alentours, il s'assit sur le banc et glissa sa main sous le siège. Ses doigts accrochèrent une enveloppe qu'il arracha d'un coup sec. Mal à l'aise, il la fourra dans sa veste et s'éloigna.

Après une centaine de mètres, il s'adossa à une porte cochère et vérifia le contenu dérobé. Un passeport plus vrai que nature. Des liasses de petites coupures.

Il rempocha le tout, remerciant Paul du fond du cœur. Regagnant la berline, il enclencha le GPS et démarra. Direction l'aéroport. Son avion décollait à cinq heures. Soit bien avant que ses geôliers ne s'éveillent.

Une fois qu'il atterrirait sur le sol italien, il redoublerait de prudence, car son père y possédait de nombreux contacts. Il opérerait vite et rejoindrait la navette pour Patras. Si son plan se déroulait sans anicroche, il naviguerait en pleine mer avant que les militaires ne lancent l'alarme. Nul ne pouvait anticiper leur réaction...

Refusant de s'interroger sur des événements futurs qu'il ne maîtrisait pas, Matt roula ses muscles sous le manteau molletonné que lui avait fourni Paul. Il rêvait de déguster une boisson chaude. En attendant, il prendrait toutes les précautions nécessaires pour éviter de se faire remarquer.

Il stationna à deux kilomètres de l'aéroport, dans un secteur plongé dans la pénombre. Aucun risque que des caméras existent dans ce quartier résidentiel anodin, ni bourgeois, ni cité populaire. Il verrouilla le véhicule et ajusta son sac sur ses épaules.

Enfonçant son bonnet sur son crâne, il remonta le col du manteau et enroula une écharpe autour de son cou. Anonymisé et au chaud, il marcha d'un pas assuré vers l'entrée de la zone internationale.

L'aéroport de Nantes sommeillait ; seuls quelques passagers somnolaient sur les sièges en plastique, guettant l'annonce de leur départ. Matthew s'enregistra sur une borne, ne désirant pas perdre de temps à récupérer un bagage en soute.

Une fois paré, il s'approcha d'un agent d'accueil, cherchant délibérément la file bondée. Il comptait se noyer dans la foule, ce qui ne manqua pas, puisque l'employé prit à peine quelques secondes pour vérifier son billet et son passeport. Il passa en zone d'embarquement avec une facilité déconcertante.

Profitant d'une demi-heure libre, il s'offrit un café à une machine et s'installa dans un recoin tranquille. Bientôt, il monterait dans l'avion. Hors de portée de son père. Il dégaina le nouveau téléphone à carte que lui avait fourni Paul et navigua sur la toile.

Il fut tenté de joindre Marina, mais sa lâcheté l'emporta. Elle méritait mieux que quelques SMS...

Quant à Niki, il la contacterait quand il serait capable de fixer une date et un lieu de rendez-vous.

Bientôt, le vol pour Venise fut annoncé. Il se présenta parmi les premiers et s'installa en cabine. Lové contre le hublot, il se plongea dans ses réflexions.

Qu'allait-il découvrir en Grèce ? En ressortirait-il grandi ou meurtri ? Tant de questions et si peu de réponses. Un choc à ses côtés le tira de sa torpeur. Souriant à la vieille Italienne qui s'incrustait, il se fustigea. Quelles que soient les conclusions qui émergeraient de sa virée, au moins il agissait.

Rester en mouvement. Progresser. Chercher.

Son credo. Son mode de vie.

S'il se posait, il ruminerait le passé. Et souffrirait encore. Ce qu'il refusait.

Alors que le rugissement des moteurs s'amplifiait, il ferma les yeux. Autant profiter de la traversée pour dormir un peu.

Qui sait quand il le pourrait à nouveau.

62

Samedi 1er février
03H 00
Laboratoire de Louisa Brady – Lille

Louisa tendit les spécimens à Thibault Peterson en silence. Il respectait sa concentration et elle l'en remerciait. Ses pensées étaient toutes absorbées par ses analyses, qui l'emmenaient d'exaltation en déception d'un jour à l'autre.

Constatant qu'elle peinait à réaliser ses protocoles seule, gênée par son plâtre, la minutie requise pour les manipulations et la présence de sa cadette au langage corrosif, son père avait proposé à Thibault Peterson de la seconder. L'ingénieur ne connaissait pas l'identité de leur sujet d'étude, mais son potentiel l'avait titillé. Il n'avait pas hésité une seconde et avait saisi l'opportunité de rencontrer le docteur Louisa Brady, dont les travaux l'avaient séduit.

Il flottait sur un petit nuage de félicité. Contempler cet esprit brillant se révélait passionnant. Louisa bondissait d'une conjecture à une autre, réfléchissant à haute voix et l'utilisant comme un miroir. Il répondait par monosyllabe. De toute façon, son avis comptait peu, tant elle devançait ses remarques. Par bien des aspects, elle exprimait la même passion que son frère cadet dans l'exercice de la médecine. Des perfectionnistes. Fascinants à observer, mais épuisants à suivre.

Se retenant de lui intimer de se dépêcher, Louisa examinait Thibault alors qu'il plaçait la lame sous la lentille du microscope. Depuis quarante-huit heures, ils avaient traqué les différents suspects identifiés dans le carnet

N°10. Sans succès. Aucune nanoparticule visible. Pas le moindre adénovirus détecté. Nada. Elle s'écrasa sur le tabouret à côté du sien et prit sa tête entre ses paumes en fermant les yeux. Echanger Julie contre Thibault n'avait pas fait tourner la chance…

Dans les montagnes russes de la recherche, elle naviguait clairement sur la pente descendante.

À ses côtés, Thibault rangea les lames, détaillant le tableau sur lequel ils avaient aligné leurs suspects potentiels et les expériences qu'ils avaient menées. Longuement, il retourna les données, avant de se lancer :

— Et si on avait grillé une étape ?

Louisa grogna, relevant la tête pour le scruter ; il poursuivit :

— Ne me regardez pas ainsi. On est parti bille en tête à la découverte des formules décrites dans ce foutu carnet. On a sorti l'artillerie lourde et rien n'a pris.

— Oui, et alors ?

— Et alors, comment on s'assure qu'il y a un truc à capter ?

Louisa rétorqua, vexée :

— J'ai constaté moi-même ses capacités. Le déclencheur existe.

— Et je vous crois sur parole ! Mais comment contrôler qu'il se trouve dans son sang et pas ailleurs ?

Cette remarque engendra un silence pesant. Cette éventualité méritait d'être creusée, mais pour cela, il leur faudrait d'autres échantillons. Genre moelle osseuse. Beaucoup plus douloureux à obtenir.

Le pathologiste continua, lisant dans ses pensées :

— Avant de charcuter le gars – ou la fille, qu'est-ce que j'en sais – on pourrait déjà vérifier si son sang réagit bien, non ?

Louisa le dévisagea sans un sourire : quelle était son hypothèse ? Il ajouta :

— Ce prélèvement, dans ce tube, est dans un état stable.

— Pardon ?

— Ben oui. Vous m'avez expliqué qu'à chaque fois que le corps de ce patient s'emballe, c'est à la suite d'une agression, n'est-ce pas ? Une coupure, un accident de la route, une hémorragie. Donc dans un état non physiologique. Peut-être que ce spécimen a besoin d'être activé ?

Loin de la faire rire, cette théorie plongea Louisa dans la perplexité. Des formules stimuli-dépendantes… Le monde de la science s'enthousiasmait depuis quelques années pour les dispositifs dits intelligents, capables de changer brutalement de propriétés physiques, chimiques ou biologiques sous l'influence d'un stimulus. Variation de pH, de température, détection d'un anticorps quelconque… Les stimulations s'avéraient innombrables.

L'idée de Thibault pavait la voie à des expérimentations exaltantes ! Vite, réviser son cours de biochimie de la cicatrisation. Quelles substances étaient libérées dans la phase altérative d'une blessure ?

Captant le fil de ses réflexions, Thibault sourit et lista :

— Histamine, leucotaxine, pyrexine et cytokines… entre autres… par quoi on commence ?

Une fossette se creusa dans la joue de Louisa et ses prunelles lavande brillèrent.

Il jubila : au diable les tests, elle ne pouvait plus se passer de lui !

63

Samedi 1er février
09H 00
Galerie Athéna – Paris

— Je ne peux pas l'autoriser. J'ai besoin de toi à la galerie.

Les paroles de Michel la frappèrent tel un uppercut en plein plexus solaire. Le souffle coupé, elle s'offrit quelques secondes avant de répéter :

— Tu as *besoin* de *moi* à la galerie ?

Elle était estomaquée.

Le mec n'avait jamais trouvé un mot agréable pour la remercier et aujourd'hui, alors que la soirée avait été un succès, qu'elle avait passé ses nuits sur le projet, que la nouvelle exposition tournait toute seule et qu'elle réclamait quelques jours de congés, il prétendait avoir *besoin d'elle.*

— Je n'autorise pas ton départ, c'est tout.

Michel, sans plus se préoccuper de ses états d'âme, pivota et entreprit de fouiller dans les papiers dispersés sur son bureau.

Aussitôt, le regard de Niki accrocha les sequins qui ornaient la doublure de sa veste. Dorés sur tissu vert forêt. Un putain de sapin de Noël. Qui lui foutait les boules.

Refusant son verdict non argumenté, elle contourna la table et l'obligea à relever la tête. Il gronda :

— Mais qu'est-ce que tu fabriques, Niki ?

Elle le toisa, le doigt dressé :

— J'ai bossé comme une folle pour toi depuis cinq ans, Michel. Cinq longues années. 1825 jours, je te fais grâce des années bissextiles. Le tout avec cinq pauvres semaines de repos par an, durant lesquelles, la plupart du temps, tu me harcelais pour des détails à la con. Je ne te parle pas de RTT, même si on trime plus de quarante heures par semaine. Alors je dresse un petit bilan rapide Michel, et on discutera de ma demande de congé exceptionnel. 45 heures par semaine rémunérées sur une base de 35, ça nous en fait donc 10 à récupérer. Le tout depuis cinq ans, retranchées des congés payés. Donc… elle posa son calcul, alors qu'il la scrutait d'un œil noir… 2350 heures supplémentaires… Waouh… ce qui, ramené à une journée normale… Et bien, Michel, on dirait que tu me dois un peu plus de 300 jours de récup'… Les prud'hommes vont adorer… Attends, à raison de vingt euros de l'heure, ça me constituera un petit pactole de… 47000 euros… sacrées fiestas en perspective !

Elle croisa les bras, le défiant de contredire son analyse. Il plissa les yeux, méchant :

— Tu crois que je vais céder à ton chantage, Niki ?

— Quel chantage évoques-tu ? Il ne s'agit que de mathématiques de niveau collège.

Leur duel persista trois longues minutes, durant lesquelles Niki put dénombrer les grincements de dents de son patron et les rides sur son front. Finalement, il gronda :

— OK, prends ta semaine de vacances. Mais tu reviens fissa ensuite, pour gérer l'expo DelArte. Et je ne veux plus jamais que tu prononces les mots RTT et prud'hommes !

Elle lui retourna un sourire triomphant et sortit du bureau en laissant la porte entrouverte :

— On se revoit dans huit jours, Michel !

Ou jamais si tu continues à me prendre pour une débile !

64

Samedi 1er février
08 H 30
Laboratoire de Louisa Brady – Lille

La nuit s'étiolait et Louisa traîna son corps épuisé jusqu'au bureau du colonel. Thibault l'avait quittée à l'accueil de la caserne, pressé d'interroger ses chers outils analytiques avant un repos bien mérité.

Repos dont elle rêvait elle aussi, alors qu'on l'escortait vers l'antre du seigneur de ces lieux confidentiels. L'intéressé l'introduisit sans délai et elle s'avachit dans le fauteuil face au sien, notant ses traits tirés et son front assombri.

Elle fouilla dans son sac et en extirpa le portable de son frère, qu'elle lui tendit sans un commentaire. Jonathan le réceptionna, les lèvres pincées. Il répugnait à détenir cet objet, symbole criant de son intrusion dans la vie privée de son protégé.

Constatant que sa fille n'entamait pas la discussion, il l'informa :

— J'ai exigé le rapatriement de Marina en France. Elle sera prise en charge au CHU.

Louisa le dévisagea un long moment, avant de murmurer :

— Tu agis ainsi dans ton intérêt ou pour le sien ?

Elle allait s'excuser, consciente de dépasser les bornes, quand la voix de son père claqua, sèche et blessée :

— Qu’attends-tu de moi ? Tu crois que j’apprécie ce statut de vilain dont tu m’affubles ?

Ce dépit manifeste anéantit son élan belliqueux. Elle regretta son éclat. L’agresser sonnait comme un crime de lèse-majesté. Il garantissait leur protection depuis de nombreuses années et multipliait les précautions depuis le Nouvel An. Jamais il ne les avait trahis.

Elle contourna le bureau et toucha d'une main tendre son avant-bras, plongeant son regard pâle dans ses iris tourmentés :

— Je ne mets pas en doute tes intentions, papa. Tu ne souhaites que notre sécurité. Mais Matthew subit tes décisions sans en maîtriser les fondements. Tu risques de le perdre non parce que tes jugements s'avèrent mauvais, mais parce qu’ils demeurent incompris. Tu le sais : la première étape de l’acceptation repose sur la connaissance. Et tu l’en prives.

Un silence pesant s’installa, qu’il rompit :

— Comment va-t-il ?

Louisa se rassit, assombrie :

— Il rumine.

— De quoi avez-vous discuté ?

— Principalement des analyses que j’ai menées avec Julie. Ça l’a distrait. Il a demandé de tes nouvelles.

— Et ?

— J’ai craché le morceau. À savoir que la situation ici s’avère un merdier sans nom qui nous terrorise.

— Terrorise ? grogna Jonathan.

— Déteste-moi si ça préserve ton ego, mais reconnais que tu meurs de peur. C’est légitime. Nous naviguons tous dans un océan d’angoisses et d’incertitudes.

Il resta mutique, mûrissant ses paroles. Sa fille était pleine de bon sens, comme sa mère. Mais doté d’un franc-parler plus corrosif. Il approuva du bout des lèvres :

— Tu as sans doute raison. Mais je ne peux décemment pas l’avouer.

— Si tu le dis. Isolé dans cette baraque déconnectée de l’enquête, Matthew se torture heure après heure. Il excrète sa réclusion. Il t’accuse de le materner. Il peste contre la terre entière, mais, avant tout, il se reproche l’abandon de Marina en Russie, seule dans une famille qui la déteste. Et sous la menace de son oncle.

— Tu lui as révélé pour son oncle ? râla le colonel.

— On parle de Matthew : il l'a deviné.

Il grogna.

— Comment a-t-il réagi ?

— Mal. L'inaction le tue à petit feu, papa. Il souffre et t'accuse de le priver de la vérité. Sans compter de le spolier de sa liberté.

— Tu n'exagères pas un peu ? voulut-il se rassurer.

— Non.

La sentence de Louisa tomba tel un couperet. Jonathan se remémora la conversation avec son fils quand celui-ci avait appris les soupçons de Vassili concernant Daniel Beauxchamps.

Dévasté. C'était l'impression qu'il avait ressentie en écoutant son récit. Il avait craint que Matthew ne fasse de mauvais choix sous l'influence de l'émotion. Risquait-il de prendre des décisions radicales ? Inquiet, il saisit son téléphone. Sous le regard médusé de sa fille, il pianota le raccourci permettant de communiquer avec ses subalternes à Guidel. Les sonneries s'allongeaient, interminables. La jointure de ses doigts blanchissait tant il comprimait le combiné.

Enfin, une voix pâteuse décrocha. Le colonel rugit, exigeant des comptes à son lieutenant, qui balbutia une réponse approximative. Jonathan aboya un ordre. Louisa blêmit.

Qu'avait-elle fait ?

Quelques minutes s'égrenèrent, père et fille confinés dans leurs pensées.

Cinq minutes plus tard, le militaire se redressa et lança une série de consignes glacées. Alors, elle comprit. Matthew s'était envolé.

Au ralenti, Jonathan raccrocha, se pénétrant des conséquences de cette nouvelle. Elle s'ajoutait à la longue liste de ses inquiétudes, les éclipsant toutes. La maison avait subi une attaque et Matthew avait disparu.

Les questions se télescopaient dans son esprit. Avait-il fugué ? Comment ? Pourquoi ? Avait-il été enlevé ? Par qui ? Comment l'avait-on retrouvé ? Qui savait où il se terrait ? Il tentait d'ordonner ses pensées quand il remarqua la pâleur de Louisa. Elle devait terriblement s'inquiéter pour son frère. À moins que…

— Y aurait-il quelque chose dont tu souhaiterais me parler ?

Au moment où elle ouvrait la bouche pour avouer son implication, une bordée de coups sur la porte interrompit leur tête-à-tête. Thibault Peterson déboula, une liasse de feuilles à la main, triomphant :

— Nous la tenons, Colonel ! La correspondance ! Spécimen N°186. Extrait de plante andine. Trace spectrale strictement identique. Un résultat formidable !

Ravie de l'intermède, Louisa saisit les documents et les analysa d'un œil expert. Thibault trépignait en attendant son verdict. Les joues rosies, elle déclara :

— L'instruction contre OlympusBiotech peut commencer. Leur échantillon N°186 coïncide exactement à l'agent impliqué dans la mort de Lucio Andreotti. Il s'agit d'un lien direct. Ils devront expliquer comment leur spécimen végétal protégé et à usage confidentiel s'est transformé en arme.

Jonathan s'empara des feuillets, alors que les deux scientifiques élaboraient un plan d'expériences pour consolider cette découverte majeure. Le chaînon manquant apparaissait. L'enquête accélérait. Rendant son dossier à Thibault, il ordonna :

— Transcrivez-moi ces analyses en un rapport irréfutable reliant la société avec le spray mortel. Qu'aucun doute ne subsiste pour le juge. Je lance la procédure.

— Oui, mon colonel. Je m'en occupe immédiatement.

— Thibault, félicitations pour ce travail.

— Merci, mon colonel. Espérons que nous doublerons la mise avec le dérivé de cocaïne ou le résidu de la fiole Pouchkine.

— J'en suis convaincu. Rompez !

Thibault Peterson sortit telle une tornade, laissant Louisa tout étourdie. OlympusBiotech et Lucio Olivetti. Le lien établi. Darian émergeait officiellement dans l'investigation, ce qui la glaça. Ses réactions si elle y était confrontée restaient imprévisibles.

Croisant l'œillade incisive de son père, elle piqua du nez.

Cette diversion ne suffirait pas à le détourner de ses préoccupations. Elle se ratatina sur son siège et chuchota :

— Il se pourrait que j'aie commis une erreur de jugement.

65

Samedi 1er février
08H 30
Cimetière de Pitigliano – Italie

Le capitaine Rizzo inspira une goulée d'air frais avant de reporter son attention sur la pierre tombale qui le narguait.

Carlita Puccini, née Rivoli. Veuve d'Antonio Puccini, agent de liaison du capitaine Nathanaël Julian.

Depuis quatre jours, il rassemblait les informations afin d'identifier l'individu qui avait dégusté un dernier café avec Carlita Puccini. En vain.

Le personnel de la maison de repos « *Il vecchi tempi* » réfutait son hypothèse. D'après eux, la vieille Carlita refusait de poser les lèvres sur le jus de chaussette qu'ils osaient lui servir. Elle ne jurait que par le cappuccino de sa jeunesse et les fustigeait pour leur incompétence à proportionner un tiers d'expresso, un tiers de lait vapeur et un tiers de mousse. D'ailleurs, qui succomberait à une surdose de caféine ? Eux ingurgitaient une dizaine de ristretti par jour sans aucune séquelle… En conséquence, ils estimaient que sa recherche d'un tueur au café n'aboutirait à rien, voire la trouvait ridicule.

D'après eux, la victime n'avait reçu aucune visite le matin de sa mort, ce qui rendait l'empoisonnement incompatible avec son métabolisme. À moins d'imaginer un assassin muni d'une seringue de caféine se baladant dans les couloirs en pleine nuit… hypothèse farfelue qu'aucune trace de piqûre n'étayait…

Opiniâtre, Rizzo avait interrogé chacun des aides-soignants du service, collectant les ressentis pour dresser un portrait fiable de son cadavre.

Carlita distillait les remontrances. Son caractère des plus tendres rebutait le personnel qui négociait les soins de la Veuve Puccini contre des aménagements d'horaire. En dehors de la venue hebdomadaire de sa fille avec laquelle elle entretenait une relation douce-amère, et de son gendre qu'elle rabaissait au statut de suceur d'héritage, personne ne s'intéressait à elle.

Le capitaine Rizzo fronça les sourcils, détaillant la plaque de marbre sur laquelle les lettres avaient été façonnées avec délicatesse. L'épitaphe sous l'appellation d'Antonio Puccini trahissait l'amour des siens et de la communauté :

« Un père, un époux et un citoyen modèle, cruellement disparu. »

En dessous du nom de Carlita, le vide.

Comme son dossier.

Les preuves scientifiques désignaient la caféine, associée à un potentialisateur au nom imprononçable, comme vecteur du décès de la résidente.

Elle avait bu son petit *caffe* coupé de cet additif qui avait décuplé les effets neuro- et cardiotoxiques de la molécule, entraînant une mort violente et discrète. Sans l'expertise particulière de Peterson, aucun pathologiste n'aurait soupçonné un assassinat.

Mais lui peinait à avancer. Si certaines enquêtes croulaient sous le nombre de suspects, aujourd'hui, il était à sec.

Il tournait les talons quand son téléphone portable vibra. Étonné, il identifia le numéro du laboratoire de Lille.

— Rizzo à l'appareil.

— Buongiorno, capitaine, scanda Thibault Peterson.

L'Italien grimaça ; l'accent du scientifique agressait ses oreilles. Ce dernier ne s'embarrassa pas de longs discours :

— J'ai réévalué les examens de notre victime et j'ai dégotté trois particularités qui devraient vous intéresser.

Devant le silence du militaire, il continua :

— Premièrement, la vérification du bol alimentaire montre qu'elle n'a pas ingéré le poison après son ultime repas.

Le capitaine consigna cette donnée et attendit la suite.

— Deuxièmement, l'analyse du café servi à la cantine m'a permis de rejeter son implication. Il s'agit d'un arabica des plus communs, alors que notre cadavre a succombé à un robusta. Pas étonnant finalement, puisque la teneur en caféine est deux fois plus élevée dans un robusta que dans un arabica, ce qui a aidé notre assassin…

Rizzo toussota, coupant les élucubrations du pathologiste, qui poursuivit :

— Troisièmement, roulements de tambour… la datation de l'empoisonnement est erronée.

— Pardon ?

— *Mea culpa*… J'ai naïvement basé mes calculs sur la pharmacocinétique[12] de la caféine, considérant qu'elle constituait la pièce maîtresse du meurtre. Je vous ai donc affirmé que Carlita Puccini avait ingéré ledit toxique 4 à 12 heures avant son décès. Ce qui s'avère largement sous-estimé.

Le silence accusateur de Rizzo ne troubla pas Thibault, qui continua, euphorique :

— En reprenant les analyses, j'ai constaté que l'acétate de … le potentialisateur utilisé était couplé à un système stabilisant. Une espèce de patch qui retient la caféine et la diffuse lentement dans le sang après consommation. De quoi totalement perturber mes conclusions. Ce tueur maîtrise sa biochimie, il m'impressionne…

— Donc ?

— Donc la boisson mortelle a été dégustée par Carlita 18 à 24 heures avant son agonie.

Un rapide calcul permit à Rizzo de statuer :

— Elle a ingurgité le cocktail fatal samedi entre 13 et 19 ?

— Exact, capitaine. Ça vous aide ?

Un fin sourire étira le visage du militaire et il raccrocha sans même remercier Thibault. Tout s'éclairait.

Se détournant de la pierre tombale, il s'éloigna.

Il devait étudier le planning de visite de la maison de repos en se focalisant sur ce nouveau créneau. Il fronça les sourcils : ce meurtrier était sacrément futé.

Ce qui l'amena à réévaluer l'enjeu : quelles informations détenait Carlita Puccini qui nécessitent le recours à un *modus operandi* aussi subtil ?

---

[12] Ce sont des données prédisant la vitesse d'élimination d'une molécule dans le corps.

66

Samedi 1er février
09 H 00
Aéroport de Venise – Italie

Dès que l'avion atterrit à Venise, Matthew procéda aux contrôles d'usage la gorge serrée, scrutant les *carabinieri* le cœur battant. Il quitta l'aéroport sans entrave.

Première étape validée.

De toute évidence, son père ignorait sa fuite. Il sourit en consultant sa montre. Neuf heures du matin. Selon ses calculs, assommés par les somnifères, ses geôliers dormiraient encore trois ou quatre heures.

En bonne autruche, il occulta sciemment l'attaque dont la planque avait été victime. Il refusait d'envisager le pire sans aucune preuve, et encore plus de culpabiliser pour les victimes potentielles. Il focalisa son attention sur son objectif à court terme : identifier son contact.

Extirpant le plan fourni par Paul, il s'orienta.

Aeroporto Marco Polo. Direction le port de Venise. Il rejoignit une borne de taxis vénitiens et fut pris en charge par un vieil homme dynamique, qui s'enquit de sa destination. Avec une certaine émotion, il s'exprima en italien.

Converser dans sa langue natale le propulsa seize ans en arrière. D'abord un peu rouillés, les mots affluèrent bientôt dans sa mémoire. Les accents chantants et les locutions enjouées du guide sonnaient à ses oreilles comme autant de réminiscences de sa jeunesse. Troublant, mais pas désagréable.

Vingt minutes plus tard, Matthew paya et descendit sur la jetée. Son sac ancré sur son dos, il se repéra dans la marina. Des bateaux de toutes les tailles tanguaient dans la lagune, bercés par un vent frais et léger.

Alerte, il localisa sa cible. Un voilier d'une vingtaine de mètres, d'un blanc lustré. Le *Happy Days* se balançait au gré des vaguelettes, amarré à quai.

S'engageant sur le pont, il s'annonça bruyamment, en anglais.

Avisant le couple qui sortait pour l'accueillir, il retint un sourire.

Cher Paul. Ses amis se dissimulaient partout.

67

Samedi 1er février
09 H 00
Hôtel de Gstaad – Suisse

Ils avaient terminé leur petit-déjeuner dans un silence respectueux. Mark sentait que Paul s'éloignait déjà. Furmankowski les observait, perplexe, mais ravi. Le chirurgien les quittait de son propre chef, ce qui le comblait. Il aurait les coudées plus franches pour agir avec le lieutenant, sans s'embarrasser de protéger le médecin et son ego.

Lorsque Paul lui tendit la main, il la serra pour la première fois sincèrement. *Sans rancune.*

Il se tourna ensuite vers Mark, qui le dévisageait, le front grave. Il tenta une diversion :

— Pas d'inquiétude, chef, je vais me faire discret pendant quelques semaines. J'ai reçu une invitation qui ne se refuse pas et vais profiter de congés mérités.

Mark acquiesça. Argumenter avec lui ne servirait qu'à renforcer sa décision. Il conclut :

— Merci pour ton aide. Appelle en cas de besoin. Et sois prudent.

Paul baissa les yeux, mal à l'aise. Les effusions et grands discours l'incommodaient. D'un mouvement fluide, il s'éloigna, tirant son sac à lui.

Dès que le vent frais caressa son visage, Paul soupira, partagé entre le soulagement – fini le trio infernal dans lequel il officiait en tant que roue de secours – et un soupçon d'angoisse. L'adrénaline commençait à se dissiper et il se sentit vaguement en danger, hors de l'ombre protectrice de Mark.

Aujourd'hui il était libre, mais seul.

Habitué à ce que chacun, sous couvert de bons sentiments, tente de le convaincre de la marche à suivre, il filtrait les informations qui ne lui convenaient pas. Il rejetait leurs conseils de prudence et leur alarmisme. Il aviserait le moment venu. Si nécessaire.

Il grommela. Le taxi commandé tardait à arriver. Or, il refusait d'être présent quand le colonel découvrirait que Matthew avait pris le large.

Jamais le gradé ne le laisserait disparaître sans un interrogatoire en règle. Et il n'avait pas prévu de lui accorder ce plaisir.

Apercevant le véhicule blanc qui remontait la rue de l'hôtel, il se détendit. Encore quelques minutes et il roulerait hors de portée du militaire.

D'un regard sombre, Mark avait disséqué son départ. Non par sentimentalisme, mais depuis près de deux semaines, ils avaient travaillé en harmonie. Composer avec les habitudes de Paul lui avait permis d'apprécier son caractère enjoué et facile à vivre. Diamétralement opposé à celui de Furmankowski, qui lui reprochait chaque décision, le testait et l'exaspérait.

Il regretta de ne pas connaître ses projets. Pourtant, il avait d'autres chats à fouetter. Le colonel avait tranché : Paul réclamait sa liberté et refusait avec entêtement leur aide. Qu'il en soit ainsi. Laissons-le vaquer à ses occupations.

Une pensée ironique l'avait traversé : le plasticien ne pouvait être enfermé contre son gré, mais Matthew restait en résidence surveillée…

Il n'avait pas souligné cette incongruité, mais son analyse rejoignait celle de Paul. Son supérieur, avec tout le respect et l'estime qu'il lui vouait, perdait son bon sens dès qu'il s'agissait de son fils adoptif.

Ce qui s'avérait un comportement humain incompatible avec sa fonction. Mark espérait que cette attitude ne les pénaliserait pas. Tourmenté, il regagnait sa chambre, quand son téléphone s'anima. Horaire imprévu. *Que se passait-il ?*

Il pénétra dans la pièce et verrouilla l'accès tout en décrochant. En vrac, le colonel balança les faits.

Le lien établi entre OlympusBiotech et les extraits.

La disparition de Matthew.

Louisa et son portable.

Mark sortit en courant dans le couloir et dévala l'escalier jusqu'à l'accueil. Sans se préoccuper des regards interrogateurs des clients et des employés, il se précipita dans la rue. Aucune trace du chirurgien. Rejoignant le comptoir, il haleta :

— Le docteur Desprez est-il déjà parti ?

— Oui, Monsieur.

— Savez-vous s'il avait sa propre voiture ?

— Non, Monsieur. Il attendait un taxi qu'il avait, semble-t-il, réservé.

— Est-il passé par votre centrale de réservation ?

— Non. Il l'a commandé à titre privé.

Mark soupira :

— Avez-vous noté le nom de quelle compagnie ?

— Non, Monsieur. J'en suis navré.

Retenant un juron, Mark s'éloigna et rendit compte au colonel. Celui-ci pesta puis donna ses ordres. Mark fronça les sourcils, mais évita tout commentaire. La défection de Paul, à l'instant même où Matthew s'envolait, s'interprétait sans difficulté. La causalité entre les deux événements sautait aux yeux. Au moins, l'hypothèse de l'enlèvement paraissait caduque.

Une rage sourde l'envahit. *Insensés !* Les deux médecins mesuraient-ils l'absurdité de leur comportement ? Qu'espéraient-ils gagner à faire cavaliers seuls ? Leur mort, à plus ou moins courte échéance, semblait l'unique issue possible.

Privés de leur appui et de leur protection, les deux fugitifs n'étaient rien d'autre que deux novices isolés, tels deux lapins libérés en pleine forêt, à la merci d'une bande de loups affamés. Il ne leur donnait pas deux jours.

La course contre la montre débutait.

Qui, ami ou ennemi, les débusquerait ? Le colonel avait mobilisé son réseau. Une fois de plus, il devrait naviguer sous les radars.

Retrouver Paul. Le forcer à avouer les plans de Matthew. Peut-être même réaliserait-il d'une pierre deux coups. Après tout, le chirurgien avait évoqué un rendez-vous qu'il ne saurait manquer. Envisageaient-ils de se réunir ? Dans quel but ? Mark analysa les données, sans parvenir à un schéma satisfaisant.

Puis il tissa le lien avec le téléphone de Louisa et tout s'éclaira. Paul conversait avec son pote depuis deux jours. Évidemment ! Le colonel avait exigé les fadettes des deux portables. Mais cela nécessitait du temps.

Et le temps leur manquait.

Jonathan lista ses priorités. Tracer les cartes bleues de Paul. Bloquer son accès à tous les aéroports. Pister ses déplacements. Mark l'informa du rendez-vous de la veille, qui éveilla ses soupçons. Sans ménagement, il ordonna à Mark et Furmankowski de mobiliser leurs forces pour retrouver le chirurgien. Il rêvait de l'interroger.

Mark acquiesça. Modifiant son interprétation du quart d'heure précédent, la rage contenue de son supérieur lui paraissait maintenant parfaitement proportionnée à l'affront.

Sans perdre une seconde, il monta frapper à la chambre de l'inspecteur. Motiver ce dernier ne poserait aucun problème : depuis le début de l'enquête, il taxait Matthew et Paul d'individus peu recommandables.

Leur causer des ennuis supplémentaires lui mettrait du cœur à l'ouvrage.

68

Samedi 1er février
16 H 00
Bureau du Dr Switzer – Suisse

Helmut Switzer raccrocha avec un certain agacement. Son contact intraitable l'irritait.

Il exécrait se faire sermonner comme un gamin qui n'a pas respecté les règles du jeu. Il le lui avait d'ailleurs signifié : il refusait de poursuivre cette comédie macabre. Il n'avait qu'à se passer de ses services. Les jeunes filles qu'il lui avait proposées s'étaient toutes révélées de formidables atouts dans sa quête, mais, année après année, sa passion initiale pour leur cause s'était étiolée. Il abandonnait.

Son interlocuteur l'avait raillé en prétendant qu'il avait pris goût au luxe et à l'argent. Qu'il avait oublié d'où il venait et que, sans son intervention, il n'aurait pas acquis le tiers de sa renommée.

Cette vérité crue, balancée sans ménagement, avait glacé la conversation. Cette agressivité latente avait éveillé l'instinct de survie du praticien. De façon extrêmement diplomatique, le docteur Switzer avait reconnu les bienfaits que lui avait apportés leur association. Il argua qu'elle s'était établie à bénéfice mutuel, ce que l'autre ne réfuta pas. Bien au contraire, il remercia le médecin pour son travail et loua leur confiance réciproque.

Helmut Switzer avait senti une onde froide le parcourir. Sous couvert de mots aimables, le ton restait glaçant et il en ressentit une profonde angoisse.

Était-il en danger ? Comment se prémunir des risques ? Tentant un coup de poker, il avait offert à son collaborateur un dernier service de sa part.

Un instant silencieux, l'homme avait accepté qu'il lui prépare un ultime dossier. En signe d'adieux amicaux. Rassuré, le gestionnaire du stress avait clamé qu'il lui fournirait un profil des plus intéressants, parfaitement adapté à ses desseins, dès le lendemain. Il connaissait la candidate idéale.

Ensuite, il couperait tout lien, afin d'éviter une nouvelle enquête et une perquisition de la police. Il n'avait pas oublié les questions plus qu'embarrassantes de l'inspecteur Furmankowski et du docteur Desprez au sujet de Giulia Olivetti.

À cette évocation, l'autre avait grondé qu'il espérait qu'il n'avait pas trahi d'informations importantes. Helmut Switzer avait nié en blocs, arguant que s'il avait parlé, il séjournerait déjà en prison.

Non. Il était mouillé jusqu'au cou et entendait conserver à la fois sa renommée et sa position. Il promettait de rester muet comme une tombe.

Fort heureusement pour lui, il n'avait pu distinguer le sourire ironique sur les lèvres de son interlocuteur. *Muet comme une tombe…*

Alors qu'il raccrochait sur un message de confiance, Darian songea que le brave docteur n'aurait pu choisir ses mots avec plus de justesse.

Il pianota un court SMS et l'envoya à sa destinataire. *Action.*

Enfin débarrassé des corvées les plus urgentes, il laissa entrer son avocat, qui patientait depuis une demi-heure.

— Alors, maître, qu'est-ce que c'est que cette histoire d'audition ?

69

Samedi 1er février
Minuit
La Fauconnerie

Il avait rejoint la Fauconnerie en fin de journée, les bras chargés. Le paquet l'attendait sur son bureau. Une liasse fournie, compilant les messages échangés par le portable de Matthew depuis Noël.

Jonathan s'enfonça dans son large fauteuil et décacheta les scellés avec une retenue certaine. Il se faisait l'effet d'un voyeur. D'un violeur. Il allait de fait briser la confiance qu'ils avaient établie depuis des années. Cela en valait-il la peine ?

Le militaire se secoua et ouvrit l'enveloppe. Leur relation tombait en lambeaux. Parce qu'il avait enfermé Matthew sans une explication. Parce que son fils ne s'était pas tourné vers lui lorsqu'il avait été contacté par Lucio Andreotti. Parce que, depuis un mois, ils naviguaient de silence en silence et de dissimulation en trahison. L'ultime étant sa fuite.

Les investigations à Guidel avaient écarté tout enlèvement. Les dégâts matériels prouvaient que la planque avait subi une attaque, mais mille détails, tels que les clés parsemées dans les poubelles et l'écrémage des possessions du fugueur, les orientaient vers une disparition volontaire. Qui équivalait à un affront.

Non. Matthew ne pouvait plus être traité comme un privilégié. Il devait le retrouver à tout prix. Et consulter ses conversations influencerait ses décisions.

D'une main ferme, il saisit le compte rendu, listant les noms des contacts, leur intensité et les dates de leurs échanges. Son fils se montrait plutôt discret. Ses relations sélectives. Paul. Louisa. Julie. Sa mère. Chris. Quelques collègues. Le club de sport et de tir. Et, depuis quelques jours, Giulia. Puis Marina.

Il parcourut la déclaration envoyée par Giulia à Matthew. Une seule tirade qui trahissait leur intimité. Il abandonna cet échange dérangeant qu'il connaissait déjà pour se concentrer sur ses interactions avec Marina. Depuis une semaine, le fugitif avait reçu plusieurs messages de la Russe, restés sans réponse.

Agilement, il remonta leur fil de discussions et son front s'assombrit. Pris d'un doute, il relut l'ensemble deux fois, tentant de déchiffrer entre les lignes, interprétant chaque élément de ponctuation ou de vocabulaire. L'évidence lui creva les yeux.

Était-il aveugle qu'il n'avait rien perçu de leur idylle naissante ? Lorsqu'il les avait jetés dans les bras l'un de l'autre, il n'aurait jamais imaginé que son fils, marqué par l'épisode Giulia, s'attache. Il avait même apprécié l'indépendance farouche de Marina, qu'il avait associée à un gage de stabilité.

Qu'est-ce qui avait déraillé ? À quel moment son plan bien huilé avait-il dévié de sa trajectoire ? En décryptant les derniers écrits de la Russe, véritables aveux, il constata qu'elle remettait en cause ses sentiments. Ne représentait-elle qu'un baume à son cœur meurtri par l'Italienne ? N'avait-elle pas abusé de la gentillesse de Matthew pour renouer avec sa famille et revoir son cher grand-père ? N'avait-elle pas transféré sur ses épaules le poids dont Vassili l'avait chargée lorsqu'il lui avait transmis le carnet ?

Jonathan resta pensif, replongeant dans ses souvenirs. Les deux jeunes gens à la Fauconnerie. Semblant si complices. Le sourire ravi de Lise à la vue du couple. Ironiquement, il songea que sa femme avait, une fois de plus, exprimé sa finesse de jugement.

Dire qu'il n'avait osé détruire ses illusions et lui avouer qu'il avait orchestré leur alliance. Et Louisa, qui l'avait tancé d'ouvrir les yeux.

Ces données complexifiaient la situation. Matthew, qu'il avait toujours considéré d'un pragmatisme à toute épreuve, s'était-il échappé pour rejoindre sa dulcinée ? Hypothèse d'un ridicule affligeant, cependant, depuis un mois, rien ne s'avérait logique…

Alors qu'il échafaudait ses futures actions, son portable annonça l'appel de l'hôpital. Enfin, des nouvelles.

À son arrivée à Lille, Marina avait été soumise à une batterie de tests et de prélèvements ; les résultats étaient tombés les uns après les autres. Les conclusions confirmaient la nécessité du rapatriement.

Sa puissante rougeole se compliquait d'une pneumopathie étendue. Radios et échantillons témoignaient d'une surinfection bactérienne, qui devait être combattue sans délai. Le comportement attentiste des Ivanov avait causé suffisamment de dégâts. Les médecins, bien que confiants, l'avaient placée en service de réanimation. Les prochaines heures s'annonçaient décisives. Si la fièvre chutait, elle s'en sortirait. Sinon…

Jonathan reposa son téléphone, refusant de s'appesantir sur le pire. Dans la pyramide de ses préoccupations, Marina ne caracolait pas en tête. Il avait agi au mieux, à un détail près. Descendant à la cuisine, il y trouva Lise qui s'affairait, comme à son habitude.

Elle avait bien noté son humeur sombre. Tel un ours, il n'était sorti de sa grotte que pour se sustenter. Durant le repas, il avait surveillé son téléphone du coin de l'œil, imaginant qu'elle n'avait rien remarqué. Finalement, elle le taquina :

— Vas-tu me confier ce qui te préoccupe et ce que je peux faire pour t'aider ?

Il s'amusa de cette provocation. Comme chaque jour depuis plus de trente ans, il se félicita d'avoir su conquérir et conserver l'amour de cette femme forte et aimante. L'attirant à lui, il murmura :

— J'ai quelques aveux à confesser et un grand service à quémander. Le tout assorti de ton indulgence.

Elle posa ses couverts et vint s'asseoir à ses côtés, glissant sa main dans la sienne. Plongeant un regard incisif dans les iris bleus de son mari, elle le laissa exposer ses tracas sans l'interrompre. Alors qu'il attendait son jugement, la bouche sèche, elle n'eut qu'une résolution limpide :

— Je m'occupe de Marina. Retrouve notre fils.

70

Dimanche 2 février
08 H 00
Maison médicalisée – Lille

Le colonel avait réuni la totalité des agents mobilisés. Une grand-messe pour établir un bilan, énoncer les objectifs et motiver ses troupes. Terriblement imposant dans son uniforme, il résuma la situation.

Daniel Beauxchamps, usurpant l'identité de James Blake, avait reconnu Matthew en Russie et s'était enfui, livrant le cadavre de Sofia Pouchkine sur le pavé et la fiole à l'accueil pour les provoquer. La connexion avec l'engeance dirigée par Zeus avait été confirmée par Thibault Peterson, qui avait mis en évidence des formules nanoparticulaires dans le résidu contenu dans le flacon ainsi que dans les prélèvements obtenus sur la dépouille de Sofia.

Daniel Beauxchamps devait être stoppé et sa relation avec Zeus clarifiée.

Le colonel prit une profonde respiration et poursuivit, d'une voix glaciale :

— Le docteur Peterson a établi le lien entre un extrait cédé par Von Lieberman à OlympusBiotech et la mort de Lucio Andreotti. Leur PDG Darian Agouridas sera interrogé demain matin au commissariat par le capitaine Duhamel et sa brigade.

Ledit capitaine, au dernier rang, l'analysait, subjugué par son aura et sa capacité à fédérer ses équipes. Un seul regard à Bellini suffit à le convaincre : son inspectrice se pâmait d'admiration. Il jugula sa jalousie. Le gradé avait respecté ses engagements. De son côté, il avait mobilisé ses indics et agents, avec des résultats plus que satisfaisants. Mais l'enquête piétinait. Ils appliquaient rustine sur rustine alors que le pneu tout entier nécessitait d'être changé.

Duhamel raffermit sa position. La confrontation du lendemain aiguisait son impatience. Ils possédaient assez de données pour contraindre Darian Agouridas à comparaître, mais pas suffisamment pour l'inquiéter réellement. Son avocat avait signifié leur venue en force. Une armée de cols blancs…

Le capitaine restait sceptique. Ce mec avait répliqué à sa simple convocation par une riposte légale de masse. Angoissait-il ou souhaitait-il prouver sa supériorité ? S'il pensait l'impressionner, il se leurrait. Duhamel se riait de la réponse proportionnée. Chaque attaque entraînait une réaction maximale. L'autre voulait la guerre. Il se ferait un plaisir de mobiliser ses troupes.

Reportant son attention sur la salle, il nota qu'ils étaient tous subjugués par le discours du colonel, agrémenté d'un visuel criant. Les scientifiques, Louisa Brady et Thibault Peterson en tête, les militaires, les médecins et légistes, ainsi que ses propres hommes buvaient ses paroles. Quinze personnes réunies pour lutter contre cette série de meurtres biotechnologiques avancés.

— Dernier point : les fugitifs.

Il afficha les portraits de son fils et de Paul Desprez ; Louisa se raidit et piqua du nez, rougissante. *Coupable, la frangine…* Le colonel intériorisait une colère noire.

D'une voix forte, il les informa que les insoumis étaient activement recherchés, mais que la plus grande prudence s'imposait. En effet, ils constituaient tous deux des cibles notoires. Ils devaient les retrouver au plus vite, mais ne pouvaient recourir aux médias et filières officiels. Ils comptaient donc sur chacun d'eux pour exploiter son réseau. Ces novices commettraient des erreurs de débutants. À eux de les anticiper et de les pister.

D'un ton n'admettant pas la contradiction, le colonel lista ses ordres, fixant les priorités et recueillit quelques questions auxquelles il répondit sans l'ombre d'une hésitation. Ses directives étaient limpides. Seul Mark, revenu de Suisse en urgence pour cette réunion, percevait la rage qui stagnait sous l'intonation ferme et la nuque raide. Lorsqu'il ajourna la séance, chacun se leva, galvanisé. Mark s'attarda.

— Lieutenant, vous assisterez à l'entretien avec le PDG d'Olympus Biotech demain au commissariat central.

— Bien, mon colonel.

— Capitaine, comment se présente l'interrogatoire ?

— Contre toute attente, et pour donner suite à nos stimulations musclées, le sieur Darian viendra en personne, accompagné d'une armée d'avocats. Pas de quoi me faire peur.

— Avez-vous besoin du soutien des scientifiques ?

— En aucun cas. Le lien est direct. Aucun biais d'interprétation possible.

— Notre objectif ?

— Le pousser dans ses retranchements, pour l'inciter au faux pas.

— Il n'avouera rien, même s'il est coupable à 200 %. Nous devons le terroriser. L'amener à bouger. Il se dévoilera dans le mouvement et la panique.

— L'asticoter me procurera un réel plaisir.

— Mark se contentera d'observer. Il navigue dans l'ombre.

— Parfait. Mes gars mèneront la danse.

— Je compte sur vous pour me l'exaspérer comme vous y réussissez à merveille, capitaine.

Duhamel hocha la tête avec un sourire triomphant et s'éloigna. Mark ne prononça pas une parole, attendant que son supérieur s'adresse à lui. Ce dernier le dévisagea, droit dans les yeux. Son lieutenant soutint son inspection sans sourciller. Ils se connaissaient si bien. Finalement, Jonathan murmura :

— J'ai merdé sur ce coup-là, n'est-ce pas ?

Sincère, Mark haussa les épaules, minorant :

— Oui, mais les torts sont partagés.

Jonathan passa la main dans ses cheveux ras avec un soupir :

— Vous m'avez tous mis en garde concernant son éviction, mais je n'ai pas su vous entendre. Et cette riposte… elle me sidère… ce comportement téméraire ne lui ressemble pas…

Mark le scruta, le visage fermé et argumenta :

— Il a subi plus en un mois que beaucoup en une vie. Oubliez vos a priori et considérez-le comme un fugitif lambda.

Un silence. Puis la main du colonel s'abattit sur son épaule :

— Tu as raison. Il sera temps ensuite de lui passer un savon mémorable.

71

Dimanche 2 février
09 H 00
Côtes de la Croatie

Le voilier naviguait tranquillement sous le vent glacial de l'hiver, longeant les côtes de la Croatie. Les amis de Paul l'avaient accueilli avec une gentillesse désarmante et l'avaient installé à grand renfort de sourires dans la seconde cabine.

Debout sur le pont, le jeune homme ne savait pas trop comment aider et ne souhaitait pas déranger ses hôtes. Il n'avait jamais vogué et distinguait à peine le foc de la bôme.

Alastair s'était empressé de le rassurer. Nul besoin de lui, il pouvait tout aussi bien roupiller sur sa couchette. Matthew avait refusé d'être un poids pour eux et avait cherché à se rendre utile, ce qui les avait bien fait rire.

Pierce l'avait alors entraîné avec lui, lui expliquant de sa voix rapide à l'accent marqué les différentes étapes à respecter pour une traversée paisible. Les oreilles et les yeux grands ouverts, il en avait littéralement pris plein la vue.

De l'eau salée, du vent, des ordres.

Stimulé par l'ambiance électrique de leur départ, il revivait. S'occuper les mains vidait son esprit. Les deux marins marchaient d'un bord à l'autre avec aisance, riant de ses déconvenues.

Par deux fois, il avait échappé de justesse à un revirement brutal de la bôme. Finalement, leur cap maîtrisé, Pierce vint lui frapper dans le dos si fort que Matthew se sentit tanguer :

— Il faut te sécher un brin, moussaillon. Sinon tu vas attraper une pneumonie. Et ce cher Paul m'en voudra à mort.

Il accepta le conseil et regagna sa cabine, dans laquelle un chauffage d'appoint lui permit de s'essorer. Il avait l'impression, pas forcément fausse, d'être trempé jusqu'à la moelle. Il s'en ouvrit à Pierce lorsqu'il le rejoignit. Un sourire éclaira son visage tanné par le soleil et les embruns :

— Exact. Le taux d'humidité atteint des records. Encore plus en hiver. Évidemment, l'été, on oublie tout avec la chaleur. Mais en février… et bien, fallait s'y attendre…

Matthew culpabilisa de les obliger à naviguer par ce temps maussade. Alastair, qui s'approcha, éclata d'un rire profond :

— Allons, mon gars, ne va pas croire que nous effectuons cette traversée pour toi. Paul le sait : nous adorons bourlinguer durant la saison froide, contrairement à nombre de nos connaissances. Un peu de fraîcheur n'a jamais tué personne !

— Sans compter l'accès aux ports sans faire la queue, les prix qui défient toute concurrence et le plaisir d'avoir la mer pour soi ! Alastair et moi détestons partager notre terrain de jeu ! renchérit son compère.

Matthew remercia cependant une fois encore le couple de le recevoir. Pierce coupa court à son discours d'un fruste :

— Un service pour un autre. Nous te conduisons à destination et ensuite, basta. Tu te débrouilles.

— Parfait. En attendant, si je peux vous être utile…

— Erreur, moussaillon ! Tu n'aurais pas dû proposer. Tu viens de gagner la timbale, plaisanta Alastair.

— La timbale ?

— Te voilà responsable de notre pitance. Veille à ce que ce soit comestible. Le garde-manger se situe à tribord.

Matthew lança, taquin, percevant le regard alarmé de Pierce :

— Qu'est-ce qui vous laisse penser que je cuisine ?

Pierce grogna :

— Tu ne peux être pire empoisonneur qu'Alastair, ça ne lui coûte donc rien de se défaire de sa corvée sur toi !

Le couple s'engagea dans une dispute bon enfant, que Matthew esquiva. Confectionner un repas, même sur un voilier, semblait un défi relevable.

Et avec l'air ambiant, le sel se révélerait superflu !

72

Dimanche 2 février
12 H 00
Quelque part en Suisse

Les préoccupations de Paul étaient bien éloignées de celles de son ami Pierce. La veille, il avait bondi du taxi blanc pour sauter dans un second, brouillant les pistes et s'enfonçant dans les plateaux alpins.

À chaque instant, il avait craint d'être interpellé par un policier ou un militaire. Nul doute que le colonel relierait sa disparition à celle de Matthew.

Il ne chercherait pas à cacher son implication. Il tirait même une certaine fierté à avoir orchestré les détails de l'évasion de Matthew, le tout à la barbe du lieutenant Olivier. De la mousse au chocolat dopée aux somnifères au faux passeport, en passant par les liasses de monnaie, il avait valorisé son réseau avec brio.

Cela dit, il était temps pour lui de faire le mort et de disparaître de la circulation. Il disposait d'argent liquide et de traveller's chèques. De quoi mener une vie douce et tranquille durant plusieurs semaines avec elle.

Son téléphone portable reposait, éteint, au fond de son bagage et y resterait tant que ce cache-cache géant continuerait.

Il avait passé l'après-midi et la soirée dans un club privé renommé pour sa discrétion, avant de terminer la nuit au domicile de sa conquête, qui le nommait goulûment *Darling*. Pas d'identité, pas de ticket de carte bancaire, pas de note d'hôtel. Invisibilité assurée.

Gentleman, il l'avait quittée au petit matin à pas de loup, le café coulé et trois mots tendres sur un billet glissé dans la corbeille de viennoiseries.

À midi, comme convenu, un taxi le déposa au restaurant qu'elle avait réservé pour eux dans une petite ville limitrophe de la frontière franco-suisse. Fidèle à sa parole, elle l'avait attendu durant la phase d'interrogatoire de Kevin Jacquemin, ce qui l'émoustillait.

L'appréciait-elle sincèrement ? Dotée d'une sensualité prononcée, elle privilégiait ses envies et pulsions avant toute autre considération. Paul savait qu'elle collectionnait les amants comme elle alignait les sacs à main dans son dressing. Les hommes représentaient à ses yeux de charmants accessoires qu'elle exhibait un moment, jusqu'à ce que la mode évolue et qu'ils se révèlent obsolètes.

Ce constat ne le chagrinait pas. Lorsque les règles étaient clairement établies, ce jeu de séduction et de plaisir érotique sans engagement réciproque s'avérait tout à fait plaisant. Cette escapade lui permettrait de naviguer sous les radars du colonel. Dans le sillage de la Belle, il demeurerait invisible jusqu'à ce que la rage du gradé s'étiole.

Glissant ses lunettes de soleil à son col, il pénétra dans le restaurant, impatient. Le maître d'hôtel l'accueillit et l'accompagna auprès de son rendez-vous sans même qu'il se présente. Elle avait choisi une table dans une salle intimiste, protégée des regards. Après tout, elle feignait le deuil…

D'un œil expert, il identifia la tenue cintrée, haute couture, la ligne épurée de sa nuque et son profil de madone aux lèvres bombées. S'inclinant galamment, il effleura d'un baiser sa main aux ongles rouges parfaitement manucurés et murmura d'une voix suave :

— Ma chère Carla, vous constituez un délice pour les yeux.

Relevant le visage avec grâce, elle lui dédia un sourire charmeur.

Tout se déroulait comme prévu.

Le jeu pouvait commencer.

73

Dimanche 2 février
17 H 00
Cabinet du Dr Switzer – Suisse

Une sensation de malaise diffuse. Bientôt suivie par une avalanche de douleur. Debout devant la baie vitrée de son chalet, le docteur Switzer admirait la blancheur des Alpes, plongées dans une clarté glaciale. Cherchant à comprendre comment tout avait pu si mal tourner dans son existence.

La journée s'était déroulée tranquillement ; il avait terminé son courrier, sélectionné le dossier pour son irascible futur ex-coéquipier et l'avait déposé selon leur rituel.

Aujourd'hui plus que jamais, l'identification d'une candidate lui avait paru cruelle. Évoquant le destin des dernières malheureuses qu'il avait orientées vers Monsieur O., il s'était senti tel un boucher à l'abattoir. Triant le meilleur morceau. Choisissant le profil le plus apte à combler les sombres desseins du scientifique.

Alors qu'il cheminait vers la poste restante qu'ils utilisaient pour leurs échanges, un à un, les visages des sacrifiées lui étaient revenus en mémoire. Ôtant ses gants, il avait attrapé le cadenas à code et composé le sésame qui protégeait la boîte des intrus. Il avait glissé le document dans l'habitacle, clôturant un pan complet de sa destinée, la gorge nouée.

D'un pas guilleret, il avait regagné son chalet. Il s'était concocté un café fort, qu'il avait accompagné d'un chocolat, son péché mignon. Le regard perdu dans l'immensité des montagnes environnantes, un élan nostalgique l'avait traversé et il avait exhumé les classeurs. Un à un, il les avait feuilletés et en avait dressé une pile parfaite, par ordre chronologique.

Une belle brochette de victimes innocentes.

Il s'était attardé sur la photo de Giulia, alors âgée d'une quinzaine d'années. Elle rassemblait tous les critères : une famille dysfonctionnelle, une mère décédée, un père aux abonnés absents, une sœur dominatrice et un physique de rêve enrobant un mental fragile. Profitant de son instabilité émotionnelle, il n'avait rencontré aucune difficulté à modeler ses attentes selon les besoins de son commanditaire. Il l'avait endoctrinée sous prétexte de thérapie et l'avait rendue aussi malléable que l'argile. Lorsqu'il avait fourni son profil à Monsieur O., celui-ci l'avait harponnée d'une simple bourse d'études. Et Giulia avait constitué un choix judicieux. Elle brillait par ses talents de manipulatrice. Kevin Jacquemin n'avait rien vu venir. Moritz Von Lieberman l'avait même demandée en mariage ! Un coup de maître… jusqu'à ce qu'elle remette en cause certains ordres…

Se sentant coupable, il avait fourré le tout dans une enveloppe épaisse et l'avait enfermée dans son coffre-fort, bien décidé à s'en débarrasser aussi vite que possible. De préférence accompagnée de ses remords.

L'appel l'avait surpris. Identifiant le numéro, il avait décroché, traversé d'un pressentiment funeste. Monsieur O. La voix grave avait écorché son nom. Il avait tiqué, puis ravalé une remarque désagréable. Prenant sur lui, il avait rassuré son interlocuteur. Le classeur avait été déposé. À compter de ce jour, il mènerait son existence comme il le désirerait, aucun n'étant redevable envers l'autre.

Les dernières paroles de O. avaient été prononcées d'une intonation doucereuse, et Helmut Switzer n'avait mesuré leur impact qu'une fois la conversation interrompue.

« Chose promise, chose due. Vous n'entendrez plus jamais parler de moi, cher docteur. Je vous souhaite une belle fin de vie.»

La tonalité avait résonné tel un glas. Avec effarement, il s'était rendu compte que sa main tremblait sur le combiné. Pourquoi l'avait-il appelé ? Pour vérifier la livraison ? Jamais encore il n'avait agi ainsi. Et pourquoi évoquer sa fin de vie ?

Brusquement, Helmut Switzer en avait été convaincu : il allait mourir.

Mais comment ? Il était si prudent. Une seule possibilité : l'autre avait piégé le cadenas ! *Pas étonnant qu'il se soit assuré que je l'ai bien touché !*

Un coup d'œil à la pendule lui apprit qu'il était rentré depuis une demi-heure. Il connaissait parfaitement le fonctionnement des formules fatales de O. Il n'en avait plus pour longtemps. Mon Dieu, que faire ? Comment éviter le pire ?

Le docteur Switzer se précipita vers la salle de bains et savonna ses mains avec acharnement. Dans son esprit fou, sur chacun de ses doigts se dessinait une bombe à retardement. Il devait les désamorcer. La mousse envahit l'évier ; il étouffa un cri. Elle ne suffisait pas à le purifier. Il fallait agir en profondeur. Délirant, il fouilla dans les tiroirs, en sortit un long ciseau aux pointes acérées. Il inséra son pouce entre les lames. Il le ferma d'un geste sec et hurla de douleur. Un vertige le saisit. Les chairs tranchées exhalaient un sang rouge contaminé et il comprit qu'il ne gagnerait pas. Déjà, le narcotique avait atteint la circulation générale. Sa lutte contre le temps s'avérait vaine.

Il glissa le long du mur, enroulant un linge autour de sa phalange amputée. Puis il rampa jusqu'à son bureau, marquant son passage d'une traînée pourpre.

Empoignant son téléphone, il composa le numéro d'urgence et réclama à l'opératrice une ambulance, expliquant qu'il mourait.

Quand elle l'interrogea sur la cause, il hésita, puis hurla : surdose de cocaïne. Il raccrocha alors qu'elle lui assurait envoyer un véhicule au plus vite. Elle arriverait trop tard.

En face de lui, les aiguilles de l'horloge le narguaient. Combien de tours avant qu'il succombe ? Comme Giulia, il était puni pour son excès d'indépendance. L'autre salopard s'en tirerait, une fois de plus !

Alors, mû par une frénésie morbide, il farfouilla dans son agenda, dénichant la carte du docteur Desprez. Il tenait sa vengeance. Debout devant la véranda, il pianota fébrilement, laissant sonner dans le vide. *Allez, répondez, je n'en ai plus pour longtemps.*

La boîte vocale s'enclencha, Paul l'accueillant chaleureusement. Dès qu'il le put, le docteur Switzer prit la parole. Se présentant brièvement. Une faiblesse l'étourdit. *Pas maintenant !*

À mots entrecoupés, il délivra son ultime message. Avant de s'effondrer au sol, saisi de convulsions violentes. Porté par les ondes, le mobile de Paul enregistra ses derniers instants.

74

Lundi 3 février
08 H 00
Entrée en baie d'Örikum – Albanie

La baie d'Örikum, au sud de l'Albanie, l'impressionna. Le long bâtiment crénelé qui abritait le bureau du responsable de la marina ressemblait à s'y méprendre à un château fort, dominé par des pelouses à l'herbe pelée.

Lors de leur croisière le long des côtes albanaises, Matthew avait été saisi par la vision du littoral. Des dizaines de bunkers massifs en béton issus de la période stalinienne, destinés à combattre les envahisseurs capitalistes potentiels, ponctuaient les falaises, parsemées çà et là d'édifices et hôtels rutilants, gâchant le paysage.

Alastair avouait un faible marqué pour cette marina sauvage, où seuls quelques bateaux mouillaient l'hiver. Le tourisme nautique restait peu développé en Albanie, défavorisé par des lois trop restrictives. En l'absence d'une réelle équipe de garde-côtes, les contrôles se révélèrent mineurs et peu poussés, ce qui lui convenait parfaitement. Il ne désirait qu'un réseau téléphonique digne de ce nom pour planifier avec Niki les détails de son arrivée.

Dès qu'ils eurent effectué les déclarations nécessaires, les trois hommes se séparèrent. Alastair et Pierce s'installèrent dans l'appartement qui allait de pair avec leur place dans le port. Matthew partit d'un bon pas en direction de la ville d'Örikum, située à moins de deux kilomètres dans les terres.

Ses compagnons de voyage lui avaient expliqué que la cité avait constitué un bastion historique important, notamment lors des guerres romaines, étant donné sa proximité avec la côte italienne. De nombreux sites classés et vestiges émaillaient la province de la Vlorë.

Il parcourut la distance en vingt minutes, appréciant la balade dans les falaises de calcaire sous un temps plutôt clément. Protégé par son coupe-vent doublé, les sept degrés ambiants lui parurent presque agréables. Il s'approcha de la ville et sortit son portable de sa poche. Avec un soupir, il constata que le réseau, même s'il s'avérait peu puissant, existait et lui permettrait de téléphoner sereinement.

Identifiant un banc sur un promontoire isolé, il s'y installa et composa le numéro de Niki. Il l'avait mémorisé avec une facilité déconcertante. Sa voix fraîche et joyeuse amena un sourire sur ses lèvres.

— Matthew ! Je suis soulagée de ton appel ! Comment vas-tu ?

Son ton, amical et délié, le perturba un instant. Il fut tenté de répondre d'un banal « *Ça va* » impersonnel et qui n'engageait à rien, puis se souvint de sa quête. Elle méritait la vérité. Soit elle l'acceptait, soit elle se désistait. Il avancerait en terrain connu.

— Je suis en cavale.

Un calme éloquent suivit sa déclaration et il craignit d'avoir surestimé la Grecque. Finalement, elle souffla :

— Je le savais ! Les militaires à l'aéroport. Tu ne montrais aucune envie de les suivre.

— Finement observé, Niki. Pour tout avouer, je leur ai faussé compagnie samedi et ils me recherchent.

Elle marqua un silence, puis :

— On est d'accord que tu n'as tué personne, hein, Matthew ?

— Tué quelqu'un ?! Mais non, je…

Il prit une profonde respiration. Que risquait-il ? Pas grand-chose…

— Les hommes que tu as vus à l'aéroport travaillent pour mon père. Ils devaient me garder en résidence surveillée pour éviter que mon oncle ne me traque.

— Ton oncle ?

— Oui.

— Un personnage charmant… Il te recherche ?

— Et il brille par sa hargne. Je comprendrai que tu ne sois pas emballée pour m'aider, Niki. C'est même franchement dangereux.

— Il sait où tu te rends ?

— Personne n'est au courant. À part toi. Et d'ailleurs, grimé en blond cendré, tu ne me reconnaîtras sûrement pas !

— Blond cendré ? Mais quelle horreur !

— Je n'évoquerai pas le bouc… Sérieusement, Niki, tu as le droit de refuser. Je te l'ai confessé dans l'avion, ma situation craint.

— Ouais, tu m'as déjà rembarrée en plein vol et pourtant je m'obstine. On va la jouer en deux temps. Tu me retrouves à Milos dans quarante-huit heures, tu me déballes toute l'histoire et on avise ensemble. En face à face. En attendant, tu m'envoies la totalité des dessins que tu as réalisés pour que j'avance. Ajoute un maximum de détails, même ceux qui te paraissent anodins. Ne m'épargne rien. Ça te convient ?

Il céda. De toute façon, il se rendrait à Milos, avec ou sans elle. La conversation dévia sur l'exposition – le fiasco – comme la nommait Niki, et il compatit à ses déboires.

Finalement, elle le quitta sur une blague légère et il raccrocha, détendu. Il s'effrayait de la facilité avec laquelle elle acceptait ses explications. Lui aurait fui, convaincu d'avoir affaire à un tordu. Que gagnait-elle à l'assister ?

Niki reposa son téléphone, pensive. Le plaisir qu'elle avait ressenti à l'écoute de sa voix posée et douce comme du velours restait tout aussi vif que lors de leur voyage. Ces quatre heures de vol l'avaient marquée. À la fois par sa tolérance vis-à-vis de son TOC, mais également par la fragilité qu'elle avait perçue sous son masque viril. Et maintenant il admettait sa fuite.

Loin de la pétrifier, cette confidence provoqua un petit frisson d'excitation pas désagréable du tout. Car elle adorait les romans d'aventures. Des récits haletants, dans lesquels d'illustres inconnus se transformaient en héros et, au gré d'un destin improbable, vivaient des épopées échevelées.

Ce qu'il avait déballé constituait l'incipit idéal d'un de ces bouquins qu'elle dévorait. Oui. Matthew Brady lui raconterait une histoire passionnante. Brusquement, patienter quarante-huit heures avant de le revoir lui sembla une éternité.

Son téléphone vibra, annonçant une salve de messages. Son visage s'épanouit à la découverte des dizaines de dessins envoyés. Ses nuits avaient été bien occupées. Elle inspira, gonflée d'importance : son enquête débutait.

Que vive son TOC : elle disséquerait chaque élément au scalpel de sa particularité !

Le technicien gratta sa barbichette, perplexe. Niki Costa avait reçu un coup de fil d'un correspondant inconnu, depuis l'Albanie, accompagné d'une série de panoramas tracés au crayon noir. Des vues assez banales d'une île, agrémentées d'un ou deux portraits d'autochtones. Info ou intox ? L'intéressée évoluait dans le monde de l'art ; elle discutait peut-être avec un nouvel artiste pour une expo... Incapable de statuer sur la pertinence de ces récentes données, il se remémora le savon monumental passé deux jours auparavant et se contenta de les compiler dans son rapport quotidien.

Assis sur le promontoire de pierres, la mer étalée à ses pieds, les pensées de Matthew avaient dérivé. Semblables aux vagues qui s'écrasaient sur les rochers, elles aboutissaient aux mêmes angoisses. Marina songeait-elle à lui autant qu'il se consumait d'elle ? Que manigançait son oncle ? Comment avait réagi le colonel à l'annonce de sa fugue ? Paul avait-il réussi à s'éclipser ? Louisa, Vassili, Julie, Mark, tous ceux, qui, de près ou de loin, étaient impactés par sa fuite s'immisçaient dans son esprit...

Ces préoccupations parasitaient ses journées et perturbaient son sommeil. Son introspection n'aboutissait qu'à accentuer sa frustration. Les réponses lui échappaient comme le sable à travers un entonnoir. Tous ses indicateurs se révélaient obsolètes, périmés. Il désirait plus que tout des informations récentes.

Perché sur son rocher au fin fond de l'Albanie, il fut torturé par l'envie de joindre Marina. Son numéro restait gravé dans son cœur. Il fantasma leurs échanges, imaginant les mots doux.

Secouant la tête, il plongea le portable, objet de tentation qui causerait sa perte, au plus profond de sa poche. Ni son père ni son oncle ne devait tracer sa destination.

Chaque nuit, il rêvait de l'île et de ses parents, accumulant les détails qui lui permettraient d'identifier sa cible. De façon entêtante, la carte postale avait imprimé son empreinte : *tu dois venir, Matthew. Il le faut.* Rationalité et spiritualité s'affrontaient depuis dix jours. Ses pulsions l'emportaient sur ses certitudes. Ce qui s'avérait aussi exaltant que terrifiant.

Il se redressa et étira ses jambes. Le soleil brillait à son apogée. Au loin, il distinguait le *Happy Days* danser sur les flots, majestueux.

D'un pas déterminé, il rejoignit la marina, mesurant sa chance. De pouvoir compter sur Paul. D'avoir rencontré Niki. Et de vivre, tout simplement.

Regonflé à bloc, il se pressa. Son rendez-vous avec le destin n'attendrait pas.

75

Lundi 3 février
09 H 00
Commissariat central – Lille

Installé à l'arrière de la voiture avec chauffeur qu'il avait diligentée pour le mener jusqu'au commissariat central de Lille, Darian Agouridas feignait un désintérêt abyssal. Ses avocats – pas moins de trois des plus grands juristes en droit des affaires et droit pénal du barreau – revoyaient une dernière fois leur stratégie.

Une lame acide remonta son œsophage. À chaque fois qu'il se remémorait la façon cavalière avec laquelle ce roquet de la criminelle l'avait convoqué, son estomac se contractait et une bouffée de rage l'étranglait.

Alain Duhamel. Le Bouledogue. Le flic ne connaissait que le contenu officiel de ses dossiers, mais lui, Darian, avait disséqué la personnalité du capitaine. Son impulsivité. Son dédain pour le politiquement correct. Son irascibilité. Et pire encore : son acharnement. Darian entendait se débarrasser de cette convocation que ses avoués jugeaient abusive. Ils la traiteraient comme une injure à leur richissime client.

Après, il se retirerait. Le nœud coulant se resserrait de plus en plus vite autour de son cou et il refusait d'y laisser des plumes. Il poursuivrait sa quête dans l'ombre et ensuite…

Ensuite, il profiterait d'autres trésors insoupçonnés.

Huit heures cinquante-huit et le sieur Darian ne s'était pas présenté au commissariat. Classique. Encore un qui imaginait qu'il serait impressionné par sa prestance, son argent ou sa flopée d'avocats.

Duhamel se rejeta dans son fauteuil, avisant sa brigade.

Bellini, splendide de froideur avec ses boucles de madone, sirotait un café en silence, son visage d'ivoire fermé. Sanchez l'observait du coin de l'œil, hésitant à lui adresser la parole. Il était de notoriété publique qu'avant la dernière goutte de son précieux nectar, il valait mieux éviter de lui parler. Il patientait en feuilletant les données fournies sur OlympusBiotech et son PDG. Un dossier bien maigre et trop lisse pour se révéler honnête. Le grincement lugubre de l'acier brisa le silence, alors que Furmankowski étalait ses jambes en repoussant sa chaise. Lui seul semblait paisible. Il jouissait de son retour à la maison, dans son équipe, loin de la froideur suisse et du lieutenant blond. Anticipant le plaisir d'accueillir leur gibier et de le traquer jusqu'à l'hallali final.

Duhamel les observait tous, avec un soupçon de fierté. Bellini. Majestueuse et inaccessible. Sanchez. Fluet et souriant. Furmankowski. Tranchant et sombre. Ses mulets. Venez donc, monseigneur Darian. Vous et vos trois défenseurs ; nous jouerons à partie égale tous les huit.

Son vœu fut exaucé. Un coup sec sur la porte annonça l'apparition de leur suspect et de sa suite. D'un aboiement, il autorisa l'entrée, sans se donner la peine de se lever. Que le sieur Darian mesure sa courtoisie inexistante.

Installé dans la salle de supervision, dissimulé par une vitre sans tain, Mark guettait leur arrivée. Il avait lu et relu les documents compilés par leurs services respectifs, mais galérait à cerner la personnalité du PDG. Et cela le perturbait.

D'ordinaire, il ne rencontrait aucune difficulté à catégoriser les gens. Quelques informations factuelles. Une ou deux questions. Leur posture, leurs mimiques et leurs propos en révélaient plus sur eux qu'ils ne le souhaitaient. Mark s'avérait un professionnel du profilage, ainsi que le nommait les Américains. Que lui qualifiait de sens de l'observation. Mais ce dossier le dérangeait. Tout semblait trop lisse. Trop prévisible. Même la déclaration d'impôts d'Agouridas et ses dons aux œuvres caritatives brillaient par leur perfection.

Il espérait que cette façade se briserait face à l'escouade de choc menée par le capitaine.

Ceux-là, il les avait décryptés sans l'ombre d'une hésitation. Duhamel, le bouledogue irascible. Bellini, la madone inaccessible. Sanchez, le séduisant latino qui dissimulait sa sensibilité à fleur de peau. Et Furmankowski, qui refoulait tant sa rage intérieure qu'elle finirait par éclater. Il les avait tous observés avec délice.

Il patientait, oscillant entre excitation et anxiété. Gérer cette dualité s'avérait compliqué : dans quelques minutes, un tueur de masse entrerait. Un criminel déguisé en scientifique et entrepreneur brillant. Un loup sous sa peau d'agneau qu'ils devaient amener à se dévoiler.

Un coup frappé sur la porte annonça l'arrivée du suspect. Tous se figèrent. Ses sens en alerte, son corps se tendit vers lui. Il l'observa qui pénétrait en première position, hautain et sûr de lui. Sa démarche et son maintien traduisaient son dédain pour l'équipe qui l'accueillait froidement. Duhamel ne fit même pas l'effort de se lever pour le saluer. Typique. Déjà, il cherchait à le mettre hors de lui.

Pas un muscle ne tressaillit sur le visage de l'arrivant. Darian Agouridas. Une stature élancée, parfaitement définie au niveau de la taille. Mark devinait la fermeté sous le tissu de la chemise lissée à la perfection. Son costume à lui seul avait coûté plus cher que la garde-robe complète du militaire et ses boutons de manchettes le laissèrent perplexe. Un pentacle de Mars, symbole du guerrier. Choix à méditer.

Leur suspect semblait un sportif accompli et Mark s'étonna que son dossier ne le mentionne pas. De toute évidence, il soignait sa condition physique. Son teint hâlé trahissait sa prédilection pour le soleil. Ses cheveux argentés sur les tempes, avaient dû, dans un passé pas si lointain, briller d'un noir de jais. Des lunettes fumées à monture épaisse déformaient les traits de son visage rude. Il ne devait pas sourire souvent et de profondes rides creusaient son front. Son air taciturne et blasé le rendait d'emblée antipathique.

Attirer la sympathie constituait le cadet de ses soucis. D'un coup d'œil rapide, Darian Agouridas évalua son environnement, nota la présence des enquêteurs et la configuration de la pièce tel un sniper en reconnaissance. Son regard possédait la dureté du silex et Mark frémit. *Danger.*

Sans attendre une quelconque invitation, le PDG s'installa nonchalamment sur la chaise centrale, face à Duhamel. Étendît ses jambes et joua avec sa montre. Un magnifique modèle Breitling Chronomat en or et cuir. Rehaussé de diamants. Un bijou à trente mille euros. Mark vit Duhamel grincer des dents, mais le capitaine retint une remarque. Les cols blancs s'éparpillèrent autour de leur client comme des oiseaux de proie. Duhamel attaqua :

— Avant que vos avocats ne l'exigent, je vous confirme votre interrogatoire dans le cadre du décès de Monsieur Lucio Andreotti. Êtes-vous Monsieur Agouridas, Darian, né le 10 mars 1969 à Athènes, en Grèce ?

Le suspect ne daigna pas entériner, se contentant de fixer un regard long et dénué de toute gêne sur le capitaine. Le lieutenant Bellini sourit et balança d'une voix paisible :

— Dois-je répéter la question, monsieur, ou souhaitez-vous ajouter une accusation d'obstruction à la justice à votre dossier ? Cela se révélera sûrement du plus bel effet devant votre conseil d'administration.

Le représentant placé à la droite de Darian Agouridas bondit, défendant vertement :

— Il n'est pas nécessaire de menacer mon client. Je vous confirme volontiers son identité.

— Quelle amabilité de lui épargner l'effort de le certifier lui-même, maître.

La voix de Duhamel grinçait, mais Darian ne sourcilla pas. Le rapport de force entre les deux hommes était établi. Difficile à ce stade de prédire qui l'emporterait. Duhamel continua :

— À notre connaissance, Monsieur Agouridas officie en tant que président-directeur général de la société OlympusBiotech. Vous confirmez ?

— Nous confirmons.

— Aurait-il l'amabilité de nous présenter les activités de cette entité ?

Un silence perdura, avant que l'avocat ne le rompe :

— Afin de vous prouver sa pleine coopération, Monsieur Agouridas m'a autorisé à vous éclairer. OlympusBiotech, comme son nom l'indique, s'intéresse aux biotechnologies de façon assez diversifiée. Nos opérations s'étendent de la fermentation bactérienne aux procédés d'obtention des biodiesels.

— Le tout dans une seule entité ?

— Non. Nous rachetons diverses startups et les développons.

— En France ?

— Dans toute l'Europe.

— Combien OlympusBiotech compte-t-elle d'employés ?

— Environ trois cents, répartis en une quinzaine de sites.

— J'imagine que vous possédez une branche R&D ? Ou plusieurs peut-être ?

— Évidemment, bien que leurs activités demeurent confidentielles.

— Vous arrive-t-il de protéger vos découvertes ? Vos procédés peut-être ?

— Nous préférons garder notre savoir-faire en interne.

Le capitaine et le défenseur se jaugèrent. Sanchez intervint :

— Rachetez-vous des brevets ou des licences d'exploitation ?

— Si le potentiel nous séduit.

— Lorsque vous acquérez une entreprise, j'imagine que vous obtenez les droits de propriété intellectuelle de fait ?

— Il s'agit de l'intérêt principal de l'opération.

L'avocat marqua une pause, puis, devant le silence des inspecteurs, railla :

— Ces pratiques industrielles s'avèrent tout ce qu'il y a de plus banal. Peut-être pourriez-vous préciser votre propos, afin que nous cessions de perdre notre temps.

Mark observa Alain Duhamel réprimer un sourire glacial. Leur approche les perturbait. Objectif atteint. Brusquement, le buste du capitaine se pencha et il fixa Darian Agouridas :

— Connaissez-vous la société Von Lieberman ?

Aucun frémissement. Pas le moindre étonnement. Alors que ses représentants se raidissaient, Darian Agouridas exprimait l'ennui. La conviction s'imposait : il était parfaitement informé des chefs d'accusation. Il y était préparé. Devant cette absence de réaction, Duhamel scruta l'avocat principal, qui concéda du bout des lèvres :

— Il s'agit d'une compagnie avec laquelle nous collaborons.

— Récemment ?

— Nous coopérons depuis plusieurs années.

— En quoi consiste votre *collaboration* ?

L'avocat jeta un regard à son client, qui, pour la première fois, esquissa un sourire glacial. Contre toute attente, il prit la parole. Sa voix tranchait, rêche et ironique. Un couteau affûté.

— Scientifique. Moritz Von Lieberman nous a cédé les droits d'exploitation de certaines découvertes réalisées par ses employés.

— Quel type de *découvertes* ?

L'homme de loi continua, dans un discours lisse, parfaitement préparé :

— La société de Monsieur Von Lieberman possède une branche de recherches qui vise à identifier de nouveaux principes actifs pour le secteur de la cosmétique. Ses salariés explorent le monde afin de collecter des plantes, insectes, minéraux peu ou pas connus.

— Et ces spécimens, ils deviennent quoi ?

— Les échantillons sont stockés, étiquetés et analysés pour cerner leurs caractéristiques.

— Et Monsieur Von Lieberman a accepté de vous en céder l'usage ?

— D'une fraction, en effet.

— J'imagine que l'accord financier s'est révélé bénéfique pour lui ?

— La transaction a apporté satisfaction aux deux parties.

— Vous possédez donc la propriété intellectuelle sur ces nouveaux composés ?

— C'est exact.

— Les avez-vous protégés pour une utilisation particulière ?

— Pour cela, nous devons tout d'abord cibler l'application potentielle et la documenter.

— Ces produits sont-ils rares ?

— Ils existent dans la nature.

— Vous éludez, maître.

— Veuillez reformuler.

— Estimez-vous possible que d'autres que vous travaillent sur les mêmes spécimens que ceux cédés par Von Lieberman ?

— La probabilité reste faible, mais pas nulle. Après tout, ces composés sont biosourcés. Une fois encore, vous louvoyez. Quel rapport avec Lucio Andreotti ?

Bellini attaqua :

— Vous semblez pressés de nous quitter, messieurs. Peut-être jugez-vous que la mort d'un homme ne justifie pas que vous perdiez quelques minutes de votre précieux temps facturé quoi, cinq cents euros de l'heure ?

L'avocat lui jeta un regard brûlant et riposta :

— Nous sommes sensibles à la disparition de cette personne. Mais – et je m'exprime collégialement – nous ne voyons pas le lien entre ce décès et l'entreprise de notre client.

D'une pirouette du poignet, Furmankowski étala les photographies de Lucio Andreotti sur la table devant eux. Les avoués ne purent refréner un mouvement de recul. Darian Agouridas s'empara des clichés et les examina avec attention. Impassible. Cet individu ne possédait pas une once d'empathie. L'avocat principal rugit :

— Pourquoi nous agresser avec ces clichés sordides ?

Bellini renchérit :

— La mort se révèle généralement peu reluisante.

S'adressant à Darian Agouridas, elle s'enquit :

— Connaissiez-vous Lucio Andreotti ?

Le Grec leva vers elle un visage dénué de toute émotion et réfuta :

— En aucun cas.

— En êtes-vous certain ?

Il ne daigna pas répéter. Une seule réponse suffirait. Son représentant reprit la parole et conclut :

— Mon client l'atteste.

— Votre client n'a pas regardé les photographies plus de dix secondes. Difficile de trancher en dix secondes, n'est-ce pas ?

Un silence s'installa, que Bellini rompit :

— Peut-être fait-il partie de vos employés ? Trois cents personnes, vous ne les connaissez pas individuellement, non ?

— Nous vérifierons, mais je n'établis toujours pas le rapport entre OlympusBiotech et Lucio Andreotti.

Duhamel se pencha, incisif :

— Voyez-vous, j'ai un problème. Lucio Andreotti, ici présent – il pointa son doigt court sur le cliché du cadavre – a été assassiné. Nos scientifiques ont identifié un composé particulièrement toxique et extrêmement rare dans sa dépouille. Une formule responsable de son décès prématuré. Or, ce spécimen constitue la propriété d'OlympusBiotech. Du coup, je m'interroge : comment ce produit confidentiel s'est-il retrouvé dans le corps de Monsieur Andreotti s'il n'est ni un employé ni une connaissance ?

— Vous prétendez qu'un *produit* – excusez l'imprécision de ce terme – appartenant à OlympusBiotech a causé la mort de Monsieur Andreotti ?

— J'en suis convaincu.

— Conviction ? Vous plaisantez, j'espère ! Quelles sont vos preuves ? rugit l'avocat principal, mimant l'outrage.

— Nos experts ont identifié la molécule – un vocable assez rigoureux pour vous ? – et l'ont comparée aux composés que vous avez acquis.

— Où se trouvent les résultats ? Les échantillons ? Qui les a certifiés ?

— La société Von Lieberman nous a fourni les spécimens originaux. Naturellement, ils étaient ravis de rejeter la faute sur quelqu'un d'autre. L'analyse s'avère formelle. Il s'agit de l'extrait N°186. Plante andine à ce que j'en sais. De toute évidence, pas quelque chose que Lucio Andreotti côtoyait tous les jours dans sa Toscane natale… Ce qui exclut qu'il l'ait chopé par hasard…

— Les rapports.

Toute politesse abolie, Duhamel tendit le dossier à l'avoué, qui l'éventra d'une main fébrile. Darian Agouridas retint un bâillement. Il n'avait pas prononcé un seul mot. Pas tressailli. Un monolithe glacé. Duhamel gronda, sans ménagement :

— Moi, je suis pragmatique. Vous possédez le produit. Personne d'autre n'en a. Et lui en est mort. Je voudrais comprendre le lien entre ce pauvre type et OlympusBiotech. Vous aimez la Toscane ?

Darian le dévisagea enfin, marquant un léger étonnement. Duhamel reprit :

— Nan, je dis ça comme ça. Le gars y habitait. Dans un petit village pittoresque… J'ai oublié le nom… Bellini ?

— Pitigliano, Capitaine.

— Ouais. Pitigliano. Connaissez-vous Pitigliano, Monsieur Agouridas ?

Mark s'était redressé à l'évocation de Pitigliano. Bingo. Il en mettrait sa main à couper : Darian Agouridas avait frémi.

— Non, désolé.

— Vous pouvez. Il s'agit d'une charmante bourgade. Les falaises. Le fleuve. Une histoire riche. Quelques drames aussi. On parle de quoi, déjà, Bellini ?

— Le maire a mentionné un incendie meurtrier. Toute une famille. Il y a une quinzaine d'années.

— Oui, ça me revient. Terrible… Enfin bref. Peut-être avez-vous visité Grosseto ?

— Pas plus.

— Ah… Étrange. Après tout, un de vos sites de production se trouve à quelques dizaines de kilomètres. À Piombino, si j'en crois mes informations. Vous n'avez jamais parcouru la région ?

Pour la première fois, Darian Agouridas s'était redressé. L'avocat principal coupa court :

— Nous avons suffisamment participé à ce simulacre d'entretien. Ces questions relèvent de la vie privée de mon client et il refuse de satisfaire cette curiosité mal placée. À moins que vous ne l'accusiez ?

— Pas encore. Mais j'y travaille activement. Je vous promets que je vais creuser comme jamais et déterrer tous ses secrets. J'ai une sainte horreur de trouver des morts italiens au pied de mes falaises.

— Des menaces ?! Vous dépassez les bornes.

Furmankowski darda son regard d'acier sur le freluquet et banda ses muscles. L'homme de loi retint un mouvement de recul involontaire.

— Lorsque nous vous menacerons, la confirmation sera superflue.

— Il s'agit d'intimidation, fulmina l'intéressé, les narines frémissantes.

— Vous confondez avec de la politesse. Nous vous informons de notre détermination à élucider cette affaire, modéra Bellini. Nous éviterons d'affoler votre conseil d'administration, mais vous le savez, les préjudices collatéraux demeurent imprévisibles.

La voix de Bellini s'élevait, si douce que chacun restait pendu à ses lèvres, peinant à interpréter ses paroles.

— Je pense que cet entretien est fini. Darian, nous partons.

Les quatre représentants des forces de l'ordre se levèrent d'un bloc, unis. Leur suspect et ses avocats les affrontèrent, leur tension palpable. Sans un mot, ils s'éloignèrent. Dès qu'ils atteignirent la porte, Duhamel lança, goguenard :

— Quel dommage que vous nous quittiez. Nous n'avons pas évoqué le sort de Mademoiselle Giulia Olivetti.

Darian et ses employés marquèrent un temps d'arrêt, figés, puis reprirent leur avancée. Bellini les salua, faisant virevolter ses boucles auburn.

— Nous allons traquer le plus infime indice.

— Quelle que soit sa taille ; même nanométrique, ajouta Furmankowski.

— Et nous trouverons toutes les preuves requises, monsieur Agouridas. Ne vous éloignez pas trop, conclut Sanchez.

Un choc sourd puis le silence tomba.

Sans perdre une seconde, Mark se faufila dans les couloirs. Pas question de rater leur sortie. Il les devança de quelques mètres et put les observer.

Darian contractait ses mâchoires de colère, le dos raide. Dès que son chauffeur se gara devant le bâtiment, il s'engouffra dans l'habitacle et claqua la porte, laissant à peine le temps aux avocats de grimper de l'autre côté. La voiture démarra dans un crissement d'urgence. Mark souhaita se transformer en une petite souris pour épier leur conversation.

De toute évidence, l'homme les quittait contrarié. Commettrait-il une faute permettant de le piéger ? Plus que jamais, Mark était convaincu de sa culpabilité. Mais également affreusement conscient de sa finesse et de sa dangerosité.

Aucun frémissement. Pas un tressaillement. Cet homme dominait parfaitement ses émotions. Mark craignait le déferlement de rage que leur interrogatoire allait provoquer. Il le sentait : Darian Agouridas se vengerait.

Violemment.

Seraient-ils de taille à lutter ?

76

Lundi 3 février
14 H 00
Bureau de Darian Agouridas – Lille

Deux heures. Il était sorti du commissariat de Lille depuis deux heures. Difficile de mesurer l'ampleur de sa colère lorsqu'il s'était engouffré dans le taxi. Pour rien au monde il n'y serait resté une seconde, à se faire agresser en toute impunité par ce clown et son équipe.

Leur manœuvre s'avérait classique et pourtant Darian Agouridas bouillonnait, preuve qu'elle était efficace. Il s'enorgueillissait d'avoir cadenassé toute émotion devant eux, mais, de retour dans son bureau, ce trop-plein de rancœur le submergea. Il devait trouver une échappatoire à ce tourbillon destructeur qui l'animait. Il crevait d'envie de se venger.

Ses avocats étaient repartis totalement déboussolés. Il avait refusé en bloc de discuter avec eux de l'attitude des inspecteurs. Il savait qu'ils ne le comprenaient pas et il s'en moquait. Il les payait grassement pour qu'ils dévient les attaques et protègent ses intérêts.

Ils reviendraient dès qu'il les appellerait. Une bande de vautours sans scrupule qui se fichait bien de culpabilité ou d'innocence. Seules les apparences comptaient. Avec ironie, il se souvint de la remarque de son avocat principal : félicitations, Monsieur Agouridas, vous avez admirablement peu réagi à leurs attaques infondées.

Comme si ce comportement constituait un exploit ! Il avait appris à cacher ses sentiments depuis des années. À les dissimuler sous une façade d'indifférence glaciale. Et pourtant, il fulminait.

Duhamel et sa fichue habitude de s'acharner sur toutes les pistes. Comment avait-il réussi à convaincre Moritz Von Lieberman de lui livrer les données ? Comment avaient-ils établi le lien avec Giulia ? Certes, ils pataugeaient encore, mais ils progressaient.

Lucio. Giulia.

Il frémit en se remémorant leur remarque sur Pitigliano. Les militaires se dissimulaient derrière cette agression perfide. Duhamel n'aurait pas pu accéder au dossier sans eux. Militaires et policiers s'étaient unis dans la bataille. Contre OlympusBiotech.

Contre lui. Car il tirait les ficelles. Seul. Son conseil d'administration n'était composé que d'une bande de vieillards libidineux qui validait ses propositions en échange de chèques généreux et d'avantages en nature. Il restait unique maître à bord et il en profitait largement.

Ses activités lucratives finançaient la recherche qui l'intéressait réellement. Il se révélait diabolique. Monstrueux pour certains. Mais également un redoutable homme d'affaires. Capable de détecter le potentiel de startups dans lesquelles personne n'aurait investi un euro. Et de les faire fructifier à son bénéfice intégral.

Son père n'avait jamais apprécié les commerciaux et capitalistes. Il prétendait que la science reposait sur l'innovation et la créativité. Pas sur la valorisation des résultats.

Tous deux n'avaient jamais réussi à s'accorder sur ce point et cette mésentente les avait menés à la fin. Son paternel et le vieux Vassili, possédants des formules au potentiel extraordinaire. Excluant de les rentabiliser. Contre sa jeunesse. Son insatiable envie de… difficile à dire… de reconnaissance, de pouvoir, de tout ce que l'argent offrait.

Certes, il confessait quelques circonstances atténuantes. Quand ses parents s'étaient séparés, il était resté avec sa mère, héritière d'une des familles les plus influentes de Grèce. Une femme faible, sous la coupe de son propre père. Un phénomène, cet homme-là. Une richesse telle qu'il avait baigné dans l'opulence dès sa tendre enfance, bercé d'illusions sur sa supériorité incontestable. Il n'était pas naïf et il mesurait parfaitement son besoin irrépressible d'aisance matérielle.

De prestige. De prestance. D'une protection efficace contre les tracas de tout type. D'une aura de suprématie.

Quoi qu'il en soit, Darian Agouridas ne tolérerait pas cette oppression qui alourdissait sa poitrine. Alors que son visage ne reflétait que l'ennui devant les inspecteurs et leurs offensives, son estomac se tordait dans des spasmes douloureux. Mélange de rage et d'un émoi inédit.

La peur.

Inadmissible. Il ridiculisait ces mauviettes qui tremblaient dès que le vent tournait et rejetait toute ingérence. Il agirait comme il l'avait toujours fait : pour son propre bénéfice. Selon ses lois.

Il avait dressé son plan.

En premier lieu, stopper les investigations. Ses nanoparticules avaient prouvé leur efficacité. Nul besoin d'amplifier l'essai. Il se ferait oublier quelque temps. Lancer les chiens sur une fausse piste. Leur donner un os à ronger. Cela distrairait le Bouledogue.

De toute façon, son objectif actuel différait. Il ne cherchait pas à mettre au point de nouvelles formules. Il traquait son neveu, qui possédait les réponses aux questions qui le torturaient. Il le localiserait et l'amènerait à se livrer. Son appât mûrissait. Il l'utiliserait bientôt.

Ensuite, il disparaîtrait. Dès que Matthew passerait sous son emprise, il deviendrait un fantôme. Il ne tenait pas à susciter les enquêtes perpétuelles de la part du colonel Brady.

S'évanouir dans la nature constituerait un jeu d'enfants, il disposait déjà de quelques alias de secours prêts à l'emploi et d'un chirurgien plasticien peu regardant sur les protocoles. L'argent ne représentait pas un frein, les comptes débordaient dans des paradis fiscaux aux climats tout à fait agréables. Quant à OlympusBiotech… la holding mourrait, faute d'un capitaine à la barre.

Même pour elle, cela ne serait pas compliqué. Elle ne connaissait qu'une identité, aucune de ses façades. Elle ne verrait aucune différence, surtout isolée dans son pensionnat. Il veillerait à articuler ses vacances de façon à stabiliser la situation avant son retour. Tout se coordonnait harmonieusement.

Finalement, sa rage s'estompa. Son plan s'organisait, cohérent. Tel un judoka, il détournerait leur force à son avantage. Ils voulaient poursuivre

OlympusBiotech et son créateur. Il allait programmer son arrêt de mort. De quoi les occuper et lui offrir une échappatoire.

Sur ces décisions, il connut un regain d'énergie. L'action lui seyait. Il s'y épanouissait. D'un geste rapide, il pianota un message. Il devait planifier le minutage exact. Pas question de foirer sa sortie. Il quitta son bureau, satisfait. Un peu d'exercice lui apporterait la sérénité.

À plusieurs centaines de kilomètres, Paul se détendait. Le voyage en compagnie de Carla était placé sous le signe des plaisirs. Le tout dans une totale discrétion. Ils circulaient de ville en ville, dissimulés dans un camping-car de luxe gigantesque. Le chauffeur personnel de la jeune femme leur fournissait tout ce dont ils rêvaient sans effort. Ils vivaient en autarcie, invisibles. Cet anonymat servait autant les desseins de la Belle que ceux de Paul. Elle débordait de sensualité et ne se refusait aucun délice, ce dont le chirurgien jouissait avec volupté.

Depuis trente heures, ils squattaient le lit géant du mobile home. Paul ignorait où ils se trouvaient. Et il s'en fichait royalement.

Après la tension des trois dernières semaines, il décompressait. La compagnie de Carla lui permettait d'oublier tous ses tracas. Il s'interdisait de penser à Matthew. À Mark. À Louisa ou à qui que ce soit. Évoluer dans une bulle, libéré du poids des responsabilités, en présence d'une bombe sensuelle… Pourquoi se plaindrait-il ?

Une caresse sur son dos nu l'alerta. Les yeux brillants, moulée dans une nuisette de satin noir, Carla ondula jusqu'à lui. Il attrapa ses hanches avec passion. Elle exigeait toujours plus et il s'employait à la combler. Demain était un autre jour. Au cours duquel il affronterait la réalité et les conséquences de ses actes. Aujourd'hui, seul comptait son plaisir.

77

Mardi 4 février
16 H 00
CHU de Lille – Service de réanimation

D'où provenaient les clochettes qui tintaient ? Grimaçant, Marina tenta d'évacuer ces bruits aigus et désagréables. Elle entrouvrit les yeux, décontenancée par la silhouette blonde et souriante qui serrait sa main avec douceur.

Elle voulut parler, mais un simple coassement s'échappa, engendrant une quinte de toux douloureuse. La femme l'aida à se redresser et regonfla les oreillers derrière sa nuque, afin de la soulager. Percevant son regard perdu, Lise déclara, enjouée :

— Je suis ravie que vous soyez réveillée, Marina.

L'intéressée tendit les doigts vers la carafe d'eau. *Pourquoi la mère de Matthew se trouvait en Russie ?* Ses pupilles sautaient d'un détail à un autre, assimilant son environnement. *Rêvait-elle ? Mais ça n'avait aucun sens, que ferait Lise Brady dans ses songes ?* Identifiant son désarroi, la mère de Matthew emplit le verre et le porta à ses lèvres.

— Vos questions attendront que vous alliez mieux, Marina.

L'eau glissa avec délice dans sa gorge sèche et irritée. Elle avala plusieurs lampées. Concentrant à la fois son attention et ses forces, elle murmura pour éviter une seconde crise :

— Où suis-je ?

— A Lille, à l'hôpital. Jonathan a organisé votre rapatriement sanitaire.

— Mais… pourquoi ?

— Votre état se dégradait. Votre médecin et Petrov ont jugé que vous seriez mieux soignée ici.

— Qu'est-ce que j'ai ?

— Une pneumonie et une surinfection. En plus de la rougeole. Le cocktail de médicaments prescrit semble efficace. Vous avez meilleure mine qu'hier.

Marina reposa sa tête sur l'oreiller, désorientée. Elle se sentait particulièrement faible, mais la fièvre avait reflué.

— Quel jour sommes-nous ?

— Mardi 4 février. En milieu d'après-midi.

— Mardi 4 février.

Elle avait perdu la notion du temps. Les pièces du puzzle se combinaient lentement dans son esprit, lui permettant de reconstituer certains événements. Mais pas tous.

— Pourquoi êtes-vous là ?

Dès que les mots franchirent ses lèvres, Marina souhaita les ravaler. Son impolitesse la mortifia, mais Lise tapota sa main en pouffant :

— Parce que j'adore l'odeur javellisée de l'hôpital, voyons ! Elle corrigea : Matthew vous apprécie beaucoup. Je prends soin de vous en son absence.

Son électrocardiogramme accusa un raté. Entendre prononcer son prénom raviva ses angoisses.

— Il n'est pas là ?

Lise rougit puis confessa, dévisageant la convalescente :

— Non. Jonathan s'occupe de lui. Il sera bientôt de retour. En attendant, je vous conseille de dormir un peu pour récupérer quelques forces.

Cette vérité épurée sonnait faux et elle fronça les sourcils. Lise identifia sa révolte et secoua la tête :

— Je vous raconterai tout plus tard. Votre corps réclame du repos. Je reste à vos côtés. Fermez les yeux.

Contre toute attente, Marina obéit. Veillée et protégée, elle s'assoupit en quelques minutes, rassurée. Ses rêves furent paisibles, bien éloignés de l'agitation qui animait le colonel et ses équipes.

78

Mardi 4 février
16 H 00
Moscou

Vassili Medvelev ôta ses lunettes et frotta ses yeux fatigués. D'un regard las, il balaya la chambre sans confort dans lequel il potassait l'énorme compilation remise par *Chameleon* quelques jours plus tôt.

Et ses conclusions s'avéraient édifiantes.

Les épithètes pour qualifier Orion Diamantopoulos lui manquaient. Les activités du millionnaire grec, père d'Anthéa et beau-père de Mathis Beauxchamps chamboulaient toutes ses convictions. À la fois sur la personnalité de Mathis, mais également sur les capacités exceptionnelles de Matthew.

Chaussant ses verres à nouveau, il feuilleta le document, griffonnant trois mots sur son carnet bleu. Fermant les paupières, il tenta de s'immerger, plongeant près de trente ans plus tôt.

L'île grecque de Santorin. Une famille nantie, riche à millions. Un homme puissant, persuadé de la supériorité des siens. Implacable en affaires comme en famille. Un père autoritaire, voire despotique. Un orgueil démesuré, refusant son statut de mortel.

La bouche de Vassili se tordit en une moue dubitative. Encore un qui excluait de vieillir. Ses pupilles croisèrent son reflet dans le miroir et il grimaça. *On en est tous là…* Sauf qu'Orion Diamantopoulos brassait les millions et brillait par sa hargne à défier la fatalité.

Il avait dédié son énergie et son argent à traquer tout individu aux capacités jugées exceptionnelles. Il avait été le premier à se passionner – sans les nommer ainsi, évidemment – pour les zones bleues, ces villages où les centenaires pullulaient. Il en avait tiré certains enseignements sur l'intérêt de la spiritualité, de la solidarité et d'une alimentation strictement contrôlée, mais avait vite compris la limite de sa quête. Jamais il n'irait vivre reclus dans une société rustique, bien loin du monopole capitaliste qui régissait sa vie.

Alors, Orion avait investi dans les biotechnologies. Étude de la méduse immortelle *Turritopsis dohrnii* et de ses facultés de rajeunissement ; développement de nanorobots soi-disant capables de réparer les altérations liées à l'âge ; injection de sang juvénile ; travaux sur les cellules souches multipotentes ; purification des télomérases… Autant de pistes excitantes qu'il avait financées avec enthousiasme, rêvant de se constituer cobaye.

Il avait identifié Mathis Beauxchamps parmi les chercheurs d'avenir et l'avait, à coups de gros billets, attiré en Grèce. Ce qui avait conduit à sa rencontre avec Anthéa et la genèse des jumeaux, mais le rapport ne s'attardait pas sur eux.

En revanche, les documents détaillaient les voies étudiées par son ancien collègue.

Et celles-ci s'éloignaient de la science purement rationnelle pour lorgner la spiritualité, les sciences occultes puis l'ésotérisme.

Vassili secoua la tête, relisant quelques passages éclairants. *Dans quoi son ami avait-il trempé ?*

De fil en aiguille, Orion et sa bande avaient orienté leurs recherches sur les sociétés secrètes qui prônaient l'existence de personnes dotées de capacités particulières, les plaçant sur un piédestal. Des surhommes. Progressivement, ils avaient écarté les travaux *classiques* pour se consacrer à l'analyse de textes ancestraux et la constitution d'un répertoire des « Puissants de ce monde » – le vocable revenait à Orion, pas à lui. *Chameleon* avait listé une vingtaine de noms, assortis de leur *don.*

Vassili avala sa salive. Comment Mathis avait-il accueilli cette digression ? Le rapport mentionnait des tensions entre le mécène et le scientifique, mais son ami avait toujours prétexté que son beau-père le détestait pour avoir, je cite, « engrossé sa fille ».

Leurs affrontements reposaient-ils sur des divergences plus profondes ? Vassili tenta de rassembler ses souvenirs. Mathis évoquait rarement Orion, sauf pour relever son inflexibilité et sa violence. Ses convictions religieuses ou idéologiques lui restaient étrangères.

Parcourant ses notes, Vassili buta sur un nom, qui ralluma l'étincelle de sa mémoire vieillissante. *Anafi*. Pourquoi ce terme lui était-il familier ? Il relut les quelques lignes dédiées. L'île d'Anafi se situait dans les Cyclades, à trente minutes de bateau de Santorin. Contrairement à cette dernière, Anafi se caractérisait par sa côte sauvage, dédaigné des touristes. Seule particularité : un monastère, fief d'une confrérie de moines. L'Ordre de la Lune.

D'après les informations collectées par *Chameleon*, la guilde de religieux se résumait à une douzaine de membres sur place, mais leurs origines remontaient au Moyen-Âge et leurs ramifications s'étendaient bien au-delà des mers. Subtilité perturbante : Orion Diamantopoulos, accompagné de Mathis Beauxchamps, y avait passé un temps considérable, y effectuant même une retraite de plusieurs semaines. La date lui sauta aux yeux : moins de deux mois avant la démission de Mathis et le début de leur collaboration. Qu'est-ce qui avait motivé cet isolement volontaire ? Certainement pas un simple accès de solitude…

Vassili détailla les clichés fournis par *Chameleon*. Le mur d'enceinte du monastère de pierres blanchies à la chaux, à flanc de falaise. Le dôme arrondi de la tour. La cloche surmontée d'une flèche d'acier. Il sourit : une colombe, plutôt ironique pour une congrégation guerrière. Il reprit une lettre, rédigée par le Maître de l'Ordre à l'intention d'Orion Diamantopoulos. L'estampille l'intrigua. Une lune mêlée d'un soleil. Il plissa les yeux et bondit de sa chaise, autant que ses vieux os le lui permirent. D'un mouvement saccadé, il fouilla dans son attaché-case, fébrile.

Enfin, il en tira les courriers échangés avec Mathis près de trente ans plus tôt. Il les avait déterrés en cherchant quelques souvenirs pour Matthew. Saisissant la première, il la déplia et se figea.

Le même sceau se devinait, dissimulé dans les volutes de la signature de son ami. Il s'effondra sur le dessus de lit miteux, les jambes sciées. Qu'est-ce que cela pouvait signifier ?

Il resta immobile trente minutes, tentant de rationaliser ces éléments et de les ordonner. Peine perdue : il lui manquait des données.

Inspirant, il s'empara du combiné du téléphone présent sur sa table de chevet et composa le numéro du manoir. Il devait prévenir Matthew et Marina de ses découvertes. Les sonneries s'éternisèrent, jusqu'à ce qu'une voix juvénile le salue :

— Allo, c'est qui ?

— Alessandra ?

— Oh, Padredouchka, c'est toi, où es-tu ? Tu me manques, tu sais !

Il la laissa terminer, touché par son amour inconditionnel.

— Pourrais-tu me passer Nicolaï, s'il te plaît ?

— Ben non, il est plus là depuis longtemps. Il est parti juste après toi.

Un silence éloquent satura la ligne et il balbutia :

— Et ta tante Marina ?

— Envolée aussi. Deda Sergueï est fâchée contre le monsieur qui est venu la chercher. Il l'a traité de tous les noms…

— Quel monsieur ?

— Le grand musclé qui sourit jamais. Celui qui a presque plus de cheveux et une grosse voix qui fait peur.

Petrov.

— Il est parti avec ta tante ? Pourquoi ?

— Ben parce qu'elle est très malade, Padredouchka ! Le docteur Michaëlis l'accompagnait. Nicolaï l'a emmenée en France pour se faire soigner. La pauvre, qu'est-ce qu'elle toussait…

Vassili assimila ses renseignements ; Marina souffrante ; Nicolaï envolé. La gamine s'inquiéta :

— Quand est-ce que tu reviens, Padredouchka ? Je n'ai plus le droit d'aller au laboratoire sans toi et je m'ennuie ici avec Deda Sergueï qui crie tout le temps.

Il sourit de sa plainte, mais éluda :

— Je dois encore travailler, Alessandra. Mais je me dépêche. Tu sais ce que j'ai mangé la semaine dernière ?

— Non ?

— Des hamburgers. Beaucoup de hamburgers.

— T'as trop de chance ! Tiens, voilà Maman, tu veux que je te la passe ?

— Non, ma chérie, je dois filer. Je t'aime.

Il raccrocha, peu enclin à discuter avec Zoya. Ou qui que ce soit d'ailleurs. Il devait préparer son départ pour Lille. Étirant ses muscles, il s'interrogea un instant : *Chameleon* assurait-il les voyages discrets ?

Au manoir, Zoya fronça les sourcils en observant Alessandra qui sautillait, guillerette. La fillette la contourna en s'extasiant :

— Quel chanceux, ce Padredouchka ! Il mange des hamburgers tous les jours !

79

Mercredi 5 février
08 H 00
Endroit inconnu

Ils roulaient depuis douze heures, progressant à la faveur de la nuit. Lorsque Carla avait assuré qu'ils parviendraient à destination au petit matin, Paul s'était contenté d'acquiescer. Tant qu'ils voyageaient discrètement, peu lui importait l'endroit.

Elle avait souri, affirmant que personne ne devinerait où il se trouverait, avant de lui proposer de profiter de l'expédition. Ce qu'il avait accepté sans négociation.

L'immobilité soudaine du camping-car le réveilla. Il émergea d'un sommeil de plomb, consécutif à une nuit active. Pivotant, il constata que sa compagne s'affairait dans la salle de bains attenante. Il s'étira avec délice, jouissant de cet interlude mérité.

Dix minutes plus tard, Carla se profila, apprêtée et splendide dans une robe sombre moulante. Elle croyait préserver les apparences du deuil, mais le noir à lui seul ne pouvait masquer la sensualité de sa démarche et le galbe de sa poitrine comprimée. Il lui dédia un coup d'œil appréciateur, qu'elle capta telle une récompense. D'une main aux ongles manucurés, elle s'empara de son sac et annonça :

— Nous venons d'arriver, j'ai respecté ton repos. Tu dormais si paisiblement…

— Merci. J'avais besoin de recharger les batteries.

— Rejoins-moi lorsque tu seras prêt. Je vais m'assurer que tout est tel que je l'ai exigé.

— À vos ordres, madame.

Il mima la soumission et Carla leva les yeux au ciel avant de s'éclipser. Il se glissa à nouveau sous les couvertures, étirant ses bras au-dessus de sa tête. Il n'avait plaisanté qu'à moitié : elle l'avait littéralement épuisé depuis trois jours. Cette insatiabilité, insoupçonnée lors de leur première rencontre à Lille au Nouvel An, le comblait. Repu, il s'octroya un instant de béatitude, ronronnant comme un félin.

Roulant sur lui-même, il se força à extraire un pied de la couette moelleuse. Ses bonnes manières le perdraient : il refusait de faire patienter sa charmante hôtesse. Il gagna la salle de bains et jeta un coup d'œil par la lucarne. Une cour arborée close. En se penchant, il distingua une large étendue bleue à travers les branches déplumées des arbres. La mer ? Curieux, il boutonna son pantalon à la hâte.

Moins de vingt minutes plus tard, il sortit. Ce qu'il avait pris pour un patio se révélait en réalité un vaste espace rectangulaire de plusieurs centaines de mètres carrés, encadré par une haie touffue de thuyas. Où se trouvait-il ? Il avisa la position du soleil, puis sa montre. De toute évidence, le fuseau horaire n'avait pas changé.

Le ciel brillait d'un bleu azur limpide et, en tendant l'oreille, il perçut le piaillement caractéristique des cormorans. Un sentier s'étalait devant lui, seule issue évidente. Confiant, il s'y engouffra, s'imprégnant de l'atmosphère paisible du domaine.

Il parcourut une centaine de mètres avant de croiser un grand bâtiment ancien, spartiate. Au loin, il identifia la maison principale. Elle reflétait les rayons et scintillait de mille feux. Le toit arrondi et les ouvertures en arc de cercle évoquaient les demeures caractéristiques de Santorin et il s'imagina un instant en Grèce.

Perplexe, il pénétra dans le hall d'entrée, peint à la chaux, d'un blanc immaculé. La décoration minimaliste l'interpella, renforçant ses interrogations. Quelques marines égayaient les murs, accompagnées d'antiquités d'inspiration grecque. Alors qu'il déambulait dans le salon, elle l'apostropha :

— Tu me rejoins sur la terrasse ?

Il obéit. Un pas à l'extérieur et la vue majestueuse le stupéfia. La véranda semi-ouverte surplombait les flots. Chauffé et éclairé avec subtilité, l'espace offrait aux usagers un petit-déjeuner en communion intime avec les éléments. Sur des kilomètres, les vaguelettes se reflétaient sans qu'il puisse identifier un rivage. Elle dégustait un café. Un large plateau de viennoiseries et une seconde tasse fumante l'attendaient.

— J'ai supposé que tu aurais faim ?

— Je suis affamé. Merci beaucoup.

Paul s'installa, orientant sa chaise pour observer Carla et la mer à leurs pieds. Aussi magnifiques l'une que l'autre. Après une gorgée de nectar corsé, sa curiosité l'emporta :

— Quelle villa époustouflante ! Et cette terrasse ! La vue se révèle exceptionnelle. Où sommes-nous ?

Elle étala ses longs cheveux sur son dos d'un mouvement fluide en éludant :

— Chez un ami. Il voyage et n'en a pas l'utilité.

— Tu le remercieras de ma part. Mais tu n'as pas répondu à ma question.

— À ton avis ?

Pourquoi tant de cachotteries ? Il scruta son visage hâlé, intrigué. Elle semblait mal à l'aise. *Squattaient-ils chez l'un de ses amants ?* Muselant une jalousie inconvenante, il commenta :

— J'opterais pour la Grèce, mais cela me paraît peu vraisemblable.

— Effectivement. La propriété se situe en Toscane. Mais notre hôte est originaire des Cyclades, ce qui explique la décoration.

Il dégusta un roulé à la confiture, songeant qu'il s'agissait, pour le coup, d'une spécialité italienne. Il relança la conversation :

— Des projets pour la journée ?

Elle ôta ses lunettes, les déposant sur la table tout en effleurant la joue de Paul, qui accrocha ses pupilles brillantes.

— Plusieurs. Qui riment avec piscine, sauna et jacuzzi. J'espérais que tu m'accompagnerais.

Il bascula en arrière tout en sélectionnant une seconde viennoiserie. Il s'amusa :

— Comme tu le sais, je n'ai pas prévu de maillot.

— Pour éviter tout malaise, je n'en mettrai pas non plus.

Elle le fixait, effrontée. Il hocha la tête :

— Parfait, en avant pour les sports nautiques. À une condition : que tu me laisses finir mon café !

À son tour, elle se rejeta dans sa chaise, souriante. Paul le dévisageait avec plaisir. Quelle femme impossible ! Et pourtant si agréable quand elle s'en donnait la peine.

Alors qu'il avalait une gorgée d'arabica brûlant, il faillit lâcher sa tasse.

Un pied nu remontait son mollet et sa cuisse.

Elle ne lui épargnerait aucune attaque.

La journée s'annonçait excitante…

Ces hommes… si faciles à manipuler. De la pâte à modeler souple et docile entre mes mains. Cher Paul. Digne représentant des pigeons phallocentrés… Il me dévisage avec tendresse, prêt à combler le moindre de mes désirs. Si reconnaissant pour le sauvetage anonyme que j'en rigole. Il ne se doute pas que je l'utilise.

Depuis trois jours, je l'exploite sans scrupule. Tel un esclave sexuel. Et il se révèle formidable. J'en regretterais presque le sort qui l'attend dès que Darian débarquera. Pour l'instant, il s'offre à moi. Corps et âme. Enfin, principalement son corps, le reste, je ne saurais pas quoi en faire. Je compte profiter pleinement de son physique d'athlète et de son attachement. Piscine, jacuzzi, sauna. Rien ne lui sera épargné. Je mérite mes récompenses. Les consignes de Darian sont gravées dans ma mémoire. Paul ne doit pas découvrir l'emplacement de la villa. À moi de le distraire. Quelle blague ! Comme si j'allais laisser cet Adonis s'ennuyer…

Il me sourit et mes orteils errent sur sa peau musclée. Je le sens tressaillir. Tu n'as encore rien vu, mon cher ami. Tu n'imagines même pas les délices que j'ai prévus pour nous. Après eux, tu mourras comblé…

80

Mercredi 5 février
14 H 00

L'aiguille pénétra dans la veine et il préleva un échantillon. D'une main assurée, il déposa la seringue sur le plateau d'acier et jugula le reflux de sang d'une pression tranquille. Il aurait pu effectuer ce rituel rodé les yeux fermés. Stabilisant la ponction dans le milieu de culture, il la fit miroiter sous la lumière. Les valeurs confirmeraient-elles ses craintes ?

Glissant le tube dans une enveloppe, il appela son technicien, qui s'en empara sans un mot. Ioakim, sourd et muet, se révélait le disciple modèle. Dévoué et discret. Dans quelques heures, il lui communiquerait les résultats bruts, qu'il n'aurait même pas tenté d'interpréter.

Ses symptômes s'intensifiaient. Il savait que ses analyses refléteraient l'urgence.

Saisissant son portable, il relut le message de Carla. Ils étaient arrivés à destination et elle se chargeait de distraire leur proie. Bien. Quelques détails restaient à régler, mais il s'y rendrait aussi vite que possible. Tel le chat avec la souris, il lui octroyait une petite période de divertissement avant de la priver de son jouet.

Alors qu'il empochait son téléphone, ce dernier vibra, affichant le portrait d'une adolescente brune au visage doux et souriant. Ella. Son cœur se serra à la vue de ses iris d'émeraude bienveillants.

Le cliché datait de leurs récentes vacances en Grèce. Ils avaient profité de ces quelques semaines ensemble, coupés du monde. Nostalgique, il décrocha et lança :

— Bonjour, ma chérie, comment vas-tu ?

Le timbre animé de sa fille fusa :

— Hello, papa. Tu sais que je finirai par t'en vouloir : tu ne m'as même pas raconté comment ta conférence s'est déroulée ?

— Excuse-moi princesse, je cours d'un avion à l'autre. Le colloque s'est très bien passé. Et toi, des nouvelles ?

— Le professeur Mackenzie m'a proposé de participer à un concours de bio, mais je ne suis pas vraiment séduite…

— Pourquoi refuserais-tu cette opportunité ?

La voix de Darian trahissait son étonnement et une certaine rudesse. Ella se braqua :

— Je conçois qu'à tes yeux, la biologie et la chimie constituent les deux seules matières dignes d'intérêt, mais je ne suis pas aussi catégorique.

— Nous en avons discuté plusieurs fois, Ella. Tu es brillante et tu apporterais tant à la science. Alors que la peinture…

Un long soupir. Suivi d'un silence pesant. Après trois minutes tendues, elle reprit, tentant une conciliation :

— Je ne souhaite pas me disputer avec toi et j'ai largement le temps de me décider. As-tu des projets pour le week-end ?

— Je pensais travailler, je dois traiter quelques dossiers en retard. Et toi ?

— Pas grand-chose. Mes cours de la fin de semaine ont été décalés. Je me retrouve avec quatre jours à combler…

— Le professeur Mackenzie pourrait t'entraîner pour ce concours

Elle dévia la conversation :

— Je skierai peut-être un peu. Rien de transcendant. Elle laissa passer un instant puis ajouta : tu me manques, papa.

Darian sentit son cœur fondre et répliqua d'un ton adouci :

— Toi aussi ma princesse. Je viendrai te rendre visite dans quelques semaines.

— C'est ce que tu prétendais pour Noël et je t'ai à peine croisé au pied du sapin.

La profonde tristesse qui filtrait dans cette remarque acide l'indisposa. Décembre avait connu son lot de surprises – la plupart mauvaises – et il avait dû trancher dans le vif. À son âge, elle ne pouvait pas comprendre. Elle exigeait de lui plus qu'il ne s'était autorisé à lui offrir. Il s'était beaucoup trop attaché à elle. Bien plus qu'il ne l'avait prévu seize ans auparavant. Pour se racheter, il suggéra :

— Nous organiserons une escapade en tête à tête bientôt.

— À Piombino ?

— Pourquoi Piombino ?

L'exclamation avait fusé, instinctive. Il rejetait qu'elle débarque en Toscane alors que ses affaires n'étaient pas finalisées.

— Je dois récupérer des vêtements.

— J'y vais ce week-end, je t'enverrai un colis. Fournis-moi ta liste.

— Je préférerais m'en occuper moi-même. Tu ne trouverais pas ce que je cherche.

— OK, tu ne veux pas que je fouille dans ta chambre, j'ai bien compris.

— Papa !

— Bien, alors nous programmerons ça bientôt. Mais pas tout de suite, tes examens l'emportent sur tes loisirs. Je consulterai mon planning pour te proposer une date.

— Promis ?

— Juré.

Le moral de la jeune fille semblait meilleur et il s'en félicita. Il ne lui coûtait pas grand-chose de consentir cette promesse. Surtout si elle n'engendrait aucune action.

Ils discutèrent encore quelques minutes, puis elle raccrocha. Assis dans son fauteuil, détaillant la vue panoramique qui s'étalait à ses pieds, Darian songea à l'étrangeté de la vie.

Ella. Une ambivalence de sentiments puissante. Les raisons qui l'avaient poussé à l'arracher à sa famille différaient tant de sa tendresse actuelle qu'il en restait le premier stupéfait. Et terrifié. Si elle découvrait son véritable visage.. il en tremblait par anticipation. Elle l'aimait sans condition, alors qu'il l'avait élevée avec dureté. La magnifique fillette se muait en une adolescente adorable. Brillante. Douce et posée. Si parfaite qu'elle lui rappelait chaque jour sa sœur jumelle.

Et pour cela il la détestait. Cette ambiguïté lui pourrissait l'existence, mais il n'arrivait pas à oublier pourquoi elle lui appartenait.

Sortant son portefeuille de sa poche, il dégaina une photographie de la jeune fille, prise pour ses seize ans, l'été précédent. Il ouvrit le tiroir de son bureau, y dénicha le dossier de son neveu et en tira un cliché. Les posant l'un à côté de l'autre, il fut frappé par la ressemblance. Même regard vert, profond et avisé. Même sourire. Mêmes teint velouté et chevelure de jais. Tout en eux criait leur parenté.

Rageur, il rangea les preuves.

Nul besoin de se torturer. Jamais ces deux-là ne se rencontreraient.

Jusqu'à son dernier souffle, il y veillerait.

81

Mercredi 5 février
14 H 00

Le voilier surmontait les flots avec aisance et avançait à bonne vitesse vers l'île de Milos. Pierce et Alastair observaient leur passager. Ils avaient sympathisé, ce qui s'était avéré d'autant plus facile que les repas mitonnés par le jeune homme se révélaient délicieux. Pierce se plaignait de leur prochaine arrivée à destination. Pour cause : il devrait alors se contenter des rations préparées par Alastair…

Agréable, Matthew les assistait à la hauteur de ses compétences maritimes débutantes. Il passait également de longues périodes, enfermé dans sa cabine ou le regard perdu dans l'immensité de l'océan.

Comme à l'instant.

Alastair siffla, attirant l'attention de Pierce. Leur colis n'avait pas bougé depuis une demi-heure, contemplant les vagues, le front barré. Cédant à la mimique courroucée de sa moitié, Pierce s'accouda aux côtés de Matthew, sa tignasse poivre et sel balayée par le vent.

— Alors, moussaillon, on gamberge ?

Sans se détourner, l'intéressé éclaira :

— Je n'ai pas si souvent l'occasion de réfléchir…

— Tu sembles bien préoccupé, pourtant…

— Au contraire, la rumeur de l'océan m'apaise.

— Yep. La mer exacerbe parfois la mélancolie... voire la dépression… Alastair, ce grand dadais sensible, imagine que tu vas sauter et que tu as besoin de vider ton sac…

Devant l'absence de commentaire, Pierce continua :

— Regarde-le qui se croit discret…

Matthew pivota, amusé. L'Anglais rôdait de l'autre côté du pont, leur lançant des œillades appuyées. Il opta pour l'honnêteté :

— Ma vie s'avère chaotique depuis Noël. Rien qui vaille la peine que vous vous inquiétiez, mais je dois prendre certaines décisions.

Pierce le scruta un instant, décelant sa sincérité :

— Quel âge as-tu, Matthew ?

— Vingt-quatre ans.

— Hum… Tu parais encore bien jeune pour porter le poids du monde sur tes épaules, tu ne trouves pas ? À deux fois ton âge, je ne me débrouille jamais seul. Enfin, nous sommes là si tu souhaites discuter. Nous accosterons à Milos dans deux heures. Ensuite, nous resterons quelques jours, si, par hasard, tu requiers notre assistance.

Sans commenter, Matthew hocha la tête, plus touché qu'il n'aurait su l'exprimer. Pierce lui asséna une tape un peu rude dans le dos puis s'éloigna. Il avait délivré son message : leur passager pouvait compter sur eux.

Deux heures plus tard, Adamantas, port principal de l'île de Milos, se dressa, majestueux dans son écrin préservé. Les maisons peintes à la chaux s'étalaient dans les collines verdoyantes, surplombant la marina. La température clémente et le vent idéal leur permirent d'accoster sans difficulté dans la baie. Matthew se retrouva sur le ponton, serré à lui briser les os par Alastair. Il lui retourna une accolade maladroite, interrompue avec malice par Pierce :

— Alastair, lâche notre ami. Tu le mets mal à l'aise.

L'intéressé s'écarta, rougissant :

— Si tu possèdes la sensibilité d'une cuillère à soupe, je privilégie l'expression de mes sentiments.

— Il part en balade, pas au front. Cesse d'épuiser tes glandes lacrymales.

Avant qu'Alastair, outré, ne riposte, il le pressa :

— Allez, file. Ton rendez-vous t'attend. Nous mouillerons à la marina si tu nous cherches. Moi au bar et lui derrière un mouchoir à jouer les pleureuses.

Les voyant s'engager dans une querelle bon enfant, Matthew leur adressa un sourire contrit et s'éloigna d'un pas assuré.

Les quarante-huit heures arrivaient à leur terme et Niki trépignait. Elle brûlait de le retrouver. Non pas dans un élan romantique, mais pour lui communiquer ses conclusions. La fierté l'animait et elle arpentait le quai, pressée de l'éblouir par ses capacités de déduction hors du commun. Si avec ça elle n'y parvenait pas, elle abandonnait tout espoir !

Il avait précisé qu'il débarquerait en début d'après-midi. Elle surveillait donc l'apparition des ferries. Le dernier avait déversé le flot réduit de ses passagers quelques minutes auparavant et elle patientait, déçue, sur l'appontement.

Elle ne vit pas le voilier entrer dans la rade et lâcher les amarres. Debout face au panneau des horaires de traversées, elle hésitait à attendre le prochain arrivage quand elle l'aperçut.

Ses courtes boucles dorées brillaient au soleil alors que des verres ambrés cachaient une large partie de son visage. Elle fut prise d'un doute légitime. Scrutait-elle un inconnu de façon insistante ? Elle allait baisser les yeux, gênée, quand le velours de sa voix l'interpella :

— Niki ?

Elle s'approcha alors qu'il ôtait ses lunettes, dévoilant des prunelles d'un vert d'eau saisissant. Elle y plongea son regard, évitant de s'attarder sur la teinte de ses cheveux, leur coupe ou la présence de ce ridicule liseré de poils qui déformait ses traits. Elle était hypnotisée par ses iris. Qui trahissaient son appréhension. Sans s'embarrasser de convenance, elle glissa son bras sous le sien et l'entraîna avec elle, volubile :

— Chose promise, chose due. Je connais le coin idéal pour une discussion entre quatre yeux. Tu me déballes tout et je te divulgue mes découvertes. Partant ?

— Parfait.

Elle s'engouffra dans les terres d'un pas alerte. Le dévisageant une fois encore, elle craqua :

— Désolée, mais je dois te le demander : tu as perdu un pari pour t'infliger un traitement pareil ?

Il éclata de rire et elle pouffa avec lui. D'un coup, la pression se relâcha.

Trente minutes plus tard, elle se rejeta en arrière, remuant machinalement sa paille dans son cocktail, les yeux pétillants :

— Si je résume, ton oncle souhaite t'enlever pour des raisons inconnues. Et un cinglé, qui se fait appeler Zeus, a développé une nouvelle forme de drogue mortelle qui sème la terreur en France ? C'est un truc de fou…

Matthew avait anticipé toutes sortes de réactions, mais l'enthousiasme voire l'excitation ne correspondait à aucune de ses hypothèses. Attablé à une terrasse couverte en bord de mer, il avait déballé son histoire dans les grandes lignes. Assez précis, tout en évitant de l'alarmer.

Enfin, il l'avait espéré, mais ce résumé se révélait lugubre. Notant son raidissement, Niki se pencha et effleura son avant-bras :

— Excuse-moi, je m'exprime mal. Ce que tu m'as confié est d'une horreur sans nom, je suis désolée si mes paroles t'ont blessé.

Il la scruta, perplexe, et insista :

— Mes aveux ne visent pas à attirer ta compassion, mais à t'alerter. M'aider signifie se mettre en danger. Tu en es consciente ?

Elle lui jeta un regard de biais :

— J'ai saisi le contexte, Matthew. Tu as utilisé le mot « danger » quatorze fois en dix minutes. Additionné de deux « mortel », trois « psychopathe » et quatre « assassin » pour renforcer ton propos.

Il rougit et s'excusa. Il avait oublié qu'elle disséquait chaque parole. Elle contrebalança :

— Tu estimes cependant que tes parents ont caché un *objet* sur cette île dont tu rêves et que ce *trésor* t'aidera à stopper Zeus et ton oncle.

— J'en suis convaincu, mais je peux me tromper.

Elle sirota un instant son jus de fruits, semblant peser le pour et le contre, ses yeux perdus dans la contemplation de son visage. Elle analysa :

— Je t'accompagne.

Il la scruta, perturbé de sa réponse rapide et tranchée. Il envisageait de protester, mais elle le devança :

— Arrête de t'angoisser. Tu voyages incognito déguisé en blondinet. J'ai tout à fait le droit de me balader dans les îles pendant mes vacances et d'y emmener un ami. Tant que tu évites ma chambre, mes frangins ne te tueront pas. Et tu ne parles pas un mot de grec…

— Je me débrouillerai…

— Évidemment. Mais avec moi, tu possèdes un atout indéniable…

— Vraiment ?

— Laisse-moi te montrer ce que j'ai déduit de tes dessins et on rediscute de la qualité de ma contribution, d'accord ?

Elle sortit un carnet de son sac besace et l'étala devant lui. Médusé, il constata qu'elle avait quadrillé ses croquis méthodiquement. Chaque feuille représentait un plan strictement tracé, aux angles droits parfaits. La voix lui manqua et elle se félicita :

— Grâce à ce découpage, et en considérant ta mémoire comme ton coup de crayon excellents, j'ai évalué l'échelle des éléments. Notamment la distance avec les îles dans l'arrière-plan. Surtout celle qui ressemble à un champignon flétri.

— Tu me sidères…

— Pour cet apéro ? Attends le plat de résistance ! Donc, j'ai plus ou moins reconstitué la topographie de ton île. En recoupant tes dessins, j'ai différencié le nord du sud. Et l'ouest de l'est.

Elle sortit une nouvelle feuille qu'elle déplia :

— Et j'ai obtenu ce plan approximatif, mais suffisant pour avancer.

— Tu as estimé les dénivelés, balbutia-t-il en remarquant les volutes noircies des isoplèthes d'altitude.[13]

— Grossièrement, mais oui. Ton travail des ombres m'a permis de calculer les pentes. Ensuite, j'ai scanné la carte et j'ai utilisé un logiciel de traitement d'image pour comparer les éléments avec le relief de l'archipel. Le tout à la même échelle, évidemment.

— Un logiciel ?

Il restait stupéfait de sa méthodologie si particulière. Elle pouffa :

[13] Courbes de niveau

— Entre ma capacité d'analyse et ta mémoire eidétique, on forme un duo détonant, hein ? Résultat des courses : je sais où se trouve l'île.

Il la dévisagea, les yeux écarquillés. Elle lui tendit la main :

— Je te le révèle si tu m'emmènes.

Il fixa sa paume qui ne tremblait pas, ses traits déterminés et le cahier, preuve de son investissement. Elle accumulait les avantages. Elle lui ferait réellement gagner un temps précieux. Mais s'il lui arrivait quelque chose… L'image de Giulia, étendue morte dans sa chambre, lui traversa l'esprit en un éclair douloureux. Niki le vit se raidir et pâlir. Il se reprit et déclara :

— Je cède. Mais à la moindre alerte, tu t'effaces aussi vite que tu le peux. Je suis sérieux.

Matthew s'était levé et lui serrait la main en la fixant avec intensité. Elle l'attira à lui et l'étreignit, murmurant à son oreille pour sceller leur alliance :

— Promis. Merci.

Il laissa passer quelques secondes, réconforté par sa présence chaude et chaleureuse avant de se dégager avec douceur. Elle saisit son sac avec enthousiasme et partit d'un bon pas.

— Monsieur Joep. Bienvenue à Milos. Demain, direction Anafi. Mais d'ici là, que dirais-tu de rencontrer une dizaine de Costa ?

En bord de mer, en Toscane, Paul se promenait, cherchant à percer le caractère de leur hôte sans y parvenir. Certaines pièces se dévoilaient, nues et impersonnelles, alors que d'autres baignaient dans une atmosphère intime et féminine. Il avait découvert une chambre à l'étage, vraisemblablement celle d'une jeune fille. Les murs étaient tendus de voiles écrus et tissés de sequins multicolores. Des attrape-rêves et des carillons aux notes aiguës pendaient du plafond. Un lit à baldaquin garni de coussins moelleux invitait au sommeil. Tout dans cette pièce respirait le bonheur et la félicité.

Paul s'approcha d'une marine immense qui retint son attention. L'artiste avait peint le soleil se couchant sur les flots avec une délicatesse poignante. Les rayons venaient caresser une silhouette perdue dans sa contemplation. Son travail de la couleur et des ombres captiva Paul qui prolongea son observation. Finalement, il se détacha et déchiffra la signature. Quatre lettres. Ella.

La maison semblait plus ou moins abandonnée. Sur le bureau, il repéra une boîte en bois de rose, somptueusement ouvragée. Il ouvrit le coffret, découvrant deux danseuses en tutu qui s'animèrent, effectuant des pirouettes alors que les notes aiguës de la berceuse de Bach s'élevaient dans les airs. Paul resta un instant figé, égaré dans ses pensées, ramené près de trente ans dans le passé.

Tout à coup, Carla l'appela et il se hâta de la rejoindre. Qu'allait-elle encore imaginer pour eux ? Rêveur, il referma la porte et descendit dans le salon. La soirée s'annonçait torride.

82

Mercredi 5 février
16 H 00
Pitigliano – Toscane

Le capitaine Rizzo étira ses jambes, exécrant la pluie fine qui s'infiltrait par chaque fibre de sa veste. Maudite météo qui l'avait une fois de plus induit en erreur dans son choix vestimentaire.

Il poireautait depuis deux heures. Alessandro, le lieutenant De Luca, affirmait qu'Antonia Andreotti rodait dans le quartier de la Toscana. Elle s'était enfuie à sa vue. Pour ne pas réduire sa couverture à néant, le boulanger avait refréné ses pulsions et s'était contenté d'avertir sa hiérarchie.

D'où cette planque qui s'éternisait.

Les yeux rivés sur les vestiges de la villa des Julian, le capitaine fit rouler les muscles de ses épaules, ses pensées accaparées par le sur place que subissait son enquête. Décaler le créneau du meurtre au samedi après-midi n'avait pas permis de dresser une liste de suspects satisfaisante. Le personnel médical s'avérait aussi exsangue que le dimanche et la vieille Carlita n'avait reçu aucune visite durant cette période.

En revanche, la source de robusta avait été dénichée : le nectar dopé à la caféine provenait du distributeur de l'accueil de la résidence. Machine accessible à tous, anonyme et isolée du flux des caméras.

Ce bilan global en demi-teinte le frustrait.

Tout à coup, un mouvement sur sa droite attira son attention. Une silhouette vêtue de noir remontait la rue. Elle trottinait, courbée, et s'approchait de la maison des Puccini, devant laquelle elle resta une bonne minute avant de rebrousser chemin. Le capitaine Rizzo fronça les sourcils, peinant à nommer l'inconnu. Sa démarche saccadée trahissait son grand âge, mais sa figure dissimulée par un large parapluie freinait toute identification. À travers le voile de pluie, il se promit d'interroger Alessandro De Luca qui côtoyait les autochtones.

Alors qu'il s'enfonçait dans un recoin sec, une ombre se profila derrière les rideaux de la cuisine de la veuve Puccini. Il se raidit, dans l'attente. L'intrus repoussa le tissu d'une main, révélant son visage. *Enfin, il la tenait !*

— Arrêtez de vous foutre de moi ! Je vous le demande une dernière fois, pourquoi avoir fui depuis la mort de votre mère ?

Il la questionnait depuis deux heures et Antonia Andreotti, tassée sur sa chaise, balbutiait des monosyllabes sans queue ni tête. Sa patience s'épuisait.

— Je ne comprends rien à vos borborygmes, Antonia.

Sa voix s'adoucit et il s'installa en face d'elle, captant son regard éteint :

— Vous êtes une bonne fille, Antonia, mon dossier témoigne de votre dévouement. Chaque dimanche, réglée comme une horloge, vous débarquez à la maison médicalisée pour visiter votre mère. Dix ans de bons et loyaux services… Que s'est-il passé le 19 janvier ? Vous êtes arrivée quinze minutes en retard. Quinze minutes trop tard.

Elle le dévisagea et ce qu'il déchiffra sur ses traits renforça sa conviction. Elle crevait de peur. Il se pencha, soufflant :

— Vous pouvez me confier ce qui vous effraie, Antonia. Je vous protégerai.

Un éclair de reconnaissance traversa les pupilles noires, avant de disparaître, remplacé par de la défiance. Elle se raidit. Qu'il garde son beau discours, elle n'adhérait pas. Il reprit :

— Antonia, vous me stupéfiez ! Votre mari a été assassiné. Votre mère également. Il est légitime que vous craigniez d'être la suivante !

Elle ne put retenir un mouvement de recul et éructa :

— N'importe quoi !

— Vous fuyez, Antonia. D'expérience, cela signifie, première hypothèse, que vous vous sentez coupable et redoutez la justice.

Une lueur traversa ses iris noirs et il plissa les yeux. *Étrange.*

— Seconde option, vous sauvez votre peau car vous connaissez l'assassin.

Elle se trémoussa sur sa chaise, piquant du nez en protestant. Le temps sembla suspendu, puis il trancha :

— Je patienterai jusqu'à ce que vous cédiez, Antonia, et que vous déballiez vos moindres secrets. Vous l'ignorez, mais je me montre affreusement persévérant…

Il s'inclina vers elle, l'obligeant à reculer dans son fauteuil :

— Surtout quand on me prend pour un con.

Sa voix vibrait et elle le scruta, ses mèches brunes grasses et mal peignées cascadant sur son front et ses joues, trahissant son tremblement. Une sueur aigre se fraya un passage sur ses tempes et ses oreilles bourdonnèrent. Sa pâleur brutale n'émut pas le capitaine Rizzo, qui l'accusa :

— Vous dissimulez des preuves, Antonia. J'en mettrais ma tête à couper.

Elle récusa :

— Non ! Je ne sais rien !

— Alors, que me cachez-vous ? Avez-vous tué votre mère ?

Il lança, rebondissant sur les témoignages récoltés auprès des soignants :

— Elle détestait Lucio, qu'elle traitait de bon à rien et de parasite. Elle n'a montré aucun respect pour lui, même après sa mort… Quel comportement odieux, n'est-ce pas ? À la limite du supportable… Il serait si facile de la faire taire… Une vieille dame fragile…

— Je n'ai pas tué ma mère ! Elle agonisait lorsque je suis arrivée dans sa chambre !

— Mais vous rêviez de la museler. Qu'elle la boucle et arrête de déblatérer contre Lucio, n'est-ce pas ?

Il la fixait, l'air compréhensif et elle craqua :

— Oui, je le reconnais, et alors ? Mon époux est décédé à cause de ses élucubrations ! Si elle l'avait fermée, Lucio serait resté en Toscane, plutôt que de sillonner la Normandie à la recherche de Dieu sait quoi ! Elle lui a parlé des Julian et il a imaginé un gros coup. Sans elle, jamais il n'aurait eu l'idée de contacter cette sangsue siliconée qui l'a mené à sa perte !

Il inspira, la laissant s'imprégner de ses révélations, avant de susurrer, l'air du chien qui a enfin flairé une piste :

— Il va falloir m'en dire plus, Antonia…

L'intéressée renifla avec dédain. Foutue pour foutue, elle ne tomberait pas seule. Elle se rejeta en arrière sur son fauteuil et croisa les bras, relevant son double menton dans une attitude de défi :

— Interrogez-moi, ne vous gênez pas, j'en ai marre de me cacher d'elle.

— Elle ?

— Oui. Celle qui bossait avec Lucio. Celle qui m'a retenue au téléphone quinze minutes sur le parking de la maison de repos. Celle qui m'a ordonné d'effacer des preuves vieilles de seize ans dans le hangar. Celle dont ma mère a prononcé le nom juste avant de mourir…

Le capitaine suspendit sa respiration un instant, tentant de rationaliser le flux de paroles d'Antonia Andreotti. Il résuma, incrédule :

— Votre mère a désigné son assassin ?

Elle éclata d'un rire désenchanté :

— Deux syllabes articulées dans son dernier soupir.

Il la scruta, attendant la suite. Elle se pencha vers lui, souriant méchamment :

— Rosa. Cette fouille-merde s'appelle Rosa Hernandez.

Elle reprit son souffle et ajouta :

— Et je suis prête à vous révéler chacun de ses faits et gestes juste pour lui faire ravaler son air supérieur.

83

Mercredi 5 février
16 H 00
Bureau du colonel Brady – Lille

— Les petits saligauds, ils nous ont bien bernés, mon colonel ! rugit Duhamel d'une voix rogue. Vous y comprenez quelque chose, vous, à ce charabia ?

Le militaire feuilletait les transcriptions des messages échangés entre Matthew et Paul *via* le portable de Louisa. Sans escompter de réponse, Duhamel gronda :

— Ils ont anticipé qu'on fourrait notre nez dans leur conversation ! Résultat : ils se réfèrent uniquement à des situations issues de leur amitié ou de leur travail. Futés, les fugitifs…

Jonathan Brady évita tout commentaire. L'amertume l'étouffait. Cette préméditation flagrante blessait son ego. Duhamel souligna :

— Ce passage-ci « ils t'attendront où les propriétaires de Titine imaginent que tu te rendais »… ça désigne le lieu de rencontre. Mais je suis infoutu de savoir qui est Titine ! Un chien ? Un cheval ? Qui appellerait son animal de compagnie Titine ??

Constatant que son vis-à-vis ruminait en solitaire, il poursuivit son monologue.

— Et celle-ci : « tu les trouveras où Fonzie a fait des émules… ». Encore une énigme… ils en pensent quoi au codage ?

Le colonel consentit enfin du bout des lèvres :

— Ils n'en déduisent rien de bon. Leur correspondance est basée sur leur vécu. Il s'agit de la meilleure des dissimulations possibles. Aucune clé de chiffrement à part leurs souvenirs respectifs. Si j'en crois leurs analyses, Fonzie représenterait le surnom d'un personnage d'une série TV des années 90 appelée *Happy Days*. Ce qui ne nous aide pas des masses.

Duhamel ravala ses remarques. Leur fuite trahissait un degré d'organisation machiavélique. Bien loin des standards attendus pour deux banals fuyards. Au vu de leur correspondance, Matthew avait quitté le territoire depuis longtemps. Quant à sa destination, elle demeurait un mystère. Il se rejeta en arrière, passant une main lasse sur son crâne :

— Niki Costa. En dehors de Desprez, il s'agit des seuls messages envoyés. Elle accepte de lui offrir son aide. Mais pour quoi ? S'échapper ? Il mise déjà sur son pote. J'avoue que je sèche.

Le capitaine feuilleta les comptes rendus et grogna :

— Une Grecque. Chargée d'organisation d'événements artistiques et culturels. Elle a participé à un gala la semaine dernière. Un truc bling-bling financé par une boîte appelée Pégasus Inc. dans une galerie d'art à Paris. Bellini s'en occupe dès qu'elle rentre de la Sécu.

Le colonel se crispa. L'évocation de la Grèce n'augurait rien de bon. Une sueur froide amorça sa descente le long de sa colonne vertébrale et il se concentra sur les fadettes de Paul pour tenter de la contrôler. En vain. Duhamel toussa sans discrétion, vexé de son manque de réaction et il éluda :

— Paul a reçu deux appels intrigants. Chacun de plus de cinq minutes.

— Des femmes ?

— Oui. La première se nomme Rosa Hernandez, une journaliste de la pire espèce.

— À ce point ?

— Elle a tout d'un piranha affamé. Les dents longues, la hargne et l'appétit féroce. Si elle a contacté Paul, c'est synonyme d'ennuis. Nous devons la tracer.

— Je mets Bellini sur le coup asap. Et l'autre ?

— Carla Olivetti. La sœur de Giulia. Il l'a appelée moins de vingt-quatre heures avant de s'évaporer dans la nature.

La coïncidence se révélait trop troublante pour qu'ils l'acceptent. Duhamel grinça, goguenard :

— Je parierais que notre tombeur de jupons se paye du bon temps avec la belle Italienne. Quelle ironie de s'inquiéter pour sa sécurité !

Sans commenter, Jonathan poursuivit sa lecture. L'apparition de Rosa Hernandez dans leur dossier avait exhumé certains spectres crucifiants. L'évocation de Niki Costa et de la Grèce l'indisposait. Quant aux prétendues frasques de Paul, elles le crispaient. Rien dans ce scénario ne prêtait à la plaisanterie.

Il allait riposter quand son téléphone vibra. Rizzo. Identifiant son interlocuteur, il décrocha. Le volubile Italien dressa la liste de ses avancées.

Moins de dix minutes plus tard, il enclencha un nouvel appel. Les sonneries s'allongèrent jusqu'à ce qu'une voix inamicale le salue :

— Colonel Brady. Que me vaut le déplaisir de ce contact ?

Cette approche frontale ne l'amusa pas. À bas l'ego disproportionné. Il trancha :

— J'ai besoin de vous, capitaine Morin, pour me cueillir Rosa Hernandez, Italienne, journaliste et élément clé de notre instruction. Elle se balade dans votre périmètre depuis quelques jours. Je dois l'interroger au plus vite.

Son timbre trahissait l'urgence et la détermination.

Au fond de la Normandie, le capitaine Morin se redressa sur son fauteuil, reposant son vapoteur d'un geste sec. Le regard perplexe du lieutenant Ramirez analysa son visage plombé. Que se passait-il ?

— Envoyez-moi les infos, colonel Moustache. Les provinciaux vont vous la pister.

Au même moment, en Normandie.

Je m'appelle Rosa Hernandez et le scoop de ma vie se profile à l'horizon. Ma carrière stagnait jusqu'à ce qu'il me contacte. La date restera gravée dans ma mémoire. 6 décembre, midi. La journée s'éternisait dans la salle de rédaction déserte de la Gazetta. Mes collègues éparpillés en reportage aux quatre coins de la Vénétie, j'étais coincée au bureau, cantonnée au statut de plante décorative.

La série d'articles que j'avais réalisée sur l'incendie de Pitigliano, portée par la fougue et l'acharnement de ma jeunesse, avait impressionné le rédacteur en chef de la Gazetta. Cinq ans après, il déchantait : faute de grande épopée ou par lassitude, je n'avais jamais percé. Il m'avait reléguée aux faits divers. Adieu renommée et feux des projecteurs. Je me coltinais les immersions en EHPAD, les sales gosses prodiges et les expositions d'artistes ratés. Je rêvais d'une enquête d'envergure.

Revivre l'exaltation des recherches, l'écheveau compliqué des théories et les interviews menées tambour battant, sans prendre une seconde de répit, me torturait. Et Lucio me l'a offerte, deux semaines avant Noël.

Avare de palabres et de flatteries, il m'a demandé si je me souvenais de Pitigliano. Comme si j'avais pu oublier. La carcasse de la maison, ombre triste ployant sur la falaise, hante encore mes songes. À mon silence, il a proposé de monnayer des informations inédites sur le sinistre.

Aussitôt, mon cœur s'est mis à battre la chamade. Dès que je flaire un bon sujet, mon horloge interne s'emballe. En l'occurrence, les renseignements relayés par Lucio Andreotti méritaient leur pesant d'or !

Selon ses recherches, l'aîné des enfants, censé être enterré depuis seize ans, vivait sous une fausse identité en France. Cerise sur le gâteau, il détenait la preuve que le sinistre soi-disant accidentel dissimulait un meurtre. Ses arguments percutants ont scellé notre association.

Ensemble, nous avons poursuivi les investigations. Lui en valorisant les réseaux malhonnêtes dont il s'avérait coutumier, moi en utilisant toute la technologie à ma disposition, agrémentée de quelques petits services rendus à certains contacts bien placés dans la police italienne.

Notre affaire rondement pilotée a failli capoter quand Lucio a été assassiné. Alors que cette nouvelle aurait pu porter un coup fatal à mon enquête, elle m'a poussée à agir : sa mort prouvait que nous touchions au but. Je me suis donc alliée à sa veuve, que je menais par le bout du nez. La gourde a même accepté d'effacer les empreintes de son truand d'époux sur des pièces à conviction ! Elle m'a secondée jusqu'à ce que sa mère décède dans son EHPAD… Visiblement, elle crève de peur.

Sentiment que je partage volontiers. Celui qui dirige la danse ne rigole pas.

Voilà pourquoi je me retrouve aujourd'hui au fin fond de la Normandie, sous un ciel pourri. Pas étonnant que les autochtones nomment cet endroit détestable la cuvette de la France ! Il y pleut si souvent qu'eux ne sont plus surpris par la violence des averses. Le commerce du parapluie explose des records ! Je n'ai pas chômé depuis mon arrivée ; je connais parfaitement l'emploi du temps de Lucio. Je possède même les états de service des inspecteurs qui enquêtent sur son décès. Mais pour rien au monde je ne souhaite les rencontrer. Mes démarches demeurent secrètes. Pas question que je me dévoile au risque de périr à mon tour.

Mon coup le plus fumeux reste l'interrogatoire du gérant de l'hôtel où Lucio a séjourné. Cet idiot a gobé mon bobard et m'a confié toutes les informations que le sergent Totenot – guère plus perspicace qu'un bulot – a collectées devant lui. Et là, j'ai déterré une piste solide. Ensuite, je suis remontée de nom en nom, jusqu'à identifier le meilleur ami de notre suspect. Le docteur Paul Desprez.

Malgré une approche des plus alléchantes, celui-ci a dédaigné ma proposition. Je ne désespère pas. Le jeu en vaut la chandelle. Je suis déterminée à trouver Matthew Brady. Alias, si Lucio a misé juste et je l'ai parié, Matteo Julian, le survivant. Même si je dois interroger et pister chacun des membres de sa famille, de ses connaissances ou de ses collègues, je dénicherai sa cachette.

Je ne connaîtrai le repos que lorsque les caractères gras de mon gros titre s'afficheront en première page.

84

Jeudi 6 février
09 H 00
Sur les eaux bleues des Cyclades – Grèce

Niki pilotait le jet avec agilité ; propulsé par un puissant moteur, le bateau survolait les vagues, les menant avec diligence entre les îles. L'air frais enfonçait mille aiguilles dans leur peau, mais le soleil naissant annonçait une belle journée. Le regard égaré dans l'immensité des eaux turquoise, Matthew peinait à étouffer ses tracas.

Pour la première fois, il s'interrogeait sur sa grand-mère maternelle. Anthéa Diamantopoulos, l'héritière fortunée originaire de Santorin. Les propos de Vassili la concernant s'étaient dilués dans son esprit, supplantés par les révélations du scientifique russe au sujet de Daniel Beauxchamps. Les questions surgissaient alors qu'ils naviguaient vers Anafi. La rancœur montait.

Pourquoi avait-elle rejeté son fils, le poussant à se rapprocher de son père et entrer en compétition avec sa jumelle ? Quelle part de responsabilité revêtait-elle dans le caractère de son oncle et son désir acharné de pouvoir ?

À dix heures du matin, ils longèrent une île aux falaises d'un blanc éblouissant et Niki commenta :

— Anafi se trouve à vingt minutes. Il s'agit de Santorin.

Santorin. L'île natale de sa mère. Celle où vivait potentiellement la vieille Anthéa. Il s'assombrit aussitôt. Écorché vif par la haine de Daniel Beauxchamps à son encontre, il refusait de compter sur l'amour de cette aïeule inconnue. Il ne supporterait pas de constater qu'elle le détestait. Voyant défiler les villas accrochées aux côtes laiteuses, il grimaça. Derrière l'une de ces fenêtres, se cachait éventuellement sa famille. Soutien ou ennemi, peut-être le découvrirait-il un jour. Mais pas aujourd'hui.

L'existence de son hypothétique grand-mère s'avérait bien éloignée de ses préoccupations et ne ferait pas avancer leur quête. Inspirant, il se concentra sur la conversation et l'évacua de ses pensées.

Au même moment
Portable de Darian Agouridas

Le tintement caractéristique de l'arrivée d'un message le tira de ses réflexions. D'un index impatient, il cliqua sur l'onglet et grimaça. Le rapport de la cellule de surveillance téléphonique.

De toute évidence, rien de bien intéressant, sinon le technicien l'aurait déjà contacté pour l'informer. Par acquit de conscience, il ouvrit le document joint et parcourut le compte rendu. Niki Costa avait reçu un appel d'un numéro masqué en Albanie. Soit. Et alors ?

Il fit défiler la page suivante et se figea. Sa bouche s'assécha. Il déglutit avant de poursuivre sa lecture. Ces croquis. Impossible. Abasourdi, il visionna plusieurs fois les images, le souffle coupé. Il les téléchargea, zooma et frémit. Aucun doute.

Il reposa son téléphone d'un geste lent, se forçant à inspirer et expirer profondément. Il tenta la cohérence cardiaque pour réguler ses émotions. En vain. Il se leva et s'approcha du bar. Préleva une bouteille d'eau gazeuse. But une gorgée. Dans son esprit, les données se combinaient, rebondissant l'une sur l'autre. Il reprit son portable.

— Je vous octroie un quart d'heure pour localiser Niki Costa faute de quoi je procède à votre remplacement définitif.

Sa voix glaciale provoqua chez son interlocuteur un élan de panique. Quatorze minutes plus tard, l'information tomba. Sans un remerciement, Darian déclencha un second appel. Longue distance.

— J'ai besoin de toi.

Il expliqua. Elle accepta. Aucune mère ne condamnerait l'acte d'amour qu'elle s'apprêtait à cautionner.

Jeudi 6 février
10 H 00
Anafi – Grèce

Un spectacle saisissant les cueillit au sommet de la falaise. Le souffle court, Matthew s'imprégna de l'atmosphère. Anafi la Sauvage, territoire protégé, le subjuguait.

Le calcaire blanc étincelait, accrochant son regard. Le soleil brillait timidement et les eaux se nimbaient de couleurs chatoyantes. Perché sur le promontoire, il tentait de s'orienter, consultant ses esquisses. Niki, à ses côtés, plissait les paupières. Le vent effleura son visage telle une caresse et il tourna sur lui-même. Le tirant par la manche, elle pointa du doigt :

— Regarde, le rocher Kalamos. Plutôt ressemblant, n'est-ce pas ?

Elle saisit un croquis et le maintint devant ses yeux ébahis. La correspondance s'avérait troublante. Elle triompha :

— Destination validée. On fait quoi maintenant ?

— Tu peux me répéter le nom du caillou ?

— Kalamos. L'ancien monastère Kalamiotissa se situe à son extrémité.

Les pupilles de Matthew pétillèrent. Il réitéra :

— Un monastère ?

— Oui. Un refuge de moines aux mœurs assez particulières.

— Laisse-moi deviner. On y parle de rituels au poignard d'argent et de malachite ?

Elle le dévisagea, perplexe :

— Comment le sais-tu ? J'ai eu toutes les peines du monde à dénicher l'info !

Il secoua la tête, incrédule.

— Tu vas me prendre pour un fou…

— Parce que tu estimes que ce n'est pas déjà le cas ?

Il pouffa de son œillade suggestive. Cette île l'inspirait. La carte postale de ses parents à la main, Matthew observait le panorama qui se dessinait à chacun de ses pas. Les éléments, le paysage rugueux et la mer scintillante le réconfortaient. Comme autant d'amis enfin retrouvés. Il inhala l'air iodé et murmura :

— Ma mère nous endormait chaque soir avec la même comptine. Je l'avais occultée, mais je suis convaincu qu'elle me transmettait un message.

— Vraiment ? Et que raconte-t-elle cette histoire ?

— Je n'en suis plus très sûr…

— J'imagine que ça débute par : il était une fois…

Elle l'encourageait, alors que les nuages s'amoncelaient dans le ciel jusque-là dégagé. Il se concentra et commença :

— Il était une fois une île perdue au fin fond des mers, loin de toute civilisation. Une île magnifique, entourée de flots bleu turquoise, sur laquelle se dressait le sanctuaire d'une société secrète…

Matthew égrena les bribes de souvenirs qui lui revenaient par vagues. Plus il s'ouvrait à Niki, plus il vérifiait la similitude entre l'endroit où ils déambulaient et ces paroles enfantines. Dans les traces du jeune prince de son conte, il progressa sur les sentiers. Ses pas le portèrent jusqu'au monastère. L'édifice d'un blanc nacré entêtant dominait les flots, silhouette esseulée face aux éléments. Scrutant le mur d'enceinte haut de deux mètres et la lourde porte de bois scellée, il grimaça :

— Je ne pense pas qu'il soit occupé. J'ai l'impression d'avoir subi un saut temporel vers le Moyen-Âge. Comment peut-on imaginer que quiconque ait caché un trésor dans ce coin paumé ?

D'un geste de dépit, il fourra la carte postale de sa mère dans sa poche et se laissa tomber au sol, vaincu. Niki, dont le regard analysait chaque détail, réfuta sa conclusion :

— Tu en connais combien des trous perdus qui utilisent une caméra thermique dernière génération ?

Elle désigna l'appareil dont l'œil indiscret émergeait entre les pierres.

— Je te parie qu'on nous espionne… si ça se trouve, on nous entend aussi…

Elle fit une grimace à l'objectif, dans l'espoir de dérider son compagnon. Avant de se figer, horrifiée. La voix gutturale s'éleva, sèche :

— Ce comportement indigne d'une demoiselle m'offusque. Suivez-moi. Les Gardiens souhaitent s'entretenir avec vous.

85

Jeudi 6 février
10 H 00
La villa sur la falaise – Toscane

Les rayons du soleil léchaient la baie vitrée depuis plusieurs heures quand Paul émergea de son sommeil. Une fois de plus, elle l'avait tenu en haleine une grande partie de la nuit. Excitant, mais épuisant.

Remarquant les draps déserts à ses côtés, il conclut qu'elle s'était éclipsée pour le laisser dormir. Il bascula sur le dos et observa le plafond, l'esprit vidé de toute pensée. Il étira ses bras avec délice, cherchant son portable par pur réflexe. Avant de se souvenir qu'il gisait, éteint, sous une pile de sous-vêtements. Puisque son estomac grondait, il estima le créneau horaire à la fin de matinée. Il descendit du lit, rejoignit la salle de bains attenante et s'engouffra sous la douche.

Alors qu'il attrapait son pull-over, une enveloppe couleur crème s'en échappa et tomba au sol dans un tourbillon gracieux. Il se figea, déchiffrant son nom artistiquement calligraphié par Carla. Pourquoi lui écrivait-elle ? Il n'imagina pas un instant qu'elle lui adresse une déclaration d'amour. Il déposa la missive et termina de s'habiller, la jaugeant du regard telle une bombe à retardement.

Désirait-il vraiment découvrir les instructions de sa compagne ? Avait-elle inventé un nouveau jeu sensuel ? Elle se révélait si fantasque que tout lui semblait possible sinon probable. Les minutes s'écoulaient et sa curiosité l'emporta.

Il décacheta le pli d'une main ferme. Et fronça les sourcils. Il se précipita à la porte et enclencha la poignée. Sans résultat. Son pouls accéléra. Il appuya violemment sur la clinche. La paroi en bois massif ne bougea pas d'un millimètre. Le goût amer d'une mauvaise plaisanterie satura ses papilles.

Il analysa la chambre. La baie vitrée surplombait la falaise et ne constituait en rien une échappatoire. La salle de bains ne disposait que d'une série de hublots ronds d'une quarantaine de centimètres de diamètre, dans lesquels il passait au mieux un bras ou la tête. Les battements de son cœur continuaient à s'emballer et il s'obligea à respirer calmement.

S'asseyant sur le lit, il relut la missive avec application.

Cher Paul. Ces derniers jours furent plus qu'agréables et je t'en remercie. Il est cependant temps pour moi de t'abandonner à d'autres activités. Notre hôte ne tardera pas à s'occuper de toi. Il te réclame. En attendant, ne tente pas de sortir, cela s'avérerait inutile et te causerait des ennuis certains. Sans rancune.

Il retournait les phrases dans tous les sens, refusant l'évidence. Quelle consigne d'un ridicule affligeant ! Il quitterait cet endroit. Durant trente minutes, il tira, poussa, chercha des outils pour forcer le passage. En vain.

En désespoir de cause, il fouilla dans sa valise, à la recherche de son téléphone portable. Au diable la prudence ! Tant pis si le colonel le repérait, au moins il viendrait le délivrer. D'une main fébrile, il s'empara de l'appareil.

L'allumant, il constata un appel du docteur Switzer, qui avait basculé sur sa boîte vocale. Ainsi qu'un SMS de Carla. Il le lut immédiatement, espérant qu'elle s'excuserait ce canular angoissant. Peine perdue : elle lui asséna le coup de grâce.

Il écouta le message du médecin suisse. Le sang quitta son visage et il s'effondra, saisi de spasmes, sur le couvre-lit. En proie à une violente nausée, il tituba jusqu'à la salle de bains. Il bassina ses joues d'eau fraîche, courbé sur l'évier. Ayant recouvré un semblant de sang-froid, il réécouta l'enregistrement. Le premier choc passé, il assimila les informations et établit ses conclusions.

Le docteur Switzer, condamné, avait confessé ses actions des quinze dernières années. Il déballait l'essentiel et confiait l'emplacement de ses dossiers. La bile brûla sa trachée lorsqu'il entendit les ultimes secondes, témoins de l'agonie brutale et solitaire du praticien. Le silence suivant son décès le pétrifia.

Paul scruta son portable. Elle l'avait piégée. Le souffle lui manqua. Il devait prévenir quelqu'un. L'empêcher de s'échapper. Comme un poisson lâché sur la berge, il haleta, incapable de prononcer une syllabe. D'une main tremblante, il pianota quelques mots. Les larmes brouillaient sa vue.

Il méritait son châtiment. Il avait échappé à l'ombre protectrice de Mark, persuadé de se débrouiller seul, minimisant les risques évoqués par le militaire. S'en riant. Le retour de bâtons s'avérait impitoyable. Il avait joué au con et en payait le prix fort.

Alors qu'il gisait, prostré contre le mur, des bruits de pas associés à des ordres le tirèrent de sa torpeur. Il se leva et vacilla jusqu'à la vitre. Par le hublot, il vit débarquer trois hommes à l'allure patibulaire, chacun portant une lourde caisse. Ils s'apostrophaient dans une langue rugueuse que Paul ne reconnut pas. Une peur primale l'envahit, le poussant à l'action.

Retrouvant un fond de cohérence, il finalisa son SMS qu'il routa vers les numéros de Matthew, Louisa, Marina et Mark. Chargea la pièce jointe vocale. Et déclencha l'envoi. Mortifié, il mesura la faiblesse du réseau. Il devait s'assurer que son téléphone émette et permette sa localisation. Faisant le tour de la salle de bains, il se saisit des bouteilles de gel douche et de shampoing et les vida fébrilement dans la baignoire. Il avisa les systèmes de fermeture et décapsula un contenant. Il y glissa son mobile avec une certaine émotion. Il le scella et fouilla dans les tiroirs. Il dénicha des bandes et des pansements adhésifs, qu'il utilisa pour amarrer les flacons entre eux, protégeant son portable au centre. Il agença le tout en étoile. Le soupesant, il estima que le poids de son appareil restait négligeable vis-à-vis des flasques imbriquées les unes avec les autres. L'ensemble devait flotter. Il fallait que ce frêle esquif résiste au moins le temps de gagner le rivage et de trouver un signal pour envoyer son SOS.

Les pas se rapprochaient de sa prison. Paul courut à la baie vitrée et l'ouvrit. Le vent du large fouetta ses joues et il rêva de s'envoler. Les vagues, en dessous de lui, se brisaient avec constance sur la falaise. Il n'avait pas une minute à perdre, déjà, la clé tournait dans la serrure. Alors, il recula, prit son élan et lança son colis, tel un joueur de base-ball, priant pour que cela suffise.

Le frêle esquif toucha l'eau dans un bruit sourd, plongea un court instant puis remonta. Les flots le ballottèrent un moment, puis Paul l'observa s'éloigner petit à petit. Il ne put assister à son naufrage. La porte de sa chambre s'éventra sur un homme, mine sombre et costume noir, qui l'empoigna par le bras avec violence et le traîna vers la sortie.

Le chirurgien se débattit, mais la montagne de muscles ne trembla pas sous ses assauts futiles, s'amusant des efforts qu'il déployait.

Finalement, sa patience s'épuisa et, levant le poing avec nonchalance, il le lança droit vers le visage de son prisonnier.

Jeudi 6 février. 11 heures. Paul vit la paluche, énorme, approcher de son nez, pria pour l'envoi de son SMS, grimaça, puis sombra dans l'inconscience.

86

Au même moment
Bureau du colonel Brady – Lille

Quatre jours.

Matthew s'était évaporé de la planque de Guidel et Paul de Suisse depuis une centaine d'heures. Il enrageait : les deux novices les avaient bluffés.

Ses subordonnés avaient remonté la piste de l'empoisonnement du repas. Traqué le livreur, qui avait avoué sa complicité dans la préparation des mousses au chocolat bourrées de somnifère. Ils tentaient de tracer le donneur d'ordre, mais Jonathan ne se berçait pas d'illusions. En bout de chaîne, il identifierait Paul.

Le jeune chirurgien disposait d'un puissant réseau de connaissances et de l'argent nécessaire pour financer cette combine. À son grand dépit, Jonathan admettait une certaine admiration pour son implication et la finesse avec laquelle il avait déjoué l'attention de Mark. Il n'avait jamais décelé chez Paul autre chose que sa façade de playboy. Il s'était même inquiété de sa relation avec Matthew, craignant une influence néfaste. Lise, une fois de plus, prouvait sa clairvoyance. Elle avait distingué son attachement et sa bonté, dissimulés sous l'apparence d'un coureur de jupons aux plaisirs éphémères.

L'enquête accablerait bientôt Paul en tant que commanditaire, ce n'était qu'une question de temps. En revanche, Matthew restait introuvable.

Avec une impatience manifeste, Jonathan bascula sur son fauteuil. Alors qu'il allait se lever pour dégourdir ses jambes, la porte de son bureau s'ouvrit à la volée sur Alain Duhamel, pendu à son portable, hurlant :

— Furmankowski, je te transfère sur haut-parleur !

Jonathan Brady fronça les sourcils. La voix grinçante de l'inspecteur fusa :

— Colonel, vous m'entendez ?

— Furmankowski, où êtes-vous ?

— J'enquête avec Bellini, à la sécurité sociale. Elle a tracé le parcours de Darian Agouridas. Jusqu'en mars 1992, tout est normal. Ensuite, un blanc d'un semestre. Le mec s'évapore. Aucune cotisation, rien. Puis il réapparaît sept mois plus tard et gravit les marches du succès. Carrière progressiste. Achat de la première startup…

— Qu'essayez-vous de me faire comprendre ?

— J'ai effectué un peu de spéléo dans les archives papier de la sécu du Lubéron. Un travail passionnant. J'ai déniché son dossier. Outre les photographies, j'ai accédé à ses antécédents médicaux. Les originaux. Le mec a été opéré en juin 1978 de l'appendicite. Son groupe sanguin a été déterminé. Il est AB négatif.

— Soit un groupe très rare. Poursuivez.

— Avec le passage aux documents numériques, les informations médicales sont téléchargées et répertoriées automatiquement, *via* son numéro de sécurité sociale. Figurez-vous que Darian Agouridas a été transfusé il y a quelques années. Dans un grand hôpital français. Avec du O positif.

Jonathan Brady s'octroya quelques secondes de réflexion, durant lesquelles Duhamel trépigna d'excitation. Finalement, il conclut :

— Vous pensez donc que nous sommes confrontés à une usurpation d'identité ?

— Le sang ne trompe pas. Bellini vous scanne le dossier, mais j'en suis convaincu. L'homme que nous avons interrogé n'est pas Darian Agouridas l'original, né le 10 mars 1966 et élevé dans le Lubéron. Il s'agit d'un contrefacteur.

— Qu'est devenu le véritable Darian Agouridas ?

— Je n'en ai aucune idée.

— Possède-t-on un relevé des empreintes de l'authentique Darian Agouridas ?

— Il a fait ses classes à Chalon sur Marne, elles devraient donc être recensées quelque part.

— Je m'occupe de les récupérer. Celles de notre suspect ?

— Sur son passeport. Qu'il a numérisé lors de ses derniers voyages.

Saisi d'une intuition, le colonel ajouta :

— Furmankowski, Agouridas a été transfusé pour quelle raison ?

— Aucune idée. Il a été hospitalisé à Necker en 2012, son classeur n'en révèle pas plus.

— Je vais creuser. Blindez-moi cette accusation d'usurpation d'identité. Vous savez comme moi qu'en France, elle ne constitue qu'un délit. Au mieux on lui colle une amende.

— Oui, mais ça reste une sacrée découverte. Ce gars est un inconnu qui manipule tout le monde depuis une dizaine d'années…

Le front de Jonathan Brady se plissa.

— Les empreintes du passeport, transférez-les sur le serveur.

— Bien, Colonel. Je m'en occupe.

— Vous avez une minute.

Il coupa la conversation. Duhamel croisa son regard sinistre. Oubliant ses aboiements habituels, il balbutia :

— Vous ne pensez quand même pas… ?

Il n'osait formuler cette possibilité, à peine crédible. Jonathan secoua la tête, assombri. Il ne savait pas. Pas du tout. La vérification s'imposait.

Dix minutes plus tard.

Une tornade.

Dès que les empreintes récupérées par Furmankowski avaient été transférées sur le fichier central et analysées, le verdict était tombé. Radical et effroyable. Jonathan vérifia deux fois le résultat avant de s'effondrer dans son fauteuil, accablé.

Une fois encore, le passé lui infligeait un uppercut. Duhamel lança une bordée d'injures à faire pâlir une troupe de marins endurcis. Les volutes des empreintes ne pouvaient mentir et la correspondance s'avérait parfaite.

Darian Agouridas se nommait en réalité Daniel Beauxchamps.

Combien d'identités factices avait-il construites pour réaliser ses sombres desseins ? Mesurant l'impact de cette révélation, il scruta le colonel qui gisait, abasourdi. Comment valoriser cette donnée pour démasquer leur ennemi ?

Les pensées de Jonathan dérivèrent de longues minutes, rebondissant d'un fil à l'autre, ordonnant les informations dans cette toile insipide. Pas de précipitation. Réfléchir. Considérer la situation dans sa globalité. Relativiser. La décision émergea.

Que Darian Agouridas soit Daniel Beauxchamps constituait une découverte cruciale. Mais qui ne leur permettrait pas de le coincer. Ni de retrouver Paul et Matthew.

Ils garderaient cet atout dans leur manche, attendant l'affrontement final. Son instinct lui hurlait que la partie s'accélérait. L'occasion d'abattre leur carte maîtresse se présenterait bien vite.

Il dévisagea Duhamel, muet, et trancha :

— Laissons-le se vautrer dans son impression de sécurité. Il commettra bientôt un faux pas. Soyons patients.

Au même moment
Villa du Dr Switzer – Suisse

Retour à la case départ.

Mark naviguait en solo. Duhamel avait mobilisé Furmankowski pour se renseigner sur Darian Agouridas et la compagnie OlympusBiotech. Une enquête approfondie des comptes de la société, ainsi que des activités et finances personnelles du Grec, avait été diligentée. L'équipe du Bouledogue s'affairait.

Les révélations de Kevin Jacquemin sur l'essai clinique *1 chance sur 2* renforçaient leurs soupçons concernant Giulia. Ils confirmaient sa capacité à intercepter les médicaments. En revanche, le mobile de la jeune femme demeurait un mystère… jusqu'à ce qu'un détail anodin leur saute au visage : l'un des thérapeutes intervenant dans l'hôpital où était soignée Madame Jacquemin se nommait Helmut Switzer. Cette coïncidence troublante avait motivé son retour en Suisse pour interroger à nouveau le gestionnaire du stress génétique.

Dès le dernier virage, il avait compris qu'il arrivait trop tard. Un large bandeau barrait l'entrée dans la propriété ; les scellés avaient été posés.

Quelques heures d'enquête discrète lui avaient appris l'essentiel. Switzer avait succombé à une dose massive de cocaïne. Conscient de son état, il avait prévenu les secours, qui avaient constaté son décès.

Une seule conclusion s'imposait : Zeus s'était débarrassé de ce témoin gênant.

Il avait suivi la progression des investigations, menées d'une main ferme par la capitaine Séraphine Labrue, qui avait accepté de leur communiquer leurs résultats. Le traçage de l'ultime appel du défunt avait bouleversé ses convictions et enflammé sa colère. Pourquoi le docteur Switzer, agonisant, avait-il choisi de contacter Paul Desprez ? Ce dernier était-il resté en contact avec le gestionnaire du stress génétique ? Le mystère autour du chirurgien s'épaississait. Qu'il lui file entre les mains avec déjà de quoi le frustrer. S'il jouait double jeu, la situation s'aggravait.

Il remonta dans son véhicule, hargneux, et s'engagea sur la voie escarpée qui menait au chalet du praticien. Le colonel l'avait sommé de rentrer à Lille pour un débriefing complet. Il avait parcouru deux kilomètres quand son portable sonna, signalant l'arrivée d'un message. Un coup d'œil à l'écran et il se figea : Paul.

Il freina, mordit l'accotement et stoppa sa voiture pour le consulter. La stupéfaction fit place à la fureur. Basculant en Bluetooth, Mark lança la lecture du fichier joint, dont le son diffusa dans l'habitacle. La confession puis les râles d'agonie du docteur Switzer, amplifiés par les baffles, saturèrent l'atmosphère. Accélérant violemment, l'automobile fit une embardée, alors que le lieutenant retournait sur ses pas. Il avait des documents à récupérer de toute urgence et un supérieur à alerter.

Telle une tornade, les téléphones du colonel s'animèrent, rageurs. Ligne fixe et portable simultanément. Alors que des coups répétés et pressés frappaient la porte de son bureau. Il autorisa l'entrée à son sergent, lui intimant le silence. Vérifia l'identité des appelants. Lise et Mark. Que se passait-il encore ? Il décrocha la ligne du lieutenant, lui réclama quelques secondes. S'adressa à son épouse. En quelques phrases, elle lui résuma les informations. Il la remercia, puis raccrocha. Repris Mark, qui lui dupliqua l'information. Il lança quelques ordres et promit de rappeler. Enfin, il reporta son attention sur le sous-officier qui trépignait face à lui, deux portables à la main. Ceux de Louisa et Matthew. Le sergent les déposa devant lui avant de s'éloigner. Jonathan Brady déchiffra les quelques mots reçus.

« Retenu prisonnier en Toscane. Bord de mer. Piégé par Carla. Ennemis en vue. Désolé. Vous aime. Paul. »

Les dents serrées, il déclencha la bande-son et enregistra les détails de la confession du docteur Switzer. Dix secondes plus tard, il s'offrit une profonde inspiration et ordonna :

— Localisez le mobile de Paul Desprez.

Le sergent détala. Une fois seul, Jonathan Brady expira. Le visage souriant du chirurgien imprima son esprit et une colère froide l'envahit. Il refusait que le nom du médecin rejoigne la liste des victimes collatérales. Le perdre équivalait à tolérer que l'échec et la mort s'introduisent dans son cercle intime. Hypothèse inacceptable.

Saisissant son téléphone, il joignit Mark, qui décrocha dans la seconde :

— J'ai récupéré les dossiers de Switzer. Je vous les numérise.

— Parfait. Ensuite, direction la Toscane. La destination arrive dès localisation. J'alerte l'équipe d'intervention.

— Bien, mon colonel.

Et, sous le regard médusé de Séraphine Labrue, il s'engagea une seconde fois dans la route escarpée, enclenchant énergiquement les vitesses. Chaque minute comptait.

Personne ne nuirait à Paul avant que lui-même puisse l'engueuler pour s'être laissé berner par une bimbo cruelle.

À Lille, la porte s'ouvrit à nouveau et la silhouette belliqueuse de Duhamel s'y engouffra :

— Merde, Colonel, c'est quoi ce bordel !

87

Jeudi 6 février
11 H 00
Île d'Anafi – Grèce

La porte du monastère s'ouvrit sur une silhouette encapuchonnée. Instinctivement, Niki se rapprocha de Matthew. L'homme les dévisagea avant de les inviter à le suivre d'un geste. Elle glissa sa main dans celle de son compagnon et l'entraîna. Elle ne tremblait pas, mais il sentait son pouls rapide sous ses doigts.

Bientôt, ils débouchèrent sur une cour intérieure, bordée de hauts murs d'enceinte blanc nacré. Coulant un regard vers leur guide, il nota le teint bistre et la barbe d'un noir profond. L'émissaire les conduisit à travers un dédale de couloirs anonymes puis les introduisit dans une alcôve chichement éclairée par une dizaine de bougies. Trois fauteuils de bois sculptés s'alignaient contre la paroi. Trois moines, vêtus de robes foncées, y siégeaient en couvrant leur arrivée d'un œil sinistre. La lourde porte claqua derrière eux. Niki sursauta.

Matthew tenta de décrypter l'attitude des trois hommes. Niki restait pétrifiée à ses côtés, son cerveau enregistrant chaque détail des visages sombres qui les scrutaient, de la longueur de leur pilosité au nombre de perles pendant à leurs oreilles. Pourquoi ne lui avait-il pas raconté comment se finissait la comptine ? Les guerriers se révélaient-ils féroces ou le prince les amadouait-il ?

Le plus jeune les détaillait sans complaisance, irrité de leur entrée. Il triturait la pointe de son bouc d'une main nerveuse. Le moine occupant le siège central gardait les lèvres pincées. Ses prunelles naviguaient de l'un à l'autre, nimbées de surprise. Le plus âgé arborait une étrange barbiche fine et tressée, ornée d'une perle dorée. Ses iris sombres disséquaient Matthew sans se préoccuper de Niki.

Le premier religieux attaqua, en grec :

— Qui êtes-vous ?

Cette agressivité crispa Niki, qui éluda :

— De simples touristes.

Il plissa les paupières et riposta :

— Mentir ne vous mènera à rien.

— Se balader sur Anafi est autorisé à ce que j'en sais !

— Pourquoi avoir choisi notre île ? interrompit le second moine.

— Votre île ? C'est une blague ?

Insensible à la discussion qui s'envenimait, le troisième gardait les yeux rivés sur Matthew. Ce dernier soutint son regard, déconnecté de la joute dans laquelle Niki bataillait. Les exclamations fusaient, véhémentes, quand le vieux religieux leva la main. Aussitôt, les deux autres se turent. Dédaignant Niki, il s'adressa à Matthew, dans un français teinté d'accent, d'une voix grave et profonde :

— Qui êtes-vous ?

Sa question et la langue utilisée le désarçonnèrent autant que son œillade intense et paisible. Matthew frémit. Ce vieillard l'impressionnait. Soulevant le menton, il opta pour l'honnêteté. Qu'avait-il à perdre ? Il sortit la carte postale et la photographie de sa famille de sa poche. D'un pas lent, inversement proportionnel au tumulte de son cœur, il s'approcha et les lui tendit :

— Je m'appelle Matteo Julian. Fils aîné de Nathanaël Julian et de Katerina Beauxchamps. Je suis convaincu que mes parents sont déjà venus ici.

L'Ancêtre leva la main à nouveau, refusant les preuves. Il plissa les paupières et esquissa un sourire :

— Je suis soulagé de vous savoir enfin sur place, jeune Julian.

Un silence consterné accompagna ses paroles. Le souffle court, Matthew peinait à organiser ses pensées. Niki rétorqua, aussi vive que l'éclair :

— Donc vous le reconnaissez ?

Une moue amusée étira son visage parcheminé alors qu'il approuvait :

— Évidemment. Nous nous sommes rencontrés lorsque vous aviez trois ans, si mes souvenirs ne me trahissent pas. En brun plutôt qu'en blond, mais les yeux ne mentent pas. C'est votre mère qui vous envoie ?

Niki réfuta :

— Ses parents ont été assassinés par son oncle il y a seize ans !

Une exclamation de stupeur succéda à cette déclaration incisive. Le vieil homme chancela et Matthew se précipita pour le soutenir. Les pupilles brunes du moine accrochèrent les siennes et il souffla :

— Daniel… Pourquoi êtes-vous venus si ce n'est sur leur ordre ?

— Je recherche un carnet noir qu'ils ont caché.

— Le carnet N°11… Pourquoi ?

— Pour empêcher mon oncle Daniel de s'en emparer.

— Son obsession n'a pas évolué ? Ça n'a aucun sens…

Alors, Matthew exposa la situation en France. Les formules mortelles. Leurs tentatives pour stopper le commanditaire. Son espoir que les cahiers puissent leur fournir les outils nécessaires pour enrayer la folie meurtrière qui se propageait. Il plaida sa cause avec conviction. L'Ancêtre murmura :

— Vous remettre ce calepin, c'est comme confier une moto puissante à un adolescent qui vient d'obtenir son permis. Il s'agit d'un pari dangereux. Le moindre faux pas vous conduira à une erreur fatale.

— Alors, détruisons-le.

Les deux premiers moines sursautèrent. Le troisième ne se troubla pas.

— Le détruire ? Vraiment ?

— Oui. S'il représente une menace, je préfère l'éliminer.

— Même s'il renferme des découvertes fabuleuses ? Des richesses insoupçonnées ?

Il s'octroya dix secondes de réflexion avant de trancher :

— Oui. Ce carnet a généré suffisamment de pertes. Si vous ne souhaitez pas me le confier, laissez-moi le brûler.

Il plongea son regard d'émeraude dans les prunelles brunes du religieux. Ce dernier le dévisagea avant de tendre la main. Sans hésitation, Matthew enserra la paume ridée et rugueuse. Sa décision n'évoluerait pas. Ces documents avaient provoqué la mort de ses parents. Causé la recrudescence de violence qui avait dévasté sa vie bien tranquille. Ses amis, sa famille, mais aussi de parfaits inconnus, en souffraient. Il devait agir.

L'homme mesura les battements paisibles de son cœur :

— Vos paroles paraissent sincères… À mon tour d'être honnête.

Matt releva le menton, intrigué. Le moine poursuivit :

— Vous devez le lire. Vous seul.

— Mais pour quelle raison ?

— J'ai rencontré vos parents il y a plus de vingt-cinq ans. Ils m'ont exposé le problème auquel ils étaient confrontés. Nous avons convenu d'attendre et de nous adapter en fonction de l'évolution de la situation.

Il marqua un silence torturé, puis ajouta :

— Je les ai revus une seconde fois cinq ans après. En votre présence.

— Pourquoi ?

— Le contenu du coffre vous l'indiquera. Votre histoire y est liée. Nous en discuterons, puis nous le détruirons.

Avisant ses pairs, il étira son corps voûté et saisit sa canne avant d'inviter Matthew à le suivre, distribuant ses ordres :

— Prenez soin de notre convive. Je m'occupe du jeune Julian. Veillez à ce que nous ne soyons pas dérangés.

Niki coula un regard affolé à son compagnon, qui lui retourna un sourire contraint. Sensible à sa réticence, le vieillard rassura :

— Vous ne risquez rien en compagnie de mes confrères, mademoiselle.

— Je ne m'inquiète pas pour moi, mais pour lui.

La voix de Niki vibrait. L'Ancêtre commenta :

— Ne vous souciez pas de son bien-être. Je ne lui souhaite aucun mal, bien au contraire.

Il avisa l'intéressé, en quête de son approbation. Matthew hocha la tête :

— Je dois y aller.

Lorsque le lourd battant dissimula le visage anxieux de Niki, il se sentit bêtement esseulé. Il fila le vieil homme qui trottinait d'un pas alerte à travers les dédales du monastère, incapable de mémoriser leur trajet. Son guide progressait en marmonnant dans sa barbiche. Un profond malaise s'installa. Toute cette histoire sombrait dans une folie douce.

Avait-il réellement parcouru ces couloirs vingt ans plus tôt ? Ses rêves reflétaient-ils ses souvenirs, gravés dans son subconscient ? Il se hâtait, nerveux de déchiffrer le cahier dérobé par ses parents. Qu'allait-il y découvrir de si important ? Il espérait y déterrer des explications à ses dons. L'Ancêtre lui jetait de fréquents coups d'œil inquisiteurs. Connaissait-il son petit problème de cicatrisation ?

Après mille détours par des passages étroits, ils atteignirent une porte massive. Son compagnon extirpa une clé monumentale, déverrouilla la serrure puis s'effaça.

— Je vous retrouverai lorsque vous aurez analysé le contenu du coffret. Prenez le temps nécessaire.

Sur ces paroles sibyllines, il s'éloigna. La pièce baignée de lumière l'accueillit. Un reliquaire trônait au centre, posé sur un autel de marbre. Matthew s'en approcha et caressa les motifs gravés dans le bois. Sous ses yeux se dressait fièrement, dessiné dans l'écorce, le mont Olympe, demeure mythique des Dieux. Analogie flagrante. Il effleura le cadenas.

Un code à quatre chiffres suffisait à l'ouvrir. Enfantin : la comptine le lui avait révélé. Pourtant, alors qu'il avait parcouru des milliers de kilomètres pour trouver ce carnet, il hésitait. Comment réagirait-il s'il découvrait des informations ingérables ? S'il apprenait des faits sur lui-même qu'il était incapable d'affronter ? Inspirant, il imagina les pires scénarios, cherchant à se convaincre qu'il s'adapterait. Après tout, il avait survécu à la mort tragique des siens ; que pourrait-il exhumer qui surpasse cette tragédie ?

Le temps fila et il stagna, le cœur aux bords des lèvres et l'esprit à vif.

La croisée des chemins.

Finalement, il s'enhardit, déverrouilla le coffret et l'ouvrit.

Le carnet noir apparut, semblable à celui confié par Marina.

D'une main tremblante, il s'en empara et le sortit de son écrin.

Alors, il se figea, le souffle coupé.

Sur le velours garnissant le fond du reliquaire reposait un second calepin, à la riche couverture verte.

88

Jeudi 6 février
13 H 00
En direction de l'Italie

Mark roulait à grande vitesse sur l'autoroute E27 en direction de l'échangeur du Grand-Saint-Bernard. Concentré sur sa conduite, il accepta machinalement l'appel. Le colonel ne s'embarrassa pas de politesse :

— Les coordonnées ont été déterminées et paramétrées. Il s'agit d'une zone côtière, du côté de Piombino. Du sable et de l'acier.

— J'y vais au plus vite.

— Bien. Nous avons parcouru les dossiers fournis par Switzer. Il sélectionnait de jeunes femmes émotionnellement instables, qui bénéficiaient de bourses octroyées par OlympusBiotech dans différents domaines. Chacune d'entre elles a ensuite été mêlée à un scandale. Vol de technologie, espionnage industriel, détournement de données… En raison de leur âge et de leur vulnérabilité, elles ont échappé aux poursuites. Certaines se seraient suicidées. Nous creusons, mais le faisceau de preuves se resserre autour d'OlympusBiotech et de son créateur. Nous ne parlons plus d'un simple délit d'usurpation d'identité, mais bien de corruption.

— Quels sont mes ordres ?

— Trouver le portable. Localiser Paul. Rendre compte. Le capitaine Rizzo mobilise une compagnie de carabiniers à Florence. Dès que vous en savez plus, nous la déployons. Notre taupe à Pitigliano ouvre l'œil. Foncez, lieutenant.

Darian se félicitait. Eliminer Switzer s'avérait une décision judicieuse. Le gestionnaire du stress avait anticipé sa mort. Sa réaction, mélange de panique et de colère, avait surpassé ses attentes.

Brave Helmut… à vouloir se venger, le praticien lui avait au contraire octroyé une bouffée d'oxygène salvatrice. Focalisés sur les dossiers, les enquêteurs temporiseraient leurs investigations pour renforcer leurs chefs d'accusation. Ce qui lui offrait la liberté de finaliser sa quête avant de fuir.

Prochaine étape : interroger Paul Desprez.

Il pénétra dans le laboratoire qu'il avait réhabilité quinze ans plus tôt. L'emplacement symbolique lui procura un frisson d'exaltation.

Au milieu de la longue pièce blanche se dressait une table inclinable, sur lequel Paul Desprez gisait, inconscient. Un moniteur enregistrait ses constantes. Bip. Bip. Bip. Le rythme des battements de son cœur martelait une mélodie macabre dont l'écho rebondissait à l'infini.

À pas de velours, le Grec s'approcha, examinant sa proie. L'éliminer se révélerait un jeu d'enfant. Il contourna le fauteuil et s'empara de sa précieuse valise. Sa boîte de Pandore. Sa pourvoyeuse aux mille supplices. Il la déverrouilla et l'ouvrit, subjugué par la beauté des fioles soigneusement rangées et étiquetées. Dans chaque flacon se concentrait un échantillon de son pouvoir.

Sur les esprits. Sur les corps.

Une seule goutte et le fil tissé par les Moires[14] se briserait à jamais. D'une main révérencieuse, il caressa le verre ambré et sélectionna une ampoule. Il la porta à son visage, contemplant la solution pourpre d'un œil adorateur. Utilisant une seringue, il préleva habilement un millilitre, évacua la bulle d'air et l'injecta au chirurgien. Ensuite, il s'installa sur un tabouret, surplombant son prisonnier, et attendit.

Pour rien au monde il ne raterait cet intervalle exquis, durant lequel ses victimes reprenaient connaissance et se remémoraient leur détention.

[14] Les Moires sont trois déesses sœurs responsables de l'attribution des destins aux mortels à leur naissance, de la durée de vie d'un humain et du moment de sa mort. Le fil d'or qu'elles tissent représente le destin de chaque individu, et lorsque le fil est rompu, cela signifie la fin de la vie d'un humain.

L'accélération de leur pouls. L'éclair de panique dans leurs pupilles. La crispation de leurs muscles. Il s'en délectait.

Paul Desprez assura le spectacle. La réalité. La frayeur. Son rythme cardiaque s'emballa. Darian se moqua :

— Allons, docteur Desprez, ne vous affolez pas ainsi, vous frôlez le ridicule…

La voix ironique agit comme un électrochoc. Constatant que ses pulsations se stabilisaient, Darian le félicita. Paul attaqua :

— Que voulez-vous ?

— J'ai révisé ma copie. D'acteur principal, vous voilà simple figurant. Vous qui aimez tant la lumière, j'en suis navré…

— Je ne saisis pas un mot de vos divagations.

— Mes divagations… Quel joli terme ! Voyez-vous, docteur Desprez, vous étiez mon appât.

Paul s'étrangla.

— Un appât ? Moi ? Mais pourquoi ?

— Pour qui serait plus exact. J'envisageais de valoriser l'amitié qui vous lie à Matthew pour le piéger.

— Matthew ?

— Vous paraissez surpris. Ne comprenez-vous pas ?

Le timbre de Darian s'élevait, doucereux. Comme Carla, il adorait jouer avec sa proie. Il s'approcha, accentuant ses paroles :

— Ne comprenez-vous pas, docteur Desprez ?

Il avança. Le vert émeraude de ses yeux cruels scintilla. Paul se figea, estomaqué :

— Vous êtes l'oncle de Matthew.

— Ah, enfin, nous sommes présentés l'un à l'autre, cher Paul. En effet, dans une vie antérieure j'étais Daniel Beauxchamps.

— Qu'attendez-vous de moi ? J'ignore où il se trouve.

Darian Agouridas éclata de rire, mettant en péril l'équilibre de son tabouret. Paul le fixait d'un air incrédule. Cet homme avait perdu l'esprit.

— Idiot ! Je sais parfaitement où il se cache. On me le livrera bientôt… Non, j'ai réévalué votre rôle.

Paul se crispa. Prenant une profonde respiration, Darian déclara :

— Mes ambitions ont évolué. Anéantir mon neveu ne me suffit plus. Je quitterai la scène sur un coup d'éclat mémorable.

Paul frémit, anticipant la suite. Darian pencha la tête, alors qu'un fin sourire carnassier redessinait ses traits :

— J'ai décidé d'éradiquer chaque épine dans mon pied. Le colonel, son épouse, Louisa… tous ceux qui ont protégé Matthew depuis seize ans. Et pour cela, je compte sur vous.

Pétrifié, l'intéressé coula des yeux fous sur son bourreau, fustigeant :

— Vous n'obtiendrez rien de moi. Jamais.

— Il ne faut jamais dire « jamais », docteur. Avec le cocktail que je vous ai injecté, vous allez bien docilement satisfaire chacune de mes requêtes. Ne tentez pas de me mentir, vos constantes vitales vous trahiraient et mes disciples aiment exprimer leur côté bestial… Commençons en douceur… Une question simple. Où habite la famille Brady ?

Paul, privé d'option, se tourna alors vers celui qu'il ne consultait plus depuis longtemps.

Il pria.

89

Jeudi 6 février
15 H 00
Bureau du Dr Bélanger – CHU de Lille

Jonathan Brady se fraya un passage entre les brancards et les blouses blanches, pressé d'atteindre le bureau du docteur Bélanger. Moins de trois heures après avoir requis son aide, le tuteur de Matthew le rappelait. Il identifia sa destination, frappa et entra. Le chef de service se redressa et salua le militaire. Tous deux se connaissaient bien.

Leur poignée de main fut rapide et énergique. Ces deux hommes d'action économisaient tant leur temps que leur parole. Bélanger attaqua aussitôt :

— J'ai eu l'opportunité de discuter avec mes collègues de Necker d'un cas clinique particulièrement intéressant cet après-midi.

Le colonel le dévisagea. Secret médical. Il lança :

— Je serais ravi que vous me présentiez ce patient anonyme, docteur.

— Pour résumer, cette personne a consulté pour différents symptômes diffus. Les examens ont révélé une maladie génétique exceptionnelle. Elle se traduit par une modification des globules rouges qui entraîne, à terme, leur disparition. Les hématies mutantes restent capables de transporter l'oxygène, mais le séquestrent et n'autorisent plus son transfert ni son utilisation. Il possède donc une numération normale, mais l'apport en oxygène se raréfie. Lorsque les analyses ont été réalisées, vingt pour cent des cellules avaient dégénéré.

— D'où la transfusion massive ?

— Oui. Malheureusement, ce patient a mal réagi en développant un œdème pulmonaire, suivi d'une alloimmunisation.

— En langage commun ?

— Une alloimmunisation se produit lorsque des anticorps sont créés pour lutter contre des antigènes inconnus du donneur. Par exemple, si on injecte du sang rhésus positif à un receveur rhésus négatif.

— Il s'agit d'une complication grave ?

— Très grave ; généralement, le problème se résout par des injections d'immunoglobulines. Ce qui n'a pas fonctionné pour lui.

Il reprit son souffle et expliqua :

— Mes collègues ont constaté que son système immunitaire rejetait le sang du donneur, pourtant d'un groupe a priori compatible. La réaction engendrée s'est avérée extrêmement difficile à enrayer.

— J'imagine qu'une autre transfusion serait risquée ?

— Il est impossible de prédire comment il réagirait à un second essai. Nous lui avons conseillé de consulter des spécialistes en génétique et hématologie.

— L'a-t-il fait ?

— Aucune idée. Les meilleures équipes françaises exercent à Necker et ne l'ont jamais revu. Peut-être bénéficie-t-il d'un suivi à l'étranger.

— Mais la cause sous-jacente reste présente ?

— Évidemment.

— Donc ses globules rouges mutent toujours ?

— Sûrement.

— À quelle vitesse ?

— Difficile à estimer. S'il est arrivé à vingt pour cent à quarante ans, sachant que son taux a été stabilisé à environ dix pour cent… La situation actuelle équivaut plus ou moins à celle d'il y a dix ans.

— Comment se traduit son état ?

— Il souffre de migraines, d'un essoufflement, d'étourdissements, de spasmes... Des signes impossibles à ignorer.

— Quelles solutions a-t-il ?

— La greffe de cellules souches de moelle osseuse d'un donneur compatible pourrait fonctionner.

— Par exemple ?

— Les frères et sœurs constituent les meilleures options.

— Un neveu ?

— Pourquoi pas. La probabilité diminue, mais demeure raisonnable. Il existe également des banques de donneurs. Mais les chances de dénicher les mêmes déterminants génétiques chez un étranger se révèlent infimes.

— Si je résume, en supposant que ce patient a survécu, son taux de globules rouges fonctionnels s'amenuise de jour en jour. Il le ressent. Sa seule option viable repose sur le don de cellules souches de moelle osseuse.

— Mes uniques certitudes concernent l'atypie de ce profil génétique et son hypersensibilité. Pour le reste, il ne s'agit que de spéculations sur un cas clinique anonyme, je le rappelle.

Jonathan hocha la tête avec un bref sourire. Il se leva et tendit la main pour saluer le médecin. Ce dernier s'enquit, plongeant son regard bleu nuit dans celui, plus clair, du militaire :

— Comment se porte Matthew ?

— Il allait très bien quand je l'ai vu.

Le colonel se fustigea de cette réplique stéréotypée, pourtant reflet de la vérité. Le thérapeute renchérit :

— Nous espérons le retrouver rapidement. Son stage l'attend.

— Je le lui dirai. Merci, docteur.

Jonathan quitta le bureau d'une marche rapide. Comme rarement dans sa carrière, il culpabilisait d'avoir esquivé toute réponse honnête au tuteur de Matthew. Qu'aurait-il dû lui révéler ? *Désolé, je ne peux transmettre votre message, étant moi-même incapable de le localiser ?* Ridicule.

Une fois encore, il adressa une prière à qui de droit pour que son fils regagne la maison, sain et sauf.

Il remettrait alors les pendules à l'heure avec l'indomptable.

Dans l'intervalle, il devait interroger Marina. Peut-être saurait-elle lui dire qui était cette Titine dont ses services de renseignement ne parvenaient pas à déterminer l'identité ?

90

Jeudi 6 février
15 H 00
Monastère de l'île d'Anafi – Grèce

Le souffle coupé, Matthew détailla le carnet vert d'un œil inquiet. D'une main hésitante, il le sortit du coffre, le soupesa puis l'ouvrit à la page de garde. La date l'interpella. Juillet 1993. Postérieure à la dissolution de l'équipe de recherche. Antérieure à sa propre naissance.

Saisi d'un pressentiment, il tourna le premier feuillet. Cette écriture ! Le paragraphe s'étalait, ajouté après coup sur le revers. Dès la première phrase, il sut qu'il détenait son ultime cadeau.

Aussi vert que tes yeux. Aussi vert que l'espoir. Ce carnet renferme bon nombre de questions et quelques réponses. Il couvre tes trois premières années, à toi, notre garçon exceptionnel. Avec tout notre amour.

La page suivante reprenait, par ordre chronologique.

Juillet 1993. Depuis que j'ai appris que j'étais enceinte, je ne cesse de m'interroger. Je dois déterminer si ce bébé est comme moi. Je dois trouver le moyen de le protéger. Mon père me manque tant : lui aurait su comment agir.

Les mains tremblantes, Matthew s'aperçut qu'il retenait sa respiration. Glissant à terre, il s'installa et poursuivit la découverte de ce trésor inestimable.

Le carnet noir gisait, abandonné dans son écrin.

Les heures défilèrent sans qu'il en prenne conscience. Les rayons du soleil s'étaient estompés, rendant la lecture difficile. Avec précaution et une certaine révérence, il reposa le carnet N°11 au fond du coffre. Les idées de sa mère, de son grand-père et de Vassili s'avéraient exaltantes et promettaient de profondes modifications de la notion même de médecine. L'une après l'autre, il avait analysé les expériences décrites. Il les avait gravées dans son esprit. Chacune laissait envisager des richesses insoupçonnées et pourtant, aucune ne pouvait rivaliser avec les révélations contenues dans le calepin vert.

Il effleura la couverture émeraude, sous le choc. Le feuilleta à nouveau. Les mots maternels s'étalaient, vérité à double tranchant. Tout à la fois caresses pour son cœur et coups portés à ses convictions.

Soupirant, il arracha la page de garde, la plia et la glissa dans sa poche, souvenir indélébile de l'amour de ses géniteurs. Le reste devait disparaître pour assurer son secret.

Sans en référer au vieux moine, mais fidèle à sa parole, il plaça les deux reliques dans le coffret de bois et saisit la torche qui brûlait depuis son arrivée. D'une main ferme, il embrasa le premier carnet. Les flammes léchèrent la surface de cuir puis commencèrent à consumer le papier, émettant un craquement délicat alors que les feuilles noircissaient. Les souvenirs restent, les écrits meurent…

Les yeux perdus dans sa contemplation, il mit quelques minutes à identifier les coups portés avec violence sur le battant. Des cris s'élevèrent. *Que se passait-il ?*

Avant qu'il ait pu esquisser un geste, la porte s'ouvrit brutalement et deux hommes armés de fusils semi-automatiques l'assaillirent. Il recula en levant les mains, dissimulant le reliquaire en feu.

Ils hurlèrent des ordres qu'il ne comprit pas, jusqu'à ce qu'un des attaquants l'attrape par le bras et le jette à terre. Des cris courroucés saturèrent la pièce. Les flammes grignotaient le bois du coffret. L'homme s'empara d'une tenture et les étouffa en pestant. Lorsqu'il découvrit les carnets réduits à l'état de cuir racorni, il coula un regard assassin à Matthew, adossé au mur. L'ensemble des feuilles avaient disparu, leurs secrets évaporés en fumée dense. Il s'approcha et lui cracha des invectives au visage. De rage, il abattit sa crosse sur sa tempe en lui désignant la sortie.

Matthew tituba, étourdi par la violence du coup. Un filet de sang ruissela le long de son arcade. Un des mercenaires attrapa son coude et l'entraîna. Il trébucha sur le corps du vieux moine, étendu au sol. Tentant de recouvrer ses esprits, il fut malmené jusqu'à une grande salle froide, dans laquelle il fut accueilli par un cri féminin. Niki.

Il esquissa un pauvre sourire auquel elle ne répondit pas. Ses pupilles papillonnaient, captant autant de détails qu'elle le pouvait. Le sang ruisselant sur sa peau l'affola. Elle s'approcha et il voulut prendre ses doigts, mais le canon d'une arme s'interposa.

Dans l'obscurité, les yeux bandés et les poings attachés derrière le dos, il fut poussé en avant, guidé sans douceur par une main agrippée à son épaule. Il progressa sous ce régime forcé, tentant de contrôler les battements de son cœur. Son arcade lacérée saignait abondamment. Le sang imbibait le tissu et s'étalait sur son visage jusqu'à ses lèvres, y délivrant une note métallique écœurante. Au vent qui frappa ses joues, il déduisit qu'ils sortaient du monastère. Il trébucha sur le sentier étroit et pentu. Leurs ravisseurs les dirigeaient vers la mer. Sans ménagement, il fut embarqué et jeté à fond de cale tel un vulgaire colis. Il roula sur le sol et heurta un second corps qui cria. Niki.

Dans un grondement puissant, le bateau démarra. Terriblement conscient de sa responsabilité, Matthew rampa jusqu'à elle et chercha sa main. Elle s'agrippa à ses doigts tendus et se blottit contre lui. Il aurait voulu s'excuser, mais le bâillon étouffait ses mots. Il les ravala.

Enfermé dans ses pensées, il compta les minutes. Le voyage, quelle qu'en soit la destination, n'en dura pas plus de trente. Les mêmes voix rugueuses leur intimèrent de se lever et de les suivre. Matthew s'exécuta avec difficulté, les jambes engourdies. Son bandeau glissa et il distingua des falaises laiteuses.

Un des mercenaires le poussa en avant dans un sentier qui serpentait entre les rochers. Bientôt, il entr'aperçut une immense baie vitrée et une villa blanche. L'homme le pressa et le tissu tomba, le replongeant dans l'obscurité.

La disparition de la brise sur ses bras, associée à la dureté du sol sous ses pieds, lui prouva qu'il avait atteint la demeure. Il fut attaché à une chaise. Il n'avait pas prononcé un mot. Crier ou supplier serait vain. Les leçons du colonel lui revinrent en mémoire. Les faibles mendient. Les autres prient.

Alors, il pria.

Un silence lourd s'installa. Il grogna le nom de Niki, mais n'obtint aucune réponse. Il tenta de se raisonner et de garder son sang-froid. Une porte claqua. Au loin, une horloge marquait les secondes tel un métronome. Des éclats de voix s'élevaient, auxquels il ne comprenait rien. Entrelacs de tonalités rugueuses et d'accents féminins. Niki ? Difficile de trancher… Pourquoi avaient-ils été séparés ?

Tout à coup, il distingua un froissement sur sa droite. Associé à l'effluve d'un parfum capiteux. Tous ses muscles tendus, il se prépara à l'attaque. Une main ferme arracha son bandeau, aggravant la plaie sur son arcade. Il retint un gémissement de douleur.

Alors, une voix aiguë, flûtée et ironique, l'accueillit en français :

— Ainsi, te voici. Matteo Julian. J'entends parler de toi depuis si longtemps... Tout ce sang ne met pas en valeur ton joli minois…

Clignant des yeux, il se redressa et toisa la femme qui se tenait devant lui, majestueuse. Il ne la connaissait pas. Et pourtant, mille détails dans son allure lui parurent familiers.

Elle le frôla, touchant sans douceur son visage. Planta ses iris noirs dans les siens, semblant l'accuser d'un crime dont il n'avait aucune conscience. Les doigts agiles, elle saisit la peau et l'étira, dessinant artificiellement un sourire sur ses joues ensanglantées. Il secoua la tête pour s'en défaire et elle attaqua, cruelle :

— Souris donc, Matteo ! Tu n'apprécies pas cette rencontre avec ta grand-mère, mon chéri ?

Le premier choc dissipé, Matthew dévisagea la matrone. Soixante-dix ans, peut-être un peu moins. Des cheveux teintés et coiffés avec élégance. Une figure fardée aux lèvres rouges.

Elle se déplaçait telle une reine, dos droit et menton relevé. Sa longue jupe effleurait le sol, les manches de son corsage écarlate bouffaient et des bijoux dorés tintaient à chaque respiration.

Anthéa Diamantopoulos se régalait de cet examen, attendant qu'il s'exprime. Alors qu'une myriade de questions se pressait sur ses lèvres, il se cantonna dans un silence buté. Elle grimaça, s'installant en face de lui dans un fauteuil confortable :

— Tu possèdes les yeux de ton grand-père. Magnifiques. Mais leur charme n'agit plus sur moi. Que sais-tu de ton aïeul, Matteo ?

Elle cherchait à l'appâter. Il refusa d'entrer dans son jeu.

— Aussi têtu que ta mère. Bien. Écoute donc en silence, cela m'évitera de répéter. Ton grand-père s'appelait Mathis Beauxchamps, peut-être l'ignores-tu ? Un bel homme. Charismatique. Avec lui, je me sentais précieuse. Unique.

Matthew la scrutait, effaré. Que voulait-elle ? Pourquoi évoquer le passé ? Elle alluma une cigarette mentholée et lui souffla la fumée en pleine figure :

— Tu ne comprends pas pourquoi je radote, n'est-ce pas ? Elle ricana. Les mercenaires préparent le bateau pour t'accompagner vers… ton destin. Disons que je profite de cet interlude pour t'apporter la bonne parole… Une dose de vérité dans ta vie tissée de mensonges dopera ton imagination…

Il plissa les yeux, crispé. Elle aspira une longue bouffée, avant de reprendre :

— Sais-tu qui m'a infligé ces cicatrices, Matteo ?

Elle releva sa manche, exhibant deux balafres rondes, grosses comme une pièce de deux centimes, sur son avant-bras.

Elle se pencha, menaçante, sa cigarette se consumant à la main.

— Mon propre père. Le puissant Orion Diamantopoulos. Pour me punir d'avoir compromis son nom en couchant avec un vulgaire scientifique et d'être tombée enceinte. Une brûlure imprimée dans ma chair pour chaque bébé. Et malgré l'opprobre paternel, je les ai aimés. Je les ai couvés telle une louve. Jusqu'à ce que Mathis me quitte et emmène ma fille. Sans me donner la moindre explication. Ton grand-père était un monstre d'égoïsme et ta mère l'a bien imité. Pas un regard en arrière. Pas un mot… Heureusement, Daniel a pris soin de moi. M'a protégée de mon propre père et de ses accès de colère. A accusé les coups qui pleuvaient sur moi dès qu'il l'a pu. Je serais morte depuis longtemps sans son intervention…

Matthew le fixa, raccrochant les bribes de son récit à ce qu'il connaissait de l'histoire familiale. Envisager son oncle comme un sauveur tenait de l'impossible. Elle soupira :

— Je lis sur ton visage que tu le considères comme un bourreau alors qu'il n'a jamais agi que dans mon intérêt. Mesures-tu la dose de courage nécessaire à un enfant de dix ans pour se dresser entre un adulte brandissant son poing et une femme acculée ? Daniel n'a jamais cillé. Je suis fière de lui.

Il avala sa salive avec difficulté. Ecouter ces souvenirs brouillait ses perceptions. Il secoua la tête ; elle délirait. Il défendit ses convictions :

— Votre fils adulé a commandité le meurtre de sa jumelle, de ses neveux et de sa nièce.

— Naïf ! Le colonel Brady t'a menti pour te manipuler et te garder sous sa coupe.

— Il m'a caché pour empêcher que votre rejeton ne me nuise !

— Foutaises ! Il t'a dissimulé pour éviter que tu ne découvres la vérité sur toi-même, Matteo ! Ne sois pas idiot et réfléchis-y : sans l'intervention de Daniel, ton sauveur t'aurait-il avoué qu'il connaissait ton potentiel ?

Matthew se figea. *Comment savait-elle ?* Il nia :

— Je ne vois pas de quoi vous parlez.

Elle secoua la tête, désabusée :

— J'assiste Daniel dans ses recherches depuis vingt ans, Matteo. Et mon père avant lui. Cela dit, tu as raison, une preuve vaut plus que mille mots.

Sans qu'il l'anticipe, elle abaissa brutalement sa cigarette incandescente sur son bras. En trente secondes, l'odeur doucereuse de la peau brûlée satura la pièce. Il se tordit de douleur en retenant ses cris, alors qu'une violente nausée soulevait son estomac. Elle releva le mégot, observant la plaie béante avec un sourire satisfait.

Un coup sur la porte interrompit son inspection et un homme armé entra. Ils échangèrent quelques phrases en grec, que Matthew ne comprit pas. Anthéa Diamantopoulos se tourna vers lui et déclara :

— Je suis navrée d'écourter cet entretien des plus agréables. Le bateau doit appareiller. Iani va te raccompagner à bord.

Il lui jeta un regard assassin et elle sourit. Inquiet, il s'enquit :

— Où se trouve Niki ?

Elle lança un ordre rapide et le garde sortit quelques instants avant de revenir, tirant sa compagne par le bras. La vieille scanda :

— Comme tu le vois, ton amie se porte à merveille. Elle va se joindre au convoi. Je suis certaine que Daniel voudra la remercier d'avoir facilité ton enlèvement.

Matthew se figea, le souffle coupé.

Sous ses yeux, le visage de Niki se décomposa.

91

Jeudi 6 février
16 H 00
Chambre d'hôtel de Rosa Hernandez – Normandie

Enfin ! Les informations qu'elle attendait depuis plusieurs semaines venaient d'arriver sur sa boîte courriel. Cette bonne à rien d'Antonia se révélait un peu moins inutile que prévu. Le dossier qu'elle avait envoyé aux services du cadastre de Pitigliano délivrait sa réponse. Alors qu'elle cliquait sur le document, un frisson d'exaltation la parcourut. Qui, aujourd'hui, possédait les ruines de la maison sur la falaise ? Dès que la page s'afficha, elle déchiffra avidement les quelques lignes. Et resta interdite. Qu'est-ce que cela pouvait bien signifier ?

Alors qu'elle allait lancer son navigateur pour réaliser une recherche plus poussée, des coups vigoureux sur la porte de sa chambre la firent sursauter. Une voix grave et péremptoire la prévint :

— Police. Madame Hernandez, ouvrez immédiatement !

Elle tourna machinalement la tête, en quête d'une issue. Le miroir lui renvoya l'image peu flatteuse d'une femme entre deux âges, aux joues pâlies et aux yeux fardés. Un instant, la possibilité de fuir lui traversa l'esprit, puis elle observa ses talons aiguille et soupira. À quoi bon ? De toute évidence, ils avaient établi le lien entre Lucio et elle. Les dés s'avéraient pipés.

Elle ferma l'onglet de sa messagerie et obéit, un sourire plaqué sur ses lèvres vermillon. Le quadragénaire qui entra, bel homme énergique, ne perdit pas une seconde en palabres. D'un geste ample, il désigna l'ensemble de ses possessions :

— Vous emballez tout pour analyse. Ordinateur et téléphone portable en priorité.

Rosa Hernandez fronça les sourcils et s'offusqua de cette brutalité ; le capitaine Morin la toisa, muet, avant de pivoter vers son adjointe :

— Ramirez, tu me l'embarques, de son plein gré ou menottée.

Le lieutenant lui lut ses droits, puis escorta la journaliste jusqu'à leur voiture. Les scientifiques se chargeaient déjà d'inspecter chaque recoin de la pièce. Notant l'arsenal déployé, Rosa comprit que la partie virait à l'échec. Se renfrognant, elle tenta d'estimer à quel point elle avait intérêt à tout leur dévoiler…

Bureau du Capitaine Morin - Normandie

— Donc, Lucio Andreotti vous a contactée le 6 décembre dernier ?

— Oui. Il prétendait détenir un scoop concernant l'incendie de Pitigliano.

— Pourquoi se tourner vers vous ? Pourquoi ne pas monnayer ces renseignements au plus offrant ?

Rosa Hernandez grimaça.

— Mais il l'a fait ! Ce rapace m'a plumée.

— Que vous a-t-il vendu exactement ?

Elle resta muette et contempla ses ongles peints avec un petit soupir.

— Quel intérêt aurais-je à vous dévoiler mes informations ?

Le capitaine Duhamel, dépêché en Normandie en urgence, se pencha vers elle, son visage durci. Il attaqua, la voix aussi rêche que de la toile émeri :

— Ne jouez pas à la plus maligne avec nous, Rosa. Votre complice est mort. Vous avez menacé Antonia Andreotti. Carlita Puccini a prononcé votre prénom en succombant. Les preuves s'accumulent contre vous. À votre place je pèserais soigneusement mes paroles.

Une goutte de sueur perla à sa tempe et elle se mordit les lèvres. Deux mois d'investigation qui partaient en fumée…

— Je ne suis pas impliquée dans les décès de Carlita Puccini et Lucio Andreotti. Je ne suis pas idiote au point de tuer les poules aux œufs d'or !

Il plissa les yeux, la dévisageant. Foutue pour foutue, elle balança :

— La Vieille perdait la tête. Certains souvenirs la traversaient d'un coup, comme des éclairs, avant de disparaître. Elle a commencé à radoter sur l'incendie, ce qui a intrigué Lucio, qui a flairé un coup fumant. En creusant, il s'est aperçu que l'Ancêtre détenait un véritable trésor.

— Vraiment ?

Duhamel la dévisagea, dubitatif. Il tripotait le vapoteur de Morin, semblant plus intéressé par la perspective d'une bonne bouffée que par son discours. Elle se rembrunit et croisa les bras. Il attaqua :

— Vous vous prenez pour une journaliste d'investigation, mais vous agissez comme une fouille-merde. Ce que vous taxez de scoop ne mérite même pas d'apparaître dans la rubrique des faits divers. Si vous faites la Une un jour, ce sera pour votre procès pour meurtre.

Ses piques acérées firent mouche. Rosa se redressa, outrée. Comment osait-il ? Elle riposta, balançant ses bombes l'une après l'autre. Rendant coup pour coup :

— Vous me taxez d'incompétente ? Non, mais quelle blague ! Le capitaine qui a mené les investigations à l'époque n'a pas été foutu de qualifier l'incendie de criminel ! Ils ont tous été drogués, mais personne n'en a jamais parlé ! Il n'a jamais cherché à trouver l'empoisonneur. Pire : le corps du bébé enterré n'était même pas celui des Julian. Sans compter Matteo, qui a miraculeusement ressuscité… Cette enquête est une fumisterie et vous osez me traiter de fouille-merde ! Tout le monde mérite la vérité sur ce qui s'est passé cette nuit-là et je la leur offrirai !

Elle criait et Duhamel la dévisageait en silence, jubilant. Il souffla, rivant ses pupilles dans les siennes :

— On va reprendre point par point, Madame Hernandez. Vous allez vous calmer et n'omettre aucun détail, au risque que je vous accuse d'obstruction à la justice. Est-ce clair ?

Elle le scruta, mauvaise, et sourit :

— Limpide. Et vous constaterez que je représente de loin la meilleure enquêtrice que vous ayez connue.

— Je vous écoute.

— Lucio m'a vendu la liste des membres du commando qui a incendié la maison des Julian il y a seize ans. Guillermo Pasquali. Manuel Rocha. Salim ElBouker. Vous ne rencontrerez aucune difficulté pour la vérifier, ils sont tous décédés dans les trois dernières semaines. Lucio a tiré les vers du nez au

Gros Salim qui a reconnu que leur mission consistait à enlever la gamine et s'assurer que les autres flambent sans laisser de trace.

— Pourtant, le corps du bébé a été retrouvé ?

— Ils ont procédé à un échange. Manuel Rocha travaillait aux pompes funèbres.

— Possédez-vous des preuves ?

— Je n'ai que la parole de Lucio, ainsi qu'un détail inconnu du grand public. Cette nuit-là, les ravisseurs ont emporté le sac à langer, les doudous et la turbulette de la fillette. Mais ils ont laissé un biberon sale dans l'évier.

— Cette information sera vérifiée.

— À votre guise. Je m'interroge sur le devenir du nourrisson. On a cherché le jeune Matteo, mais sa petite sœur, jamais.

Les bras croisés sur sa poitrine, Rosa Hernandez profitait de son moment de gloire. Elle avait semé le doute dans leur esprit en leur livrant ce premier élément, qui devait constituer l'attaque de son article. Elle en possédait d'autres. Duhamel poursuivit :

— Vous dites qu'ils ont été drogués. Comment les membres du commando s'y sont-ils pris pour les atteindre ?

Rosa secoua la tête, ravie de cette question. Elle ricana, ménageant son suspense :

— Mais le commando n'y est pour rien, Capitaine… Le psychotrope a été introduit dans leur repas bien avant que l'équipe de Salim ne débarque…

Elle perçut l'éclair qui traversa son regard et s'amusa :

— Eh oui, Capitaine… Quelqu'un à Pitigliano les a empoisonnés.

Duhamel se figea. Si les Julian avaient accepté un aliment étranger, cela impliquait que le traître gravitait dans leur cercle d'intimes. Rosa bomba sa poitrine, satisfaite de son effet. Le capitaine dévia la conversation :

— Pourquoi Lucio se trouvait-il en Normandie ?

— Pour rencontrer Matteo.

Un coup d'œil assassin la poussa à préciser.

— Lucio m'a contactée lorsque ses propres réseaux mafieux ne lui ont plus permis de progresser. Je l'ai aidé à tracer Matteo.

— Comment êtes-vous remontés jusqu'à lui ?

— Grâce à un jeu d'empreintes déniché par Lucio sur les reliques d'Antonio Puccini. Le vieux avait offert un vélo au gamin. La bécane traînait dans un débarras poussiéreux. Il a relevé ces indices.

— Preuves qu'Antonia Andreotti a ensuite fait disparaître.

Elle esquissa un petit sourire sans confirmer. Duhamel poursuivit :

— À quoi vous ont servi ces relevés ?

— Comme toute personne dont l'identité est protégée, Matteo Julian est fiché. Il suffit de les comparer à la base de données.

— Ce qui est impossible sans une accréditation de haut niveau.

— Disons que je dispose de certains… moyens de persuasion. Et de quelques contacts.

— Vous avez donc découvert Matteo Julian. Ensuite ?

— Lucio devait le rencontrer ici. Il espérait négocier avec lui.

— Quoi ?

— Je n'en sais rien. Lucio frôlait la paranoïa. Il prétendait que Matteo résoudrait tous ses soucis. Il l'a appelé et lui a fixé rendez-vous à Veules-les-Roses. Depuis ce jour, je n'ai pas reçu de nouvelles.

— La date de votre conversation ?

— Le 29 décembre. Il venait de joindre Matthew et jubilait, persuadé de l'avoir appâté. Il devait me recontacter après leur rencontre.

— Et puis ?

— Le silence total. Pendant une semaine. Pas moyen de communiquer avec lui, ce mec refusait d'acheter un portable.

— Quand avez-vous commencé à vous inquiéter ?

— Le 3 ou 4 janvier. J'ai fouiné et découvert son décès. J'ai paniqué.

— Pourquoi ?

— Parce que je suis en danger, évidemment ! Comment croyez-vous que Lucio soit mort ? Il a enquêté et tout à coup, il saute d'une falaise ? Quel délire ! Ce rapace s'estimait à deux doigts de réaliser le casse du siècle. Jamais il n'aurait lâché l'affaire volontairement ! Je suis persuadée que le commanditaire de l'incendie efface les preuves et se débarrasse des fouineurs.

— Et donc, malgré le danger, vous décidez d'embrigader la veuve de Lucio pour poursuivre votre magouille ?

— J'y suis allée pour vérifier ce que son époux lui avait raconté et couvrir mes arrières. Elle m'a piégée.

— Bizarrement, elle soutient que vous l'avez manipulée. Et que sa mère en est morte.

— Ne vous laissez pas berner. Je l'ai prise pour une gourde et j'en paye les conséquences. Antonia Andreotti a vécu à Pitigliano jusqu'au décès de son père. Elle m'a identifiée et obligée à lui révéler la vérité sur Lucio et son dernier coup. Elle a insisté pour continuer. Quant à la Vieille… Son cerveau-passoire disjonctait complètement ! La semaine avant sa mort, elle scandait qu'un démon aux yeux verts avait incendié la villa des Julian et que son vieil ami l'aimait plus que sa fille…

— Un vieil ami ? Qui ?

— Antonia a essayé de la faire parler, mais la Vieille se comportait comme une sale mioche boudeuse. Un vrai calvaire, le Fossile, elle devrait s'estimer heureuse d'en être débarrassée.

— Charmante analyse... Un détail me chiffonne : vous affirmez que le commanditaire élimine les témoins. Comment aurait-il eu connaissance de l'enquête de Lucio ?

— Et bien, je n'ai qu'une seule hypothèse : le complice de Pitigliano, le même qui a empoisonné les Julian, assure toujours le service.

— J'imagine que vous tentez de l'identifier ?

— Oh oui, mais je fais chou blanc pour le moment.

— Qui est Carlos Ramiro, Rosa ?

— Pardon ?

— Votre messagerie. Le mail que vous avez reçu des bureaux du cadastre le désigne comme l'actuel propriétaire de la villa des Julian. Je répète donc : qui est Carlos Ramiro ?

Une heure plus tard, adossé à son fauteuil, Jonathan Brady digérait les informations, balancées en vrac par Duhamel. Son esprit s'envola vers le passé. La fillette vivait-elle encore ? Si oui, où se trouvait-elle ? Et dans quel état ? Ces doutes le torturèrent car cette vipère de Rosa disait vrai sur au moins un point : l'enlèvement du bébé n'avait jamais été envisagé…

Saisissant son téléphone, il se focalisa sur l'essentiel : identifier le traître de Pitigliano. L'empoisonneur. La bourgade comptait cinq mille habitants. Il suffisait de les trier en fonction de leur âge, de leur présence depuis seize ans et de leur proximité avec les Julian. L'enquête progressait. Se pourrait-il que, seize ans plus tard, il résolve enfin le secret qui le hantait ?

92

Jeudi 6 février
19 H 00
Dans un bateau au large de l'île de Santorin

Bâillonnés, les mains liées derrière le dos, Matthew et Niki avaient été embarqués sans douceur sur un yacht d'une trentaine de mètres, équipé pour les longues traversées. Leurs ravisseurs ne s'étaient pas embarrassés de leur bander les yeux. Au contraire, ils prenaient un malin plaisir à commenter les œillades assassines dont il couvrait Niki. Elle secouait la tête, les joues noyées de larmes de rage.

Trois hommes lourdement armés étaient montés à bord avec eux. Ils avaient rapidement manœuvré et ils filaient maintenant en pleine mer sous le vent. Enfermé dans la cale, Matthew dévisagea sa compagne, incapable d'ordonner ses griefs. De toute évidence, sa douce grand-mère le livrait à son oncle. Sans l'ombre d'un remords, tel un colis encombrant. Quel rôle avait joué Niki dans sa capture ?

Rongé par le doute, il se glissa vers elle, désignant son bâillon en agitant les mains derrière son dos. Elle comprit ses intentions et se laissa tomber au sol, amenant sa figure à hauteur de ses doigts. Au toucher, il attrapa le tissu et le dégagea. Elle pesta aussitôt à voix basse, avant de lui retourner la politesse. Cinq minutes plus tard, il attaqua :

— J'attends des explications, Niki.

— De quoi est-ce que tu m'accuses, exactement ?

— Tu le sais parfaitement !

— Donc, il suffit qu'une vieille peau cinglée me désigne coupable pour que tu me juges ? Merci beaucoup !

— Je n'ai pas dit ça !

— Ah non ? Mes oreilles m'ont trompée, alors !

— Merde, Niki, ça fait un mois que j'arrive à échapper à mon oncle, je te rencontre et je me retrouve prisonnier en deux temps, trois mouvements ! Que veux-tu que j'en déduise ?

— Je n'en sais rien, mais je refuse que tu me taxes de traîtresse ! On est captifs tous les deux, gronda-t-elle en indiquant ses poings liés.

— Il pourrait s'agit d'une manœuvre pour que je me confie à toi…

— Du coup pourquoi auraient-ils balancé mon rôle, ça n'a aucun sens !

Il secoua la tête, perplexe. Mystère. Niki continua :

— Je ne comprends pas plus que toi ce qui se passe. Mon patron me pousse à monter dans cet avion en prétextant une question de vie ou de mort. Je m'assieds à côté de toi et tu me prends pour une terroriste. J'aurais dû arrêter là plutôt que de m'acharner à te trouver sympa et vouloir t'aider ! Je vais sûrement crever dans ce bateau parce que je suis infoutue de me protéger des mecs comme toi et ce connard de Noah André !

Elle s'éloigna de lui, courroucée. Un long silence s'installa, qu'il rompit :

— Qui est Noah André ?

— Un autre bellâtre qui m'a prise pour une cruche et m'a saoulée pour endormir ma méfiance. Il rigolerait bien si je lui racontais comment tu me remercies après tous les compliments dont je t'ai gratifié !

— Tu as parlé de moi à ce mec ?

— J'étais bourrée ! Je t'ai dit que j'organisais cette exposition pour le compte de Pégasus Inc. Ce gars représente la firme et il s'est attribué tout le mérite. Ensuite, il est venu chez moi avec une bouteille, sous prétexte d'enterrer la hache de guerre. Le salopard… J'étais tellement cuite que, d'après mes collègues, j'ai jasé sur toi toute la soirée…

Matthew n'écoutait déjà plus ses explications. Il avait tiqué sur le nom de Pégasus Inc. Dans son esprit, l'arborescence des activités d'OlympusBiotech se dessinait. Il riva son regard dans les prunelles de Niki. Elle interrompit son discours, noyée dans l'océan vert de ses iris. Il prononça distinctement :

— As-tu sciemment participé à mon enlèvement ?

Elle le fixa et déclara froidement, avec une pointe de colère :

— Non. Et je n'apprécie pas que tu mettes en doute ma parole et que…

— Niki, écoute-moi s'il te plaît.

Elle se tut à nouveau et il reprit son inspection, établissant un contact visuel durable. Elle paraissait sincère, mais il devait s'en assurer. Alors, il joua le tout pour le tout :

— Veux-tu faire l'amour avec moi ?

Aussitôt, elle pâlit et abaissa son regard, en balbutiant :

— Non, mais je… c'est quoi cette question… comme si… Mais NON !

Il pouffa, soulagé. Il détenait la preuve qu'il cherchait. Niki ne savait pas mentir.

Ce qui signifiait qu'elle était tout autant en danger que lui.

Au même moment
Sur le Happy Days

— Est-ce que tu vois quelque chose ?

— Non, Alastair. Je ne distingue rien de plus qu'il y a deux minutes.

La voix de Pierce tentait de masquer son irritation devant l'insistance de son compagnon, mais n'y parvenait pas. Il ressentait une certaine compassion pour Alastair, qui angoissait. D'après sa propre expérience et ce qu'il avait perçu, son inquiétude se révélait légitime.

Fidèles à la promesse faite à Paul, ils avaient l'œil sur leur passager depuis son débarquement sur l'île de Milos. Ils avaient identifié la jolie brune qu'il l'avait rejoint. De toute évidence, une autochtone. Ils avaient observé les pérégrinations du couple à Anafi.

Leur discrète surveillance avait tourné à l'attente quand les deux jeunes gens s'étaient réfugiés dans le monastère. Leur bateau avait essuyé une avarie qui les avait forcés à jeter l'ancre au port pendant quelques heures. Lorsqu'ils avaient regagné l'anse attenante au cloître, ils avaient eu la surprise de découvrir une embarcation rapide amarrée aux pieds des falaises.

Pris d'un pressentiment, Pierce avait choisi de naviguer en mer et de ne pas s'approcher. De leur position, ils avaient suivi l'étrange défilé entre le monastère et le navire. L'un derrière l'autre, une file d'hommes, lourdement armés, avaient entraîné de force Matthew et son amie, ligotés, sur le pont. Ils avaient quitté l'anse pour s'élancer en direction de Santorin. Ils y étaient restés une heure à peine, avant d'être à nouveau transportés vers un second vaisseau plus puissant, qui avait appareillé aussitôt ses colis embarqués.

Sans se presser, Pierce avait donné de la voile pour les filer. Il ignorait dans quel pétrin s'était fourré Matthew, mais il refusait de révéler leur présence. Leur bateau s'avérait plus lent que le jet des assaillants. Il les pistait, évitant de se laisser distancer. Alastair gémit :

— Comment comptes-tu agir ? Nous ne pouvons pas les abandonner ! Imagine ce que ces truands leur font subir ?

— Alastair, n'exige pas de moi un plan alors que je ne sais pas ce que nous allons affronter. Je suis patient, pas devin.

— Désolé Pierce. J'angoisse terriblement, tu connais mon hypersensibilité…

Son air abattu attendrit Pierce, qui posa une main sur son épaule, dans une tentative de réconfort. Il railla :

— Allons, grand bêta, pourquoi crois-tu que Paul nous a contactés ? Nous ne sommes ni des novices ni des enfants de chœur. Lorsqu'il sera temps de batailler, nous attaquerons. En attendant, aurais-tu la gentillesse de nous couler un café ? Et profites-en pour préparer nos munitions.

Ragaillardi, Alastair consentit à s'éclipser quelques minutes, que Pierce mit à profit pour ajuster ses jumelles et faire le point sur la situation. Paul ne les avait pas sélectionnés par hasard. Il connaissait parfaitement leur carrière au sein du Navy Service. Passé révolu certes, mais loin d'être oublié.

Lui et Alastair représentaient ce qu'il convenait d'appeler des Retraités Potentiellement Dangereux…

Deux heures plus tard, penché à l'arrière du bateau, le regard perdu dans l'immensité de l'océan, Matthew cligna des yeux. Confrontés à ses plaintes, les gardes lui avaient autorisé une sortie. L'air glacial engourdissait-il ses sens ? Une lueur fantomatique flottait derrière eux. Se pourrait-il qu'un navire croise dans ces eaux ? Sans s'interroger davantage, il tourna son poignet pour orienter sa montre et l'alluma. Trois courtes. Trois longues. Trois courtes. Le SOS classique comme l'apprennent tous les scouts. Il patienta, le corps tendu. Alors que l'espoir s'estompait, une série de flashs lumineux lui répondit.

Médusé, il enregistra la séquence. Mobilisant ses souvenirs, il déchiffra péniblement un prénom. PAUL. Son cœur bondit.

Un bruit de pas l'alerta. Il rengaina sa montre et se pencha sur le bastingage, feignant l'ennui. L'homme l'obligea à regagner la cale. Sans protester, il s'exécuta. Il devait réfléchir à cette découverte. Comment tirer profit de la présence des Anglais dans leur sillage ?

Il rejoignit Niki, qui essayait de dormir, allongée sur une couchette sommaire. Le sommeil attendrait. Il avait un plan à imaginer. Le moral au plus haut, il ferma les paupières, tentant de visualiser leur environnement et de concevoir une parade efficace.

93

Jeudi 6 février
19 H 00
Sur le littoral de la côte toscane

Mark freina brutalement. Son GPS bipait, formel : le portable de Paul se trouvait à moins de cent mètres. Garant sa voiture sans se soucier des panneaux fourrière, il s'en extirpa. Comme l'avait prophétisé le colonel, il débarquait en pleine zone industrielle. Il dévisagea les usines sidérurgiques, implantées en bord de mer, entourées de nappes de sable.

Il vérifia la présence de son 22 long rifle, rendit compte de son arrivée et s'éloigna. Il évita les accès officiels et se faufila par de petits sentiers qu'il avait repérés au préalable. Bientôt, il atteignit la plage et parcourut en marche rapide les quelques dizaines de mètres qui le séparaient de la localisation GPS. Son regard accrocha un amas de plastique coloré, pris au piège dans une flaque d'algues brunes. Étrange. Le rivage était particulièrement propre, en dehors de cet agglomérat incongru.

Poussé par son instinct, il se pencha. Son cœur, pourtant entraîné à la nonchalance, s'enthousiasma. Une couronne de bouteilles colmatées par des bandages. Mark s'empara de l'étonnant édifice insubmersible, et le soupesa. Décapsulant l'emballage central, il en extirpa le portable de Paul. Avec une pensée admirative pour l'ingéniosité du constructeur, il se concentra sur l'essentiel : retrouver le chirurgien.

Il regagna sa voiture au pas de charge, échafaudant déjà ses hypothèses. Les produits d'hygiène ne provenaient pas des usines sidérurgiques environnantes, mais d'une salle de bain particulière. Il en déduisit que le colis avait été balancé à partir d'une résidence en bord de falaise. Avisant les étiquettes, il affina ses conclusions. Ces flacons arboraient des marques de luxe. Il fallait orienter ses recherches sur les villas de propriétaires aisés, et éviter les maisons de pêcheurs ou d'ouvriers.

Alors qu'il engageait la conversation avec la permanence du QG de Lille, il s'interrogea. Cette construction insubmersible trahissait un geste astucieux. Et désespéré. Si elle avait été réalisée par Paul, il en était impressionné. Sinon… Il jaugea le radeau de fortune. Bientôt, ce dernier lui livrerait ses secrets.

Pour l'instant, il devait octroyer quelques minutes à la cellule support pour cribler la zone et dresser la liste des domaines *à visiter*. Pourvu qu'elle ne soit pas trop longue ! Paul avait lancé son SOS depuis plus de six heures. Le temps pressait.

Une heure après, le bilan s'avérait pauvre. Le palmarès comprenait trois adresses. Ses collègues lui avaient fourni les coordonnées satellites de chacun des biens. Plutôt que de procéder par élimination, Mark avait paré au plus efficace : d'une conduite rapide, il avait gagné la première villa et sonné au portail, prêt à débiter un mensonge fraîchement imaginé pour justifier sa présence. Il avait retiré le gentil couple de retraités qui l'avait accueilli de la liste des suspects.

Dans la seconde demeure, un père de famille, un nourrisson dans les bras et un enfant en bas âge greffé au pantalon, l'avait reçu. La même conclusion s'était imposée. Pas de Paul ici.

Restait la troisième adresse. Embrayant, il relut les maigres renseignements collectés. La maison appartenait à un scientifique et chef d'entreprise du nom de Carlos Ramiro. Il n'y venait que ponctuellement. Les accès étaient limités et boisés, ce qui permettait d'envisager des cachettes intéressantes. Dix minutes plus tard, il atteignit les grilles du portail et sonna avec insistance. En vain.

Il s'approcha, évaluant du regard le dispositif de sécurité. Imposant, mais pas impossible à franchir. Il commençait à projeter une intrusion, quand une voiture stoppa derrière lui. Une voix juvénile l'interpella, en italien :

— Vous cherchez quelqu'un ?

Mark afficha son plus beau sourire en se retournant. Une onde de soulagement le traversa. L'arrivante semblait terriblement jeune. Vraisemblablement inoffensive. La jaugeant, il lança dans un italien sommaire :

— J'attendais monsieur Ramiro.

Elle sortit du taxi qui s'éloigna dans un panache de fumée, alors qu'elle s'approchait de lui, étonnée :

— Vous êtes un ami de mon père ?

— Vous êtes la fille de Carlos ? Enchanté de vous rencontrer, je m'appelle Pierre Laurent.

Tentant le tout pour le tout, il bascula en français, débitant les paroles à un rythme soutenu pour embrouiller l'adolescente. Il tendit la main, un sourire candide figé sur son visage avenant :

— Je suis français. Vous parlez français ? Magnifique. Votre père m'a prié de le rejoindre ici, mais je crains qu'il ne m'ait oublié. Nous avions planifié une discussion au sujet de notre projet. Puis-je l'attendre ? J'ai effectué une longue route et je ne connais pas du tout la région…

L'adolescente pouffa :

— Plus lentement, monsieur Laurent. Je parle français, mais vous vous exprimez aussi vite qu'une machine ! Elle lui serra la main. Ella Ramiro. Elle désigna son bagage : comme vous le constatez, je débarque et j'aimerais rentrer chez moi. Elle saisit son sac et avança. Après trois mètres, elle s'exclama : vous me suivez ou vous préférez poireauter dehors ?

Mark lui emboîta le pas. Elle désactiva les alarmes et pénétra dans la propriété, commentant les lieux. Les yeux grands ouverts, il s'imprégnait de l'espace. Passant dans la cour, il nota les traces récentes laissées par un véhicule. Ella capta son regard et remarqua :

— Il a pris la voiture pour faire une course. Il va revenir. Souhaitez-vous un rafraîchissement ? Je suis assoiffée.

— Avec plaisir.

Ils avancèrent dans la villa et il ne put retenir une exclamation. Épuré et majestueux, l'intérieur en imposait. Ella émit un rire discret, critiquant :

— J'estime que ça manque de chaleur, mais papa adore le blanc. Attendez de voir la terrasse couverte pour vous extasier.

Effectivement, l'espace l'impressionna. Ella l'installa à une table avec panorama sur la mer et se dirigea vers la cuisine. Aussitôt, Mark se leva. Dans le salon, il en profita pour jeter un coup d'œil rapide. Rien ne laissait deviner que quelqu'un vive ici. La voix d'Ella retentit derrière lui et il plaida :

— Je cherche une salle de bains. Je désire me laver les mains.

— Bien sûr, suivez-moi. La chambre d'amis se trouve sur votre droite.

Elle l'accompagna et l'abandonna. Ce comportement confiant le déstabilisa. Soit elle se révélerait innocente, soit elle était très douée pour dissimuler des preuves. Il pénétra dans la pièce avec curiosité. Aussitôt, il remarqua l'orientation. La baie vitrée surplombait la mer, à flanc de falaise. Une position idéale pour un lancer de téléphone. Gagnant le cabinet de toilette, il sut qu'il avait identifié la prison de Paul.

Les flacons s'alignaient dans leur emballage d'origine. Mark tenta d'imaginer Paul, bloqué à l'intérieur de cette suite. Les hublots exigus de la salle de bains empêchant tout espoir de fuite. La baie vitrée inondant de lumière une chambre dont on ne sortait que par la porte. Brandissant son propre téléphone, il sourit. Hypothèse validée. Sur son écran, le réseau tressautait, quasiment nul. Difficile de passer le moindre appel. Il fouilla les lieux, cherchant d'autres traces de la présence de Paul. Finalement, pour ne pas éveiller les soupçons, il se lava les mains et tira la chasse d'eau avant de rejoindre Ella. Comment Carlos Ramiro était-il lié à toute cette histoire et quel rôle y tenait sa fille ?

Mark hésitait. D'un côté, il pouvait limiter les risques et s'échapper. Sa mission était accomplie. Paul avait été retenu dans la villa, mais ne s'y trouvait plus. D'un autre, il pourrait fuir si le père revenait… Son instinct lui soufflait de poursuivre ses investigations.

Sa décision prise, il gagna la terrasse. Assise face à la mer, Ella l'accueillit d'un sourire, lui désignant un jus d'orange. Accompagné d'une exigence :

— Maintenant, monsieur Laurent, expliquez-moi pourquoi vous débarquez ici ?

Face à sa moue candide, il trembla. Avait-elle décelé sa supercherie ? Qu'est-ce qui l'avait trahi ? Rejetant cette hypothèse, il s'étira sur le fauteuil, avala une gorgée et éclaira :

— Je vous l'ai précisé, monsieur Ramiro désire discuter de certains projets. Mais je ne suis pas autorisé à en parler avec vous.

Elle le fixa de son regard profond, songeuse. Ses yeux pétillaient, nimbés d'un vert d'eau saisissant. Il se sentit disséqué au plus profond de son âme.

— Excusez mon étonnement, mais mon père n'a jamais évoqué un rendez-vous pour ce week-end.

— Il n'a pas non plus souligné votre présence.

Mark avait jeté cette remarque de façon anodine, cherchant à dévier la conversation. Il capta l'éclair de culpabilité qui traversa le visage d'Ella et prit l'avantage :

— J'ai l'impression d'avoir touché une corde sensible. Laissez-moi deviner : il ne se doute pas du tout de votre arrivée ?

Elle haussa les épaules, crâneuse :

— En effet, il s'agit d'une surprise. Qui ne vous concerne pas.

Elle le défia du regard avec un bel aplomb. Il esquiva avec doigté.

— C'est exact, je n'ai pas à vous juger. J'espère qu'il ne sera pas fâché par votre venue.

— Croyez-moi, ce n'est pas ma présence qui le mécontentera, mais plutôt la raison pour laquelle je veux lui parler.

— Vraiment ?

— Oh oui. Tout comme vous, j'ai des perspectives dont je veux discuter avec lui et je doute qu'elles lui conviennent.

— Vous m'intriguez…

— Il s'agit d'un banal désaccord entre une fille et son père.

— Je vous écoute. Vous lui faites des cachotteries ?

Elle scruta son visage, cherchant la moquerie, mais n'en distingua aucune. Cette jeune fille piquait son attention. Un physique d'angelot et une maturité d'adulte. Étrange combinaison. Elle dégageait une impression de déjà-vu perturbante et il ressentait un besoin irrépressible de percer ses secrets.

— Je ne mens jamais. Comme vous le savez mieux que moi, papa est reconnu en tant que scientifique et entrepreneur avisé. Il est passionné par son travail et ambitionne que je poursuive des études pour le seconder.

— En sciences ?

— Évidemment.

— En mathématiques ?

— Quelle idée saugrenue ! Il ne jure que par la biochimie et la biologie appliquée. La génétique. Les nanotechnologies… Il en a forcément parlé avec vous !

— Très souvent en effet… Mais vous n'y comprenez rien ?

Elle partit d'un rire sans joie.

— Bien au contraire. Je me révèle très douée dans ces domaines. Je valide actuellement un programme avancé en sciences et le professeur McKenzie prévoit que je me présente à un prestigieux concours pour décrocher une bourse d'études. Ce qui a généré des tensions avec mon père.

— Le professeur McKenzie ?

— Ma référente pédagogique. Elle enseigne la biologie et la chimie dans le lycée privé où je suis scolarisée.

— Ôtez-moi d'un doute, il s'agit de l'académie Madame de Maintenon, à Lausanne ?

Elle le dévisagea, stupéfaite :

— Vous connaissez ?

— Je fréquente plutôt l'école Châteaubriand pour garçon, mais oui.

— Quelle coïncidence !

Ella souriait et Mark lui rendit machinalement son rictus. Les données tourbillonnaient avec la puissance d'un cyclone dans son esprit.

— Donc, votre père s'intéresse aux nanotechnologies ?

Aussitôt, il comprit qu'il avait commis un impair. En tant que contact de Carlos Ramiro, il aurait dû maîtriser ce détail. Il enchaîna :

— Pour tout vous dire, et j'ai honte de l'avouer devant vous qui semblez si douée, mais je suis dépassé par ce sujet. Le projet que j'espère concrétiser combine les sciences sociales et les sciences dures…

— Sciences sociales ?

La voix d'Ella vibrait, teintée de scepticisme.

— Oui. Je désire étudier l'impact des changements majeurs dans les approches médicales récentes sur les populations. Des sciences sociales. Notamment l'aspect éthique de ces mutations.

— Étrange. Sa stratégie brille d'ordinaire par son pragmatisme. Orientation bénéfice direct et non expectations lointaines.

— Les tendances évoluent. Aucun projet scientifique actuel ne se dissocie de son incidence sociétale. Pour décrocher des appels à financement, cet aspect devient crucial. J'estime que cette raison motive ma présence. Pour tout vous avouer, je n'ai jamais traité en visio avec lui. Nous avons utilisé le téléphone ou le mail.

Elle eut un rire sans joie.

— Comme un très grand nombre de ses collaborateurs. Papa préserve sa vie privée. Ce qui souligne l'incongruité de votre venue.

— Vous m'effrayez, à vous entendre, je vais rencontrer un ours et me faire dévorer tout cru… Je ne sais même pas à quoi il ressemble !

— Il adore entretenir le mystère. Attendez…

Elle sortit son portable, le déverrouilla et sélectionna une photo avant de lui tendre l'appareil. Mark retint un mouvement de recul. Il murmura sous un masque paisible :

— Il paraît plutôt inoffensif.

Elle pouffa :

— Détrompez-vous. Le cliché date de nos vacances en Grèce. Je l'aime beaucoup parce qu'on le voit décontracté. Le reste du temps, il ne sourit pas.

— Et donc, vous ne souhaitez pas étudier les sciences ?

— Pas de tout.

— Et votre passion, c'est ?

— L'art graphique. Dessin, peinture, sculpture… Bref, utiliser mes mains plutôt que ma tête comme l'analyse crûment mon père.

— Et elles sont douées, vos mains ?

Mark entretenait la conversation tout en cherchant une échappatoire rapide et discrète, qui n'inciterait pas Ella Ramiro à alerter son paternel dès sa sortie. Il refusait d'éveiller le moindre soupçon. Elle hésita un instant, puis sourit :

— J'ai la faiblesse de le croire. Vous voulez en juger vous-même ?

Il approuva avec enthousiasme. La jeune femme sauta sur ses pieds, s'exclamant :

— Ne bougez pas, je reviens !

— Je patiente.

Dès qu'elle quitta la terrasse, Mark bondit sur le mobile abandonné sur la table. Encore déverrouillé ! Il navigua sur l'onglet contact et rechercha « papa ». Les informations s'affichèrent. Il déchiffra avidement le numéro, forçant sa mémoire à le graver. Percevant le pas léger de son hôtesse, il reposa l'appareil. Ella approcha, encombrée d'un large porte-document. Il se leva pour l'accueillir :

— Montrez-moi vos œuvres ! Allons, ne soyez pas timide. Je ne critiquerai pas, je possède deux mains gauches !

— Je préférerais l'honnêteté, monsieur Laurent.

— Elle vous est acquise. Dans la mesure de mes capacités limitées.

Sur ce trait d'humour, elle sortit quelques esquisses de son portfolio. Les dessins au fusain happèrent son regard, époustouflants. Un instant, il oublia son évasion et caressa les vélins noircis, les examinant avec soin. Après quelques minutes, il murmura :

— Ella, ils sont incroyables. Vous êtes très douée. Quel âge avez-vous ?

— Seize ans. Bientôt dix-sept.

— Je vous prédis un sacré succès si vous persévérez. Ces paysages transmettent tant d'émotions…

Désignant une aquarelle colorée, il s'exclama :

— J'ai l'impression de me trouver sur les falaises. Je suis bluffé ! C'est dans le coin ?

— À quelques dizaines de kilomètres. Une petite ville nommée Pitigliano qui recèle des points de vue extraordinaires.

— Pitigliano ?

La voix de Mark avait tressailli sous l'effet de la surprise. Ella rangea ses dessins, approuvant.

— Oui. Vous connaissez ? Papa et moi nous y rendons régulièrement. Il possède des amis là-bas.

— Des amis à Pitigliano ?

— En effet. Tout va bien ? Vous êtes tout pâle.

Il se fustigea ; la gamine brillait par sa perspicacité. Un véritable détecteur de mensonges. Il esquiva :

— Votre père s'y trouve peut-être en ce moment ? Cela expliquerait pourquoi il n'est pas rentré alors qu'il est plus de vingt heures.

Elle réfléchit un instant, puis acquiesça, assombrie :

— Possible. Mais dans ce cas, il ne reviendra pas de sitôt. Dès qu'il passe à Pitigliano, il y reste des heures. Parfois des jours. Je ne sais pas quoi vous dire. Voulez-vous que je l'appelle pour vérifier ?

— Non !

Cette exclamation provoqua un haussement de sourcils. Il se justifia :

— Je refuse de le déranger s'il se trouve avec ses amis. Je lui enverrai un mail pour fixer un nouveau rendez-vous, ne vous inquiétez pas.

— Vous êtes sûr ? Je peux tout à fait le joindre maintenant. Il doit refaire le monde avec le vieux Roberto. Une vraie encyclopédie, cet homme, mais il ne vit que dans le passé. Lorsque mon père et lui discutent, on a l'impression de revenir cinq cents ans en arrière.

— Non, ne l'appelez pas. Si vous le faites, il saura que vous êtes rentrée et cela vous causera des ennuis. Je vais lui envoyer un message.

Ella rangea son portable dans sa poche, haussant les épaules. Mark se leva avec un large sourire d'excuse :

— Je dois vous quitter, mais cette rencontre s'est révélée… inspirante.

Elle serra la main tendue avec fermeté. Alors qu'elle le raccompagnait à la porte d'entrée, il se surprit à ajouter :

— Poursuivez vos efforts artistiques. Vous êtes douée et je ne dis pas cela par gentillesse.

Elle consentit un gracieux sourire qui éclaira son visage d'ange et creusa des fossettes dans ses joues dorées.

— Vous êtes adorable, monsieur Laurent. J'espère que nous nous croiserons à nouveau.

— Peut-être dans une galerie pour une exposition de vos œuvres ?

Elle ferma le battant derrière lui. Mark marcha à grands pas vers son véhicule. Soulagé de passer le portail principal sans encombre, il pénétra dans l'habitacle, démarra et s'éloigna dans la nuit tombante. Son esprit le ramenait inlassablement à Ella Ramiro. Et à son père.

Dès que le colonel décrocha, il balança :

— Darian Agouridas détient Paul. Carlos Ramiro constitue une autre fausse identité.

Ses pensées se focalisèrent ensuite sur la jeune artiste.

Se révélerait-elle une victime collatérale…

Ou une menteuse aguerrie ?

94

Jeudi 6 février
19 H 00
Chambre de Marina Svoboda – CHU Lille

Elle s'agitait dans son lit, râleuse. Lise, à ses côtés, apaisa :

— Allons, Marina, soyez raisonnable. Grâce à l'identification de cette fameuse Twingo surnommée Titine, Jonathan est remonté jusqu'au port de Venise, où Matthew a embarqué à bord d'un bateau baptisé *Happy Days*. En traçant le plan de navigation du voilier, il le retrouvera, j'en suis convaincue. Je comprends que vous souhaitiez agir, mais vous devez vous ménager.

Elle ne riposta pas, répugnant à vexer Lise. Elle rechignait à ce que la mère de Matthew la couve comme un oisillon fragile. Le traitement s'avérait efficace et son pronostic vital excellent. Elle recouvrait ses forces. Malheureusement, ce regain d'énergie se traduisait par une frustration croissante, plombée par la culpabilité.

Elle rageait d'avoir servi de catalyseur. Si elle avait détruit ce foutu carnet N°10, jamais Paul et Matthew ne se seraient jetés dans la gueule du loup. S'ils mouraient, elle ne s'en remettrait pas. Elle détourna la tête pour dissimuler son amertume. La mère de Matthew cerna son état d'esprit et s'éclipsa.

Seule dans la chambre spartiate, Marina rumina. Il fallut que la voix douce l'interpelle, en russe, pour qu'elle se redresse d'un bond, incrédule :

— Deda ! Mais que fais-tu ici ?!

Lise avait feint de la quitter de bon gré, mais avait au contraire gardé un œil attentif sur la convalescente. Vivre depuis trente ans auprès de Jonathan Brady avait développé certains réflexes. Elle mesurait l'agacement de Marina, mais refusait qu'elle s'évapore dans la nature à son tour.

Notant le vieil homme à la bedaine rebondie qui pénétrait dans la pièce, elle s'approcha et tendit l'oreille.

Vassili serra sa petite-fille dans ses bras ; elle lui avait manqué. Il la détailla, constatant son visage aminci et les cernes bleutés sous ses yeux. Le tout saupoudré de minuscules cicatrices de rougeole. Il lui dédia un sourire fatigué, avant de s'asseoir en tapotant la sacoche qui pendait à ses côtés.

— Je pense avoir identifié ce qui motive Daniel Beauxchamps dans sa quête et où le trouver.

— Alors, nous appelons mon mari.

Quarante-cinq minutes plus tard, il patientait dans l'antichambre du bureau du colonel, veillé par l'œil acéré de sa secrétaire. Il voulait convaincre le militaire de sa bonne foi et de l'importance de ses découvertes. Il entendait suivre son instinct. Sa couardise d'antan se répercutait à l'infini. Il devait enrailler ce cercle vicieux. Quand Jonathan Brady entra, Vassili Medvelev bondit :

— Colonel Brady, quel plaisir de vous rencontrer !

Jonathan observa avec curiosité le scientifique, identique à la description dressée par Lise.

— Docteur Medvelev. Vous avez dix minutes.

— Il ne m'en faudra pas tant.

Il sortit le lourd dossier de son sac et le déposa devant le gradé, en résumant :

— Ce document contient les recherches menées par Mathis Beauxchamps sous les ordres d'Orion Diamantopoulos avant même notre collaboration. Je vous en épargne les détails, mais vous devez absolument envoyer votre équipe au musée Orsini, à Pitigliano.

Le colonel sourit froidement :

— Je n'ai pas attendu votre venue pour y dépêcher mes hommes, professeur. Mais je suis curieux de découvrir comment ce nom est apparu dans vos propres investigations.

95

Vendredi 7 février
01 H 00
Dans les eaux internationales

La montre de Matthew indiquait une heure du matin quand un bourdonnement constant le tira de sa somnolence. Des pas lourds suivirent et l'éclairage cru d'une lampe torche l'agressa. Poussé à l'extérieur, il identifia la masse sombre qui s'approchait. Un hélicoptère.

Il repéra les feux de navigation de l'appareil ; debout sur le pont, un des sbires agitait des bâtons lumineux, signalant leur position exacte. Il frissonna. Un nouveau transfert à la faveur de la nuit. L'alouette effectua un tour de reconnaissance puis se plaça en stationnaire, juste au-dessus d'eux. Une nacelle amorça sa lente descente. Matthew lui jeta un regard affolé : s'ils montaient, jamais Pierce et Alastair ne pourraient les pister.

À quelques miles marins de leur position, Pierce surveillait, *via* ses jumelles de vision nocturne, l'arrivée de l'hélicoptère. Leur fenêtre d'action s'évanouirait s'ils disparaissaient dans les airs. Alastair le dévisageait, attentif. En maître d'œuvre, il trancha :

— Approchons-nous.

Sur le bateau des Diamantopoulos, la situation s'envenimait. Les ordres fusaient, pressés. Niki, obstinée, refusait de grimper sur la nacelle. Cédant à la colère, le garde la bouscula et pointa son arme sur sa tête, criant qu'il pouvait tout aussi bien la tuer immédiatement. Elle s'effondra, tremblante. Matthew s'interposa. Il expliqua que leurs mains liées ne leur permettaient pas de progresser en toute sécurité. Qu'ils chuteraient à l'eau dès que la nacelle s'élèverait. Le chef du commando ricana :

— Elle n'a qu'à sauter. On n'ira pas la repêcher, elle sera morte en vingt minutes.

Matthew frémit de cette cruauté. La température de l'eau devait avoisiner les 5 degrés. De quoi dissuader qui que ce soit. À moins que… Il fixait la mer, vaste étendue sombre et inamicale. Son oncle le voulait à tout prix. S'il plongeait, ses ravisseurs le traqueraient. Mais si Niki s'échappait…

Il élabora son plan. S'il fonctionnait, au moins aurait-il la conscience tranquille. Se penchant vers le chef du commando, il tendit ses poignets, désignant ses entraves, le regard dur.

— Nous montons sans esclandre si vous nous retirez ces liens.

L'homme le toisa, furieux de son ton autoritaire et admiratif de son audace. Ce mec en possédait une paire en acier trempé. Joueur, il dégaina son couteau de combat et le passa lentement devant le visage de son prisonnier. Pas un frémissement. Pas un battement de cils. Matthew endura ce sadisme, jusqu'à ce que le commando éclate de rire. Tout en ordonnant à ses complices de tirer à vue à la moindre attitude suspecte, il trancha les liens. Dès qu'il sentit les cordes quitter ses poignets, Matt les fit rouler, profitant de cette liberté retrouvée. Il se pencha alors vers Niki, murmurant en français :

— Est-ce que tu nages bien ?

Elle s'offusqua :

— Évidemment, je vis sur une île !

Sous couvert de l'aider à se redresser, Matthew exposa son plan. Qu'elle refusa d'emblée. Il insista, menaçant, et elle céda. Main dans la main, ils montèrent sur la nacelle. Il se défit de sa montre et la glissa au poignet de Niki. L'embarcation s'éleva. Elle tremblait. Il la serra contre lui, alors que l'homme qui les couvrait de son arme ricanait. Dans une minute ils atteindraient l'hélicoptère.

Alastair menait leur bateau d'une main légère au souffle du vent. Ils s'étaient approchés au plus près sans être détectés et maintenaient le cap.

Pierce évaluait la situation, crispé. Le jeu s'avérait trop déséquilibré pour qu'ils interviennent.

Il avait noté l'immatriculation de l'hélicoptère, ce qui constituait une mince consolation. Les tripes nouées, il observa la jeune femme pénétrer d'un pas tanguant dans l'habitacle, accompagnée par leur ami, plus souple. La nacelle fut remontée et il vira de bord. Il s'était éloigné d'une centaine de mètres et entamait la fermeture de ses portes latérales. La partie était jouée. Et perdue pour eux. Pierce allait lâcher ses jumelles, quand, tout à coup, l'appareil fit une embardée. La porte latérale droite s'ouvrit. Une silhouette en tomba, plongeant dans la mer d'un noir de jais.

Enlacée dans les bras de Matthew, qui dressait un rempart entre l'arme chargée et elle, Niki se répétait ses instructions. Attendre son feu vert. Sauter sans se poser de question. Nager sous l'eau le plus loin possible, en direction de l'est. Quand elle serait épuisée, faire la planche et signaler sa présence par SOS au moyen de sa montre insubmersible. Des amis la repêcheraient. Elle serait en sécurité. Il avait refusé d'évoquer son propre sort. Rageuse, elle le dévisageait alors qu'il pénétrait dans l'habitacle. Il lui adressa un sourire tranquille. Sa sérénité l'impressionna et la rassura.

Paisible, il salua les trois commandos patibulaires. Ils leur désignèrent les sièges d'un mouvement brusque. L'appareil se mit en route, s'écartant du bateau des Diamantopoulos. Il gagna du temps, feignant de rencontrer des difficultés à tenir debout, gênant leurs préparatifs. Lorsqu'il fut certain qu'ils étaient suffisamment éloignés du navire pour que ceux-ci ne remarquent pas la fuite de Niki, il se jeta de tout son corps sur le mercenaire le plus proche de lui, criant :

— Maintenant !

D'un coup de pied ferme, il balança l'homme sur le pilote et l'hélicoptère subit une embardée, virant de bord brutalement. Dans la confusion, le second garde bascula à son tour, alors que Niki, qui s'était préparée, avait atteint la porte latérale, l'ouvrit et plongea, les bras plaqués le long du corps, anticipant l'atterrissage. Dans un choc violent, elle s'engouffra profondément sous la surface, comme Matthew le lui avait conseillé. Bien lui en prit.

Les balles, tirées au hasard par le gardien, s'enfoncèrent faiblement dans le liquide et ne la touchèrent pas. Immergée, elle nagea. À bout de souffle, elle remonta brièvement, avala une goulée d'air frais et replongea dans l'eau noire.

La montre de Matt fluoresçait à son poignet, la guidant vers l'est. Plonger. Nager. Respirer. Plonger. Nager. Respirer. Elle ne sut pas combien de mètres elle parcourut ainsi, dans l'obscurité la plus profonde.

Nage Niki. Sauve-toi ! À chaque fois qu'elle sortait la tête de l'eau, elle tendait l'oreille, mais n'entendait que le bruit de la nuit environnante. Pas de moteur. Pas de pales ni de rotor. Seule. Épuisée, elle pivota sur le dos, se laissant porter par les mouvements de la mer. Après cinq minutes de répit, elle prit la montre et alluma la lampe torche. Trois courts. Trois longs. Trois courts. Un temps d'arrêt. Tout en agitant les pieds et les bras pour éviter l'engourdissement, elle répétait son message d'appel. Et priait pour que Matthew ait raison.

Près de dix minutes après son premier signal, une lueur déchira les ténèbres. Lorsque Pierce la tira à bord du voilier et qu'Alastair l'enveloppa dans une couverture épaisse, elle s'effondra au sol et éclata en sanglots. Elle se trouvait entre des mains amicales.

Prétendre que ses ravisseurs avaient apprécié sa rébellion aurait été un parfait mensonge. Ils lui avaient asséné un violent coup de crosse qui l'avait étourdi. Ils l'avaient ligoté, bâillonné et sanglé à un siège tout en hurlant de rage. Il baissa la tête, moins par humilité ou crainte que pour éviter qu'ils ne discernent sa satisfaction. Niki s'était échappée. Pierce et Alastair l'avaient secourue. Si elle avait suivi ses instructions à la lettre, elle devait se trouver au chaud dans une cabine, dorlotée par ce grand sensible d'Alastair. Et cette perspective le rendait euphorique. Elle allait vivre et il se sentait délivré d'un poids immense.

Jetant un regard par la vitre, il constata qu'ils survolaient une côte. Sans sa montre, il n'avait plus ni heure ni boussole. Les hommes avaient rendu compte de la fuite de Niki, ce qui avait engendré des cris.

Contemplant le jour se lever sur l'étendue bleue, Matthew imagina ce qui l'attendait, en ce vendredi 7 février… Qu'il ne soit pas joueur n'y changeait rien : jamais il n'aurait deviné l'issue de cette journée.

96

Vendredi 7 février
03 H 00
Repaire de Darian Agouridas

— Merci docteur Desprez, votre contribution est particulièrement appréciée, je vous assure.

La voix moqueuse de Daniel Beauxchamps arracha une grimace de rage à Paul, ligoté, impuissant, sur ce fauteuil. Depuis cinq heures, son tortionnaire l'interrogeait, puisant dans le moindre réservoir de sa mémoire, désireux de connaître tous les détails de sa rencontre avec Matthew, leur amitié, leur travail, leurs loisirs, sa famille…

Alors qu'il pensait maîtriser ses paroles, Paul, abasourdi, avait senti les mots surgir spontanément, sans aucun filtre. Telles des vagues vomissant les informations les plus anodines comme les plus dangereuses pour les êtres qu'il aimait. Une véritable diarrhée verbale. Il avait tout dévoilé, jusqu'à sa passion pour Louisa. Les larmes inondèrent ses joues, intarissables.

Question après question, Daniel Beauxchamps avait retracé l'accident de moto, l'inquiétude du chirurgien, ses tentatives avortées pour retrouver Matthew. Puis le retour de ce dernier, dans une forme indécente. Dès qu'il avait commencé sur ce terrain, Paul avait compris que son bourreau s'approchait dangereusement de savoirs qu'il devait à tout prix cacher. Il avait lutté de toutes ses forces, suscitant l'admiration moqueuse du psychopathe.

Soulignant la futilité de son obstination, il avait réinjecté une dose de son sérum à Paul, désarmé. Alors, il avait eu accès à toutes les informations. Au fur et à mesure qu'il les exprimait, Paul sombrait dans l'horreur. Vers quoi entraînait-il son ami ? Il se maudit d'avoir exigé l'honnêteté de la part de Matthew. S'il avait fermé les yeux et accepté sa différence sans jouer les divas, ses particularités auraient été préservées. Et la lueur qui avait percé dans le regard de Daniel Beauxchamps se serait éteinte.

Surplombant Paul, dont les larmes roulaient avec constance, l'oncle de Matthew le rassura :

— Ne vous en voulez donc pas tant. Vous n'avez que confirmé mes conclusions. Voyez-vous, les recherches conduites par ma sœur m'ont toujours intrigué. Elle estimait que j'ignorais la nature de ses travaux et pourquoi elle avait sélectionné Pitigliano. Elle croyait naïvement que son Moustache de mari la protégeait. Grossière erreur. Je n'ai commis qu'une mauvaise interprétation : juger que le gène codant était récessif et ne s'exprimait que chez les femelles. D'où un choix incorrect. Enfin, je rectifierai bientôt cette bévue.

La sonnerie de son téléphone l'interrompit. Il échangea quelques mots dans une langue que Paul n'identifia pas. Lorsqu'il raccrocha, il fit le tour du fauteuil et souffla, carnassier :

— Voici d'excellentes nouvelles. Votre ami Matthew arrive dans quatre heures. Ce qui nous laisse un peu de temps pour statuer sur mon cadeau à la famille Brady. À votre avis, apprécieront-ils plutôt un petit colis empoisonné ou une attaque en règle de la Fauconnerie ?

Il éclata d'un grand rire, qui résonna sur les murs vides de la pièce. Vérifiant une dernière fois les constantes de Paul, il le confia aux bons soins du garde qui n'avait pas quitté la porte du sas depuis le début de son interrogatoire, témoin muet de la folie de son maître.

À quelques centaines de mètres de là, Mark patientait en compagnie du lieutenant Alessandro De Luca, référent de Rizzo et agent dormant à Pitigliano depuis trois ans.

L'un comme l'autre bouillonnaient intérieurement, conscients que chaque minute écoulée augmentait les risques pour Paul. Ou Matthew. Voire les deux. Mais Pitigliano ne pouvait être fouillé sans indication complémentaire. Une première visite des ruines de la villa des Julian s'était soldée par un échec. Daniel Beauxchamps ne s'y trouvait pas. Mark comptait sur ses collègues pour tracer son portable.

Tout à coup, vers sept heures du matin, il reçut les nouvelles qu'il attendait avec tant d'impatience. Chacune d'elles fit pulser le sang dans ses artères. Il les partagea avec Alessandro, qui bondit sur ses pieds et cala son beretta sur son flanc. Lui-même ajusta son 22 long rifle sous son aisselle.

Échangeant un regard complice, ils se dirigèrent vers le musée Orsini. Roberto, ce vieil ami de Carlita Puccini et empoisonneur en puissance, allait subir un réveil un peu brutal.

Mark progressait en tête, suivi à cinquante pas par Alessandro. Tous deux étaient équipés de micros et d'oreillettes. Le soleil se levait sur les falaises de Pitigliano, parant les bâtiments de couleurs rosées chatoyantes.

Concentré sur sa mission, Mark restait insensible à la beauté des paysages. Seul lui importait de localiser Roberto Orsini et de découvrir l'endroit où se terrait Daniel Beauxchamps.

Arrivé au portail, Mark consulta l'écriteau. Horaires d'ouverture : 10H00-18H00. Parfait. Les touristes ne débarqueraient pas avant trois heures. Le vieil homme logeait dans l'enceinte du bâtiment. Sans se soucier d'être interrompu ou surpris, Mark évalua la serrure. Il s'octroya cinq minutes pour la forcer.

Quatre minutes plus tard, il rangea ses outils, satisfait. La main sur la clenche, il murmura :

— J'entre.

— Je te couvre.

Mark poussa le battant et s'engouffra dans le hall, ses chaussures aux semelles de crêpe glissant sur le sol de marbre sans un bruit. La galerie s'étalait devant lui, plongée dans une pénombre éclairée ci et là par la lueur blafarde des bornes de secours. De chaque côté du vestibule démarraient des allées de pierre voûtées, conduisant aux différentes expositions.

Mark déchiffra les pancartes, cherchant à s'orienter. Le téléphone de Daniel Beauxchamps émettait du nord-est. Il poursuivit donc dans cette direction. Salle des vestiges étrusques. Il croisa des cercueils funéraires et des équipements holistiques lourds avant de bifurquer vers la droite. La voie menant aux jardins. Le signal s'intensifiait.

Poussant la baie vitrée, il pénétra dans les parterres. À l'extérieur, Alessandro montait la garde quand la lumière éclaira le rez-de-chaussée. Quelqu'un bougeait dans le musée. Action. Rengainant son arme, il s'engagea dans le hall, s'annonçant :

— Il y a quelqu'un ? Qui est là ?

Il s'apprêtait à s'enfoncer dans les galeries, lorsqu'il décela un trottinement sur sa gauche. Il se retourna et découvrit Roberto, tout voûté, tout ridé, un masque de stupeur imprimé sur son visage parcheminé. Alessandro l'accueillit avec désinvolture :

— Roberto ! C'est toi ! Quelle frayeur !

Il s'exprimait haut et fort, désirant prévenir Mark de la présence du conservateur. Ce dernier le salua froidement :

— Alessandro, qu'est-ce que tu fais ici ? Le musée est fermé.

— Je passais dans le coin et j'ai vu la porte ouverte. J'ai cru à un voleur.

— Un voleur ? La porte ouverte ?

— Oui, l'accès principal. Béant. Tu ne l'as pas déverrouillé ?

— Non.

— Un intrus a dû pénétrer dans l'enceinte. J'appelle la police !

Le vieil homme blêmit et secoua les bras :

— La police ! Toujours les grands mots ! Tu sais bien ce que j'en pense. Pas besoin d'eux. Il s'agit sûrement de gamins qui s'amusent, rien de plus.

— Des gamins ? Tu crois ? Le quartier est plutôt tranquille d'habitude.

— Bah, une fois n'est pas coutume. Écoute, je m'occupe de tout ça, ne t'inquiète pas. Retourne à la boulangerie.

— Vraiment, Roberto ? Pourquoi ne pas contrôler les salles ensemble ? Et les jardins ?

Alessandro, qui le scrutait, capta l'éclair de frayeur qui traversa ses traits. Ses rides se creusèrent alors qu'il s'emportait :

— Mais non, mais non, nul besoin de se biler et de mener d'inspection. D'ailleurs, ma mémoire me joue des tours... Si ça se trouve, je l'ai déverrouillée moi-même, cette porte !

— Allons, tu n'es pas gâteux, Roberto !

— Qui sait… Je te raccompagne ?

Ses traits se durcirent. Il opposa sans sourire :

— En fait, je t'escorte Roberto. J'ai toujours rêvé d'une visite guidée.

— Si c'est une plaisanterie, je la juge de mauvais goût, Alessandro.

— Hélas, mon cher Roberto, je n'ai pas le cœur à rire. Et tu peux m'appeler lieutenant De Luca.

Dégainant son insigne, il s'empara de bras du vieil homme, le privant de toute velléité de fuite :

— Nous devons discuter, tous les deux. De ta fascination pour la famille Julian. De ta dernière rencontre avec Carlita Puccini. Et de ton obsession pour le café… Alors, tu me facilites la vie et tu déballes ton sac ou tu m'obliges à insister ? Réfléchis bien, pour une fois, sois bavard à bon escient. Nous avons de quoi te créer beaucoup, beaucoup d'ennuis.

Tremblant, Roberto Orsini se décomposa sous cette menace. Levant ses yeux pâles sur Alessandro, il murmura :

— Que voulez-vous savoir ?

97

Vendredi 7 février
07 H 00
Dans l'hélicoptère

À nouveau, les ténèbres s'étaient abattues sur Matthew. Ses ravisseurs avaient pris grand soin de l'immobiliser et de lui bander les yeux. Se fiant uniquement à son ouïe et son toucher, il conclut que l'hélicoptère virait de bord et amorçait sa descente. Une descente bien trop rapide pour lui. Son estomac se noua. Dans un choc, l'appareil atterrit et il fut débarqué, un des sbires le forçant à ployer la nuque pour éviter les pales. Dès qu'ils se furent éloignés, l'hélicoptère s'envola.

Il fut jeté sans ménagement dans une camionnette. Vingt minutes plus tard, il fut sorti tel un colis encombrant, entraîné sauvagement par le coude puis abandonné seul dans l'obscurité. Une porte claqua derrière lui.

Tous ses sens éveillés, il tenta de se repérer. Dans un silence absolu, il étira ses bras. Les mains liées dans le dos, sa liberté de mouvement restait minimale. Cependant, il avait passé les quinze dernières années à travailler sa souplesse.

Il opta pour le vieux tour de magicien sans grand secret, avec une corde un brin trop courte. Prenant une profonde inspiration, il se concentra, visualisant les gestes libérateurs. Qu'il exécuta posément, faisant pivoter son poignet et son coude à leur extrême limite. Sans un craquement, ses deux poings, toujours ligotés, se retrouvèrent devant lui. Ce qui s'avérait mille fois plus confortable. Et utile.

Sans perdre une seconde, il se délivra de son bandeau. Et s'effondra.

Les souvenirs l'envahirent avec la force d'un raz de marée. Alors que sa mémoire avait verrouillé tout accès aux événements depuis seize ans, sa simple présence dans ces lieux les raviva en un éclair.

La sensation de brûlure, intenable, sur son torse. L'air qui peinait à pénétrer ses poumons. Son cerveau qui semblait incapable de prendre la moindre décision ou d'imposer un mouvement à son corps en feu.

Tremblant, assommé par l'uppercut de ses stigmates, Matthew tomba à genoux, le souffle coupé. Perdant tout lien avec la réalité, les flashs imprégnèrent son esprit, cruels.

Il se revit, s'extrayant de son lit, rampant jusqu'à la porte, l'ouvrant sur un enfer de flammes. Le grondement rageur du brasier, s'étendant à l'étage, résonna dans ses oreilles. Les craquements des planchers. La fumée étouffante. Le cri continu de l'alarme.

Dans ce cauchemar, il franchit chaque barrière de feu, sa peau noircie, ses poumons filtrant les poussières à la limite de la saturation. Puis tout à coup, l'air frais, agressif et salvateur. Il subit à nouveau l'explosion qui l'avait blessé. La vision de la maison, livrée aux flammes, menaçant de s'écrouler, tel un château de cartes. Son désespoir alors que la voix de son père raisonnait dans sa tête. Fuir. Se cacher. Préserver le secret.

Alors, roulant, rampant, il avait avancé. Marche après marche jusqu'au souterrain. Toujours plus loin. Tant qu'il ne serait pas en sécurité. Épuisé, il s'était finalement effondré dans une grotte.

Et soudain, une lumière violente. Tranchant avec les ténèbres ambiantes. Une lampe torche. Une figure penchée sur la sienne. Un sourire franc, massif. Le visage de son sauveur. Le colonel.

Progressivement, Matthew reprit contact avec la réalité. Ses tremblements s'estompèrent, cédant à l'angoisse. Focalisant ses pensées, il se força à examiner son environnement. Chaque regard équivalait à un coup de poignard enfoncé dans son cœur.

La pièce se trouvait chichement éclairée par une ampoule nue, pendant au plafond. Les parois suintaient d'une suie noire et épaisse. La crasse s'accumulait depuis seize ans. Un canapé dont la garniture avait fondu occupait un des coins. Une table calcinée trônait au centre. Les chaises gisaient, renversées au sol. De la moisissure croissait sur les cloisons et autour des fenêtres, condamnées.

Matthew s'approcha de la bibliothèque, qui tapissait tout un pan de mur. Il effleura les couvertures de cuir racornies des ouvrages. Ses mains coururent sur les touches endommagées du piano. Sans qu'il puisse les retenir, les larmes débordèrent et coulèrent sur ses joues.

Il aurait pu s'orienter les yeux fermés. Il y avait passé tant de temps. Du temps béni. Paupières closes, les souvenirs affluèrent. Sa mère, lisant dans le fauteuil, au coin de la fenêtre surplombant le jardin. Son père, jouant ses mélodies préférées, alors que son petit frère dansait en tortillant ses fesses, provoquant leurs éclats de rire.

La vision s'évanouit, rattrapée par l'imminence du danger. D'un bond, il se retourna. Et son sang se figea. Son oncle. Dressé devant lui. À moins de cinq mètres.

Il allait attaquer quand la voix posée de Daniel Beauxchamps s'éleva, le mettant en garde :

— Si je ne reviens pas avant dix minutes, mes hommes élimineront ton ami Paul. Tu culpabiliserais, n'est-ce pas ?

La rage étouffa Matthew. Il répliqua, essuyant ses larmes d'un revers :

— Vous savez mieux que quiconque que l'on peut vivre avec l'extermination des siens sur la conscience.

— Encore faut-il en posséder une. Allons, Matthew, agissons avec dignité. Je suis enchanté de te rencontrer, mon neveu.

— Le plaisir n'est pas partagé. *Assassin.*

— Parfait, une opinion forgée dans l'acier. Tu exprimes le même caractère de bourrique que ta mère.

— Je vous défends de parler d'elle !

— Tu n'as rien à m'interdire, Matthew. Sois lucide. Tu es mon prisonnier. Ma chose.

— Je ne suis la *chose* de personne.

— Nous verrons. Iani. Youri.

Aussitôt, deux hommes armés apparurent. Daniel Beauxchamps les désigna d'un geste ample :

— Un petit aperçu de notre rapport de forces. Pour te prouver la futilité de toute révolte.

Matthew serra les dents, toisant son oncle, qui commenta :

— J'imagine que tu as identifié notre planque. Cet endroit revêt une dimension quasi mystique. Là où tout a commencé. Et là où tout terminera, pour peu que tu y mettes du tien.

— Je ne comprends pas ce que vous espérez obtenir de moi.

— Ton aide.

— Mon aide ?!! Vous délirez.

— Je n'ai jamais été aussi sérieux de toute ma vie. Je requiers ta collaboration. Volontaire ou forcée.

— Vous plaisantez ? Vous avez assassiné toute ma famille et essayé de me tuer plusieurs fois et vous voudriez que je vous *assiste* ?

L'audace de son oncle le stupéfiait. Comment osait-il envisager une coopération ? Daniel Beauxchamps hocha la tête avec un rictus carnassier.

— Je reconnais une tentative de meurtre il y a seize ans. En revanche, ces dernières semaines, mes hommes devaient te ramener vivant. Ils s'avèrent un peu rudes.

— Évidemment.

Sa réponse moqueuse fusa et crispa Daniel qui ricana :

— Ce jugement confirme que tu as besoin d'une motivation plus… profonde. Iani, Youri, escortez notre invité d'honneur au labo.

Sans un mot, les deux mercenaires levèrent leur arme et se placèrent derrière Matthew, le poussant du canon. Scrutant son bourreau, il avança, les mains toujours liées. Daniel Beauxchamps sollicitait son aide. Entendant le contraindre à coopérer. Mais dans quel but ?

Qu'avait-il à offrir à son oncle que celui-ci ne soit déjà en mesure de se payer ?

98

Vendredi 7 février
08 H 00
Laboratoire de Louisa Brady – Lille

— J'en ai ras le bol de ces poupées russes ! À chaque fois que je pense avoir percé le mystère, il s'épaissit !

Décollant son visage de la loupe binoculaire grâce à laquelle elle observait les détails des lames, Louisa se rejeta sur le tabouret. Un grincement métallique lugubre s'éleva. Thibault plaisanta :

— Même ce pauvre siège se plaint de cet excès de mauvaise humeur…

— Je sature, Thibault… J'ai l'impression qu'on tourne en rond tels deux idiots… pire, comme un ouroboros, ce fichu serpent qui se mord la queue.

— Je réfute cette analyse incisive. Nous progressons pas à pas dans la compréhension des cascades biologiques. Rome ne s'est pas construite en un jour.

— Parfait, Monsieur l'Optimiste. Je vous écoute. Et inutile de prétendre que je grogne parce que je suis en hypoglycémie, je me suis enfilé deux paquets de dragibus.

Thibault retint un sourire, se saisit d'un feutre et s'approcha du tableau blanc. Il dessina grossièrement des cellules sanguines.

— Nous avons prouvé que ce sang réagissait aux différents médiateurs de l'inflammation.

Il les énuméra tranquillement, flèche après flèche. La liste s'allongea et elle pesta :

— Exact. Les effets se déclenchent en présence de tous les médiateurs de l'inflammation. Ce qui signifie qu'il n'y a aucune spécificité.

— Je vous l'accorde. Nous avons également montré qu'ils opéraient de façon synergique, dans un subtil équilibre.

— Ce qui nous fait une belle jambe…

— Cela prouve qu'ils n'agissent pas sur la même cible.

— Ce qui s'avère encore pire ! Parce que nous ne recherchons pas une seule cible, mais plusieurs ! Quel supplice !

— Mais non ! Nous avons isolé certains médiateurs secondaires. Comme le cobalt. Les ions n'apparaissent pas par hasard.

— C'est vrai, reconnut-elle. À chaque fois qu'on malmène ce sang, le taux de cobalt circulant explose. Quand on sait que le cobalt est impliqué dans la régénération des tissus…

— Ce cobalt constitue la clé du mystère. Si nous pistons sa source, nous trouverons une cible.

— Et nous identifierons enfin cette foutue formule qui provoque tous ces effets ! s'enthousiasma Louisa.

— Ou pas.

La voix grave teintée d'un lourd accent qui s'immisça dans la discussion interrompit leurs débats. Thibault et Louisa se redressèrent d'un même mouvement, pétrifiés. Qui était cet individu ? Les menaçait-il ? La peur figea Louisa, qui chercha Alaric d'un regard désespéré. Deux semaines qu'elle subissait sa présence constante et il lui faisait faux bond maintenant !

Tout à coup, la silhouette du sergent se profila derrière l'homme ventripotent qui venait de s'exprimer.

— Dr Brady, Dr Peterson, laissez-moi vous présenter le professeur Medvelev.

Il ajouta avec un clin d'œil à la scientifique :

— Le colonel a pensé que vous voudriez solder quelques comptes.

Elle glissa du tabouret et s'approcha du Russe, la main tendue :

— Professeur Medvelev ! Quelle magnifique surprise ! Avec votre aide, nous dénicherons sûrement ces nanoparticules sur lesquelles nous nous cassons les dents !

Il serra ses doigts avec un sourire bienveillant et répliqua :

— Je n'en suis pas convaincu du tout.

— Allons professeur, ne soyez pas si modeste, vous les avez créées, vous devriez les trouver… plaisanta Thibault.

Vassili le dévisagea, vaguement amusé :

— Croyez-vous à la magie ?

Thibault resta interdit. Il rougit et secoua la tête.

— Non, mais ces particules, elles existent… Je ne les ai pas imaginées…

— Évidemment, je les ai développées moi-même en laboratoire.

— Mais alors… murmura Louisa, indécise.

Vassili inspira avant de trancher :

— Le concept de Maslow, chère consœur. Vous les traquez car vous connaissez leurs capacités et que vous estimez que votre patient en est la victime.

Louisa le dévisagea avant de consentir :

— Effectivement, il s'agit de notre hypothèse de travail. Ce patient aurait été contaminé par une ou des formules que votre équipe a conçues.

— Et bien, votre postulat se révèle tout bonnement faux.

— Je vous demande pardon ?

Les voix de Louisa et de Thibault avaient jailli dans un bel ensemble, outrées. Vassili rétorqua, navré de les détromper :

— Je vous assure que vous ne trouverez aucune nanoparticule dans son sang car elles ne sont en rien liées à ses capacités exceptionnelles.

— Mais alors...

Le cerveau de Louisa fonctionnait à plein régime et Vassili hocha le menton :

— Celui que vous preniez pour un dommage collatéral de mes travaux n'en est pas un. Il est né ainsi. Si quelqu'un cherche à l'enlever, c'est pour l'étudier.

— L'étudier ? Comme un rat de laboratoire ? répéta-t-elle, choquée.

Vassili approuva, tranchant :

— Plutôt comme un cobaye.

Thibault sursauta et résuma, hébété :

— Notre victime se transforme en cobaye… Quel twist digne des meilleurs polars !

99

Vendredi 7 février
07 H 30
Musée Orsini – Pitigliano

— Je ne suis pas un cobaye !

Trente minutes plus tôt, son oncle les avait guidés vers les caves, dont Matthew ne conservait aucun souvenir. Il avançait, étouffant dans l'atmosphère particulière des passages creusés à même le tuf. Daniel meublait le silence, insatiable :

— J'imagine que tu n'as jamais eu conscience que ta mère menait des recherches au cœur même de votre foyer. Nathanaël et elle avaient aménagé cet espace pour servir à la fois de bunker et d'échappatoire. Ils croyaient que tous les accès avaient été murés et se sentaient en sécurité. Certains d'entre eux m'ont facilité la tâche il y a seize ans. Piégés de l'intérieur. Un plan parfait.

— Pas si parfait que ça, puisque je suis vivant, riposta Matthew.

— Si tu le dis. Figure-toi que ta survie m'a torturé de nombreuses années. Et puis, un jour, pas si lointain, j'ai fait une découverte… éclairante. Et tout a changé. J'ai compris que ton destin consistait à me sauver.

— Vous sauvez ? Mais de quoi ?

— Tu saisiras vite. Et en pratique, ce qui te marquera d'autant plus.

Daniel Beauxchamps continuait à progresser dans le passage, qui s'élargit et déboucha sur une vaste alcôve. D'un geste, il désigna le fauteuil à ses sbires, qui y balancèrent leur prisonnier avant de se placer à cinq pas, leurs armes braquées sur sa poitrine.

Aussitôt, Daniel agrippa un dossier épais sur le bureau, en tira quelques feuillets et les posa devant son neveu. Par pur réflexe, celui-ci jeta un coup d'œil. Une analyse de sang. Surprenant.

— Aurais-tu l'obligeance de décrypter ces données pour moi ?

Matthew fut un instant tenté de refuser, mais cette attitude ne lui avait pas particulièrement réussi jusque-là. Il leva ses mains entravées avec un sourire, que son oncle accueillit d'un grognement amusé. *Pas facile à déstabiliser, le gamin…* Libéré de ces liens, il parcourut le bilan. NFS, chimie, iono, marqueurs d'inflammation. Rien que de très banal. Il conclut :

— Une prise de sang dans les normes.

— Et ceci.

Il glissa un second document devant son neveu, qui le feuilleta avec attention, de plus en plus intrigué. Des coupes fines de tissus et des lames de prélèvements sanguins. Fronçant les sourcils, Matthew murmura, plus pour lui-même que pour son oncle :

— La densité de globules rouges semble correcte, mais leur morphologie paraît atypique. Je dirais que vingt pour cent des cellules semblent anormales.

— Parfaitement estimé, tu as l'œil. Un dernier examen.

Daniel lui tendit une troisième page. Un séquençage génomique complet. Il la rejeta, haussant les épaules.

— Que souhaitez-vous me montrer ? Avec ce type d'analyse, autant chercher une aiguille dans une botte de foin. Il me faudrait des heures pour commencer à en tirer une quelconque conclusion.

Daniel s'assit sur le coin du bureau, ramenant les documents à lui. D'une voix grave, il justifia :

— Ceci explique pourquoi j'ai besoin de toi. Et de toi seul. Iani. Sa manche.

Le mercenaire s'approcha d'un pas lourd et saisit le bras de Matthew, qui se débattit. Voyant qu'il ne parvenait pas à le maîtriser, le second sbire vint prêter main forte et tous deux le stabilisèrent. Daniel souleva alors la manche de son pull, révélant le stigmate rond de la brûlure infligée par Anthéa Diamantopoulos. Il siffla, ironique :

— Ma chère mère t'a marqué à notre image.

D'une main ferme, il dévoila son propre avant-bras, sur la surface duquel plusieurs cicatrices ondulaient, témoins de lésions anciennes. Il plaça sa peau en regard de celle de Matthew et statua :

— Ta plaie semble aussi vieille que les miennes. Étrange, n'est-ce pas ?

Aucun commentaire. L'évidence s'imposait. Continuant son inspection, Darian releva le tissu jusqu'à l'épaule, révélant une fine ligne à peine rosée sur le biceps.

— Une blessure par balle rapidement guérie, insolite, non ?

Il lâcha la manche, remontant le pull-over, pour dénuder son flanc.

— Je n'évoquerai pas cette opération du rein où le chirurgien s'est cassé les dents.

Alors que Matthew protestait, Daniel leva la main, lui intimant le silence.

— Ne gaspille pas ta salive. Paul m'a tout raconté. Cela dit, ne lui tiens pas rigueur, je possédais presque toutes les pièces du puzzle. Il a simplement confirmé, sous la contrainte, certaines données manquantes.

— Que lui avez-vous fait ?

— Rien qu'une petite stimulation pour délier sa langue. Rassure-toi, il se porte à merveille. Paul représente un élément essentiel de l'étape trois.

— L'étape trois ?

— Étape une. Ces analyses sont les miennes. Il s'empara de la liasse de documents dont il avait extrait quelques feuilles. Je porte une anomalie génétique rare qui engendre une modification progressive de mes globules rouges, jusqu'à les rendre toxiques. Mon propre corps me trahit. J'ai donc naïvement imaginé que ma sœur jumelle s'avérerait compatible et me sauverait. Je l'ai pistée comme jamais. J'ai fini par l'identifier à Pitigliano. Alors, je l'ai traquée pour obtenir des échantillons. Savoir si elle ou ses rejetons constituaient des donneurs potentiels.

— Vous recherchiez des donneurs de moelle osseuse ? Pourquoi ne pas lui avoir demandé ?

— À ses yeux, j'étais mort depuis des années et cet anonymat me convenait parfaitement.

— Vous nous avez donc espionnés ?

— Oh que oui ! J'ai placé des indiscrets au plus proche de vous. Ils ont mis du temps avant d'obtenir les prélèvements, mais j'ai finalement reçu ce qu'il me fallait.

Il laissa passer un instant de silence. Matthew se retenait d'exiger la suite de ses explications. Comment en était-il arrivé à tous les assassiner ? Daniel Beauxchamps s'assit sur le coin du bureau, balançant un dossier jauni devant lui, pestant :

— Incompatibles. Chacun d'entre vous, de ma sœur à ses fils, tous bons à rien. Je suis entré dans une rage folle. Une jumelle et trois neveux et pas un pour me sauver. Cette goutte a fait déborder le vase de ma colère. J'ai disjoncté.

— Vous les avez tués parce qu'ils n'étaient pas compatibles ?

— J'ai éliminé ta mère comme le cancer qui me rongeait depuis ma naissance ! Une épine dans mon pied. Chaque jour plus aiguisée. Plus pernicieuse. Quelle jumelle abandonne son frère après lui avoir juré à la vie à la mort son amour ? Le laisse prendre tous les coups ? Assumer l'ensemble des fautes ? Elle s'est servie de moi pour assurer son avenir. Je l'ai privé du sien.

— Mais alors, qu'est-ce que vous attendez de moi si ce n'est pas de la moelle osseuse ? Les carnets noirs ? Je ne les possède pas !

Daniel éclata de rire.

— Tu confonds tout. Les carnets me permettront de finaliser quelques contrats juteux et d'aboutir enfin dans mon objectif initial. Ils recèlent mille et une formules au potentiel inexploité et d'une puissance inouïe. Des armes affûtées et terriblement précises. Que mon père et son associé n'ont jamais voulu valoriser, ce qui représente une aberration. De nombreuses personnes acceptent de payer des sommes astronomiques pour mettre en pratique leur désir d'éradication. Racisme, discrimination, notre monde survit sur des rapports de forces entre populations qui m'enrichissent.

— Terroriste ! Vous frappez au hasard.

— Oh non, mon jeune ami, loin de là. Ce que vous avez observé à Lille constituait une phase de test en conditions réelles pour prouver à mes investisseurs que mes formules tiennent leurs promesses. J'avoue être fier des résultats. Elles se révèlent si stables et pénétrantes que j'en suis tout excité. La pauvre Giulia n'a rien vu venir…

Il cracha le nom de Giulia avec un dédain qui provoqua la fureur de Matthew. Daniel poursuivit, railleur :

— Je suis un opportuniste. Je dispose d'outils magiques. Un jet de mon aérosol et Lucio Andreotti s'est convaincu qu'il savait voler. Quelques nanoparticules sur un écran et une surdose massive s'enclenche. Je ne cite même pas le mélange que j'ai testé sur Paul et qui lui a délié la langue. Non, j'en ai des dizaines en réserve. Désigne un gène cible, et je conçois une formule qui le traque. Donc oui, je désire les carnets manquants. Mais pas que. Je te cherchais toi. Parce que tu représentes la clé de ma survie.

Daniel fit une pause, suscitant la frustration chez son neveu, qui se garda de lui montrer une quelconque émotion. Il attaqua :

— L'étape 2 est toute tracée. Je vais explorer tes facultés.

— Je ne suis pas un cobaye !

Il se débattit, provoquant un rictus amusé chez son oncle.

— Ouvre les yeux, tu l'es depuis ta plus tendre enfance ! Dès qu'elle a réalisé ton potentiel, ta mère t'a étudié, disséqué… Chacune de tes aptitudes a été documentée. J'ai la preuve de ses expériences sur toi.

— Vous délirez !

— Allons, ne nie pas l'évidence. Tes pouvoirs de régénération restent incomparables. J'ai analysé ton profil génétique depuis seize ans, sans y trouver la moindre indication viable. Aujourd'hui, je me fiche totalement de savoir comment ton organisme fonctionne. L'unique question qui m'intéresse est : puis-je en profiter ?

Matt le dévisagea, peinant à formuler les conclusions qu'il tirait de ce discours exalté :

— Je ne vous suis pas.

— Au contraire, tu me comprends trop bien et ça te flanque une trouille d'enfer. Je vais détourner tes compétences à mon avantage. Je suis convaincu qu'elles régénéreront mes globules rouges. Voire corrigeront les défauts de mon code génétique.

— Je vous le répète, vous nagez en plein délire ! Mon corps cicatrise plus vite que la moyenne, rien d'autre !

— Idiot ! Tu sous-estimes tes dons. Tu n'as effleuré que la surface visible de l'iceberg.

— Mais qu'espérez-vous ?

— Étant donné le fiasco de la dernière tentative à Necker, je n'aurai qu'une seule chance cette fois-ci avec toi. Je dois donc soigner mon intervention. Ce qui motive l'étape 2. Je vais mesurer spécifiquement ton potentiel et l'ajuster à mes besoins.

Matthew le fixait sans dire un mot, trop perplexe pour oser le traiter de fou. Captant son regard buté, Daniel Beauxchamps poursuivit :

— Ne t'inquiète pas. J'ai conçu quelques protocoles pour évaluer si ton sang conserve ses merveilleuses propriétés en dehors de ton corps. Et comment les valoriser à mon profit.

— Mon sang ?

— Tu devrais t'estimer heureux. Tant que j'ai besoin de sang frais, tu vis. À ta place, je prierais pour que les expériences réussissent, parce que sinon tu deviendras aussi inutile que ta génitrice.

Matthew s'agita, tentant de se soustraire aux hommes qui le maintenaient sur le fauteuil. Daniel lança ses ordres, en grec, et ses hommes se dressèrent, menaçants, de chaque côté de son prisonnier. Il motiva :

— Allons, ne m'oblige pas à employer un spray paralysant sur toi. J'en possède un particulièrement effrayant dans ma valise aux merveilles. On ne peut ni parler ni bouger et pourtant, on souffre le martyre… Je te le répète, nous devrions collaborer.

— Il va falloir que vous clarifiiez la notion de bénéfice. Pour l'instant, je n'en vois aucun.

— Sois honnête, Matthew. N'as-tu jamais rêvé de mesurer toute l'étendue de ton potentiel exceptionnel ? De percer le mystère de ta particularité ? Grâce à mes expériences et mes moyens financiers, tu apprendrais des choses édifiantes sur toi-même…

Ses propos éveillèrent un début de fantasme. Le psychopathe l'avait bien cerné, lui et sa soif de connaissances. Secouant la tête, il se força à dénigrer cette offre :

— Je vis parfaitement heureux dans mon état d'ignorance, merci.

Son oncle le fixa d'un regard froid, avant de conclure, glacial :

— Puisque la carotte ne fonctionne pas, nous utiliserons le bâton. Iani, prépare-le.

100

Vendredi 7 février
07 H 30
Musée Orsini – Pitigliano

Mark parcourait les jardins, traquant le signal GPS renvoyé par ses collègues. Le dernier point d'appel de Daniel Beauxchamps près de deux heures plus tôt. Par trois fois, il opéra un demi-tour, ses sourcils froncés. En supposant les coordonnées correctes, il se trouvait à l'endroit même où Daniel Beauxchamps avait utilisé son portable. C'est-à-dire en plein milieu des parterres du musée. Quel criminel recherché téléphone en plein air ? Ça n'avait aucun sens.

Grâce à l'oreillette, il entendit l'intrusion d'Alessandro dans la galerie, sa discussion policée avec le vieux Roberto Orsini ainsi que son arrestation. L'interrogatoire promettait d'être instructif. Jetant un dernier regard aux massifs, il regagna le hall. *Saluons donc ce Roberto de quelques questions pressantes.*

Les hommes entraînèrent Matthew vers une seconde salle, sans tenir compte de ses protestations. Toute son énergie ne permit que de les ralentir et les exaspérer. Arrivés dans la pièce suivante, ils le déshabillèrent, avant de le doucher et de lui enfiler, à son corps défendant, des vêtements stériles.

Il observa le local, blanc et immaculé, pétrifié de sa ressemblance avec les salles d'examen de l'hôpital. Il nota la présence de filtres à air compatibles avec une atmosphère contrôlée. Toutes ses précautions provoquèrent une sourde angoisse. *Qu'est-ce que ce malade avait imaginé ?*

Stupéfait, il constata que l'un des gardiens se préparait pour l'accompagner. Cet assaut de protections, témoignant à la fois de la détermination de son geôlier et de ses compétences techniques, fit courir une sueur froide entre ses omoplates.

Lorsque l'homme fut apprêté, il le conduisit *via* un tunnel chemisé dans une chambre stérile, équipée du matériel le plus moderne qu'il ait jamais vu. La salle disposait d'un sas de décontamination à l'entrée. Une double porte automatique libérait le passage vers un espace central d'une blancheur irréelle. Le long des murs couraient des paillasses sur lesquelles il identifia des plateaux remplis d'instruments métalliques étincelants.

Son œil expert discerna les scalpels, pinces et autres outils nécessaires à la chirurgie, mais également des tubulures et seringues dans leurs emballages. Divers appareils tels que des moniteurs cardiaques, dispositif d'anesthésie, aspirateur ou défibrillateur attendaient, alignés contre la paroi.

Un réseau de canalisations, vraisemblablement reliées à des bonbonnes de gaz, arrivait jusqu'à des vannes de couleur variée. Il reconnut deux tables d'opération inclinables, placées côte à côte au centre de la pièce, sous une lampe flambant neuve, bordées de matériel médical. Il ne put retenir un frisson. Une chambre de torture 4.0.

Son regard repéra la silhouette couchée, identifiable entre mille. Il refoula une exclamation. Allongé sur l'un des fauteuils, Paul sursauta quand son ami fut introduit sans ménagement et installé à ses côtés.

— Matthew ! Mon Dieu, qu'est-ce que tu fous là ? Je suis désolé, je n'ai rien réussi à lui cacher…

Les mots s'embrouillaient et se mêlaient à ses larmes. Il choisit d'en plaisanter :

— Salut Paul, sympa ton spot de vacances…

Cette tentative pour dédramatiser la situation fit chou blanc. Paul le fixait, interdit. Matthew détaillait la configuration, cherchant à identifier ses points faibles. Un rectangle d'une longueur d'environ six mètres. Une seule issue. Aucune annexe de surveillance accolée à la pièce. Deux caméras complémentaires couvraient la salle de leur œil électronique.

Se rappelant les écrans de contrôle dans le bureau de son oncle, il en conclut que la diffusion opérait en simultané. Pour s'échapper, il leur faudrait traverser la pièce de préparation, puis le tunnel et le sas. Soit une quinzaine de mètres. Et débarquer dans le centre de surveillance. Cette constatation le mina un court instant, mais il évita de s'y attarder.

— Installez-le.

Le sbire le força à s'allonger sur le fauteuil. Il lui sangla les poignets et les chevilles, le maintenant fermement. Couchés côte à côte sur deux tables inclinables, monitorés, Matthew et Paul virent Daniel Beauxchamps s'approcher. D'une main gantée, il renvoya le garde. Matthew le suivit du regard, perplexe. Daniel expliqua :

— Maintenant que vous êtes attentifs, je vous expose ma théorie. Postulat n°1, le sang de Matthew contient des agents lui permettant de se régénérer près de vingt fois plus vite que la normale. Postulat n°2 : ces agents sont circulants. Questions en suspens : comment sont-ils créés ? Faut-il les activer avant utilisation ou non ? Et plus importants, restent-ils toujours efficaces si on les transfuse à une tierce personne ? Autant d'interrogations qui méritent une étude des plus sérieuses. Heureusement pour nous, comme vous le constatez, je suis doté d'un matériel de pointe. Et de deux experts pour m'assister.

Il désigna d'un geste Paul et Matthew, ravi de son trait d'humour :

— Je suis le seul ici à n'avoir validé aucune année de médecine… Enfin, ce n'est pas bien grave, je possède déjà quelques protocoles planifiés à tester. Progressons par étape. J'ai besoin de sang et de moelle osseuse. Commençons donc par ces prélèvements anodins. Merci, Matthew.

Il lança quelques ordres et un assistant aligna les seringues et les tubes avec application.

— Par quoi préfères-tu démarrer ?

— Je ne consens à aucun des deux.

— Souhaites-tu que je sévisse ?

Il approcha de Paul, brandissant un scalpel acéré. Matthew tendit le bras avec un air de défi :

— Vous voulez mon sang, prenez-le. Mais il ne vous apprendra rien de plus que ce que vous savez déjà.

Daniel Beauxchamps le fixa avec une telle intensité que Matthew sentit une vague de terreur le parcourir. Les infirmiers placèrent un cathéter au creux de son coude. S'installant sur un haut tabouret, Daniel poursuivit :

— Nous verrons bien.

— Et donc, quelle est votre version de l'histoire ? Celle du malheureux garçon abandonné par son père ?

Paul lui décocha une œillade choquée. Pourquoi mettre de l'huile sur le feu ? Les yeux verts de Daniel Beauxchamps s'assombrirent. Sa voix filtra entre ses dents, murmure âpre :

— Ma mère a subi les pires maltraitances lorsqu'elle a connu l'infortune de rencontrer Mathis Beauxchamps et de tomber enceinte. Mon grand-père lui en a terriblement voulu d'avoir sali le nom et la réputation des Diamantopoulos. Il l'a frappée, humiliée, dénigrée. Et pourtant, elle a eu le courage de lui résister, parce qu'elle nous aimait. Elle a imposé sa famille à son géniteur. Quand nous sommes nés, le vieil Orion a cru qu'il pourrait nous modeler à sa guise. Une fois encore, elle s'est battue. Accusant brimade après brimade ; coup sur coup pour éviter que son inflexibilité ne plombe notre enfance.

Son ton révélait une rage qui inquiéta Paul. L'énerver semblait une idée foireuse… Daniel continua :

— Dès que nous avons atteint l'âge pour comprendre et agir, ma sœur et moi avons fait corps pour la protéger. Nous avons scellé un pacte de sang. Un serment inviolable. Mais un jour, lorsque j'avais 7 ans, elle nous a quittés. Elle a choisi de suivre notre père. Sans me fournir aucune explication. Elle a brisé notre contrat. Anéanti ma confiance. Je suis resté seul, livré à la méchanceté de mon grand-père. Avec une mère accablée et incapable de prendre soin de moi. Faible.

— Faible ? J'aurais dit folle.

Daniel Beauxchamps saisit le regard de pure panique que Paul lança à Matthew et éclata de rire :

— Tu n'arriveras pas à me détourner de mes objectifs, Matthew. Ma mère m'est soumise et exécute mes instructions. Je l'ai protégée. Choyée. Elle ne me refuse rien. Même si cela implique de brutaliser son unique petit-fils.

— A-t-elle cautionné l'assassinat de son mari et de sa fille ?

— À ses yeux, ils sont morts lorsqu'ils ont quitté Santorin. Elle ne les évoque jamais.

Les prélèvements de sang effectués, il ordonna :

— Mets-toi sur le côté pour qu'ils procèdent à la ponction de moelle.

— Parlez-moi de Giulia. Pourquoi l'avoir tuée ?

— Tourne-toi et je t'en dis plus…

Obéissant à son oncle, Matthew tira sur ses sangles et glissa sur le flanc droit, gardant ainsi un œil sur son bourreau. Il croisa le regard de Paul, qui semblait perdu. Il lui dédia un bref sourire alors que les infirmiers ajustaient le champ stérile sur sa hanche et apprêtaient le trocart. Observant les préparatifs, Paul s'insurgea :

— Où est l'anesthésiant ? Vous n'allez quand même pas intervenir à vif ?

— Pourquoi, pas ? Une petite douleur ne le tuera pas...

La voix moqueuse de Daniel Beauxchamps crispa Paul, qui s'emporta :

— Vous êtes cinglé, s'il bouge, vous allez saccager votre biopsie. Voire pire.

— Alors il devrait arrêter de s'agiter. Faut-il t'immobiliser de force, mon cher Matthew ?

— Expliquez-moi pour Giulia et je resterai sage comme une image.

Il fixait son oncle avec intensité. Même s'il redoutait la douleur, il voulait gagner du temps. Niki, Pierce et Alastair avaient prévenu son père. L'alerte était lancée.

Le temps jouait en sa faveur. Cette conviction l'aida à supporter le prélèvement. Les pointes de la canule s'enfoncèrent dans son os iliaque et ponctionnèrent un échantillon de moelle osseuse alors que Daniel Beauxchamps se moquait de lui. Il avoua qu'il avait utilisé les pouvoirs de séduction de Giulia pour le manipuler. Il déplora d'avoir dû s'en séparer. Mais elle s'était trop attachée à sa cible, ce qui s'avérait passible de la peine de mort.

— Et pour Niki Costa ? Elle travaille pour vous également ?

Daniel Beauxchamps pouffa :

— Celle que tu as poussée dans la mer en plein vol ? Son portable œuvrait pour moi. J'ai tracé vos conversations et reconnu l'île d'Anafi. Elle nourrit les poissons du large maintenant.

Il descendit du tabouret et s'empara des échantillons avant de s'éloigner. Il cria :

— Préparez-les pour la suite. Je reviens bientôt.

Il partit sans un regard à son neveu ou à Paul, qui s'insurgea du bout des lèvres :

— Mais qu'est-ce que tu fous ? Tu cherches à le faire disjoncter ou quoi ?

Matthew se glissa sur le dos en grimaçant. Dès que les deux infirmiers se furent éloignés, il justifia :

— J'essaie de gagner du temps et accessoirement d'obtenir un semblant de vérité.

— Du temps ? Tu as reçu mon texto ?

La voix de Paul vibrait d'optimisme, mais Matthew avoua son ignorance. Paul précisa :

— Je l'ai envoyé à Mark. Espérons qu'il se révèle aussi doué dans son travail que ton père le prétend.

Observant son ami qui ménageait ses mouvements, Paul s'inquiéta :

— Quel cinglé ! Que crois-tu qu'il nous réserve pour la suite ?

101

Vendredi 7 février
08 H 30
Vers Pitigliano par la voie des airs

Le colonel entendait coordonner les différentes phases de leur plan de sauvetage, malgré la communication entrecoupée. Grâce au numéro subtilisé par Mark, les techniciens avaient identifié la destination de Darian Agouridas. Et la découverte avait été d'une banalité affligeante. Pitigliano. Jonathan Brady avait accueilli l'évidence, les dents serrées. Depuis seize ans il luttait pour éloigner son fils de la Toscane et la Toscane lui revenait en pleine figure tel un boomerang maudit. Comme si l'histoire entre Matthew et son oncle ne pouvait se terminer qu'au sein des forteresses italiennes.

Toutes les pièces du puzzle s'emboîtaient à la perfection. Cependant, l'image reconstituée restait floue. Pourquoi Daniel Beauxchamps vouait-il une obsession à cette bourgade sans saveur ? Plus important : qu'avait-il prévu pour ses prisonniers ?

— Mark, quelles sont les nouvelles ?

— Nous avons interrogé le conservateur, Roberto Orsini.

Le traître, grinça Jonathan.

— Oui. Confronté aux preuves, il a craqué. Il vit sous l'emprise de Daniel Beauxchamps qu'il vénère tel le messie.

— Des informations exploitables ?

— La plus intéressante repose sur l'existence de couloirs souterrains entre le musée et la maison des Julian. Orsini prétend que Katerina et Nathanaël avaient aménagé un laboratoire dans les sous-sols. Daniel Beauxchamps l'aurait réhabilité lorsqu'il a acquis les ruines.

— Des tunnels ?

— Oui. Roberto les a utilisés pour s'introduire dans la cuisine des Julian et empoisonner leur repas à leur insu. Il s'épanche sur les événements passés, mais refuse d'évoquer le présent.

— Il cherche à gagner du temps. Ce qui signifie que Matthew et Paul sont proches.

Jonathan ne finalisa pas sa réflexion. Cette proximité se traduisait par un danger imminent. Dans la panique, Daniel Beauxchamps pouvait les éliminer pour effacer les indices. Ou les transférer dans un lieu inconnu. Il gronda :

— L'équipe de Rizzo arrivera dans une heure.

— Laissez-moi commencer sans eux.

— As-tu une piste ?

— Juste une intuition.

Le colonel s'octroya quelques secondes, avant de souffler :

— Fonce, Mark. Je me fie à ton instinct.

Mark raccrocha sur un salut et le colonel bascula l'appel vers le quartier général italien :

— Capitaine Rizzo. Comment progressent vos hommes ?

— Ils atteindront la cible dans une cinquantaine de minutes.

— Envisagez à une potentielle attaque biotechnologique.

— Vos instructions ont été suivies à la lettre, l'équipe médicale est sur les dents.

— Parfait. Mon lieutenant poursuit les investigations. Tenez-vous prêt à le seconder.

Sur un accord de Rizzo, Jonathan coupa la communication et posa l'appareil, regagnant son siège. La consigne de sécurité s'alluma. Leur descente vers la base aérienne de Grosseto s'amorçait.

Le visage fermé, il se prépara au combat.

L'attente n'avait que trop duré.

102

Vendredi 7 février
08 H 30
Laboratoire souterrain de Darian Agouridas

Daniel Beauxchamps rejoignit son bureau pour placer les échantillons dans un caisson réfrigéré à la carboglace. Ces prélèvements constituaient son assurance-vie. Qui sait si son neveu survivrait aux prochains tests ?

Son planning d'expériences s'organisait, limpide, et s'étendait sur plusieurs semaines. Voire des mois.

L'étape suivante consistait à infliger une blessure à Matthew et à réaliser des ponctions séquentielles afin de comparer leurs compositions. Elle permettrait d'identifier les modifications engendrées par le stress du traumatisme sur ses marqueurs biologiques. Il disposait de toute une liste de mutilations potentielles, de la simple égratignure à la balafre le plus profonde, en passant par les brûlures et les fractures. Son imagination en termes de torture ne connaissait aucune limite et il trépignait d'impatience.

Ensuite, selon ces premiers résultats, il injecterait le sang de Matthew à un cobaye préalablement blessé pour quantifier sa vitesse de guérison. Si les culots ne fonctionnaient pas, il agresserait directement son neveu pour activer son processus de régénérescence avant de transfuser le cobaye témoin en extemporané.

Évidemment, il répéterait les études pour affiner les paramètres et maîtriser la procédure. Si l'hémoglobine ne suffisait pas, il les dupliquerait avec de la moelle. Dans son esprit, chaque étape s'affichait, comme autant de cases à cocher pour atteindre le succès. À savoir sa propre rémission. Il ne reculerait devant aucun essai pour assurer sa réussite.

Les précieux échantillons en sécurité, il consulta sa montre et grommela. Il devait remonter à la surface pour contacter ses hommes. Le laboratoire souterrain s'avérait une idée brillante, mais les ondes ne traversaient pas la barrière de tuf. Il regagna le passage et déboucha dans le salon incendié. Il râla en constatant trois appels en absence. Il dégaina aussitôt :

— Que se passe-t-il ?

— Ella se trouve à Piombino. La femme de ménage l'a croisée ce matin.

Daniel Beauxchamps retint un juron de rage. Elle l'avait défié une fois de plus, aussi têtue que sa mère.

— Je l'appelle. Empêchez-la de me rejoindre à Pitigliano.

— Bien, patron.

— Le transfert ?

— Nous avons reçu le feu vert de votre contact. Il met son laboratoire à votre disposition.

— Parfait. Autre chose ?

— Roberto ne répond pas.

Un silence pesant suivit cette nouvelle. Il le rompit, glacial :

— Rendez-vous sur place discrètement et faites-moi un compte rendu.

— Bien.

— Je vous donne quinze minutes.

Il coupa la conversation d'un doigt nerveux avant d'enclencher l'appel vers le portable de sa fille. Elle décrocha dès la seconde sonnerie.

— Bonjour, ma chérie, comment vas-tu ? Est-ce qu'il fait beau en Suisse ce matin ?

— Bonjour, papa.

Daniel aurait pu parier qu'elle mordillait ses lèvres, hésitant à lui avouer qu'elle se trouvait en Italie. Elle esquiva :

— Je suppose que oui.

— Comment cela, tu présumes ? Il te suffit d'un coup d'œil dehors pour statuer, il me semble.

Ella retint un soupir exaspéré et confessa d'une voix râleuse :

— Elle devrait faire la poussière plutôt que me surveiller ! Je suis rentrée à la maison pour la fin de semaine.

Sa réprobation se passait de mots. Elle se justifia :

— J'ai estimé qu'un face à face permettrait de clarifier la situation. Tant pis. J'imagine que tu es trop occupé à Pitigliano.

— En effet. Voilà pourquoi je t'avais ordonné de rester au pensionnat. Que tu défies mes consignes me sidère ! Je te jugeais plus fiable.

— Fiable ? Tu oses m'évaluer sur ce critère alors que tu as posé un lapin à ton rendez-vous d'hier !

— Je n'avais aucun entretien planifié hier.

— En plus tu l'as zappé de ta mémoire, j'hallucine ! Et c'est moi que tu taxes de girouette !

— Ella, à quel engagement fais-tu référence ?

— Un spécialiste en sciences humaines et sociales s'est déplacé jusqu'à la maison pour te rencontrer. Il a fini par partir, puisque tu brillais par ton absence.

— En sciences humaines et sociales ? Tu plaisantes j'espère ?

— Tu m'exaspères. Pierre Laurent ; français ; des cheveux courts ; blonds, presque blancs ; des yeux bleus ; un mètre soixante-dix environ, dans les vingt-cinq ans. Plutôt musclé.

À cette description, ses lèvres se serrèrent. Il inspira pour moduler sa colère et feignit :

— Ah oui, je m'en souviens maintenant. Qu'avez-vous fait ?

— Pas grand-chose, nous avons siroté un jus de fruits en t'attendant puis il a quitté la villa en jurant qu'il te recontacterait.

— Rien de plus ?

— Il a refusé que je te joigne.

— Vraiment ? ironisa-t-il, crispé.

— Il ne voulait pas te déranger en pleine discussion avec le vieux Roberto.

— Tu as évoqué Roberto ?

Sa voix tranchait tel un scalpel. Ella murmura, penaude :

— Je suis désolée, je sais combien tu tiens à la discrétion.

— As-tu divulgué d'autres informations sur ton père à cet inconnu ?

Ella ne répliqua pas et Daniel se figea. Il répéta sa question jusqu'à ce qu'elle souffle, au bord des larmes :

— Comme tu l'impressionnais et qu'il ignorait à quoi tu ressembles, je lui ai montré une photo que j'avais prise l'été dernier chez Yaya.

Il jura si fort qu'elle resta pétrifiée. Il n'accepta aucune excuse et lui intima de repartir en Suisse sur le champ. Lorsqu'il raccrocha, les jointures de ses doigts avaient blanchi. Il aurait volontiers explosé son téléphone contre terre, mais attendait l'appel de son homme.

Moins d'une minute plus tard, ses craintes se confirmaient. Le nœud se resserrait sur sa gorge ; il ordonna glacial :

— Préparez le transfert.

Alors, il s'engouffra dans le tunnel et rejoignit le laboratoire à grands pas. Déboulant dans la salle stérile, il constata que les infirmiers avaient appareillé leurs prisonniers comme prévu. Il ragea. Matthew serait déplacé dans une heure, dès que ses équipes seraient opérationnelles. Mais Paul, auquel il avait réservé un rôle sur mesure, s'avérait un excédent de bagages indésirable. À moins que… Statuant dans l'urgence, il s'approcha d'eux et clama :

— Me revoilà. Pas le temps de réaliser des essais à petite échelle, nous accélérons la procédure. Nous allons procéder à la phase 3.

— La phase 3 ?

L'exclamation de Paul passa inaperçue ; Daniel s'emporta :

— Par le plus grand des hasards, Matthew est donneur universel, ce qui nous simplifie la tâche. Nous avons donc notre donneur. Maintenant, il nous faut le receveur. Paul ! C'est sympathique de vous proposer. Naturellement, sans une blessure, l'expérience n'a aucun sens.

Sans préméditation, il s'empara d'un scalpel et infligea une longue entaille sur le poignet de Paul, sectionnant les veines en profondeur. Son hurlement de douleur fut couvert par les cris de Matthew. Paul, choqué, fixait l'écoulement qui ruisselait au sol à une vitesse alarmante. Matthew glapit :

— Stoppez l'hémorragie ! Vous allez le tuer !

Les yeux fous de son oncle le toisèrent :

— Erreur. C'est toi qui vas l'achever si ton sang n'est pas capable de le sauver.

— Prenez-le, mais arrêtez l'hémorragie, je vous en supplie.

— Supplier ne te mènera à rien.

— Perfusez-nous !

— Tes désirs sont des ordres.

Alors, sous le regard de plus en plus vague de Paul, secoué de spasmes, il sentit qu'on raccordait son cathéter au circuit. Daniel Beauxchamps commença par prélever des échantillons, puis, *via* un robinet trois voies, fit circuler le sang de son corps vers celui de Paul. Il avait tout anticipé.

Matthew scrutait la procédure d'un œil inquiet, révisant ses connaissances théoriques sur les perfusions et les exsanguino-perfusions[15] en particulier. Son oncle se comportait comme un fou, mais son degré de préparation trahissait sa détermination.

Il pria pour que cette procédure insensée réussisse. A minima, son don compensait les pertes de Paul. Mais pour combien de temps ? Son ami sombrait. Déjà, ses lèvres viraient au bleu. Son impuissance le fit suffoquer. Quant à son sang… Il n'avait jamais envisagé de l'utiliser pour guérir quelqu'un d'autre. Ça semblait irrationnel, et pourtant…

Le débit rapide de la perfusion provoqua un vertige. Luttant de toutes ses forces pour rester lucide, Matthew sentit que son cœur s'emballait pour compenser ses propres pertes de liquide. Tout à coup, Daniel Beauxchamps ferma le robinet trois voies, statuant :

— Cinq cents millilitres. Un culot. Voyons comme notre cobaye réagit à cette dose.

— Non ! Laissez-moi lui en donner encore !

— Hors de question. Désolé pour Paul, mais ta valeur surpasse la sienne. Ça passe ou… il casse sa pipe.

Sans tenir compte des protestations rageuses de son neveu, il consigna scrupuleusement l'heure sur son bloc-notes et s'installa sur son tabouret, son regard halluciné fixé sur le chirurgien.

---

[15] Remplacement d'une partie du sang d'un malade par perfusion dans une veine de sang normal et extraction simultanée de quantités équivalentes de sang par une veine du côté opposé.

103

Vendredi 7 février
09 H 00
Jardins du musée Orsini – Pitigliano

Mark avait réfléchi aux aveux de Roberto Orsini. Si un souterrain existait, l'accès se trouvait nécessairement dans l'enceinte du musée. En tant que conservateur, il avait certainement veillé à ce qu'elle soit préservée de toute dégradation. Or, durant sa visite, Mark avait noté la présence de nombreuses salles rénovées. Elles semblaient donc à exclure.

Alors que le vieillard gisait, menotté à une chaise, il éloigna Alessandro un instant et lui communiqua son plan. Le lieutenant de la Guarda hocha la tête, murmurant :

— Tu cherches le passage ? Pourquoi ne pas attendre l'arrivée des renforts ?

— Il nous a déjà filé entre les doigts. Je ne veux prendre aucun risque.

— Laisse-moi t'aider.

— Tu dois surveiller Orsini.

— Ce vieux fou ? Il est menotté, il ne peut pas s'enfuir.

— Il s'agit de notre seul témoin. Non, essaie plutôt de lui faire avouer où se situe l'entrée. J'ai l'impression de fouiller une botte de foin pour y déceler une aiguille...

À ces mots, Alessandro De Luca plissa le front. Mark, discernant son air perdu, s'inquiéta. L'Italien souffla, ému :

— Une aiguille… Je crois que je connais l'accès !

Sans autre précision, il sortit dans le hall et s'engouffra dans les jardins. Mark le suivit, tentant de le ramener à la raison. Alessandro expliqua, reprenant sa respiration par à-coup.

— Nous venions jouer ici si souvent que nous avions pour ainsi dire découvert tous les secrets du musée. Je l'avais complètement oublié, mais… ça pourrait bien être l'embouchure du tunnel !

Pressant le pas, il traversa le premier parterre et pénétra dans un second espace, au centre duquel trônait un mausolée de pierres blanches. Il poussa la grille de protection, dégageant une cavité sombre et humide. Allumant sa torche, Mark balaya le sol et le mur, alors qu'Alessandro poursuivait ses explications :

— Il y a un couloir sous le tombeau. Nous l'avons découvert avec Matteo, mais j'ai refusé d'y mettre les pieds. Roberto me terrorisait. Mais ce pourrait être la porte, n'est-ce pas ?

Mark hocha la tête, pensif. Alors que le catafalque croulait sous la poussière et les moisissures, les dalles centrales semblaient trop propres. Comme si quelqu'un avait fait de nombreux allers-retours à cet endroit. Se penchant vers la sépulture, il aperçut la plaque que lui désignait l'Italien. Et sut qu'il avait tiré la bonne pioche. Une icône de Zeus, éclair au point, y était sculptée. Zeus. Maître de l'Olympe. Il ne lui en fallait pas plus pour être convaincu. Se tournant vers Alessandro, il sourit :

— En effet, je pense que nous avons identifié l'entrée secrète. Retourne auprès de Roberto et transmets cette information au capitaine Rizzo et au colonel. Envoie-les ici dès que possible. Je descends en éclaireur.

— Je te couvre.

— Négatif. Tu montes la garde et organises les renforts. Je ne sais pas si la connexion fonctionnera encore là-dessous, mais si je n'ai pas donné de signe de vie quand ils arrivent, passez à l'offensive.

— Bien, lieutenant.

Alors, sur un dernier échange de regards profonds, Mark souleva la dalle et se glissa dans la crypte, la torche entre les dents et le pistolet au poing.

104

Vendredi 7 février
09 H 30
Laboratoire de Darian Agouridas – Pitigliano

Sanglé sur son brancard, Matthew observait avec une inquiétude croissante le moniteur de Paul. Son rythme cardiaque s'emballait. La perte de sang non compensée se répercutait sur son pouls. Malgré les 120 battements par minute, son ami gisait, amorphe sur son fauteuil, son visage blême.

Sans se soucier des œillades moqueuses de son oncle, Matthew l'exhortait à s'accrocher, comme si sa seule volonté pouvait stopper l'hémorragie. La flaque au sol continuait à grandir à un débit incompatible avec toute survie. Il comptait les gouttes, hypnotisé.

Daniel surveillait l'évolution des constantes de son cobaye, les lèvres pincées. Cette expérience ouvrirait la voie aux suivantes. En cas de fiasco…

Après dix minutes interminables, le pouls de Paul commença à diminuer et son rythme cardiaque ralentit. Matthew tenta de se redresser. En vain. Même si les sangles de ses poignets toléraient une certaine souplesse, ses chevilles bloquées le maintenaient couché. Il scruta son avant-bras, pendant le long du fauteuil. Près d'un litre d'hémoglobine tachait le revêtement immaculé de la salle. Il reprit son décompte. L'écoulement se tarissait.

Un quart d'heure plus tard, Paul parvint à murmurer :

— J'ai soif…

Matthew accueillit ce gémissement avec gratitude. Le regard du blessé restait vitreux, mais son teint rosissait, preuve que l'hémorragie était jugulée.

Daniel dissimula un soupir de soulagement. Consciencieusement, il observa la plaie et annota ses constantes. La satisfaction éclairait son visage. L'expérience s'avérait une réussite. Si un culot du sang de son neveu stoppait un tel épanchement, tout semblait possible.

Il était temps de procéder au transfert. D'un ordre sec, il renvoya les infirmiers. Seul un garde armé, placé en retrait face à Matthew, surveillait les événements en silence.

Daniel s'approcha de Paul et approcha un verre d'eau de ses lèvres. Le chirurgien étancha sa soif intense et but goulûment.

— Quelle chance ! Le don de Matthew semble efficace. Il ne restera bientôt qu'une cicatrice insignifiante. Même pas besoin d'un plasticien pour la rafistoler.

L'ironie glaçante qui suintait de la tonalité mielleuse de son oncle interpella Matthew. Une fois encore, il tenta d'extraire ses poings des sangles. Sa main droite gagnait en liberté, mais il ne parvint pas à la dégager. Il intima :

— Vous avez votre preuve. Relâchez-le. Vous n'avez plus besoin de lui.

Daniel Beauxchamps contourna le brancard sur lequel Paul gisait et dévisagea son neveu :

— Tu as raison Matthew. Ton pote ne sert plus à rien.

Il accompagna ses paroles d'un mouvement du poignet, secouant le verre utilisé pour abreuver le blessé. Matthew les identifia aussitôt.

Les gants en néoprène renforcé.

Dans un éclair, il crut réentendre Thibault Peterson, lui exposant ses conclusions sur le danger des nanoparticules. Terrifié, il hurla :

— Vous l'avez empoisonné ?

Sa rage flamba. Il tira sur ses sangles, alors que Paul restait pétrifié sur son siège, abasourdi. Daniel évalua ce tourbillon avec ironie :

— Tu viens de le reconnaître toi-même. Il ne m'est d'aucune utilité.

— Donnez-lui un antidote. J'accéderai à toutes vos demandes, mais ne le laissez pas mourir !

Il suffoquait. Sa voix tremblait. Impassible, son oncle le toisa avant de détacher sa montre. Il la plaça bien en vue sur le plateau d'instruments chirurgicaux situé entre les deux amis.

— Vois comme je suis bon. Je vous offre un dernier tête à tête. Cela ne devrait pas durer très longtemps. D'ici quarante minutes, il se sentira mal et succombera. Profite de ton pote. Ensuite, nous partirons tous les deux. L'air ici devient irrespirable et de grands projets nous attendent.

— Assassin !!! Plutôt crever que de vous servir de cobaye !

D'un geste extrême, dicté par la colère l'animait, Matthew arracha la sangle de son poignet droit. Il lança la main, tentant d'attraper le verre que son oncle brandissait tel un trophée.

Le coup de feu résonna dans la salle avec un écho puissant, mêlé au vacarme du verre brisé. La violence du choc repoussa le jeune homme en arrière. Son bras frappa le plateau qui chuta avec lui dans un bruit métallique assourdissant. Le poing crispé sur son épaule, Matthew regardait la nuée rouge s'écouler entre ses doigts, hébété. La douleur monta, inexorable.

Daniel Beauxchamps hurlait des insultes à l'égard de son sbire, le menaçant des pires sévices si son neveu s'avérait inutilisable. Se penchant, il évalua la blessure et ricana :

— Balle chemisée. Aucun organe essentiel sur le trajet. Pénible, mais pas mortel. C'est raté.

Matthew n'ouvrit pas la bouche, sous le choc. Avachi sur le brancard, son bras libre pressé sur sa poitrine, il scrutait son meilleur ami, qui restait sidéré. Daniel grogna et s'empara de son poignet, qu'il sangla à nouveau, insensible au sang qui coulait sans retenue de sa plaie. Il marmonna en fourrant une pile de compresses sur la lésion :

— Tu te trouves malin maintenant ? Que tu le veuilles ou non, tu partiras avec moi. En attendant, tu devrais en profiter pour lui faire tes adieux.

Devant son absence de réaction, Daniel ramassa les débris du verre, dégagea les instruments qui jonchaient le sol à grands coups de pied et quitta la pièce, lançant quelques ordres à son disciple, qui le suivit.

Dès qu'il s'éloigna, Matthew pivota pour dévisager Paul qui se tourna vers lui. Sans point de compression pour le juguler, le sang imbibait sa blouse mais il ne s'en préoccupait pas. Le chirurgien soupira, le souffle court et haché :

— Je suis désolé, Matthew, tellement désolé.

— Ne le sois pas. Réfléchis plutôt avec moi. Comment enrayer cette attaque ?

Ses traits crispés trahissaient sa souffrance et pourtant, il refusait de s'avouer vaincu.

— Laisse tomber. Je vais agoniser comme Giulia.

— Je te l'interdis. Il doit y avoir un moyen.

Paul observa ses yeux fous et sourit bravement.

— Ne t'en veux pas. Tu n'y peux rien.

Ils chuchotaient tous les deux, évitant que Daniel Beauxchamps ne surprenne leur conversation. De toute façon, l'autre cinglé devait être occupé à organiser leur départ et se moquait totalement de l'élimination du chirurgien. Matthew força la sangle et ses doigts attrapèrent ceux de Paul. Il les serra en passant en revue les données qu'ils avaient collectées sur les formules.

Soudain, il s'anima et le lâcha, glissant sa main sous son dos. Paul glapit :

— Matt ! Ne m'abandonne pas !

Il tâta l'objet sur lequel il était allongé et sourit. Une arme. Un flash. Une idée folle. Il promit :

— Jamais. Au contraire, je compte te garder en parfaite santé.

Marmonnant des calculs, il raffermit sa prise et ancra le scalpel au creux de sa paume, évitant d'éveiller la curiosité de leurs geôliers. Il approcha sa main de celle de Paul et remis en route le système de transfusion, en débit rapide. Le chirurgien s'alarma :

— Qu'est-ce que tu fous ?

— Pardonne-moi, Paul. Ne hurle pas, je t'en prie.

Il inclina la lame acérée et l'enfonça d'un coup sec sur le poignet de Paul, sectionnant les veines. Son corps se figea de détresse et son visage blêmit alors qu'il retenait ses larmes.

— Pour… quoi ?

— Le seul moyen d'éviter les effets de la drogue consiste à l'éliminer de ton organisme avant que tes enzymes l'activent. Il faut donc en remplacer un maximum par le mien. Tu en as déjà perdu près d'un litre. Ce n'est pas suffisant, je vais compenser en parallèle.

Livide, Paul comprit ses intentions et souffla :

— Arrête ! Tu vas y rester !

— Fais-moi confiance, c'est l'unique solution. L'échange freinera la dose de cocaïne délivrée. Si nous arrivons à la limiter à un simple shoot, tu t'en sortiras.

— Je suis condamné ! Ne te sacrifie pas pour moi ! Merde, stoppe ce perfuseur, Matthew !

— Non. Mon corps, mon choix.

Cette affirmation claqua, inébranlable. Paul s'agita, incapable d'arracher le cathéter alimentant sa veine. Il pesta, implora durant de longues minutes, avant d'abandonner, les larmes inondant ses joues. Vaincu, il serra les doigts de son ami avec émotion, alors que la douleur l'emportait. Rattrapé par tous ses regrets, il murmura :

— Si on survit, tu m'en voudrais de sortir avec Louisa ?

Matthew sourit, se forçant à l'humour :

— Quand on sera dehors, je te botte le cul si tu ne le fais pas.

Le faible rire de Paul constitua le dernier souvenir conscient de Matthew. Il avait réglé le débit du transfuseur au maximum autorisé pour éviter toute séquelle au receveur. Il espérait que la quantité de sang qu'il arriverait à lui donner avant que la drogue ne soit libérée dans son organisme suffirait à contrebalancer les dommages. Il savait que Niki, Pierce et Alastair mettaient tout en œuvre pour les secourir. Il gardait confiance : son père interviendrait. Peu lui importait son propre devenir. Bien au contraire, s'il mourait, jamais Daniel Beauxchamps ne pourrait tirer profit de ses capacités exceptionnelles. Et cela constituait un réconfort sans limites.

Dans son bureau, une centaine de mètres plus loin, Daniel Beauxchamps jubilait en s'activant. Ses hommes arriveraient bientôt pour assurer un transfert discret. Fébrile, il repassait en boucle dans son esprit la facilité avec laquelle le sang de Matthew avait guéri Paul. Disposer de cette richesse symbolisait une bouffée d'espoir si vif qu'il en eut le souffle coupé. Il anticipait les futurs essais qui viendraient confirmer ce que son instinct lui hurlait : il avait enfin tiré le gros lot.

Fouillant dans ses tiroirs, il préparait sa fuite avec minutie, déchiquetant tout document qu'il jugeait inutile d'emporter. Autant éviter de laisser des traces. Le caisson réfrigéré et Matthew représentaient les seuls éléments essentiels encore sur place. Le reste avait déjà été mis en lieu sûr. Jetant un regard aux écrans de contrôle, il constata que son neveu et son meilleur copain étaient couchés l'un à côté de l'autre, liés dans la mort comme dans la vie. Cette vision, loin de le culpabiliser, lui amena une pensée amère : chaque ami équivalait à une distraction, un point faible. Écœurant.

Il était ravi de n'en posséder aucun.

105

Vendredi 7 février
09 H 45
Dans le souterrain

Mark progressait avec prudence, l'arme au poing, longeant le tunnel creusé à même le tuf. Il naviguait dans la pénombre, refusant de signaler sa présence. Le souterrain serpentait au gré des roches, si étroit qu'il n'offrait aucune cachette. Si un ennemi apparaissait en sens inverse…

À chaque bifurcation, il s'orientait grâce à sa boussole, visant la maison du promontoire. Tout à coup, un coup de feu retentit. Il se figea, en alerte.

Poussé par l'urgence, il atteignit une pièce ronde, meublée de deux bureaux équipés d'une console électronique et de trois écrans. Des renvois caméras. Trois salles, trois ambiances.

Sur le poste de gauche, il distingua un local aux murs noircis, à travers laquelle deux hommes transportaient des cartons. Les ruines de la villa.

Le moniteur central diffusait des images du mausolée. Un frisson le parcourut. Par chance, son intrusion n'avait déclenché aucune attaque.

La dernière retransmission l'envahit d'une peur irrationnelle et enflamma ses sens. Deux corps gisaient, immobilisés sur des brancards. Matthew et Paul. Effaré, il nota l'auréole ensanglantée sur poitrine du premier, ainsi que la mare rouge qui tapissait le carrelage aux pieds du second. Des instruments métalliques jonchaient le sol. Que s'était-il passé dans cette chambre des horreurs ?

Au moment où il allait s'aventurer à leur recherche, une silhouette se profila sur sa gauche. Il se crispa. Devant lui, bloquant toute entrée, se dressait sa cible. Daniel Beauxchamps.

Leur principal suspect s'empara d'une poignée de feuilles et les enfonça dans la déchiqueteuse. Mark serra les dents. Le grand ménage avait commencé. Il l'observa, notant la blouse maculée de sang frais. Le besoin d'agir s'intensifia ; il évalua ses alternatives.

L'homme préparait sa fuite ; sa fébrilité trahissait un départ imminent. Un coup d'œil à sa montre lui confirma que les renforts envoyés par Rizzo n'arriveraient pas avant vingt minutes. Le temps s'avérait un luxe qu'il ne possédait plus.

Son regard s'attarda sur l'écran de droite et il frémit. Les corps de Matthew et Paul n'avaient pas bougé depuis son arrivée. Avaient-ils été drogués ou… Il repoussa cette hypothèse morbide au plus profond de son esprit. Le pistolet pointé sur Daniel Beauxchamps, il s'approcha et ordonna :

— Un pas en arrière et bras levés.

Daniel resta un instant figé, surpris par l'injonction. Perplexe, il déposa le dossier qu'il tenait à la main en se retournant pour observer celui qui interrompait ses préparatifs. Détaillant le blondinet qui le menaçait, il minauda :

— Lieutenant Olivier. Nous nous rencontrons enfin ! La balade en Suisse est terminée ?

Comment connaissait-il son identité ? Mark écarta cette remarque perturbante. Il désigna le vêtement maculé d'hémoglobine :

— Que leur avez-vous infligé ?

Un sourire cruel éclaira son visage :

— À votre avis ?

Mark le toisa, tenté d'effacer ce rictus d'une simple pression de son index.

— Où se trouvent-ils ?

Il montra l'écran de contrôle. Daniel s'exclama, goguenard :

— À votre place, j'aurais demandé dans quel état ils étaient…

— Répondez à ma question.

— Vos amis reposent sous bonne garde dans le laboratoire.

— Conduisez-moi. Bras levés et au pas. À la moindre entourloupe, je vise la tête. Et je vous préviens : je suis un tireur d'élite.

— Nul besoin de me menacer. Je vous accompagne avec plaisir. Le temps est écoulé. Allons donc présenter nos condoléances.

Mark tenta d'éliminer l'angoisse que ce discours éveillait. Le psychopathe cherchait à le distraire et il refusait de se laisser piéger. Il le poussa à avancer.

— Vous avez rencontré ma fille, Ella. Charmante, n'est-ce pas ?

Le lieutenant ne put retenir une remarque perfide :

— Vous auriez dû lui apprendre à se méfier des étrangers. Connaît-elle vos manigances ?

— Je la forme à prendre ma suite.

— Êtes-vous un artiste ? Je ne m'inquiète pas ; elle déteste les sciences, persifla-t-il.

Sa réflexion fit mouche et le visage du prisonnier vira à l'écarlate. Il se mura dans un silence hostile et le conduisit par l'étroit souterrain vers une vaste salle reliée à une chambre stérile. Mark se rapprocha et agrippa son épaule, le guidant en formation serrée. Deux gardes veillaient, en faction, devant l'entrée du sas de décontamination. Utilisant le corps de Daniel Beauxchamps comme bouclier, il souffla :

— Ordonnez à vos sbires de lâcher leurs armes. Immédiatement.

L'entrepreneur s'exécuta à contrecœur. Les deux mercenaires obéirent. Mark poussa Daniel et s'avança. Il fit aligner les trois hommes le long du mur, jambes écartées et mains en l'air. D'un coup de pied rageur, il balaya les armes, les envoyant en décontamination. Alors, il se trouva démuni. *Comment aider Paul et Matthew tout en surveillant ses captifs ?*

Il perçut le danger un quart de seconde trop tard. Surgi de la pénombre du souterrain, le coup le frappa au poignet avec une violence telle que son pistolet s'envola. Sonné, il tituba. L'arrivant chauve et massif se précipita, les poings menaçants. Mark dévia l'attaque sur son avant-bras. L'agresseur riposta.

Profitant de sa vulnérabilité, les gardes se jetèrent à leur tour dans le combat, l'encerclant et le forçant à reculer. Daniel Beauxchamps hurla une série d'ordres féroces. Les trois mercenaires se ruèrent sur Mark, qui se prépara au choc. D'un atémi rageur, il étourdit le premier sbire, avant de frapper les deux autres. Ses ennemis avaient l'avantage du nombre, mais il possédait une technique et une motivation bien supérieure.

Progressivement, il s'imposa. Daniel Beauxchamps comprit que son plan s'effondrait. Jamais il ne récupérerait Matthew. Il devait disparaître avant l'arrivée des renforts militaires. Heureusement, il détenait les prélèvements. Il s'éclipsa.

Non, tu ne t'échapperas pas ! Sa fuite galvanisa Mark. L'un après l'autre, il élimina ses assaillants, les assommant proprement. Alors, il s'empara de son arme et se rua dans le corridor. Rejoignant l'alcôve, il constata que la pochette de cuir et le caisson s'étaient évaporés. Il tourna sur lui-même, en quête d'un indice. En vain. Sur les trois passages existants, aucun ne semblait à privilégier. Il s'engagea de quelques mètres dans chacun avant de revenir sur ses pas. Il écrasa son poing sur le bureau en pestant. Il courut jusqu'à la chambre stérile. Avisant le système de sécurité verrouillant la sortie du sas de décontamination, il arracha le badge d'accès du cou d'un des gardes et l'actionna. Dès que la double porte s'ouvrit, il se faufila entre les battants. Son élan se brisa d'un coup.

Les images retransmises par la caméra ne laissaient rien deviner de l'odeur de la mort qui saturait l'air. L'effluve métallique de l'hémoglobine l'agressa et il se força à avancer. Matthew et Paul reposaient, couchés côte à côte sur deux brancards.

Le visage du plus jeune luisait sous la lumière crue, livide. Un large halo rouge imbibait sa blouse. Un tube partait du pli de son bras libre vers celui de Paul. Une flaque de sang jonchait le sol. Le chirurgien s'agitait, sanglé.

Sous son teint rosé, il transpirait abondamment, incohérent. Déchiffrant les moniteurs, Mark s'affola. Les constantes des deux prisonniers trahissaient leur détresse.

Le rythme cardiaque de Paul se révélait chaotique, bien trop élevé. Lorsqu'il s'approcha, ce dernier réagit tel un animal pris au piège. Ses pupilles dilatées prouvaient qu'il avait été drogué. Paul tenta de lui parler, mais sans succès. Toujours attaché au fauteuil, il attirait l'attention sur Matthew.

Mark se précipita vers lui. Sa pression artérielle chutait, basse et pincée. Sans être médecin, il identifia les signes d'une hémorragie massive.

Retenant un juron, il para au plus urgent. Il ferma le robinet trois voies, stoppa la transfusion, éleva les jambes de Matthew pour irriguer son cerveau et analysa la blessure à la poitrine. Constatant que la balle avait traversé le muscle, il glissa sa main sous son dos, vérifiant l'orifice de sortie. Matthew ne frémit même pas à son contact.

Impuissant, Mark se tourna à nouveau vers Paul. Fouillant dans les tiroirs, il en tira une bande de gaze qu'il appliqua sur le poignet du chirurgien, jugulant le débit de sang, heureusement peu violent.

Son regard accrocha la montre posée entre les brancards et il se figea. L'équipe médicale devait être arrivée sur site. Suivant des yeux la tension de Matthew, qui déclinait de façon alarmante et le rythme cardiaque altéré de Paul, il actionna son oreillette, tentant en vain de joindre Alessandro. Les ondes restaient bloquées sous terre.

Délaissant les blessés, Mark sortit en courant.

Les aiguilles affichaient onze heures. Matthew avait démarré la perfusion au débit maximal depuis soixante-douze minutes. Son sang s'était mêlé massivement à celui de Paul, remplaçant celui qu'il perdait abondamment.

Déjà, les enzymes avaient engagé leur métabolisme. La cocaïne circulait dans ses veines, lui octroyant une sensation de force et d'invincibilité. Son organisme atteignait ses ultimes limites.

Alors que le cœur de Matthew se révélait incapable de compenser les troubles causés par l'hémorragie, celui de Paul subissait tachycardie et palpitations.

Comme deux horloges déréglées, l'une ralentissait dangereusement alors que l'autre s'emballait, proche de la rupture.

106

Vendredi 7 février
11 H 00
Ruines de Pitigliano

Enfin, il atteignit le promontoire de la Toscana. La main crispée sur son arme, le colonel força l'accès à la ruine et pénétra dans ce qui avait jadis servi d'entrée. Les souvenirs remontaient par vagues, cruels. Il passa au salon et se figea. Les traces imprimées dans la suie et la poussière attestaient d'un va-et-vient récent. Avant qu'il puisse prévenir ses équipes, un bruit de course l'alerta. Il se dissimula dans un recoin.

Une silhouette se profila, émergeant des entrailles de la bibliothèque. Elle ployait sous le poids combiné d'une pochette de cuir débordant de feuilles et d'un encombrant caisson en aluminium. Les rayons du soleil accrochèrent les contours d'une blouse blanche maculée de sang. Jonathan se crispa. L'homme se retourna et il retint un mouvement d'attaque instinctif. Daniel Beauxchamps. Inconscient de cette intrusion, l'oncle de Matthew masqua l'entrée du passage et se faufila par la porte-fenêtre.

Jonathan Brady le suivit, l'arme au poing. Le fugitif parcourut l'esplanade sur toute sa longueur et franchit la barrière menant à l'escalier étroit qui courait à flanc de falaise. Il dévala les marches de pierre sculptées à même la roche et déboucha sur une terrasse efflanquée, surplombant la rivière d'une vingtaine de mètres.

Le colonel progressa, le pistolet levé. Qu'est-ce que Daniel Beauxchamps espérait trouver sur ce belvédère ? Dans ces souvenirs, il s'agissait d'un cul-de-sac. L'assassin disparut de son champ de vision. Il hésita un court instant. Se précipitait-il dans un piège ? Il cadenassa ses craintes et continua sa descente. Parvenu à la dernière volée, il dut se rendre à l'évidence : son suspect s'était volatilisé.

Une voix condescendante l'interpella :

— Le colonel Brady lui-même ! Quel plaisir de vous rencontrer ! Lâchez cette arme, je vous prie.

Pivotant, Jonathan affronta celui qui, depuis plus de seize ans, mobilisait ses pensées et cristallisait sa haine. Daniel Beauxchamps accusait mal son âge et sa santé précaire. La superbe affichée lors de son interrogatoire s'estompait face à la réalité. Le colonel nota son essoufflement et plissa les yeux. Il répliqua sans abaisser son bras :

— Il me semble que vous fuyez. Vos plans auraient-ils échoué ?

Ils se confrontèrent, rejetant la moindre concession.

— Posez votre arme, Colonel.

— Je vous invite à me céder la vôtre, monsieur Beauxchamps. La partie est perdue.

— Paul et Matthew sont morts. Pour moi, il s'agit d'une victoire.

Aucun frémissement ne trahit le désarroi que ces paroles provoquèrent, mais ses pupilles du militaire noircirent. Il persifla :

— Qui viendra compenser votre dégénérescence génétiquement programmée, si votre neveu disparaît ? Vous mentez.

Daniel Beauxchamps resta sans voix. Jonathan renchérit :

— Oui, je connais ce qui motive votre quête maladive. Qu'allez-vous faire maintenant ? Agoniser à petit feu ? Vous n'avez aucune échappatoire. Nous détenons toutes les preuves nécessaires pour vous condamner. Daniel Beauxchamps, James Blake, Darian Agouridas ou Carlos Ramiro, toutes vos belles identités sont éventées. Vos comptes bloqués. Vos entreprises placées sous tutelle et séquestre. Même si vous me tuez et fuyez, vous serez traqué sans pitié par mes hommes. Zeus, dieu de l'Olympe, redevient un simple mortel.

Le colonel le toisait sans ciller ; progressivement, l'oncle de Matthew se troubla. Jonathan dégaina sa flèche ultime :

— Sans compter que si vous vous échappez, vous ne reverrez jamais votre fille.

Un bref éclair de tendresse traversa le regard vert d'eau, vite remplacé par une dureté profonde.

— Vous avez abattu vos meilleures cartes ? Vous imaginez m'émouvoir en évoquant Ella ?

— Croyez-vous que la police se souciera de son bien-être ? Elle sera dépossédée de tous vos biens. Son quotidien deviendra un enfer, lorsque les journaux s'empareront de cette affaire. Est-ce vraiment ce que vous souhaitez pour elle ?

Daniel Beauxchamps ne commenta pas, pivotant lentement sur ses pas. Veillant à garder une distance constante avec lui, le colonel suivit son manège. Les yeux rivés l'un à l'autre, ils se jaugeaient dans un silence pesant.

Il n'a pas peur. En face de lui, le gradé ne tremblait pas tandis que lui-même se dégonflait. Ses plans s'écroulaient alors qu'il les avait mûris depuis des semaines. Voire des années.

Dans quelques mois, au mieux une année, il survivrait aux dépens d'une machine. Elle filtrerait son sang contaminé. Assurerait une oxygénation suffisante à son corps à bout de souffle. Jusqu'au jour où ses organes internes auront tant souffert qu'ils abandonneront la lutte et céderont l'un après l'autre. Dialyse. Greffe. Le cercle infernal d'une fin de vie douloureuse et poussive. Tout ce qu'il refusait.

Il voulait vivre avec splendeur. Dominer le monde de ses envies. Contrôler son destin. Imposer ses lubies. L'espoir subsistait. Il lui suffisait de rentabiliser son assurance-vie, constituée des échantillons du sang et de moelle osseuse. Matthew finirait par livrer ses secrets.

Mais devant lui se dressait son principal obstacle. Celui qui, depuis seize ans, protégeait son fils adoptif. Sans l'enquête de Lucio Andreotti et les connexions du vieux Roberto, jamais il n'aurait tracé la nouvelle identité de son neveu. Jonathan Brady cristallisait sa haine, comme sa sœur et son père avant lui. Il éprouva brutalement le besoin de lui nuire.

Et il le pouvait enfin.

Le regard fixé aux iris bleu pâle, il leva le bras et appuya sur la gâchette. Sans remords. Le colonel cerna son attention ; ses traits s'assombrirent.

Un choc soudain. Suivi d'une douleur violente à la poitrine. Daniel tituba, incapable de contrôler son recul. Ses jambes heurtèrent la courte rambarde qui bornait la corniche. Déséquilibré par le caisson qu'il refusait d'abandonner, il bascula dans le vide.

Pendant quelques secondes, il eut l'impression de voler. Le vent glissa sur son corps alors qu'il chutait le long de la falaise. Le ciel se voila, gris et ombrageux, comme s'il le jugeait. Il ferma les paupières. Après tout, peut-être était-ce mieux ainsi ? Il était fatigué de cette quête sans fin. Il espérait qu'il ne partait pas seul et que la balle qu'il avait tirée avait atteint sa cible.

107

Vendredi 7 février
12 H 00
Pitigliano

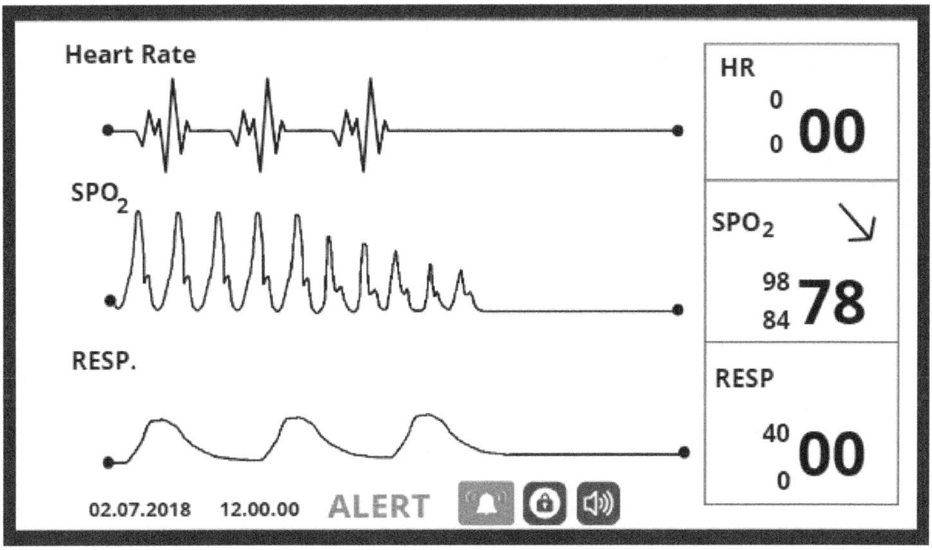

Sur l'esplanade de la Toscana

Mark se précipita vers la silhouette immobile. Son tir instinctif avait doublé celui du psychopathe. Le colonel avait encaissé le choc en pleine poitrine et basculé contre la paroi de tuf. La violence de l'impact lui avait arraché un cri.

Non, pas lui ! Les souvenirs éclatèrent. Une autre époque ; une autre agression. Il s'agenouilla, ouvrit la veste, prêt à prodiguer les premiers secours à son supérieur, quand celui-ci se redressa, le souffle coupé. De soulagement, Mark s'effondra au sol, livide. Il essuya la sueur sur son front. Jonathan scruta son teint blafard. Les mots peinaient à venir. Il tenta une plaisanterie :

— Efficaces, ces nouveaux gilets pare-balles. Je ne regrette pas leur acquisition.

Mark laissa échapper un rire nerveux avant de se lever. Il tendit une main au colonel, qui la saisit et se releva en grimaçant. Debout, il enserra de sa paume l'épaule de son subordonné, incapable d'exprimer son émotion par des paroles. Il reprit contact avec la réalité.

— Où est-il ?

— Il est tombé.

D'un même mouvement, les deux hommes se penchèrent à la balustrade. Le corps de Daniel Beauxchamps avait disparu, happé par la rivière. Dans l'oreillette, la voix d'Alessandro De Luca résonna, pressante. Mark blêmit.

— L'équipe médicale est sur place. Vous devriez les rejoindre immédiatement.

Son ton se passe de commentaire ; sans un regard en arrière, le colonel s'élança dans l'escalier.

Dans le laboratoire souterrain

Sa tension s'effondra. Son corps avait lutté autant que possible pour maintenir la perfusion et l'oxygénation de ses organes, redirigeant ses efforts vers l'essentiel. Irriguer le cœur et le cerveau. Malgré tout, la perte de liquides se révélait trop abondante. Le collapsus cardiovasculaire survint, inévitable : faute de sang à faire circuler, la pompe se désamorça. Arrêt cardiaque.

— Cinq milligrammes d'adrénaline. Il faut le remplir. Où sont les culots ?

L'hémorragie a provoqué une hypovolémie[16] sévère. Le massage permit de conserver un semblant d'hémodynamique[17], mais sans sang, l'oxygénation ne pouvait être assurée. Et sans oxygène… En trente secondes, la première poche fut installée et la transfusion débuta.

Au même instant, le moniteur de Paul s'emballa. La cocaïne sévissait. Des impulsions électriques chaotiques affolèrent son cœur. Les ventricules se contractèrent de façon anarchique. Fibrillation. En dix secondes, l'afflux de sang décrut jusqu'à se tarir. Perte de conscience. Arrêt cardiaque.

Aussitôt, la réanimation cardio-pulmonaire fut enclenchée. Le massage externe, combiné à la ventilation assistée, assura une circulation fragile.

— Cinq milligrammes d'adrénaline et trois cents d'amiodarone.

Les ordres fusèrent. Il fallait redémarrer le cœur et en réguler le tempo. Le médecin s'empara du défibrillateur. Une première décharge fut appliquée. Inefficace. Un choc plus puissant rétablit un rythme sinusal correct.

Pétrifié à l'entrée de la salle, Jonathan Brady fixait d'un œil hébété les traces rouges qui maculaient le sol d'une blancheur surannée. L'effet était saisissant. Ses oreilles enregistraient les cris sans qu'il les comprenne ; les termes médicaux défilaient, angoissants. Il n'arrivait pas à distinguer l'identité des victimes qui gisaient sur les brancards. Les secours formaient un rideau compact autour de Paul et Matthew. Son regard accrocha désespérément les deux moniteurs, côte à côte. Aucun ne le rassura : les deux trahissaient une urgence vitale.

Tout à coup, les silhouettes s'écartèrent pour choquer une poitrine. Il reconnut Paul. Il en déduisit que le second corps sur lequel un secouriste déployait toute son énergie en massage appartenait à son fils. Cette prise de conscience le déstabilisa. Lui, l'homme d'action suffoqua, se jugeant dérisoire.

Aujourd'hui, ses pires cauchemars se réalisaient.

---

16 Diminution du volume du sang dans la circulation sanguine

17 Tout ce qui se rapporte à la circulation sanguine. Une bonne hémodynamique traduit une circulation sanguine de bonne qualité.

108

5 jours plus tard…

— Je ne comprends pas…

La voix de Lise s'élevait, à peine plus perceptible qu'un murmure. Instinctivement, elle se resserra contre son mari. Le colonel lança un regard lourd au médecin qui se tenait devant eux, son dossier à la main. Lise désigna le lit sur lequel reposait Matthew, immobile.

— Son cœur bat. Il respire sans assistance. Il régule sa température. Que vous faut-il de plus ?

Le praticien inspira et résuma, martelant chaque mot :

— Votre fils a subi une hémorragie massive qui a entraîné une décompression cardiaque. Les transfusions et la prise en charge rapide ont permis de rétablir la mécanique de son corps… Quant au reste…

Elle le scruta sans ciller, provocatrice. Il poursuivit sans affect :

— Il ne communique pas. Il ne réagit pas aux stimuli douloureux. Il ne possède aucune conscience de ce qui l'entoure.

— Mais ses examens… aucun ne révèle une lésion grave.

— Il est dans le coma, Madame. Un coma profond dont nous ne pouvons garantir l'issue.

— Il n'a jamais échoué.

Cette affirmation n'admettait aucune riposte. Aucun doute. Le thérapeute évita son visage buté et s'accrocha aux prunelles tourmentées du colonel, en quête de rationalité. Le militaire détourna les yeux. Il abandonna :

— Je vais vous laisser. Nous en reparlerons dans quelques jours.

6ème jour de coma

— Nous avons récupéré le corps de Daniel Beauxchamps, le caisson réfrigéré contenant les échantillons et son porte-document. Avec Alessandro nous continuons à décortiquer ses communications. Heureusement, Paul a réussi à nous prévenir. Mais la prudence reste de mise.

— Merci, Mark. Des traces du manuscrit ?

— Non. Roberto Orsini fulmine à l'idée que son mentor ait volé son trésor.

— Poursuivez l'interrogatoire. Nous devons le retrouver.

— Bien, mon colonel.

8ème jour de coma

— Marina, ma chère enfant, ne pleurez pas. Il ne souhaiterait pas vous causer du chagrin, j'en suis certaine.

— Comment faites-vous pour garder espoir, Lise, alors que les médecins sont si pessimistes ?

— Je l'aime et je crois en lui, tout simplement.

10ème jour de coma

— Pourquoi m'avoir remis ces documents, Deda ? Le carnet noir ne suffisait pas !

— Je ne comprends pas ta colère, Marina.

— Mais ouvre les yeux Deda, que va-t-il se passer si Matthew se réveille et découvre ce ramassis d'horreurs ? Tu estimes qu'il n'a pas assez souffert ? Qu'il ne mérite pas de reprendre une vie normale ?

Le vieil homme inspira profondément, touché par sa rage brute. Il balbutia :

— Tu l'aimes et tu souhaites le protéger, Marina. Ta réaction t'honore. Mais ce n'est pas ce dont il a besoin.

— Et qui es-tu pour statuer, Deda ? Quand tu le regardes, que visualises-tu ? Le petit-fils de ton meilleur ami ou un futur sujet d'étude excitant ?

Il frémit et hésita. Elle ricana :

— Tu vois, tu ne nies même pas !

Elle déclara, déterminée :

— Si tu as de l'affection pour moi, Deda, rentre en Russie, enterre ce rapport odieux et oublie son existence. En tous cas, c'est ce que je vais faire.

18ème jour de coma

— L'autre en blouse blanche dans le couloir prétend que tu n'entends rien et que tu en comprends encore moins… Mais tu me connais, je m'en contrefiche ! Donc je te raconte la dernière ! On bullait peinard à la Fauconnerie en train de se morfondre sur ton sort quand un livreur s'est présenté, l'air de rien. Heureusement, Alaric est ultraprudent. Il a tout de suite remarqué que le colis venait d'Italie et il a tiqué. Sans compter qu'il était adressé à papa, qui ne donne jamais nos coordonnées… Bref, il l'a réceptionné et l'a balancé en quarantaine. Juste avant que Mark téléphone pour prévenir d'une possible attaque de l'autre cinglé…

Elle s'arrêta pour reprendre sa respiration et souffla en caressant la joue pâlie de son frère :

— C'est plus marrant quand tu m'interromps pour râler, Matt… Enfin, il avait raison, le carton était bourré de ces nanomachinschoses super toxiques. Étant donné ma curiosité, j'y serais sûrement passée… Me voilà donc redevable envers le sergent Alaric et ce bon vieux Paul…

Elle pouffa et coiffa une mèche sur le front de son aîné :

— Je l'ai invité à sortir avec moi pour le remercier. Alaric, hein, pas Paul, j'ai pas envie de me faire trucider par la frangine… Je t'ai pas raconté comment le beau gosse a déballé ses sentiments à Louisa ? Attends, tu vas mourir de rire… il doit avoir le cerveau ramolli par la cocaïne pour se montrer aussi balourd !

1 mois de coma

— Bon, Matthew, je ne vais pas y aller par quatre chemins : je sors avec ta sœur Louisa.

Un silence s'installa et Paul pouffa :

— Puisque tu ne commentes pas, j'en conclus que tu approuves. Tant mieux, ça nous fera un allié, parce qu'autant te dire que le colonel ne m'a pas en odeur de sainteté. Apparemment, s'enfuir sous le nez de Mark s'avère passible de la cour martiale… Tiens d'ailleurs, Niki, Pierce et ce grand sensible d'Alastair te saluent…

Il se tut puis serra la main de son meilleur ami en soupirant :

— Ta prouesse en moto en janvier ne t'avait pas suffi, il a fallu que tu remettes ça, hein…

Paul essuya une larme et murmura :

— Arrête de jouer au con, Matt, parce que je me sens affreusement coupable… Si tu y passes… je…

Il peinait à poursuivre le fil de ses pensées, incapable de poser des mots sur son chagrin. Comme toujours. Il ferma les yeux. Tout à coup, les doigts de Matthew bougèrent entre les siens. Il sursauta.

8ème semaine de coma

— Tu ne t'en souviens peut-être pas, Matthew, mais quand tu es arrivé à la Fauconnerie, tu ne parlais pas. Aucun mot ne franchissait tes lèvres. Tu te contentais de me fixer, tantôt en colère, tantôt effrayé… On en a fait des batailles de regard tous les deux, jusqu'à ce que tu parviennes à t'ouvrir à moi…

Lise émit un faible sourire et caressa la pommette de son fils avant de remettre en place les mèches qui recommençaient à cascader sur son front.

— Tu m'as empêché de te couper les cheveux pendant un an. Je ne savais plus comment coiffer cette touffe rebelle. Tu arborais des allures de pirate… Mon adorable flibustier me manque…

Elle soupira et garda sa main sur sa joue quand, tout à coup, elle frémit. Ses doigts étaient mouillés. Il pleurait.

109

14 mai
10 H 00
Lille

Enfin, les nouvelles lui parvenaient, rassurantes. Matthew récupérait. Son état de conscience évoluait d'heure en heure. Bientôt, il réussirait à communiquer avec eux.

Et le danger poindrait. Il devait agir et baliser le terrain.

D'où cette entrevue avec Louisa.

Il frappa à la porte de son appartement. Visite impromptue. Un bruit de pas l'avertit de son approche et il se composa un masque impassible. Elle ne put retenir un mouvement de surprise en le découvrant sur le palier. Une ombre d'angoisse nimba son visage.

— Que se passe-t-il ? Un souci avec Matthew… ?

— Je désire te parler, Louisa. Maintenant.

Fébrile, elle le fit entrer dans le salon et il s'installa sur le canapé. Son regard accrocha une veste de blazer et il se rembrunit. Il aurait dû s'en douter.

— Dis à Paul de se montrer. Cette conversation le concerne.

Elle n'eut pas besoin de transmettre l'information ; le chirurgien s'approcha et salua le colonel. Les relations entre eux demeuraient tendues ; qu'il fréquente Louisa ne semblait pas l'enchanter. Il resta debout derrière elle, les deux mains posées sur ses épaules raidies. Jonathan les dévisagea d'un œil circonspect, puis se lança :

— Que comptes-tu révéler à ton frère ?

Cette attaque perturba la scientifique, qui gronda :

— La vérité, évidemment. Il la mérite.

— Je reformule. Quelle vérité estimes-tu qu'il mérite ?

— La seule dont j'ai connaissance, voyons ! Je lui avouerai que ses capacités ne sont pas liées à la présence de nanoparticules synthétiques. Il ne s'agit pas d'une contamination. Il est né avec ce potentiel exceptionnel qu'il porte dans son code génétique. Quant à ses origines…

Jonathan fronça les sourcils. Elle abordait le point clé. *Que savait-elle ?* Elle souffla et poursuivit, encouragée par une pression de Paul.

— Je ne les connais pas. En revanche, j'ai décrypté certaines cascades biologiques, dont celle liée au cobalt. Je pense que ça l'intéressera.

Le silence s'éternisa. Le colonel les scruta l'un après l'autre avec gravité. Louisa grinça :

— Tu m'ordonnes de dissimuler les résultats de mes recherches ?

Elle ne cilla pas ; elle n'oubliait pas que Matthew avait fui à cause de son inflexibilité. Il s'adoucit :

— Non. J'apprends de mes erreurs. Si ton frère souhaite découvrir les expériences que vous avez menées, je n'y suis pas opposé. Mais laisse-le souffler. Il revient de loin. Il désirera peut-être enterrer les cinq derniers mois et reprendre sa vie d'avant.

Elle lui sourit, rassurée :

— Naturellement. Sa santé passe avant tout. L'essentiel est qu'il se rétablisse.

— Tu as raison Louisa. Il s'agit de ma seule préoccupation.

Trente minutes plus tard, la communication avec Mark fut établie. Il ne s'embarrassa pas de salutations :

— Vassili Medvelev est retourné en Russie. Niki Costa est blanchie. De ton côté ?

— J'ai fouillé la chambre de Marina. Aucune trace visible. Il semblerait qu'il nous ait remis l'unique exemplaire de ce rapport.

— Parfait. Je sors de chez Louisa, elle ne sait rien.

— Pour Ella Ramiro ?

— Je le lui dirai dès qu'il sera en état de l'entendre.

— Et pour Alessandro De Luca ?

— Les investigations se poursuivent. En toute discrétion.

Mark ne rétorqua pas. Jamais il ne contesterait un ordre direct.

Notant son absence de réaction, le colonel précisa d'une voix qui ne tolérait aucune contradiction.

— Pour lui comme pour Matthew, le manuscrit constitue un simple élément d'enquête. Ni plus ni moins.

ÉPILOGUE

Sous le soleil de la fin du mois de mai
Parc de la citadelle – Lille

Le soleil brille avec générosité en cette fin du mois de mai. Assis sur un banc, Matthew observe les enfants. Une bouffée de reconnaissance l'envahit. Si proche de la perdre, il n'aspire qu'à profiter de la vie.

Il se redresse et ce simple mouvement provoque un élancement dans sa poitrine. Il masse son épaule douloureuse. Son corps affaibli peine à réparer les séquelles créées par la balle sur ses muscles. Malgré tout, jour après jour, il gagne en mobilité et en agilité. Lorsque le conseil de l'hôpital rendra son verdict, il pourra reprendre ses études.

Cette pensée engendre un sentiment ambivalent, comme ces bonbons bigoût, mi-sucré, mi-amer. Il ignore ce qu'il veut vraiment. Comme si avoir obtenu des réponses ne conduisait qu'au vide d'une existence insipide…

Un bruissement à ses côtés le tire de sa méditation ; il tourne la tête et son cœur s'emballe. Marina. Ses longs cheveux noirs caressent son bras lorsqu'elle se glisse sur le banc. Il accueille son arrivée d'un sourire attendri. Ils ont décidé de s'offrir une chance et d'apprendre à se connaître. Après tout, ils ont toute la vie devant eux, maintenant. Et aucun Petrov pour les séparer. Elle s'abandonne contre son épaule indemne et chuchote :

— Tu es nerveux ?

Il opine du menton sans approfondir. Question sans fondement. Évidemment, il angoisse. Mille interrogations le tourmentent. Et si elle le déteste ? Si elle refuse même de se déplacer ? Si elle ne vient que pour lui signifier son rejet ? Marina presse ses doigts moites, lui désignant une silhouette au loin :

— Tu te tortures inutilement, Matt.

Elle dépose un baiser sur sa joue et s'éloigne. Ces deux-là méritent un peu d'intimité. D'un bond, il se lève. L'inconnue attend, indécise, à une trentaine de pas de lui. Ses boucles noires cascadent jusqu'à ses hanches et encadrent un minois apeuré. Il déglutit, transpercé par la couleur de ses yeux. Vert lagon. Plus lumineux qu'un lac des Apennins un soir d'été.

Cheveux d'un noir de jais, teint hâlé, taches de son et iris perçants. Deux versions d'une même pièce. Bravant son appréhension, il s'approche :

— Noëlla ?

Elle sursaute. Depuis seize ans, on l'appelle Ella. Elle ne prend pas la peine de le corriger : il s'agit d'un détail insignifiant. Elle bascule d'un pied sur l'autre, mal à l'aise, et abaisse le menton. Elle regrette vaguement de s'être déplacée. Son existence est bouleversée à cause de ce frère dont elle ne sait rien. Elle hésite à s'esquiver. Il lui sourit et son visage se transforme, inondé de douceur. Elle fond sous son regard affectueux. Elle n'a pas l'habitude de ce déluge de tendresse. Alors, ces paroles qu'elle a refusé d'envisager depuis deux mois s'échappent de ses lèvres, incontrôlables :

— Buongiorno Matteo. *Mi sei mancato.* Tu m'as manqué.

Ses mots le transportent. Il franchit les derniers pas entre eux. Puis temporise. Elle avance, les bras ballants. Il reprend son mouvement et la serre contre lui. Son étreinte est maladroite. Il veut lui prouver son attachement sans la contraindre. Il conçoit que ses sentiments envers lui sont compliqués. Elle s'accroche, laisse aller sa joue contre sa poitrine.

Une main effleure ses cheveux et elle se surprend à pleurer. De joie. D'émotion. Pour cette relation émergente. Pour ce père qu'elle a perdu… Leurs larmes se mêlent, promesses d'un renouveau. Il murmure :

— Toi aussi tu m'as manqué petite sœur.

Leurs regards se croisent. Ils se sont trouvés, complémentaires. Les affres du néant se dissipent. L'amour gravite autour d'eux.

Dans leurs sourires.

Dans leur étreinte.

Dans le vert de leurs yeux.

Une cinquantaine de mètres plus loin, dissimulé derrière une baraque à frites, le colonel les observe, attentif et satisfait.

La mort de Daniel Beauxchamps a éliminé la menace. Les questions de Matthew ont reçu des réponses. L'incendie de Pitigliano, la haine de son oncle, les recherches de ses aïeuls, chaque pan de cette enquête est bouclé. Elucidé.

Quant au reste… Son fils sait qu'il est né différent. Point final. Il n'a pas besoin d'apprendre qu'il n'est pas le seul de son espèce. Et encore moins de convoiter ce manuscrit ancestral qui, soi-disant, décrypte son potentiel.

Une chimère qui l'empêcherait de vivre enfin l'existence qu'il mérite.

Non. Il exclut cette hypothèse. Matthew jouira de la vie telle qu'il l'a promis à Nathanaël. Quoi que contienne ce manuscrit dérobé à Pitigliano, il le traquera et l'enterrera. Sans scrupule ni remords.

Parce que le spectre des couleurs du noir ou blanc se teinte de gris.

Parce que l'équilibre de la vie ne repose pas sur la dichotomie mensonge / vérité.

Parce qu'il existe un point subtil, où le mensonge réalisé en toute bonne foi, dans l'unique but de préserver, semble l'emporter sur une vérité cruelle qui ne conduit qu'à la mort.

Et tout simplement parce que son statut de père, protecteur et aimant, lui octroie cette arme dont il use en toute conscience : le Franc Mensonge.

À PROPOS DE L'AUTEUR & SON UNIVERS

Ingénieure, docteure en sciences, maman et grande amatrice de chocolat, je puise mon inspiration dans les découvertes scientifiques et technologiques qui rythment notre quotidien.

Portée par mes activités de recherche, je développe dans mes romans l'ambiguïté sous-jacente à toute découverte : là où certains s'extasient d'un progrès phénoménal, d'autres y voient une menace ou pire, une opportunité d'instrumentalisation.

Passionnée par les mots depuis mon plus jeune âge, la série *Francs Mensonges* est mon premier ouvrage. Les trois tomes sont disponibles : Invisibles & Fatales (T1), Carnets Noirs (T2) et RIPostes (T3)

Et la suite ?

Les projets fourmillent dans mon esprit et ont déjà commencé à prendre vie !

Pour en être averti, n'hésitez pas à me suivre sur les réseaux sociaux (@muriel.mazoelys_auteur). J'y suis très active et répondrai avec plaisir à toutes vos questions.

Printed in France by Amazon
Brétigny-sur-Orge, FR

14180517R00231